Paklena ćelija 2

Paklena ćelija 2

Grad terora I

Đorđe Miletić

Globland Books

ZAHVALNICA

Veliko hvala svim mojim prijateljima, prijateljicama, poznanicima i poznanicama na pozitivnim i negativnim kritikama, sugestijama, predlozima, utiscima, sarkastičnim šalama i razgovorima tokom čitanja prethodne „Paklene ćelije". Njihove reči bile su za mene motivacija i vetar u leđa tokom pripreme i procesa nastajanja ove knjige.

Hvala mojoj prijateljici Branislavi Stajić, diplomiranoj novinarki, na stručnim konsultacijama i profesionalnoj pomoći oko jednog dela knjige. Bez nje i njenog angažmana to jednostavno ne bi bilo to.

Special thanks to my friend Hector Milan for helping me with Spanish translation. Great job man!

Uspomene

— Nisam sigurna koliko je to bila dobra ideja. Svi smo se pomalo svađali oko toga, jer iskreno, selidba preko noći posle toliko godina kada navikneš na život u jednom gradu nije bila tako laka. Ali na kraju je tata nekako uspeo da nas ubedi. Hvalio se kako je plata mnogo veća, čak i preterano veća od one koju je dobijao, ponuda za novi posao je bila primamljiva i teško joj je bilo odoleti.

Mišel je za trenutak zaćutala, primetivši da je bila na ivici da kaže previše i umesto toga neko vreme samo je čačkala viljuškom po ostacima doručka u tanjiru, a njeni jedini sagovornici, koji su je pažljivo slušali, bili su njeni rođaci: tetka i stric u čijoj kući se nalazila, negde u Meksiku.

Ono što je umalo izustila bio je detalj koji je bio daleko od ičega pozitivnog u životu jedne devojke. Zato je i prećutala. Istina, novi posao njenog oca je bio jedan od razloga, ali selili su se i zbog nje same — to je deo životne priče koji je ipak odlučila da zadrži za sebe. Okolnosti pod kojima je gospodin Martin Rejnolds, njen otac, dobio posao bile su zaista pomalo čudne. Na papiru „ozbiljna kompanija", koja se bavi proizvodnjom automobila i auto-delova i koja zapošljava bez preporuka i provere i nije baš delovala tako ozbiljno. Ipak, kada je „ozbiljna kompanija" ponudila dosta novca i dobre uslove, nije mnogo razmišljao o tome koliko je njegov poslodavac ozbiljan. Mišel je sedela za stolom u kući svojih rođaka: tetke Adel i strica Džonatana koga su zvali Džo. Za doručkom su je pažljivo slušali a potom se upitno pogledali kada su videli da je Mišel naglo zaćutala i gledala u tanjir. Tetka je prva razbila tišinu koja je bila na granici neprijatne i pokušala da skrene razgovor u drugom pravcu.

— Drago mi je da je na kraju sve to rešeno i da ste se navikli na nov život. Izgleda da se sve završilo kako treba, jedino nam nisi rekla otkud ova iznenadna poseta.

— Do sada nismo mogli da priuštimo toliko putovanja — odgovorila je Mišel, brišući ruke salvetom i izbegavajući veseli i ljubazni pogled tetke. — Trebalo nam je neko vreme da se tata prilagodi novom poslu i da se sredimo posle doseljenja. A iskrena da budem, i mene je iznenadio. Rekao je: „Škola je gotova, Mišel, bila si odlična, znam da sam bio skot prema tebi ponekad, previše strog, zabranjivao ti mnogo toga, zvocao, ali idi sad, provedi se, uživaj, zaslužila si. Džo i Adel će skakati od sreće kad te vide”.

Tetka se nasmejala.

— Takav je on. Stalno nešto nezadovoljan, a onda iznenadi kad se najmanje nadaš.

— Sada je prosto... — Mišel se zamislila tražeći pravi izraz. — Pa kao da je bio u transu, koliko je bio zadovoljan poslom. Mislim da je uopšte malo toga primećivao šta se dešava oko njega. Kupili smo novu kuću prilično povoljno, valjda smo imali sreće u agenciji, nov auto, u kompaniji je napredovao i tokom raspusta je kupio jedan i za mene. Presrećan je, kažem ti, ponekad me malo uznemiri kad ga vidim kako se smeje i sija. Rešio je da me iznenadi i pustio me. Mogu ti reći, uspeo je da me iznenadi, jer to nije lak posao, a niti mi je bilo do putovanja, niti do društva.

— Nemoj tako, Mišel, moraš malo proći, iskoristiti priliku, videti svet. To je divno što si izabrala nas — rekla je tetka Adel, dok je krpom brisala sto. — Radujem se zbog tebe. Ipak nisi toliko malerozna kao što si uvek govorila. Hoćeš li uskoro na koledž?

— Najverovatnije. Već smo razgovarali o tom pitanju i sigurno ću nastaviti sa školovanjem.

— Tvoji prijatelji su vrlo veseli — javio se Adelin muž Džo, koji je već ručao i, udobno smešten u fotelji, slušao njihov razgovor. Mišel se nasmejala na tu konstataciju.

— Trude se da ostanu pozitivni. Samo dvoje poznajem dobro, ali i ostali mi deluju okej.

— Oh, pa mogli su da nam se pridruže na doručku, gde su? — pitala je Adel, razvrćući se po sobi i noseći prljave tanjire. Mišel je odmahnula uz tajanstveni osmeh.

— Ma pusti ih, verovatno još spavaju od sinoćnog provoda.

U kuhinji se začulo šuštanje vode. Tetka Adel počela je da pere tanjire i da pevuši nešto za sebe. Vedrina i osmeh se nisu skidali s njenog lica, dok je radila.

— Nadam se da vam se sviđa Meksiko — pitao je Džo.

— Pa moram da kažem da ono što sam videla na TV-u nema nikakve veze sa stvarnošću. Mediji pišu i pričaju svašta, a uživo je slika potpuno drugačija. Ljudi su ovde dosta prijatni, veseli. Meni je baš bilo lepo iskustvo — priznala je Mišel.

— Da — potvrdio je Džo. — Dobri su. Samo ih treba upoznati malo bolje. Vidiš mene i Adel, mi godinama živimo s njima. Jedino malo teže varim njihovu kuhinju. Imaju naviku da jedu preterano začinjenu hranu, znaš, a meni posle toga postane veselo u crevima.

Ova Džoova konstatacija bila je ispraćena smehom.

Ustao je iz fotelje protežući se. Kosti su mu krckale.

— Izvini, Mišel, odoh malo da prošetam pre nego što se uspavam od ove hrane, koju tvoja tetka sprema.

— Čula sam te, zlotvore jedan! — dobacila je tetka iz kuhinje.

— Nema problema, striče. Uživaj — nasmejala se Mišel i ustala.

Stric se nekako odgegao do vrata, a za njim je izašla i Mišel. Ispred kuće je sela na klupu pokraj vrata, ispraćajući pogledom strica koji je zamicao ulicom i hramao zbog teške povrede na poslu zbog koje je otišao u invalidsku. Uživala je u svežem prijatnom jutarnjem vazduhu i mirnom kraju u kom su živeli njeni rođaci i koji joj je unosio duhovni i unutrašnji spokoj, o kom je u Sjedinjenim Državama do sada mogla samo da sanja.

Iznad njene glave visile su bele saksije okačene na nadstrešnici i pune raznobojnog ukrasnog cveća, koje je njena tetka tako brižljivo negovala i održavala. Adel je bila veliki ljubitelj cveća. Uvek je želela da ga ima u što većem broju, i cveća i zelenila, valjda jer je želela da stvori mir, okružena bojama i zelenilom. Bila je gotovo fanatična po tom pitanju. Nesređeno dvorište, ili nepokošena trava odmah bi je uznemirili. Takve pojave su joj brzo skidale osmeh s lica. Uvek je volela pedantnost i parče prirode u svom okruženju; prisustvo ovoga se moglo videti na svakom koraku, od cveća i uredne bašte i travnjaka sa obe strane stazice, visećih saksija sa obe strane nadstrešnice, pa sve do unutrašnjosti kuće u kojoj je gost mogao da večera na parketu, a da se potom ne razboli, ili da vidi sopstveni odraz na stolovima od kuvane orahovine i keramičkim pločicama.

Ući u kuću tetke Adel bilo je kao ući u predsednički apartman, ili omiljeno odmaralište nekog bogataša. Nijedan kućni posao nije shvatala kao uobičajeno zamlaćivanje i obavezu, već kao neki vid zadovoljstva. Iako se približavala pedesetoj, ponekad se ponašala kao nestašna klinka non-stop se smeškajući, zbijajući šale i vodeći bezbrižne razgovore. Njeni gosti naročito su bili zadovoljni kada su noćili u susednoj kući, koju je izdavala. Pokojni roditelji gospođe Adel, koji su imali mešoviti američko-kolumbijski brak, ostavili su joj posle smrti pozamašno parče zemlje zajedno sa dve gotove kuće. Prva i manja bila je starija. U njoj su prvobitno živeli, a potom se prebacili u veću, kada su zajedničkim ulaganjima renovirali fasadu i unutra promenili pod i nameštaj. Adel je imala nameru da staru kuću sredi i pusti je za izdavanje, jer ionako im je bila suvišna, a opet Adel je bila previše sentimentalna da prodaje uspomenu na roditelje. Podstanara je bilo dosta, bilo da su Meksikanci ili turisti bilo koje nacije, vere i kulture. Zaista ih je mnogo prolazilo kroz njihov kraj mnogi zanoćili i nijedan nije imao primedbu. Mnogi su govorili koliko su stanodavci bili prijateljski, fer i korektni prema njima.

Kapao je lep izvor prihoda u kućni budžet, kada su se oboje penzionisali i skrasili se. Sve ovo Mišel je imala prilike da čuje kada je već dolazila u posetu par puta, od toga dva puta s roditeljima, kada je bila manja i dva puta samo s majkom. Ovog puta bila je sama sa grupom prijatelja. Razmišljala je kako je maločas ispričala tetki i stricu lepu priču o svom mirnom, naizgled idealnom porodičnom životu, više dodajući ukrase i šarenu foliju oko nečega što i nije bilo tako šareno iznutra. Pričajući svojim rođacima o toj tako bajkovitoj porodičnoj harmoniji, koja bi mogla biti slika pravog američkog sna, Mišel je bila blizu istine koliko Zemlja od Meseca.

***

Iznenada se oglasila melodija na Mišelinom mobilnom telefonu. Nasmejala se kada je na displeju videla da je poziva otac.

— Halo, tata!

— Zdravo, dušo, kako si?

— Odlično. Malopre smo doručkovali. Puno te pozdravljaju tetka i stric!

— Hvala, Mišel. Nego moram te nešto pitati. Kada planiraš da se vratiš?

— Za dva-tri dana. Zašto pitaš?

— Pa ovaj... mogu li da te zamolim da za dva dana skratiš odmor? Ovde si mi potrebna.

— Kako to misliš?

— U pitanju je mama... Bolesna je.

— Šta se desilo?! — povisila je glas gotovo do ivice panike.

— Ne brini, dušo... Joooj, kako sam nemaran, saopštavam ti vest na ovakav način. Ne brini, nije ništa ozbiljno, ali ima neki gadan grip, otkud znam, temperaturu, bole je zglobovi, slini na sve strane. Ovde je kljukaju lekovima, ali sporo se oporavlja. Udario ju je prilično gadno. Mislio sam da nije ništa, ali već više od deset dana boluje, ne može ni iz kreveta da ustane... E sad se situacija zakomplikovala, jer ja moram da putujem za četrdeset osam sati. Imam poslovni sastanak decenije s Japancima i veruj mi, dušo, ako ovo uprskam obesiće me o kravatu nasred platoa.

I pored svega, Mišel se zakikotala, znajući kako njen otac ume da se vešto zavuče svakom pod kožu, kada mu nešto treba.

— Probao sam da učinim nešto, ali sastanak ne mogu nikako da odložim. Neko mora da ostane s njom, a tvoj brat je previše mali da se brine o njoj, to i sama znaš. Zato si mi potrebna. Molim te, možeš li da se vratiš malo ranije? Ako ne budeš mogla recimo za trideset šest sati, ja ću te obavestiti da sam krenuo. Molim te, potrudi se, hoćeš li?

Mišel je uzdahnula.

— Malo je tesno s vremenom, tata.

— Znam, ali trebalo je da me poslušaš i putuješ avionom — začulo se malo ironije u njegovom tonu.

— Eh, teža priča, tata. Znaš moj problem s avionima. Nema šanse da sednem u to čudo. OK, nema problema. Poći ću još danas. Ako baš prigusti, pozvaću jednu prijateljicu da svrati i da je pripazi.

Čuo se radosni smeh s druge strane.

— Tisi moj spasilac, Mišel. Spasila si mi život. Ljubim te. Čujemo se.

— Volim i ja tebe, tata... Čujemo se — odgovorila je Mišel i prekinula vezu.

Ostavila je telefon na klupi i zagledala se u savršeno ošišan travnjak tetke Adel. Našla se u vremenskom raskoraku. Nije nešto bila preterano željna povratka, jer nije bila naročito srećna zbog škole. Učenje joj je postalo mrsko u nekom trenutku, jer je dobro znala da je učila više iz upornosti i da skrene misli. Nije mnogo želela ni da ostaje ovde, jer joj Meksiko nije bio omiljena zemlja. Nije bila tu zbog zemlje, već zbog dragih rođaka, kojima se oduvek radovala kada je trebalo da ih poseti i pre svega da pokuša sebi da pomogne.

— Hej, Mišel! — povikao je iznenada glas pored nje i prenuo je iz razmišljanja.

— Kori, seronjo jedan, prepao si me! — progunđala je Mišel, videvši njega i Donu koja se nasmejala na ovo.

— Nešto smo nervozni danas? — pitao je veseli momak, koji je imao dugu ravnu kosu, otmene farmerke i košulju sa sitnim kvadratima u različitim bojama. Trljao je još uvek oči i po razbarušenoj kosi dalo se primetiti da je tek sada ustao.

— Ma nisam nervozna. Dobro sam.

— Super ti je bila ideja da ostanemo kod tvojih rođaka. Odavno nisam videla ovako kul ljude — rekla je Dona.

Mišel se pažljivo osvrnula kako bi se uverila da tetka i stric nisu u blizini, a potom je rekla nešto tiše.

— Zato što nemaju dece. Ne mogu da ih imaju — šapnula je. — Zato se uvek raduju svakoj poseti mladih.

— Žao mi je što to čujem. Dobri su ljudi — odgovorio je Kori.

— Dobri ljudi uvek loše prolaze.

— Istina — potvrdio je Kori. — Nego šta si planirala za večeras? Hoćemo li ponovo nešto da obiđemo?

Mišel se namrštila.

— Ne mogu, društvo. Moram da se vratim nazad.

— Zašto?! — pitali su oboje iznenađeni.

— Majka mi je bolesna, a tata ima neki neodložni sastanak. Ne može da je ostavi samu s mlađim bratom. On ima tek šest godina.

— Šta kažeš? Nadam se da nije ništa ozbiljno — Kori je sumnjičavo konstatovao. — Pa mogao je neku bebisiterku da pozove, pobogu. Zar je to toliko teško?

— Nije, ali neće zato što je stipsa i govori da ne veruje bebisiterkama. A i imali smo nezgodu s bebisiterkom kad sam ja bila mala. Ispalo je da je bila neka lujka. Od tada je postao paranoičan — odvratila je Mišel. — Nije ništa ozbiljno, a na kraju krajeva već sam pristala. Krenuću nazad tokom dana.

— Aaaaa — Dona je iskrivila lice razočarana. — A dogovorili smo se da posle ovoga svratimo kod mojih rođaka. Imaju predivnu kuću na jezeru: priroda, žurka, provod i to. I već sam im najavila da ćemo doći.

— Žao mi je. Ja moram nazad, ali vi se lepo provedite.

Kori je oborio glavu. Delovao je razočarano. Zamišljeno je posmatrao bubamaru koja se spokojno i nezainteresovano verala uz beli, savršeno glatki stub, koji je držao nadstrešnicu. Kori to nije otkrivao otvoreno, ali bio je pogođen ovom izjavom. Mišel mu se oduvek sviđala, ali njeno povučeno držanje i ne preterani entuzijazam za lude provode drastično su mu otežali posao da joj priđe. A moglo se reći i da možda nije imao hrabrosti. Kao da je podigla zidove oko sebe, fokusirajući se na učenje i želju da uspe u nečemu što ju je ponekad dosta udaljavalo od društva, ili je, možda, učila zbog nečeg drugog. Koriju je taj „tvrđava" stav pomalo smetao. Delovala je kao da nije zainteresovana za ono što bi joj mogao reći, a dobro ju je poznavao i znao je da ume ponekad da plane zbog nevažne stvari i da izgovori dosta vulgarnih reči za nekoliko sekundi. Bila je jako draga i s druge strane imala je temperament koji je bio nepredvidiv.

— Možda bi neko krenuo s tobom da ti pravi društvo, ali kad smo već obećali da ćemo doći kod Doninih... — predložio je posle kraće pauze.

Zaćutali su uskoro svo troje, bez želje da išta kažu.

Kori je ustao sa klupe i ušao unutra, odakle se trenutak posle toga začuo tetkin umiljati glas kako ga nudi domaćim sokom koji je sama pravila. Mišel je pomalo i sama bila razočarana preranim odlaskom, ali prihvatila je, jer vaspitanje joj je bilo takvo da je porodica bila nešto što se bespogovorno volelo i poštovalo bez ikakve granice. Sedeći na klupi razmišljala je kako je moguće da je toliki prati maler. Majka bi joj često govorila kako je prilično malerozna kada su mnoge stvari u pitanju.

Savršen esej za A+ koji je napisala o američkoj istoriji ispao joj je iz fascikle na putu do škole i nesrećnim slučajem dobrim delom je završio kroz rešetke slivnika gradske kanalizacije, dok je tog dana padala kiša. Naravno, napisala je drugi, ali ni upola nije bio dobar koliko i prvi, a pisala ga je užurbano i nervozna, pa je sasvim očekivano da je izvisila za A+.

Drugarica koja je pristala da s njom izađe u šetnju povredila je članak na stepeniku, dok je išla do njene kuće. Psa, rasnog retrivera kog joj je otac poklonio za šesnaesti rođendan, pregazio je sladoledžijski kombi. Ispostavilo se da je sladoledžija bio neki tip iz istočne Evrope i to mrtav pijan na radnom mestu tog dana, a Mišel je ostala bez ljubimca. Plakala je za njim par dana, sve dok joj oči nisu pocrvenele. Zaista su mnoge situacije mogle potkrepiti teoriju njene majke da ima lošu sreću i to je ponovila nebrojeno puta. Gospođa Rejnolds, koja sada leži u krevetu nakljukana tabletama, pije čajeve i slini kao iz vatrogasnog creva, zapravo nije bila svesna da je rekla kolosalnu istinu, kada je izjavila da joj je kći veoma malerozna.

Petoro njih je bilo iz društva koje je Mišel povela sa sobom. Samanta i Dona bile su Mišeline najbolje drugarice, a društvo su im, pored Korija koji se među prvima probudio, pravili Džejkob i Stjuart. Samanta je bila raspoložena tog jutra i tajanstveno se osmehivala. Govorkala je s Mišel da joj je Stjuart oduvek bio simpatičan a prošle večeri kada su bili u razgledanju prestonice, njih dvoje su ostali sami. Nije bilo teško pogoditi šta je bilo posle.

Jedino je od čitavog društva Stjuart bio malo prgaviji momak, koji se često razmetao velikom snagom, ali u suštini bio je veliki šaljivdžija. Trenirao je košarku još od desete godine i bio pravi zaljubljenik u taj sport. Visok preko dva metra i težak preko stotinu kilograma zadivio je pojedine trenere koji su gledali školski turnir u kome su njegovi „Iglsi" osvojili prvo mesto i pri tom mu rekli da ako nastavi vredno da trenira može dogurati i do najjače košarkaške lige u Americi, NBA-a. Stjuart se, naravno, smejao na to, ali je često sanjario i govorio o tome kako će „kidati obruče" jednog dana i održati lekciju sadašnjim centrima. Nije mu tog prepodneva, kada se probudio oko jedanaest sati, bilo ni do kakve šale, iako je imao noć punu „akcije", jer je od Korija saznao da Mišel odlazi. Nije zapravo bilo nikom do šale. Mišelin otac inače je predlagao putovanje avionom, plašeći se za bezbednost ćerke, ali postojalo je nešto drugo, još gore. Mišel je imala fobiju od letenja. Lakše bi bilo naterati psa da hoda kao čovek, nego naterati Mišel da uđe u avion. Znala je da joj otac nipošto ni pod kakvim okolnostima neće dozvoliti da sama vozi preko granice, pa je zato želela da povede drugove i drugarice. Sigurnost mu je ulivala činjenica da ih je bilo šestoro. Drugi automobil je vozio Stjuart i nije imao problema da ode preko granice, niti mu je to bio prvi put.

I kada su sve te barijere bile probijene i društvo kreiralo nezaboravnu uspomenu, ukrašenu veselim gostoljubivim Meksikancima, uvek spremnim na smeh, šalu i druženje, gomilom fotografija sa raznih lokacija i prelepih utisaka, usledio je taj prevremeni odlazak jedne njihove drugarice. Međutim, prava uspomena na Meksiko nije bila ništa od nabrojanog što su doživeli. Zapravo, nije bila ni blizu.

***

Nešto tiše jutarnje sate svako je provodio na svoj način. Momci bi sedeli menjajući mesta u iznajmljenom prostoru Mišeline tetke i tamo kulirali i povremeno vodili neke kratke i prazne razgovore, dok se Mišel polako pakovala. Cure su uglavnom prepodne provele pomažući joj da se spakuje, a posle toga sedele ispred kuće. Moglo bi se reći da je ličilo na tračarenje, ali su drugarice radoznalo razmenjivale teorije o mogućem skraćenju Mišelinog odmora.

Njen prtljag nije bio bogzna koliko veliki i sve je stalo u jedan osrednji kofer, u koji je stavila nešto presvlake, rezervne patike i pribor za ličnu higijenu. Postojalo je nešto što, naravno, nije govorila svakom. Čak je samo jedna njena drugarica za to znala. Nakon lošeg životnog iskustva počela je nositi nož-skakavac sa sobom za odbranu. Plašila se da će možda kontrola na granici to pronaći, ali nije bilo problema niti je bilo detaljnog pretresa. Naravno, neizostavne su bile čokoladice. Mišel ih je obožavala, ne sećajući se ni odakle joj ta navika.

Negde oko jedan sat posle podne Mišel je već vukla svoj kofer ka kolima koja je gospodin Rejnolds poklonio svojoj ćerki. Bio je to metalik ševrolet. Niko se nije sećao da je volela metalik boju, ili ju je zavolela tek pre godinu i nešto dana, asocirajući je na raspoloženje, koje je često bilo natmureno i smušeno — baš kao i sivilo na njenim kolima. U većini prilika bila je neraspoložena i nezainteresovanog odsutnog glasa za mnoge stvari, a istina je da nije bila takva. Bila je vesela, uvek nasmejana i uvek stalno nešto pitala, pa makar je to nešto i ne interesovalo, oslikavajući onu dečju radoznalost, koja ispituje svet oko sebe. Ali sve je to nestalo odjednom, gotovo preko noći.

Drugi auto bio je krajsler koji je Stjuart od svog matorog pozajmio za ovu priliku, a ponosni otac sinu, budućoj NBA zvezdi, nije mogao da odbije.

— Moj ti je savet ne prolazi kroz Siti, ako želiš brzo da stigneš — javio se stric Džo.

— Kuda onda da idem?

— Mogu ti pokazati obilaznicu koja ide oko glavnog grada i zaobilazi sve veće gužve... Stići ćeš brže. Istini za volju, jeste bezbednije voziti direktno kroz prestonicu, ali popodnevni termin je pravi pakao u saobraćaju, ako se zaglaviš negde, onda će biti gadno. Ja ga često koristim kad želim da izbegnem gužve. Prošao sam tamo hiljadu puta.

Mišel je namršteno odmahnula.

— Ma daj molim te! Još samo i saobraćajne gužve. Nemam živaca za to. Ne sad, nikako. Pokaži mi tu obilaznicu.

— Okej, poći ću, ali moj auto je na popravci trenutno. Trebaće nam još jedan kako bih mogao da se vratim.

— Hajdemo ovako — predložio je Stjuart. — Uzmimo moj auto i ispratimo Mišel. Ja ću voziti i onda možemo nazad zajedno.

— Dobra ideja — Džo se okrenuo ka Mišel. — Stjuart i ja ćemo ići prvi, a ti nas samo prati i ne brini.

Mišel je klimnula.

Pozdravila se sa Korijem i Džejkobom, zagrlila je i poljubila tetku, kao i drugarice. Potom, bez zadržavanja je krenuo prvi Stjuart sa stricem Džoom, a Mišel za njima.

***

Izbegavajući prolaz kroz gužvu Meksiko Sitija koji je u podne vrveo od saobraćaja, brzo su prelazili milju za miljom beskrajnog starog otvorenog puta. Bilo je mnogo puteva koji idu oko prestonice.

Gledajući auto-kartu, izgledali su kao rascvetana ruža u čijem se centru nalazio grad. Istini za volju, Mišel je pokazivala temperament, kako za volanom tako i u životu. Nagazila bi ona u ovom slučaju i išla brže sigurno, ali nije mogla. Morala je pratiti Stjuartov auto, koji je išao nešto malo preko devedeset kilometara na čas. Znala je da će možda Stjuart isto nagaziti, ali ga tamo unutra verovatno njen stric opominje da to ne čini. Delimično i on sam neće to uraditi, jer ne poznaje ovaj deo puta. Sretali su neku aktivnost u saobraćaju, jer nisu bili jedini koji žele da izbegnu gradsku gužvu, ali sve su to bili automobili kao i svaki drugi; praktično ništa vredno pažnje.

Prošlo je izvesno vreme kada je prestonica bila već iza njih. Kada bi je upitali gde je prošla, verovatno ne bi objasnila, osim što bi rekla da je bilo puno skretanja, čas levo, čas desno, čas ponovo levo i verovatno bi se usput zbunila. Potom su se ukazivala bekrajna braon mora, izborano, popucalo lice pustare prošaranog ponekim divljim zelenilom. Ono što joj je u neku ruku smetalo bile su monotone milje i milje tog otvorenog puta i okolo beskonačne peskovite i kamenite nedođije, koje su se pretakale u ogromno peščano prostranstvo. Višesatna vožnja pretila je dosadom. Ništa gore nema od jednolične pravolinijske gnjavaže, kojoj je trenutno bila izložena stotinama kilometara pravom linijom, dok vrućina polako ulazi u unutrašnjost vozila i mami na sladak dremež. Primetila je i da Džo tamo na suvozačevom sedištu stalno maše i pokazuje prstom u raznim pravcima. Verovatno objašnjava Stjuartu gde je prolazio, ili gde ona treba da prođe. Džo je bio dobroćudan čovek, ali znao je ponekad da davi pričom, nesvestan toga kao i većina iz njegove generacije.

U tim trenucima oglasio se njen telefon, koji je na punjaču u kolima uvek držala pri ruci. Uključila je samo zvučnik, ne želeći da telefonira dok vozi.

— Halo?

— Mišel tata ovde.

— Ćao tata! Kako je?

— Jesi li stigla?

Mišel se nasmejala.

— Tata ti putuješ češće od mene, znaš da imam da pređem par hiljada kilometara.

— Ne bih da ti prebacujem, ali kako ti zvuči sad ideja o avionskoj karti? — bilo je podrugljive ironije u njegovom glasu. Obično je takav i na poslu.

Mišel se smejala.

— Ubila bih za jednu. Ali šta je tu je, znaš da mi je zabranjeno da letim.

— Nemoj previše da žuriš... Neću da se izlažeš riziku.

— Nema problema, tata. Kako je mama?

— Spava, ništa se nije promenilo, samo ima visoku temperaturu i neki gadan grip. Ta stvar je nije štedela definitivno.

— Stric Džo mi upravo pokazuje prečicu oko Sitija da se ne bih previše zadržavala. Mislim da sam u sigurnim rukama — za poslednju rečenicu se potrudila da zvuči uverljivo.

— Odlično! Džo poznaje dobro te okolne puteve. Samo vozi oprezno i bezbedno, dušo, i nemoj previše da žuriš. Čujemo se kasnije.

— Ćao, tata... Pozdravi mamu kad se probudi — odgovorila je Mišel.

— Hoću. Ćao!

Dok je sunce bilo pred svojim poslednjim izdisajima na horizontu, prošli su pored iskrzanog i ulubljenog znaka kog je korozija dobrim delom prekrila da Mišel nije mogla ni da pročita šta piše na njemu. Samo na španskom je bilo ispisano obaveštenje, koje se delimično videlo, ali shvatila je da prolaze kroz neko manje naseljeno mesto. Nije odavalo utisak da ga obilaze turisti, niti da je postojala želja da bude viđeno. Ovo je do sada bilo jedino što je podsetilo na naseljeno mesto. Zapravo, nije to bio ni grad, nego neko manje ruralno naselje, slično onima o kojima bi ponekad slušala kada bi se njen otac vraćao sa službenih putovanja i ponekad silom prilika prošao, ili se zatekao u takvom nekom mestu, govoreći tada da je to potpuno drugi svet i da ljudi ne govore engleski imao bi utisak da je otišao u potpuno drugu državu.

Naselje je bilo sivo. Posivelo od dosade, ili od neodržavanja, ili iz ko zna kog razloga, ali na prvi pogled odavalo je utisak zapuštenog mesta. Blesnula je slika onog lošijeg dela Meksika, siromašnijeg dela, gde kuće nisu otmene, a ljudi možda i nisu gostoljubivi toliko. Štaviše, možda su i nepoverljivi prema strancima. A to im se moglo videti iz pogleda. Jasno ih je hvatala, jer je Stjuart ispred nje usporio, a za njim i ona.

Neki momci stajali su ispred manje kuće pune pukotina i s nepoverenjem posmatrali ševrolet i krajsler kako idu njihovom prašnjavom ulicom. Negde dalje stariji čovek u prljavoj bluzi gurao je kolica s džakovima. Razgovarao je s ljudima pokraj ulice i smejao se. Falilo mu je pola zuba, a krajevi raščupane sede kose virili su mu ispod kape.

Napukli blokovi već vidljivo lošeg kvaliteta služili su da se napravi većina kuća pored kojih je prolazila. Dobar deo njih bio je zreo za rušenje, čak su bile pravljene bez reda i organizacije. Bile su bukvalno nabacane tamo-amo kao haotično razbacane lego kockice ispred deteta i ostavljene da održavaju sliku nekog prividnog života, koji je na prvi pogled njoj bio nepojmljiv. Ljudi su izgledali oskudnije odeveni, mnogi od njih bili su već uveliko nataloženi prljavštinom od teških fizičkih poslova, jer u momentu dok su prolazili radni dan još uvek je bio u toku; izgledali su u neku ruku čudno i postajalo joj je pomalo vruće, dok se kretala ovim čudnovatim mestom.

— Naselje čudaka... — promrmljala je. Podsećalo je na neke siromašne četvrti Njujorka, ili Čikaga, ili Detroita. Slušala je dok su neki njeni rođaci u poseti iz drugih gradova pričali o tome. Jedina razlika između tih kvartova i ovog ovde je što su barem bili urbanizovani, iako su bili puni prljavštine i nehigijene. Ovde, u ovom nazovi naselju, nije postojao ni metar urbanizacije. Putevi, tj. ulice su bile skorela izgažena zemlja i gusti slojevi peščanog taloga. Mogla je samo zamisliti kako grad izgleda posle jake kiše, kao neko srednjevekovno naselje sa kaljugom umesto ulice. Za kraj, dočekao ju je izbuljeni pogled neke žene. Čistila je metlom ispred lokala s posivelim izlozima, natpisa izbledelog i nepoznatog, a pretpostavka je da bi to mogla biti neka prodavnica. Pogled joj je bio sablasan, staklast, na trenutak hipnotišući. Još iz krupnih očiju, kakve su bile njene, efekat je bio pojačan. Brzo je okrenula glavu kao da je videla nešto gadljivo. Fokusirala se na to da prati Stjuarta i ništa više.

Pustila je muziku na radiju da brzo zaboravi slike koje je videla u naselju čudaka. Taj izbuljeni pogled starije žene zadržao se nešto duže u mislima, pre nego što će ih odvratiti nešto još gore. Prošla joj je pomisao šta je moglo da je snađe da je kojim slučajem odlučila da ostane tu. Možda bi je opljačkali, kidnapovali, silovali. Tu je Stjuart, branio bi je on sigurno, ali njih nije bilo malo. Stjuart je bio jak i po svemu sudeći zdrav mladić, a trgovina organima je cvetala godinama unazad; sve one zasađene medijske gluposti kojima joj je bila napunjena glava sa televizije i crne hronike počele su sada da bujaju motivisane slikama iz naselja čudaka. Našli bi primenu i za Stjuarta. Već je zamislila propalog omršavelog hirurga, koji operiše u prljavoj sobi pod svetlošću jedne lampe, dok ovi ovde, prljavi i šugavi, odrađuju samo lov po principu „lopata u potiljak" i uzimaju zdrave primerke kakav je bio Stjuart.

Beskrajna polupustinja znala je noću biti opasna. Međutim, ovakva mesta možda su bila i opasnija od toga.

Njen automobil nije bio bogzna koliko gospodske marke, takvih i još boljih bilo je na hiljade tamo odakle je dolazila. Mišel je svoj auto uvek brižljivo održavala i uvek bi izgledao kao da je upravo sišao s trake, a da su je čudaci videli, verovatno bi ga očerupali do jutra i ostavili samo školjku, jer po nepisanom pravilu u siromašnijim krajevima se dosta krade i žrtve su upravo ti stranci „slučajni prolaznici”. Odahnula je kada su izašli iz tog čudnovatog gradića. Mišel je pojačala muziku. Pokušala je da otera sumorne misli. Želela je da ih odstrani i okrene se nečemu pozitivnom. Stići će kući već koliko sutra, videće majku i mlađeg brata, okrenuće se ponovo onome što je isplanirala, a to je učenje, škola, kasnije koledž i sve ostalo vezano za uspeh u životu. Međutim, godinu dana bilo je premalo da se zaboravi šok koji joj je umalo presudio i stvari, koje se lomila da ispriča makar svojoj tetki, ali se uzdržala ali sada kada je sama u automobilu, slušajući samo njegov motor i muziku iz radija, ponovo je ta uspomena počela da puzi iz rupe u sećanju, u kojoj je bila nedovoljno duboko zakopana.

Kao za inat, poput najprepredenijeg lopova prišunjala se ta loša uspomena i počela da navire, a kad je uspela da reaguje, bilo je kasno — uspomena je bila tu življa nego ikad. Kao da ju je samo naselje čudaka kroz koje je prošla probudilo, prizvalo i ponovo vratilo u stvarnost. Bila je koncentrisana na Stjuartov džip, pokušavajući da ga prati, ali sve to radila je mehanički, dok su joj misli bile „tamo” godinu dana ranije.

U pitanju je bila ljubav ravna urbanoj tragediji. Bila je to naizgled lepa, ali katastrofalna i neuspela veza sa kvoterbekom školskog tima Benijem Tomsonom i ta rana bila je još uvek sveža. Naravno, Mišel je bila veoma zatvorena i o ličnim problemima retko je govorila, čak se nije usudila da kaže da je to zapravo bio pravi razlog njene posete rođacima.

Za tu ranu krivila je samu sebe, jer je pogrešno procenila momka koga je slučajno upoznala. Zavolela ga je odmah posle jednog razgovora u biblioteci, gde su se prvi put sreli, kada je tražio nešto o istoriji američkog fudbala i nije mogao da se snađe, a ona mu pomogla i pokazala mu gde može da nađe knjigu. Videla je u njemu finog i druželjubivog momka. Toliko krupan, a na trenutke stidljiv i pomalo zbunjen, odmah je probudio znatiželju kod nje. Na prvi pogled nije bio kao ostale siledžije koje su igrale američki fudbal ili košarku. Nikada nije volela robusne, bahate, one koji mnogo psuju i „neotesane" ili nadmene — takva sorta joj se gadila. Cenila je pre svega inteligenciju, skromnost i iskrenost. Kod Benija nije bila preterano sigurna kada je inteligencija u pitanju, ali skromnost i iskrenost je otkrila na naizgled predivan način, kada joj je „iskreno rekao" da je voli, a da je pri tom pocrveneo i neprekidno kolutao očima. Ali posle predivnog trenutka u kom je pao poljubac, za koji je poželela da stane vreme i više puta ga nazvala „momenat iz snova" krenulo je surovo buđenje.

Beni je postajao iz utakmice u utakmicu sve nervozniji, uprkos tome što je imao devojku već gotovo dve godine. Počeo se isprva svađati sa saigračima, potom i sa trenerom, govoreći da je on alfa i omega tima i da se cela igra treba njemu prilagoditi, tvrdeći da ga saigrači ništa ne slušaju, a oni (saigrači) tvrdili su da ga ništa ne razumeju. Mišel je osetila izvesnu hladnoću u njegovom glasu posle dve godine zabavljanja, gde je svakim sledećim danom bio sve manje prijatan „stidljivi džin Beni", a sve više sirov i nervozan, pretvarajući se polako u sve ono što nije volela. Potom je i Mišelino društvo počelo da mu smeta, krenuo je da ih naziva idiotima i luzerima, njene drugarice kurveštijama i alapačama, svađajući se i sa njom sve više. Polomio je čak tri telefona posle neke od svađa.

Praštala mu je koliko je mogla, prelazila preko njegovih ispada koliko je mogla, potiskivala ono loše što joj je servirao koliko je bila u stanju, jer ga je ipak volela i imala razumevanja prema stresu koji doživljava igrajući američki fudbal i boreći se da postane profesionalni igrač, ali kap koja je prelila čašu bila je utakmica za plej-of, koju su izgubili katastrofalno i Beni se potukao sa saigračima u svlačionici neposredno posle utakmice. Posle toga potukao se i s trenerom. A kada se tog dana video s Mišel, posvađao se i s njom, dok ga je kritikovala. Otvoreno mu je rekla da se pretvara u kretenčinu i da postaje odraz svega onoga što joj se oduvek gadilo. Kazala mu je da nije imala pojma gde joj je bila pamet da protraći dve godine s gadom kao što je on. Tada je izgubio kontrolu i opalio joj je šamar nazivajući je ljigavom kurvom. I tu se nije zaustavio, jer kada mu je mirno posle tog šamara rekla da ga žali i da je gotovo između njih, pobesneo je i zadao joj je još nekoliko udaraca, koji su padali nemilosrdno po njoj, iako je bila sitna i krhka i bez obzira što ga je molila da prestane. Stao je u poslednjem trenutku kada je video da pritrčavaju ljudi i kada je video da će je ozbiljno povrediti, iako je završila sa krvavim nosem i licem. Nokautirao je u naletu besa još dvojicu prolaznika, koji su pokušali da ga odvoje od devojke.

Nije volela da laže, ali je slagala te večeri da je popila malo previše, pala i nezgodno udarila glavom o ivicu šanka. Znala je kako će reagovati njen otac, ako mu kaže da ju je momak prebio. Izvadiće pištolj iz fioke, sešće istog trenutka u automobil, pronaći će ga i ubiti.

Tragičan i surov završetak veze slediće momenat kada Beni Tomson bude izbačen iz tima, jer niko više nije želeo da igra s njim i jer su igrači pretili da će bojkotovati utakmice, ako ga trener uvrsti ponovo u sastav.

Kada te večeri bude priveden u policiju zbog nasilničkog ponašanja, na rutinskoj kontroli ispostaviće se da je uzimao razne steroide, lekove i kokain, kako bi igrao što bolje, a od kojih je počeo da dobija nagle izlive agresije. Zatim će biti izbačen iz tima, iz škole, izgubiće stipendiju, biće mu otvoren krivični dosije, roditelje će osramotiti, izgubiće Mišel — u suštini sve će mu se srušiti preko noći.

Telo Benija Tomsona pronađeno je u njegovoj sobi tri nedelje posle tog nemilog incidenta. Pronašao ga je njegov otac razvalivši vrata, jer se Beni nije javljao celog popodneva, a na očev poziv i kucanje nije odgovarao. Nesrećni čovek pronašao je svog sina kako sedi na podu, leđima naslonjen na krevet, beživotnog pogleda, držeći sliku u ruci, a na stolu je zatekao ispražnjenu kutijicu lekova. Na kompjuteru celog popodneva vrtela se pesma Led Cepelina *Stairvay to Heaven*.

Obdukcija je pokazala da je smrtonosna doza nekoliko vrsta teških opijata izazvala veštački srčani udar, koji srce nije izdržalo. Ta vest doprla je i do Mišel i protutnjala celom školom brzinom svetlosti. Nije mogla to da prihvati iz jednog razloga. Tokom tri nedelje zvao ju je dovoljno puta da je natera da promeni broj. Nije odgovarala na njegove pozive, a njena majka potrudila se svaki put da mu ubedljivo saopšti da Mišel ne može da izađe iz „tog i tog" razloga, kada bi došao kod nje. Težak momenat i grižu savesti potrudio se da maksimalno pojača detektiv Nil Ortiz koji je vodio istragu o tom slučaju, jer je u trenutku smrti u ruci nesrećnog „stidljivog džina Benija" pronašao sliku njih dvoje, zagrljenih i nasmejanih, na čijoj poleđini je pisalo *Samo tvoja* i u potpisu njeno ime i prezime — *Mišel Rejnolds*. Prilikom posete radi informativnog razgovora, kada joj je detektiv saopštio taj detalj želeći da istraži koliko je ona umešana u sve to, Mišel od suza nije mogla da se smiri ni tada, a ni satima i danima posle toga. I tek kada je u neku ruku detektiv Ortiz izvršio blagi pritisak na nju, tek tada se slomila, otkrila šta se između njih desilo, na koji način su završili vezu i počela u startu sebe da krivi, govoreći neprestano: „Ubio se zbog mene", i u mnogobrojnim momentima psihičkog raspadanja kroz suze govorila da ju je verovatno tražio da se izvini i pokuša da se s njom izmiri ali da nije htela da ga vidi — sve dok nije bilo kasno.

Plakala je nekoliko dana skoro neprekidno i nije izlazila iz sobe. Nije komunicirala ni sa kim. Slabo je jela i bila na ivici da se razboli od tuge. Bila je besna na njega, uporno ga ignorisala, želeći da se oseća krivim zbog onog što je učinio, ali da će otići toliko daleko nije verovala. Ipak je taj težak udarac uspela da prebrodi vremenom. Prokleto vreme! Ironično je da niko ne veruje da leči sve, ali ispostaviće se da leči sve, naravno uz pomoć prijatelja od kojih se oprostila pre nego što će krenuti kući. To je bilo malo društvo koje joj se našlo u najtežim trenucima i koje joj je pružilo bezrezervnu podršku i pomoć... Bilo je to nešto što joj je mnogo značilo i nešto preko potrebno u trenucima tuge koja joj je kidala srce i neprekidno je primoravala da krivi sebe za Benijevu smrt. Čak joj se vrtela ideja da digne ruku na sebe i bila na ivici da to učini. Trenuci potpune depresije koja je iscrtala Benijev kraj puta umalo nije iscrtala i njen. Ali srećom po nju, usledila je selidba, lepe vesti i pravi razlog ovog odmora — da promeni sredinu, provede neko vreme u mirnim krajevima s rođacima i potpuno se psihički oporavi. Promenila se mnogo od tada, više nije bila ni vesela, ni nasmejana, već se duboko povukla u sebe, verujući da će dočekati momenat da ponovo izađe iz sopstvene senke, ispod koje se uvukla.

Bila je pomalo tužna što se odmor završava, ali pojma nije imala da, zapravo, njen odmor upravo počinje.

***

Milja za miljom plivala je ispod točkova, dok je Mišel mislima rovarila kroz taj nemili događaj tragičnog dvadeset drugog oktobra. Iako je prošla godina dana od tog dešavanja, rana joj je i dalje ostala sveža. U uglu oka obrisala je suzicu koja joj se pojavila i načinila ponovo još jedan napor da više ne razmišlja o tome. „Samoća je najjeziviji horor kog se mogu setiti." Kori, njen prijatelj umeo je često ovako da se filozofski izrazi, a do nje tada u danima kada je bila na sedmom nebu s Benijem nisu dopirale Korijeve mudrolije. S obzirom da je sada imala um otvoren kao put po kom je vozila i mogućnost da razmisli o svemu, pomislila je koliko je njen dobar drug bio u pravu kada je to govorio, ali je morala da ostane sama da bi osetila svaku bodlju hladnoće koju usamljenost donosi. Samoća jeste jedan vid užasa i svojevrsnog pakla, osim možda kod uvrnutih ili asocijalnih osoba, kojima ljudsko okruženje smeta. Čim je sama, loše misli iz prošlosti odmah nalaze priliku da se dovuku do nje, brišući joj svaki osmeh s lica i terajući je da se diskretno povuče od svih pogleda i isplače, kako bi joj bilo privremeno lakše, tako da joj je neka okupacija i odvraćanje pažnje bila uvek dobrodošla.

Namestila je retrovizor malo bolje, primetivši da ne stoji kako treba. Osetila je da joj je grlo suvo kao barut i na suvozačevom sedištu iz ranca je izvadila flašicu vode. Pila je gutljaj za gutljajem, dok je jednom rukom upravljala. Videla je na ogledalu da su joj oči okrvavele od umora. Možda je pogrešila što nisu stali u gradu čudaka makar nakratko?

Njena sposobnost da pogrešno procenjuje ljude možda je opet došla do izražaja. Posle Benija imala je veoma malo prijatelja i uglavnom pesimistični stav prema nepoznatima, uz izraženu osobinu da mnogo loše procenjuje ljude. Možda ovi ipak nisu čudaci koji rade za ludog hirurga-odstranjivača organa, kako je to sve u trenutku izmaštala gledajući naselje koje su maločas ostavili za sobom. Možda su samo mnogo siromašni ljudi, kojima je, recimo, pet dolara dnevno premija. A siromašni ljudi obično i izgledaju čudno u očima onih koji nisu osetili kandžu nemaštine po sopstvenim leđima. Mišel je definitivno bila od onih koji nisu tu kandžu osetili, jer je njen otac postao tehnički direktor u gigantu od kompanije, koja se bavi proizvodnjom i prodajom automobila i auto-delova i u kojoj je obezbedio svojoj ćerki automobil s takvom lakoćom kao da je na kiosku kupio novine. Uvek je govorio da njegovo dete neće nikuda ići peške, ili u kolima prljavih taksista s bliskog istoka. Njen otac će sve učiniti da novcem nadoknadi ono što ne može pažnjom i roditeljskom ljubavlju, jer njen otac je veoma zauzet čovek koji stalno putuje i koji je poludeo od zlatne koke, koju mu je neko uvalio u krilo. Njen otac puši dve paklice dnevno, jer je često nervozan kada nešto krene po zlu, naročito što se tiče poslovnih putovanja, pregovora sa stranim partnerima, tona procedura i još više tona papirologije koju treba pregledati i prečešljati i onda opet tone sastanaka i opet tone procedura — bio je to zlokobni krug bogaćenja, u kome je bio uklešten i koji se ne zatvara u piramidi koja je bila država u državi. Kako bi se njen otac izrazio: „Bile su to mračne strane usrane birokratije”.

Njen otac u stanju je da popije flašu viskija bez ikakvih problema, kada ima komplikacija u kompaniji, ili posao ne ispadne onako kako je on zamislio. Sada je čekao i pripremao se za „bitku decenije” s Japancima. Ponekad bi se u šali izrazio da je u ekonomskom sukobu s Japancima koji im stalno dišu za vratom i pokušavaju da im osvoje tržište novim modelima. Ali ono čega matori gad nije bio svestan je da je svoju kćerku naterao da istopi gume na putu, kako bi se kući vratila na vreme, samo zato da bi on stigao za „bitku decenije” i nije bio svestan da ona rizikuje život. Naime, dok matori gad u svojoj sobi bira koju će kravatu staviti, koji će sako obući, hoće li uskladiti boje i dobro se nalickati u ogledalu, Mišel tamo negde između Meksiko Sitija i granice sa Sjedinjenim Državama rizikuje mnogo. Ni sama nije bila svesna te težine rizika i koliko je malo potrebno da se sve mnogo zakomplikuje izvan svakog poimanja „normalnog”.

Negde na putu je Stjuart počeo da usporava. Njegov levi migavac je treptao. Usporavao je lagano sve dok nije stao. Mišel je zaustavila ševrolet odmah iza njega. Osim što je produžavao pravo, put je nudio skretanje levo odakle je počinjao uži peskovit put. Izašli su.

— Evo, ovo je taj put o kome sam ti govorio — zatvorio je vrata Džo, pokazujući na skretanje. — Ali imamo problem...

— Kakav problem? — pitala je.

— Nestaje mi gorivo — rekao je Stjuart. — Nećemo imati dovoljno da odemo s tobom do granice i da se vratimo.

— Šta onda predlažete? — pitala je Mišel.

— Mogli bismo do sledeće pumpe, ali to bi podrazumevalo još dosta putovanja napred, ili mnogo vraćanja nazad — rekao je Džo.

— Koliko je komplikovano odavde pronaći put?

— Ne preterano. Odavde ne možeš da zalutaš. Pustara je gadura, ali ovaj put prolazi kroz jedan njen delić. Vozi oprezno, pun je nezgodnih krivina, ljudi koji poznaju Meksiko ovuda često prolaze. Kad budeš prolazila, videćeš s leve strane prenoćište, zove se „Pustinjski cvet", drži ga Manuel Dijaz, moj dobar prijatelj. Reci mu samo da si nećaka Džoa Lisice i dobićeš tretman kao da si u hotelu s pet zvezdica.

— Džo Lisica? — nasmejala se Mišel. — Otkad tebe tako zovu?

— Duga priča — izbegao je da odgovori, uz tajanstveni osmeh i nastavio. — Kad izađeš iz pustare, skreni levo i prati taj put, odvešće te pravo do granice, to je barem lako. Uglavnom, učini kao što sam ti rekao, jer nećeš moći da izguraš ceo put noćas. Moraš da spavaš, a ja ću ga u međuvremenu pozvati da zna da dolaziš — počešao se po glavi i pogledao okolo i potom upitao. — Ovo je onda do sledećeg viđenja, zar ne?

Mišel se nasmejala, potvrdila i raširila ruke.

Džo je prišao i zagrlio je.

— Znaš da ne volim duge rastanke, uvek se rastužim, zato čuvaj se, želim ti sve najbolje na ovom svetu — i poljubio je u čelo. — Javi se kad stigneš do granice.

— Hvala. Bilo mi je drago provesti odmor kod vas. Javiću se.

Pozdravila se potom i sa Stjuartom. Bila je tako sićušna u njegovom zagrljaju. Izgledalo je kao da grli malo dete.

— Slušaj, moramo negde da svratimo po gorivo. Nisam siguran hoćemo li imati da se vratimo — rekao je Džo.

— Važi — Stjuart je potvrdio. Bio je lak za svaki dogovor i prava drugarčina. Mišel je s osmehom gledala kako se dogovaraju, dok odlaze prema kolima. Bila je srećna što su se za kratko vreme združili, naročito jer je nekada davno saznala da je Džo želeo sina koga nikad nije dobio. Izgleda da je barem privremeno video neispunjenu želju u Stjuartu. Mahala im je dok su se okretali i polazili. Stjuart je zatrubio par puta, a potom zaprašio i ubrzo su zamakli iza prve krivine, ostavivši za sobom peščani oblak. Uzdahnula je i posle kraće pauze se vratila u automobil.

***

Mrak se ubrzo ugnezdio iznad čitave pustare negde u Meksiku, dok je Mišel vozila putem koji joj je stric Džo pokazao. Pokušavala je što manju destinaciju da ostavi za sutrašnji dan. Ni od koga ni traga ni glasa, zaista je delovalo kao mesto od kog je i Bog digao ruke. Ni najmanje naznake da je bilo šta naseljeno živim dušama, bez obzira koliko milja prelazila i bilo joj je čudno da tu uopšte neko drži hotel. Ali ljudi svašta izvode kada je savremeno doba u pitanju, tako da je u neku ruku ništa nije čudilo. Oči su joj bile premorene. Kapci su se spuštali nežno, lagano i potpuno neprimetno, dok su istovremeno delovali teško kao metalna vrata.

Krevet. Njen topli ležaj prošetao je mislima. Loša ideja i loša misao, naročito u situaciji kakva je ova, ali iako nežna, stezala je um snažno, kao da ga steže krokodilska čeljust. Mekan i neodoljiv, gotovo da je mogla osetiti njegovu toplinu. Omiljeni jastuk sa likom

Mornara Popaja, udoban poput oblaka koji joj je godinama milovao lice i na kom je imala bezbrižan san, gotovo da je osećala njegovo prisustvo i njegovu mekoću na sopstvenom obrazu, usput se pitajući gde je jebeni hotel nestao. Rešila je: voziće samo dok ne stigne do famoznog „Pustinjskog cveta" kod Manuela Dijaza i to je to. Onda će...

Ta misao za trenutak se zacrnila kao filmsko platno, čija traka je isečena makazama. Bio je to samo jedan sekund kada ju je pesnica premora nokautirala. Mišel se trgla. Na čelu je osetila bol. Njena glava nesvesno je pala napred i udarila o volan, dok je auto počeo opasno da se ljulja, očito skrenuvši s puta.

Istog momenta kada je podigla pogled nešto je bilo ispred nje, ali to je bilo tako brzo da nije ništa mogla. Pokušala je da zakoči, ali bila je to neka prilika ispred nje i jedan sekund zakasnele reakcije. Trenutak zatim začuo se snažan udar o haubu, frenetična dobovanja po krovu, kao da kamenje pada po njemu i onda udar na zadnjoj strani vozila. Gume su zaškripale hrapavim zvukom drobeći pesak i zemlju od naglog kočenja.

Mišel je uplašeno vrisnula, pokušavajući da obuzda svoj ševrolet. Ponašao se kao bik na rodeu. Nervozno se ljuljao na bokovima, kao da pokušava da istrese svog vozača napolje. Imala je neizbežan i onaj stravični, momentalni osećaj da će se prevrnuti.

Napokon se zaustavila, jedva nazirući stvari ispred sebe od gustog oblaka prašine, koji je digla mahnito kočeći i krivudajući. Disala je brzo i isprekidano, razbuđena u trenutku. Ne, to nije bila divljač, neki divlji pas, ili nešto slično, nikakva divlja životinja niti pas nije hodala uspravno. Želela je da užurbano skine pojas, ali u jednom momentu sedela je samo paralisana od straha, ubrzano dišući, dok joj je zla misao puzala uz vijuge mozga i šaputala: „Mišel, upravo si ubila nekog". Trgla se i počela da skida prokleti pojas. Čak je i ta radnja u kobnom i napetom trenutku bila komplikovana za izvođenje, kao otvaranje sefa sa nepoznatom kombinacijom.

Preturala je po svom rancu, tražeći baterijsku lampu. Napokon se oslobodila pojasa i užurbano izašavši iz auta oprezno pošla u pravcu nezgode, osvetljavajući ispred sopstvenih nogu kroz mrkli mrak. Zvuci cvrčaka i šuštanje peska s kojim se vetar veselo igrao bili su jedini zvuci, dok su je odozgo posmatrale samo ravnodušne zvezde. Shvatila je da je prilično skrenula s puta.

Pokušavala je da ostane smirena, iako to nije bio nimalo lako. Uskoro je pronašla to u šta je udarila i taj šok stegao joj je kičmu kao nevidljiva ledena stega i ukočio joj noge. Žrtva je definitivno bio čovek; ležao je potrbuške nedaleko od puta i nije se pomerao, nije jaukao, nije se previjao, nije se oglašavao, nije davao nikakve znake života, zapravo, nije ni mrdnuo. U prvim trenucima nije mogla da se pokrene. Noge su joj se paralisale.

— Gospode Bože! — uplašeno je prošaputala Mišel, dok su joj od straha navirale suze. Gotovo ironično zvonio je glas Džoa u njenoj glavi: „Vozi oprezno, put je pun nezgodnih krivina, ljudi koji poznaju Meksiko ovuda često prolaze”. E ako je tako, onda neka dođe stric Džo i neka upita stranca, kog je upravo lansirala preko auta i verovatno mu polomila polovinu kostiju u telu, šta traži peške u nedođiji. Najverovatnije ga je i usmrtila.

Sve zbog nečijeg službenog puta. Rezultat je bio bespotrebna žurba i saobraćajka s moguće mrtvim čovekom. Bila je to još jedna žrtva, koju će pored Benija, možda, nositi na savesti. To je krivično delo i to još krivično delo u stranoj zemlji, u zemlji zvanoj Meksiko, u kojoj je čula da su zakoni drugačiji, suroviji i sa mnogo manje suđenja i vrlo nepredvidivim ishodima, koji se dešavaju i sa ove i sa one strane stola.

Pritrčala je do unesrećene osobe, uplašena i od same pomisli šta bi joj se moglo desiti ako je stvarno mrtav, dok je svetlo iz baterijske lampe poigravalo u njenoj ruci. Klekla je pored njega i dodatno se zbunila. Videla je da onesvešćena osoba ima pokrivenu glavu nečim. Isprva joj se učinilo da je to marama, ili neka tkanina da zaštiti lice od peska i vrućine i ignorisala to, pokušavajući da se uprkos serijama šokova priseti instrukcija prve pomoći. Oprezno je zavukla ruku ispod tkanine, pokušala da na vratu proveri puls, dok joj se znoj cedio s čela. Veliki deo tereta pao je s njenih leđa kada se usredsredila i napipala tu zlatnu kucavicu, koja je još udarala pod njenim jagodicama i koja joj je možda umanjila šansu da o koledžu mašta iza rešetaka negde u Meksiku. Nije mogla da oceni da li slabije radi ili ne, ali u svakom slučaju kucala je, stavljala joj do znanja da joj neće još neko visiti na savesti. Nije bila sigurna da li bi ga trebalo pomerati, jer nije znala da li je još nešto povredio, možda kičmu, a u tom slučaju ne bi smela da ga makne s tog mesta, osim ako nije ceo fiksiran za neko improvizovano nosilo. To bi tek bio pakao i glavobolja, jer bi za taj posao bile potrebne dve ili više osoba. A ona je bila sama usred govnjive pustare „gde svi idu kolima", osim kad Mišel ide tamo. Tada nekim čudom reše da u gluvo doba prošetaju, a njoj se naprasno prispava za volanom pri brzini od sedamdesetak kilometara na čas. Mišel je bila toliki maler da će i na pustom Antarktiku naleteti na milionski grad, ili će usred Afrike umreti od hladnoće. Sada je možda pogrešila što nikog nije povela sa sobom, ali imala je najbolju nameru, nikom nije želela da kvari odmor. Poznajući svoje drugarice, one bi na ovo reagovale još paničnije, vrištale bi i skakale naokolo, plakale i odjednom gluva pustara postala bi življa nego ikad i možda bi napravile još veću konfuziju. A ko zna, možda bi pokušale da je ubede da jednostavno zbrišu. Avionska karta je tek bila žeravica koja je pekla kroz sve pore njenog mozga. Sada je naprasno poželela da se izbori s fobijom od letenja radije nego da se bori za život nekog kog je pokupila autom, tačnije haubom.

Udarena osoba ležala je i dalje nepomično. Dok je vozila, onako temperamentna za volanom, iz krivine je izašla s neprilagođenom brzinom i zaspala na sekund-dva i umesto da nastavi putem, isekla je blažu i naivnu krivinu i nastavila pravo. Neka mračna strana pokušala je da prevagne u njoj. Bila je zla, podmukla. Šaputala je s namerom da u toj zloj misli ipak ima logike: „Ma ovo je Meksiko, pustara, ostavi ga, proći će ko zna koliko dok ga neko ne nađe. Ti ćeš biti s one strane do tada. Ko zna ko je ovaj, šta je".

Ne, ne, kada je razmislila ne bi trebalo da ga ostavi tako, imala je ljudskosti toliko, ali strah je pokušavao da odigra svoju preteranu ulogu i natera je da pobegne odatle što pre. Odlučila je da to ne radi. Kada je situacija krenula loše, neka ide loše do kraja.

Odlučila je: prvo kakva-takva provera, pa makar i ona laička. Možda je delovala glupo i naivno, ali drugog načina se nije setila u datom momentu. Kada je već ležao potrbuške, prešla je dlanom preko širokih leđa. Ruke su joj se tresle. Nije primetila pod prstima nikakvu deformaciju koja bi se mogla zapaziti ili napipati u slučaju polomljene kičme. Ali povređena kičma bez primetnih spoljnih faktora bila je tek druga priča.

— Kopile jedno, šta si mi ovo priredio — progunđala je Mišel držeći lampu u zubima i hvatajući unesrećenog ispod pazuha, odlučivši da rizikuje. Ipak, to će biti teži posao nego što je isprva mislila. Mišel Rejnolds bila je visoka svega metar i šesdeset šest-sedam santimetara i imala jedva pedeset kilograma, a „kopile" je bilo ogromno naspram nje, muškarac definitivno, čovek-stena po konstituciji, viši za tridesetak santimetara i na prvi pogled duplo teži od nje. Padala je par puta zajedno s njim, saplitala se, pridizala se ponovo, gunđala i psovala dok je pokušavala da ga skloni dalje od puta. Kada je taj posao bio završen, Mišel je ostala znojava i imala osećaj kao da je konopcem vukla sopstveni automobil. Položila je unesrećenog blizu jednog kamena, gde je ostao i njen auto. Razmišljala je: možda će imati sreće ako neko naiđe. Zamoliće nekog da joj pomogne da ga odveze do najbliže bolnice, slagaće da joj je auto u kvaru i da nema vremena. Podmukla misao, ali u neku ruku očajnička. Bila je preplašena i nije smela da pomisli da ostane i da se sama bori za njegov život.

Tek kada ga je teškom mukom okrenula na leđa dodatno se šokirala. Ono što je mislila da je marama ili tkanina da zaštiti lice bila je u stvari maska. Zapravo, bila je to neka crna dotrajala koža, koja je dobila braonkastu nijansu od sloja prašine i peska koji se nataložio i nalepio na njoj. Izgledala je kao ručno izrađena fantomka s prostim i nevešto prosečenim rupama za oči i usta. Ta stvar na licu nepoznatog čoveka izgledala je avetinjski i sablasno, možda je mašta u trenucima divljanja radila svoje, ali imala je osećaj kao da nema lica iza te đavolje crne kože. I ostatak odeće, izbledela jakna i majica, izgledale su staro i dotrajalo, kao da su godinama na toj osobi. Imao je crne rukavice probušene na prstima. Njegova šaka bila je zastrašujuće krupna, masivna i puna brazdi i ožiljaka. Bila je obmotana nekim parčetom tkanine koje je vidno prokrvarilo. Jedan stisak tom monstruoznom lopatom bi joj smrvio grkljan, kao od šale (ponovo mračne misli u trenucima kada mašta i previše daje sebi volje), ili nešto gore. Ta strašna pomisao prošla joj je kroz glavu, dok je u ruci držala tu zversku šaku i pokušavala da proveri puls na njenom korenu. Nešto slabiji, ali ipak se mogao naći. Počeo je ponovo da je hvata strah. Možda je neki kriminalac u pitanju, ali ako jeste, šta radi u pustinji usred ničega „u kojoj svi idu kolima da uhvate prečicu"? Možda beži od policije? Ova pustara i nije tako loše mesto za sakrivanje, makar privremeno. Na nozi je imao zavezano parče tkanine na kom se videla crvena mrlja. Možda je član nekog narko-kartela koji je preživeo puškaranje ili smaknuće? Možda je ovaj čovek bio nešto gore od toga? Pala joj je na pamet ideja da mu možda veže ruke. Gotovo istog momenta je to odbacila. Kakva je onda to pomoć? Bolje ga ostaviti odmah. A i zapitala se šta će biti kad se osvesti i vidi da je vezan? Neće nimalo biti srećan, sigurno. Najbolje rešenje će biti da ga se na „fin" način ratosilja, ako neko naiđe, makar morala da laže u vezi s autom.

Meksiko je bio na dosta lošem glasu, osim same prestonice od dvadesetak i kusur miliona stanovnika, koja je zaista bila čarobna za turiste. Naslušala se dosta loših priča o toj zemlji, svašta se po njoj motalo, jer je dosta kriminalaca bežeći od zakona pronašlo utočište baš u Meksiku, pošto je bio jedna od retkih zemalja koja ne izručuje prestupnike i sa tankim nitima zakona, kojima je lako manipulisati. Ali sve je to rekla-kazala, nije mogla biti sigurna koliko su te priče istinite. Kako god se situacija razvijala, osećala se krivom, neznanac niti ju je ugrozio niti je to mogao, a sama je zaspala za volanom. Taj osećaj krivice bila je najjača barijera koja ju je sprečavala da odmah sedne u auto i zapraši putem.

Posle prvobitnog šoka koji je prošao, smirila se i proradila je malo snalažljivost u njoj. Želela je još nešto da proveri pre nego što se odluči na bilo šta. Iz prednjeg džepa svog prsluka izvadila je ogledalce koje je uvek iz navike nosila sa sobom i postavila njegovu površinu ispod nosa povređenog čoveka, držeći ga tako par sekundi. Još jedno veliko olakšanje usledilo je kada je pri svetlosti lampe pogledala glatku staklenu površinu. Bila je neznatno zamagljena. Povređeni čovek nije u životnoj opasnosti. Diše i ima puls — dva pozitivna signala da ova noćna priča neće imati tragičan kraj. I na kraju, oprezno mu je podigla glavu, a drugom rukom, počevši od brade dohvatila kraj maske i sa izvesnim strahom počela da je skida naviše, kako bi mu olakšala disanje. Plašila se onoga što će videti ispod nje. Kroz misli joj je prošlo desetine mogućih slika, kako je ta sablasna masketina silazila s lica nepoznatog čoveka. Zamišljala je izvitopereno, deformisano, bez jednog oka, bez dela lica, unakaženo opekotinama, ona gnusna lica maskiranih koljača u tinejdžerskim hororima, koje je nekad gledala. Ređale su se čitave slike takvih, dok je s nepoznatog lica skidala nešto što je ličilo na samo jedno parče kože, ali njegove težine, one prave težine ni u najgorem košmaru nije bila svesna.

Ukazalo se pred njom pomalo ostarelo lice, grubo, sa ponekim sitnim ožiljkom od posekotine i oštrim crtama, kraćom, crnom, proređenom kosom koja je uhvatila poneku sedu i retko izraslom bradom i brkovima na kojima se takođe belila poneka seda vlas. Mogao je imati oko četrdesetak, po njenoj proceni, jer je još uvek izgledao u dobroj formi, sudeći po telu i rukama.

Nije joj se nimalo svidelo ono što je videla, pre svega zbog prisećanja na tragediju dok je pratila Stjuarta i strica Džoa na putu nazad, tragedije koja ju je i dovela ovde, na kraju krajeva. Po izgledu gotovo je bio starija replika mrtvog Benija Tompsona, koja je izgledala još robusnije i još sirovije nego njen bivši dragi. Neki grubi siledžija s obzirom na, iz njene perspektive, neljudski i životinjski građeno telo i šake koje su za nju bile ravne medveđim šapama. Nije želela da se podseća ponovo svog agresivnog i poludelog momka, gledajući neku grubijansku nakazu, koju je udarila kolima. Da možda leži neki zgodniji momak, lepši, plavušan po mogućnosti i definitivno mlađi, jer nikada nije trzala na starije, onda bi brinula o njemu i ne bi ga ispustila, a opet, ako je u blizini hotel, iskoristiće priliku da mu se tamo izvini kako dolikuje, a ovako, neki gospodin divljak koji je možda stariji i od njenog oca i koji uprkos godinama izgleda kao da može da zdrobi auspuh njenog automobila zubima i nije baš delovao kao neko kome treba poklanjati previše pažnje. Daleko od toga i da bi bio dobar saputnik.

Mišel se razvrtala okolo. Kao za inat, nijedan automobil nije prošao od kada se nesreća desila, a želja da ga se otarasi se naglo povećala, kada je videla lice ispod maske. Slaba je bila šansa da će bilo ko naići. Bilo je gluvo doba noći. Kada mu je ponovo oprezno spustila glavu na zemlju, na svom dlanu ugledala je krv.

— Sranje! — progunđala je i histerično počela iz džepa da vadi pakovanje papirnih maramica. Počela je užurbano da se briše. Nije volela krv nimalo. Uvek je grčila lice i okretala glavu, ako bi je kojim slučajem ugledala. Čak je i prilikom vakcinisanja okretala glavu. Nije bila sigurna koliko je teška povreda, ali je za svaki slučaj skoknula do auta po komplet prve pomoći.

Auto je još uvek stajao na istom mestu sa otvorenim vratima. Zaboravila je od tolikog šoka i da ih zatvori i izvadi ključeve. Da je ovo uradila u naseljenom mestu, neki srećnik bi se mogao počastiti lako zarađenim ševroletom. Skinula je telefon sa punjača i počela listati svoj podsetnik u kome se nalazio spisak važnijih brojeva u Meksiku.

Ali od te ideje moraće ubrzo da odustane, jer kada je pronašla taj broj *065* kojim će pozvati hitnu pomoć, na displeju telefona joj je pisalo *No signal*. Tek je tada primetila naprslinu na vetrobranu svog automobila. Udario je glavom, nadala se ne prejako, a krug njenih mogućnosti sve se više sužavao. Mogućnost da pozove bilo koga ili bilo šta upravo je otpala. Moguće bi bilo možda uhvatiti signal s nekog mesta, ali situacija bi se mogla iskomplikovati još više u međuvremenu, jer nijedna povreda glave ne bi se trebalo olako uzimati u obzir. Iznervirano je bacila telefon na suvozačevo sedište i sela u auto. Oprezno vozeći u rikverc i pazeći gde ide lagano se približavala mestu nesreće. Povređeni čovek bio je označen svetlom baterijske lampe i videla ga je vrlo brzo nakon što je savladala neko-liko talasastih uzvišenja na kojima je lako mogla polomiti osovine u svem onom prethodnom tumbanju. Dovezla je automobil blizu povređene osobe i sa zadnjeg sedišta uzela plavu kutiju za prvu po-moć. Pokušaće sama. Ali tek sada je shvatila kolika je razlika između žive žrtve i lutke na kojoj su vežbali prvu pomoć u školi.

Otvorila je paket i izvadila uredno upakovanu gazu. Zubima je pocepala pakovanje, dok je drugom rukom preturala tražeći flaster.

Polako i nežno je podigla glavu unesrećenog i pogledala gde je rana. Nije bila ekspert da proceni, ali rana nije bila na prvi pogled previše opasna. Udarac je napravio posekotinu od nekoliko santimetara, ali bolje za svaki slučaj da je zaštiti i da se nada da je iznutra sve u redu. Prokleti signal, i žurba, i spavanje za volanom, i maler koji je prati čitavog života! Dezinfikovala je, postavila gazu na ranu, pridržavajući mu glavu kolenom i zalepila je na uglovima, a zatim ju je ponovo oprezno spustila. Ustala je i ponovo se osvrnula oko sebe. To je bilo otprilike sve što je mogla učiniti u trenutnoj situaciji. Pogledala je prema otvorenim vratima auta i gotovo istog trenutka odmahnula. Pomislila je da je možda bolje da bude unutra, jer napolju u pustinjskim i polupustinjskim predelima temperatura naglo opada, ali nije mogla to da učini. Na jedvite jade povređenog je odvukla od puta, a ubacivanje u auto bi bio samo rizik da ga povredi još više, a i sama je svesna da nije imala dovoljno snage da to izvede potpuno sama. Prišla je i blago ga prodrmala za rame. Na pozive „hej” i „čuješ li me”, nije se odazivao.

Za sada je samo nepomično ležao i davao znake života.

Izvukla je kofer sa zadnjeg sedišta. U njemu su bila spakovana dva ćebeta. Jedno je zamotala u jastuk i oprezno ga stavila ispod glave povređenog čoveka. Drugim ga je pokrila i nadala se da će to biti dovoljno, dok ne pronađe neku pomoć. Nadala se da će bar neki auto naići.

Povređena osoba bila je dobro zbrinuta i ušuškana, obezbeđena da se barem ne smrzne dok je u nesvesti. Činilo joj se tako dok ga je posmatrala odozgo. Nije joj još mnogo preostalo, sem da bude kraj njega i moli Boga da se naknadne komplikacije ne pojave. Ako je jedina cena cele ove nezgode da ga samo odveze ujutru do prve ambulante, ili makar do hotela o kom je stric Džo pričao, onda će je prihvatiti bez pogađanja.

Pogledala je ponovo u telefon koji je onako bačen na sedištu ležao i sa prozora je videla da i dalje stoji *No signal* bez ijedne crtice pored oznake za jačinu signala. Uzela je beskorisnu spravicu i umorno sela na zadnje sedište auta, posmatrajući osobu koju je katapultirala preko krova svog ševroleta.

Tek sada kada se sve smirilo i adrenalin malo popustio, počela je ponovo da oseća kako umor gmiže po njenom telu i uvlači se kroz kožu. Nije znala šta je osvaja više: umor ili taj post-šok efekat. Možda bi mogla odmah da produži dalje s njim u kolima, dok barem ne dobije signal da pozove lekara. Ali to bi bio veliki rizik. Bila je potpuno premorena i smrvljena. Opet će se, možda, ponoviti nezgoda. Bože, toliko je bila nesigurna i zbunjena u tim trenucima da su joj potekle suze, verovatno od post-šok efekta, kada je shvatila šta je zapravo učinila.

Držeći se straha od eventualnog ubistva i da će možda imati košmare o nekom prljavom, ostarelom, maskiranom čoveku, koji joj ne da miran san, nije mogla ni osetiti nikakav umor, ali sada kada je ta opasnost gotovo prošla, glava joj je bila previše teška da je uopšte drži uspravno.

Trgla se. Uhvatila je sebe kako drema. Povređeni čovek ležao je nepomično i dalje. Protrljala je oči osećajući da ispod kapaka ima igle koje je bockaju svaki put kada pokuša da ih drži otvorene. Koliko je prošlo? Na telefonu jedva pola sata. Njoj se učinilo kao jedan minut.

Tada je opet počela da se budi sumnja. Majka joj je uvek govorila da izbegava razgovor i susret sa strancima, a stranac kog je zamotala u svoju ćebad izgledao je pomalo i sumnjivo. Ko je on? Nije joj bilo prijatno da mu pretura po džepovima kako bi možda našla neke isprave, ličnu kartu, pasoš, bilo šta. Mogao bi da bude nešto loše, to joj je svest počela govoriti. Mogao bi biti kriminalac. Mogao bi biti bilo šta, a ako je kriminalac za početak njen auto je delovao kao poprilično unosno parče robe, a i sama Mišel takođe nije bila loše parče, mogao bi je... Uh... Zatvorila je oči i nije želela ni da misli o tome kako bi eventualno iskoristio situaciju i iživljavao se nad njom u gluvoj pustari, u kojoj je mogla da vrišti do mile volje i niko je neće čuti kilometrima unaokolo. Možda bi je mogao i prodati, kao belo roblje. Pričalo se bezbroj puta o toj crnoj industriji i to jednoj od najunosnijih. O da, bilo je to rasprostranjeno u svim zemljama, pa i u Meksiku. Na hiljade njih završi kao žrtve trgovine ljudima, koga je briga da li je to zločin protiv čovečnosti ili ne, nikada više ne vide ni kuću ni porodicu, a mnogi budu i ubijeni, ako se pojave kao svedoci protiv svojih bivših šefova. Mogao bi biti, još gore od toga, psihopata ili ubica, a ima ih skoro na svakom koraku. Sudeći po izgledu i građi neće mu predstavljati problem da je uzme ukoliko to želi.

Mnogi čak i ne budu osuđeni zbog lošeg pravosudnog sistema, koji je prezahtevan po tom pitanju i oni i dalje šetaju slobodno. Mišel je zažmurila i protresla glavu, mora otresti te misli, bukvalno je mogla čuti glasove majke koja je upozorava i spikera sa televizije koji ravnodušno govori crne statističke podatke o tome koliko potencijalnih zločinaca i koje vrste šeta slobodno. Tada joj je prošla i ona najgora pomisao... Uplašeno se okrenula i pogledala u povređenog čoveka. U tim psihički iscrpljujućim sekundama, koje su je razdirale između neizvesnosti i premora, čula je tu sopstvenu pomisao, da, čula je tu misao jasno i glasno kao da ju je naglas izgovorila: „Šta ako nije onesvešćen?”

Šta ako jeste neki zločinac i samo se pravi da je onesvešćen? Možda samo čeka zgodnu priliku, čeka je da zaspi pa da skoči i krene u akciju. Mogao bi je zadaviti samo jednom rukom i pri tom da ne trepne, sudeći po zverskoj konstituciji, mogao bi svašta s njom učiniti, a ona mu još ukazuje pomoć.

Na kraju je ustala. Nije mogla dozvoliti sebi da zaspi s takvim mislima, koje joj je njena neistrenirana psiha uporno izbacivala u pokušaju da je slomi i ubedi je da ostavi neznanca. Borila se sa paranoičnim razmišljanjima, koja su je ozbiljno gurala do granice panike, na kojoj se više nije plašila da li je neznanac živ, već ju je veći strah hvatao od toga što je živ i ko zna šta je. Trebalo je oterati takve bauke iz glave, jer po prvi put bila je odgovorna za nečiji život i to nakon što je godinu dana ranije brutalno bolnom metodom naučila šta znači nositi nečiji život na savesti.

Negde pred svitanje njena napetost doživela je vrhunac. Nepoznati je progovorio i načinio prve pokrete.

* * *

... Mogao sam postaviti pitanje: kuda otići sad?

I nisam ga postavio jednom, postavio sam ga sebi stotinu puta, dok sam lutao pustarom gubeći svaki pojam o vremenu i preživljavajući od crva i guštera u prokletoj nedođiji. Prešao sam beskrajne milje od te kobne planine, sa koje sam jedva uspeo da izađem. Okružena „Jurišnicima" i barikadama u podnožju, kao i patrolama koje su uz potok tražile preživele zajedno sa psima tragačima, predstavljala je jebenu ratnu zonu usred teritorije jedne suverene zemlje. Paravojna jedinica, koja slobodno puškara, bombarduje avionima i ubija sve na šta naiđe, a niko iz vlasti na to nije ni trepnuo, makar to bila i vlast Meksika. Terencima cirkulišu u nižim delovima planine, dok se u višim vodi krvava borba sa obolelima. Ni sam ne znam kako, ali uspeo sam da zaobiđem sve te prepreke. Napokon mi je znanje iz ratova poslužilo za nešto konkretno. Koliko će me još služiti nisam mogao biti siguran, ali znam da sam takođe morao da bežim po zaklonima od divljeg rastinja i uvala, krio se ispod pukotina i kamenja kao gmizavac svaki put kada bih začuo helikopter. Možda nije njihov, ali ako jeste, jedan hitac odozgo snajperom završiće čitavu tužnu priču, koja me je snašla i ugasiće i najmanju mogućnost da svetlost dana ugledaju dokazi koje posedujem.

Naseljenih mesta nije bilo, niti sam video kuće. Poslednje što se tiče živih što sam video je da „Jurišnici" naoružani do zuba češljaju planinu i ubijaju sve na šta naiđu. Da li je moguće da taj anonimni umobolnik, koji je kreirao živi košmar, ima toliko novca da podmiti čitav vrh Meksika kako bi ih slobodno pustili da vršljaju i ubijaju? A ima li novca i za strateške bombardere u slučaju nužde? Prilično neverovatno, ali realnost je govorila drugačije, a ko zna, možda je i armija lično bila umešana.

Nisam mogao da pronađem put nazad, jer jedino što sam poznavao je sam zatvor i njegov krug unutar zidova. Kako sam stigao do planine i kojim putem nikad nisam saznao, jer su mi oči bile vezane. Improvizovao sam, služeći se osećajem. Nikakav putokaz, nikakvo naselje, nijedan živ čovek usput, makar bio i jebeni nomad; ništa — taj deo zemlje izgledao je zaboravljen od svih.

Možda je ova jebena suva nedođija uspela da me pobedi, ili nisam više bio oštar kao nekada. U nekom vremenu lutajući kroz crnilo noći razmišljao sam o tome kakve su šanse da završim upravo ovde, u nekoj ogoljenoj pustari s obzirom da sam jedva hodao, a zaliha vode koju sam uzeo sa planine nestala mi je odavno. Razvlačio sam je koliko sam mogao, ali jednom i to ode, makar odlazila kap po kap. Već sam to prošao i osetio kako izgleda dehidrirati gotovo do smrti. I upravo to od čega sam strahovao i što sam već znao obistinilo se — bez vode je pakleno teško izdržati. Žeđ? Gora je nego svaka glad.

... Jedina stvar koja mi je dala nadu bilo je svetlo. Ne, to nije bilo ono rajsko svetlo. Da sam umro, raj bi bio poslednja stvar koju bih video. Bilo je to svetlo farova nekog auta. Dok sam sakupljao poslednje deliće snage da preživim izleteo je niotkuda. To je bilo poslednje što sam video. Svetlo a potom...

Mrak...

Crnilo...

Ništavilo...

Ispunili su me potpuno...

✳✳✳

Nisam očekivao da se uopšte probudim, ali nekim čudom jesam. Očekivao sam možda ponovo zatvor, možda da budem vezan u nekom karantinu, ili na drugom nekom morbidnom mestu sakrivenom od svih očiju, ali ništa od toga nije bilo. Bio sam i dalje u pustinji, istoj onoj kojom sam lutao pokušavajući da preživim, ali je napokon počela da dobija obrise pod svetlom ranog jutra. Ležao sam pored finog automobila pokriven ćebetom. Vrata su bila otvorena. Komplet za prvu pomoć na zadnjem sedištu — otvoren, izgledao upotrebljen. Ponovo sam bio zbunjen i to je bio apsolutno isti osećaj kao kada sam se probudio u prvoj noći mog užasa, svaka kost bolela me je u telu, u ovakvom stanju mogao me je ubiti bilo ko bez ikakvih problema, ali bio sam tu, još uvek živ, uopšte ne znam kako.

... Tada sam osetio nešto što je najbliže uznemirenju za sve ove godine robovanja i ujedno ubijanja po „Don Hozeovim" čistilištima. Pod prstima osetio sam kožu, ali kožu sopstvenog lica. Moje maske nije bilo! Na kolenima sam se dovukao i na staklu otvorenih vrata ugledao sam sopstveni odraz, koji nisam video toliko dugo vremena. Ko je bio taj čovek tamo koji me gleda? Istrošeno, i ratovima izmožđeno lice monstruma pojavilo se pred mojim očima. Lice koje nikada više u životu nisam želeo da gledam. Bilo mi je lakše da budem bezlična avet u onom zatvoru bez ikakvog pravog dokaza o mom postojanju, nego ono što sam video u tom prokletom staklu. Bio je to popriličan šok, šok koji rečima ne mogu da opišem, šok ponovnog vraćanja u stvarnost. Povratak mene u mom najgorem izdanju u onome što sam preživeo noseći uniformu i boreći se u ime demokratije po svetu. U zatvoru sve uspomene bile su mrtve: prošlost, budućnost, kao i svi tužni momenti trenutne sadašnjice — sve. Postojala je samo trenutna

situacija i povremeni momenti kada uspomene dođu kao daleki eho, ali sada, kada sam ponovo video to jebeno lice koje nisam želeo da vidim, bile su jasnije nego ikad i ispred tog lica proletele su sve godine pucanja, eksplozija i ratovanja širom sveta od Kube pa do krajnjih najkrvoločnijih delova jugoistočne Azije. Jednostavno govoreći, mrzeo sam to lice. Zakleo sam se da ga neću nikad videti koliko sam ga mrzeo, ali ipak vremena za mržnju nisam imao...

— Hvala Bogu, živ si! — začuo je glas iza sebe i prenuo se. Na trenutak je i oklevao čak i da se okrene. Glas je bio ženski i nije zvučao nasilno, već zabrinuto. Dželat je klečao na jednom kolenu i bio hipnotisan sopstvenim licem, zverajući u svoj odraz, kada mu se nepoznati glas obratio. Nekako je sakupio snage, pridigao se i okrenuo.

Pred njim je stajala devojka. Obično odevena. Kao slučajni prolaznik. Imala je kraću kosu boje sena, razbarušenu i sa više nepravilnih krajeva. Na njoj siv prsluk sa dva prednja džepa, ispod koga je nosila tamniju bluzu sa dugim rukavima i tamniju plavu mini suknju, koja se pružala do kolena. U njenom odevanju moglo se zapaziti dosta tamnijih boja i nijansi. Na jednoj ruci nosila je narukvicu koja je izgleda imala više sentimentalnu nego materijalnu vrednost, jer nije bila od nekog plemenitog metala, dželat je posebno uhvatio taj detalj. Imala je i neki čudan privezak na sebi. I na nogama sive patike, lagane i fleksibilne ali kvalitetne na prvi pogled. Prvi utisak je da je devojka izgledala samo devojački i bezopasno. Njen pogled bio je zabrinut, uplašen i nesiguran.

Blek je spustio pogled naniže i zaustavio ga upravo na njenoj ruci.

... Spazio sam da je držala mobilni telefon, dok mi je prilazila. To je bio znak za opasnost u mojim očima. Možda i znak za akciju, za reagovanje, jer to je bio jedan običan devojčurak, a uz nju i auto, ali bio sam smešno i ponižavajuće slab da uradim bilo šta. Ujedno, osećao sam opasnost, bez obzira što me neko zbog toga mogao nazvati

paranoikom. Mogla je nekog pozvati, mogla me je prepoznati, jer mi je u međuvremenu verovatno ona skinula masku i sada pokušava da me zagovara, dok panduri ne zatutnje iza krivine. Znam da zvučim paranoično, ali ljudima kao što sam ja telefoni su bili najveći neprijatelji...

— Jesi li dobro? — pitala je Mišel.

— Ne znam — odgovorio je dželat i pokušao da krene. Načinio je jedan korak ka njoj i istog trena izgubio ravnotežu u nogama koje su bile kao od testa. Zateturao se i ponovo se našao na kolenu, osetivši da jedva ima snage da se pomeri. Mišel je pritrčala.

— Polako! Iscrpljen si — pokušala je da mu pomogne da ustane i da ga dovede do auta.

... U ovim situacijama rekao bih da postajem previše star za ovo, ali ta fraza već zvuči idiotski, bledo, isprazno i prežvakano. Umesto toga, priznaću, ova pustara me je dobro isprašila i iscedila.

Dželat je seo na zadnji deo auta, pridržavajući se za otvorena vrata.

— Šta se desilo? — pitao je.

Mišel je oborila glavu i u njenom glasu videlo se da joj je neprijatno.

— Žao mi je, ja sam kriva. Nisam te videla na vreme i naletela sam autom na tebe. Izvini.

Dželat je video ulubljenu haubu i naprslinu na vetrobranu.

— Mnogo sam se uplašila, mislila sam da si mrtav... Pokušala sam da ti ukažem pomoć. Imao si posekotinu na glavi. I iskreno, ne mogu da verujem da si uspeo da ustaneš ponovo posle onakvog udara i čak da hodaš — govorila je isprekidano i nepovezano, nervozna i pomalo namrštena, izbegavajući dželatov krmeljiv, mutan i u neku ruku sablasan, gotovo bezlični, avetinjski pogled, koji se sastojao od tamnobraon pomalo providnih zenica, koje su imale takvu prodornost da su doslovno „pržile" kroz čoveka. Znake nervoze kod nepoznate devojke uočio je i više nego jasno.

— Žao mi je, OK? Kako se osećaš sada?

— Uspeo sam da skočim na haubu — odgovorio je. — Ali izgleda da sam od jakog udarca u glavu izgubio svest, to je sve. Ostalo je OK — odmahnuo je dželat, vešto sakrivajući da je osetio veliko olakšanje. Ili je uverljivo glumila, ili govorila istinu, ali osećao je da ona nije jedna od „njih".

— Ja sam Mišel. Mišel Rejnolds — rekla je devojka i pružila ruku. Sedeći na ivici zadnjeg kraja automobila, dželat je ravnodušno i pomalo zbunjeno, poput urođenika koji ne razume gestikulaciju rukovanja, pogledao u tanku i poput stakla glatku ispruženu ruku. Narukvica sa priveskom feniksa visila je sa zgloba kao i šarena manžetna.

... Bio je to jedan od prvih gestova posle toliko vremena, koji nije sadržao pogrdne reči, uvrede ili znake ludila, depresije i nekih drugih psihičkih bolesti. To sam gledao u zatvoru toliko dugo da sam umalo zaboravio kako se ophoditi u civilizovanom svetu, ako se ova usrana nedođija u kojoj smo se nalazili i može nazvati civilizacijom...

Prihvatio je ruku posle par trenutaka oklevanja, pružajući je polako i nesigurno. Njena sićušna šaka u njegovoj ogromnoj ruci nije ni bila vidljiva.

— Poručnik Džeferson Volkot — odgovorio je odsečno ime koje je rešio da potpuno izbriše iz sećanja, ime koje je želeo da zauvek zaboravi, ime koje se zakleo da nikad neće pominjati, jer uz njega vezani su bili krvavi događaji, koji su promenili sve. Mišel je začuđeno raširila oči.

— Stvarno? Ti si vojnik?

— Da. Bio sam davno — odgovorio je Volkot, nakon čega mu je ruka kojom se rukovao malaksalo klonula dole. Mišel nije ispustila taj detalj.

Na trenutak je otišla s druge strane automobila i počela da pretura po rancu. Pojavila se ponovo i pružila mu sendvič koji je bio umotan u aluminijumsku foliju i čokoladicu. U drugoj ruci držala je flašicu s vodom. I sama Mišel izgledala je premoreno, dok se na nebu lagano raščišćavalo noćno crnilo i svitanje bilo na pragu.

— Malo energije — pokušala je da bude ljubazna. — Ovo nije mnogo, ali to je sve što imam, trebalo bi da jedeš.

Gledao je u sendvič i čokoladicu, a potom u vodu u njenoj desnoj ruci i prvo šta je zgrabio bila je voda koju je povukao u jednom dugom gutljaju i potom dohvatio i sendvič, ne krijući glad.

— Hvala — odgovorio je. Koliko god taj sendvič izgledao oskudno i za njegov ogromni apetit malo, nije odbio da ga uzme. Njegovo telo bilo je mašina, istrenirana, naštelovana i naučena da sa veoma malo hrane i vode istrpi nadljudske napore.

— Šta se dogodilo s tobom? Otkud ti ovde? — pitala je Mišel.

Volkot je jedan trenutak zaćutao. Oblizao je usne jezikom nakvašenim od sveže vode, dajući sebi trenutak uživanja u kom će istovremeno smisliti šta da kaže. Pitanje je bilo neizbežno i samo je čekao kada će biti postavljeno.

Nešto u smislu: „Pa vidiš ja sam pobegao iz zatvora na nekoj planini u kom se zatvorenici ubijaju na najbrutalniji način, a kasnije su oživeli, počeli da mutiraju, počeli da ujedaju ljude i napravili masakr” je bio odgovor da svakog normalnog čoveka ili devojku stavi u nedoumicu i natera ga da se zapita da li je sve u redu sa osobom koja tako nešto govori.

Ne, to nije bio odgovor za ovu osobu. Sešće istog momenta u auto i pobeći glavom bez obzira.

— Kidnapovan sam — kratko je odgovorio Volkot, misleći i da ne laže baš previše. Nastao je nemir u Mišelinim očima.

— Kako? Zašto? — zaprepastila se.

— Posećivao sam nekog prijatelja i oteli su me nakon noćnog provoda. Našao sam se na nekom izolovanom mestu gde ljudima uzimaju organe. Uspeo sam da pobegnem, vojno iskustvo mi je pomoglo u tome.

Naselje čudaka i ludi hirurg, misli kojih se setila dok je prolazila siromašnom zajednicom... Izgleda da nije mnogo pogrešila, ako je uopšte to bilo u pitanju.

— Ne mogu da verujem, to je užasno! — čudila se Mišel. — I nisi mogao nikog da pozoveš u pomoć? Policiju? Ili nešto?

Volkot je odmahnuo.

— Nisam uspeo. Ovi su kao neka organizacija, imaju uporište, operacione sale, hirurge, do zuba naoružano privatno obezbeđenje. Savladao sam jednog, stavio masku da ličim na njih, zavarao ih i pobegao — bespoštedno je lagao Volkot. Činio je nužno zlo.

— Čoveče! Odvratno! Jesu li ti to rane od njih? — pokazala je na zamotanu ruku i na nogu.

Potvrdno je klimnuo.

Posle toga je zaćutao. Pretpostavio je da je rekao dovoljno... udica je bila bačena. A Mišel je grizla popriličmo dobro.

Ustao je i pustio par koraka.

... Tamo ispred ležala je u prašini ta šuplja maska. Gledala me skoro podrugljivo. Svanulo je jedno jutro gde po prvi put posle toliko vremena nisam uradio ono što obično prvo uradim kad se probudim, a to je da je stavim na lice. Samo sam pregazio preko nje i pomislio: Jebi se, Blek! Nećeš mi nedostajati.

Ipak, dolazila je ona neizbežna situacija iz koje nikako neću moći da se izvučem. A jesam li pogrešio pokazaće vreme...

— OK onda — u glasu Mišel bilo je dosta nesigurnosti, ali i olakšanja što se čitava priča srećno završila. — Stric mi je objasnio da ovde treba uskoro da se pojavi jedan hotelčić s leve strane puta, a zatim da iz pustare levo autoput vodi do granice. Želim da mi savest bude mirna, odbaciću te do hotela da možeš da odspavaš, jedeš i zalečiš se, ili šta god. Hajde uskači.

Na njenim beonjačama tek sada sam primetio crvenilo koje se javlja posle neprospavanih noći. Jedva je govorila i držala oči otvorene od umora.

— OK, hvala — tiho je odgovorio veteran i poslušno ušao u auto, zahvalan što je pošteđen mučnog pešačenja i borbe kroz nemilosrdnu meksičku nedođiju.

***

Jutro se sve jasnije probijalo, bacajući pomalo svetla na pustaru i njene ogoljene predele, koji su bili beskrajni peščani horizont, pun bregova, neravnina i sa pokojom zelenom tačkom u vidu divljeg rastinja. U kolima su uglavnom ćutali, u miru ignorišući jedno drugo; Mišel koncentrisana na put razmišljala je o tome kako da odgovornost za tipa po imenu Džeferson Volkot ostavi, ipak, nekom drugom, jer nije želela da ostatak puta do granice provede s Benijevom starijom fizičkom replikom, koja joj je sama po sebi izazivala neprijatan osećaj, a Džeferson „Don Hozeov dželat — Blek" Volkot razmišljao je slično kako da iskoristi besplatnu vožnju i potom diskretno umakne, ostavi slučajnog saputnika kao i mnoge prolaznike koje je ostavio za sobom i ne osvrnuvši se za njima i nastavi sa svojom novom borbom koju je započeo. Gledao je zamišljeno, fiksirajući pogled na retrovizor auta. Stravične slike iz „Don Hozeovog" gubilišta nisu se sklanjale, strašni momenti obolelih hordi koji jure za njima, misli u kojima je i dalje čuo njihova zavijanja, kao što je u staklu retrovizora video trenutke stradanja svakog pojedinačno od preživelih koje su pronalazili i koji su svaki ponaosob doživeli svoj fatalan kraj.

Čitav vir nasilnih smrti i montruoznih gnusoba, koje su nekad bili ljudi u „Don Hozeovom" morbidnom centru za ko zna kakvo istraživanje, plesali bi još dugo pred dželatovim očima da nije u jednom trenutku osetio kako automobil staje i to ga je vratilo u stvarnost.

— Zašto stajemo? — tiho je upitao i to su bile prve izgovorene reči otkako su zajedno seli u auto. Neko vreme Mišel je gledala u tačku ispred sebe, a onda odgovorila maltene na silu.

— Mogu li da ti verujem? Ne mogu dalje, jednostavno ne mogu zaspaću za volanom, premorena sam. Možeš li malo da me zameniš?

— Nisam siguran koliko je to dobra ideja — opet tihim glasom je odgovorio dželat. — Ne poznajem ove predele.

— Bojim se da ću morati da insistiram — rekla je nimalo srećna što ovo radi i izašla iz auta. — Prati samo ovaj put i nećeš pogrešiti. Ionako ćemo uskoro izaći i skretanje levo vodi ka granici, ukoliko si se tamo uputio. Ne brini, samo me probudi kad dođeš do hotela — posle kratke pauze kao da se nečeg dosetila i dodala je. — I da, još nešto, ja imam prilično čvrst san, tako da moraš biti uporan kad me budiš, inače toliko sam umorna da ću prespavati dvadeset sati.

Dok mu je objašnjavala, već se udobno sklupčala na zadnjem sedištu, koristeći ranac kao jastuk, a dok je zbunjeni dželat slušao ono što mu je govorila nije joj trebalo mnogo od momenta kad se izvalila i zatvorila oči. Nije prošao jedan minut, već je zaspala kao top.

***

Volkot je bio potpuno zatečen predlogom. Crvi i gušteri po pustinji, a sada crvi sumnje uveliko gmižu u njegovoj glavi. Besplatna vožnja u gotovo novom ševroletu? Zvučalo je neverovatno. Nije stigao ništa ni da pita ni da kaže. Kada je posle nekog vremena odlučio da ponovo baci pogled preko sedišta, ona je već spavala čvrstim snom, koristeći ranac kao jastuk.

Pogledao je okolo po unutrašnjosti auta, osećajući već neku slobodu da to uradi. Unutra je izgledao besprekorno, kao savršeno izglancana kuhinja u hotelu s pet zvezdica. Volan mek, obložen presvlakom koja je nežno pristajala ruci kao persijska mačka koja prede. Iznad retrovizora visile su na končićima plave čupave kockice s belim tačkama i figurica Feniksa između njih. Fino presvučena sedišta učinila su da se oseća kao da sedi u svečanoj fotelji. Posle ležanja na peskovitoj zemlji i tvrdim komadima kamena u predelima u kojima je temperatura iz dana u noć rapidno oscilirala ovo je bio poseban osećaj. Ipak, sve to je izgledalo previše savršeno. Možda je i bilo mesta za sumnju. Ko je ova Mišel koja ga je upravo pustila u sopstveni auto, a taj auto naizgled nije vredeo malo? Ako je glumila da je nasumična devojka koja se sasvim slučajno našla tu, onda je rođena glumica, u to nema nikakve sumnje, ali šta je dalji plan ako jeste „ubačena"? Zašto sve te komplikovane zavodničke radnje, kad je jedan metak prostije i efikasnije rešenje? Nije nikom ništa verovao. Nije mogao da poveruje ni da je nebo plavo, dok ne pogleda gore. Posle naučnika u zatvoru koji, kako se ispostavilo i nisu baš naučnici, svako mu je bio sumnjiv, devojke, žene, starci, obični civili, radnici, sve i svako, pa makar izgledali naivno kao što izgleda Mišel.

Onda mu je sinulo kao da ga je malo hrane i vode osvestilo i vratilo mu moć razmišljanja. Tada je opipao unutrašnjost jakne, u panici da mu možda nije preturala po džepovima. Sve što je imao kod sebe: uzorak, Majklov diktafon i lažni pasoš bilo je i dalje tu.

Uzorak je prema svemu viđenom sam po sebi bio tempirana bomba. Uzorak koji nešto vredno krije. Kučka koju je poslednju ubio pre nego što je izašao iz „Don Hoze" kompleksa jasno mu je stavila do znanja da je nešto veoma važno u tom sastojku, nešto toliko veliko da je moglo potpuno izmeniti lice realnosti čitavog sveta. Ipak, *Uzorak X* spokojno je ležao u njegovom džepu. To je možda ono zbog čega je još uvek živ i zbog čega ima potencijalnog ubicu iza sebe u vidu devojke koja sama po sebi ne deluje nimalo opasno. Volkot se naslonio na sedište i pogledao iza, pažljivo posmatrajući njeno potpuno mirno lice utonulo u dubok san i slušao njeno ravnomerno disanje. Analizirao je njene crte lica bez žurbe, dok su mu u glavi nailazile paranoične i strašne misli, za normalnog čoveka ravne idiotizmu, ali za njega ne, jer je bio siguran da nikome ništa ne treba verovati. U svakom od nepoznatih lica krije se opasnost, jer sada on drži džokera zvanog *Uzorak X* u džepu. Nešto najlogičnije što je pokušalo da dopre do njega bilo je: „To je jedna najobičnija i najnormalnija devojka, koja je slučajno naišla tu i pod nesrećnim okolnostima ga pronašla i ništa više". Ali mračne misli bile su jače od toga i nadvladale su tu jednu: „Ona je bila nešto sakriveno, ona špijun, ona je „Don Hozeov" ubica, ona je manipulator, ona je u službi policije, vojske, vlade, obaveštajne službe... Ona je, zapravo, sve samo ne najobičnija i najnormalnija devojka". Dželat je vodio žestoku borbu, iako je sve oko njih bilo mirno. Vodio je borbu iznutra, a nagrada za to bila je razum.

Vidno premorena i iscrpljena, Mišel se odmah prepustila snu čim je dodirnula ranac licem. Spavala je nepomično, iako je dželat stvorio sliku da će istog momenta kad okrene leđa čuti njen poziv, osetiti cev na slepoočnici i pucanj — poslednje što će čuti. Uz zvuke njenog sporog disanja lice joj je odavalo potpuno spokojan izraz kao da je u svojoj kući i da će spavati tih dvadeset sati, a ne u kolima, u pustinji usred ničega, sa potpunim strancem. Nailazila mu je pomisao da otkloni svaku sumnju, da uzme i reši to kako najbolje ume, dok su njegova savest i razum još uvek spavali jednako čvrstim snom kao i Mišel.

„Ti si profesionalac, Džefersone, reši to brzo, neće ništa osetiti, neće je boleti, otarasi se tela! Ko će je naći u ovoj nedođiji? Mazni auto i beži preko granice", to je bila ta strašna pomisao koja je našla put do njega, strašna misao koja je pokušala da mu došapne da je bolje da ne rizikuje da sazna čekaju li ga vojnici s mašinkama kod tog hotela, ili naoružani „Jurišnici", ili snajper, ili ko zna šta još. Posle

„Don Hozeovog" pakla nijedna glupost nije zvučala glupo i pokušala je da mu se nametne kao realna i opravdana u svrhu preživljanja, da žrtvuje sve, a kako to... „Ne, ne!", protresao je glavom. Nije smeo više o tome da razmišlja, jer u ubilačkim mislima nalazio je logike zašto ubiti, čak i kad logika nije postojala.

— Nadajmo se da nisi jedna od njih — promrmljao je Volkot tiho, a potom se prebacio na vozačevo sedište i okrenuo ključ.

Ubrzo je savršeno održavan ševrolet krenuo dalje prašnjavim putem, koji nije obećavao ništa dobro.

***

Ponovo je zavladala privremena tišina, dok su mnogo bezbednije savlađivali kilometre i kilometre nepoznate meksičke pustare. Dželat je podešavao ogledalo kako je njemu odgovaralo, dok je pokušavao da se navikne na moderan automobil, u koji dugo vremena nije imao zadovoljstvo ni da uđe na pet minuta, još manje da vozi. Osim ukočenosti u leđima, bolova u glavi i brojnih sitnih povreda i nagnječenja od udara, koja su ga grizla, nije imao drugih fizičkih problema. Mučili su ga oni u glavi koji su galamili sve glasnije, jer je prošlo neko vreme otkako je poslednji put uzeo bilo kakav lek.

Jedino što je mogao provozati u poslednjih sedam godina su bile dotrajale krntije iz „Don Hoze" zatvora, bager kojim je jedne noći zatrpavao jamu u kojoj je bilo mnogo tela unakaženih od stravičnih opekotina, usput se trudeći da se ne ispovraća po komandnoj tabli od odvratnog mirisa i eventualno neki viljuškar, kada je trebalo nešto da se pretovari. Oči su mu bile fiksirane za put, iako nije imalo nečeg posebnog na šta bi trebalo obratiti pažnju, osim pojedinih rupa, krupnog oštrog kamenja i opasnih krivina. Milje peščane nedođije bile su pred njim, ali pred njim je bilo još mnogo toga. On je imao još većih problema nego Mišel, problema koji bi mnogima izgledali previše užasno i da ih samo zamisle, a još gore da budu deo njih.

Volkot je gledao napred, i dalje pazeći da ne napravi još neku štetu. Bio je magnet za štete, bio je gotovo advokat nasilja i užasa. Osećao se možda i krivim. Pokušao je da odgovori ovakvoj situaciji.

Broj jedan: ona je devojka ne starija od dvadeset; broj dva: moguće je da je ovo ili ono — neki špijun koji će probati da manipuliše njime kao što je to radila Ketrin, ili obična devojka iz Amerike koja je verovatno išla da poseti nekog i sada ide kući. Najgori je bio onaj treći broj, treća mogućnost... Iako se govorilo treća sreća, ovog puta treća će biti nesreća, jer ako je zaista obična devojka u poseti i nema nikakve veze sa neprijateljima, a ako se istovremeno oružane snage probiju u sam kompleks i saberu dva i dva, onda će sigurno početi da ga traže. Počeće da ga traže, jer je uzeo nešto što pripada njima. I kada ga budu našli, život će izgubiti nevino dete koje spava svojih dvadeset sati na zadnjem sedištu auta, samo zato što je progovorilo nekoliko reči s njim i prošlo kroz strah i trzavicu da ga nije slučajno ubilo kada je naletelo kolima na njega. Samo zato što ga je upoznalo, nevino dete će izgubiti život, kako bi tajna zauvek ostala u kompleksu, a „Jurišnici” da bi uzeli ono što njihovom anonimnom gazdi pripada.

Stegao je jače volan i mrštio se misleći na te gadove, dok su mu slike svih počišćenih letele pred očima. Prisetio se „Don Hozeov” dželat i sigurnosne kamere koja ga je gledala dok je uzimao uzorak. Nije bila oštećena i verovatno neće ni biti do kraja incidenta, a sve što treba da se desi je da pogledaju šta je snimila u poslednjih dvanaest-trinaest sati krvavog šou-programa i imaće sve na dlanu. Svi „Jurišnici” znaju ko je „Don Hozeov” dželat, imaju njegove podatke, otisak prstiju, poreklo i bivše adrese na kojima je stanovao, njegov dosije, njegovu ratnu karijeru pre no što je postao zatvorski dželat i svi će krenuti da ga traže. Možda nemaju ljudstvo da prečešljaju celu zemlju, ali imaju dovoljno novca, doušnika, špijuna, ubica, opreme za praćenje i pronalaženje, možda i svoj satelit. Podmitiće koga god treba i koliko god treba. Pretvoriće se u jedno veliko oko koje sve vidi i od koga se ne može pobeći. Kome će onda verovati, kad njegovo ime i podaci dođu u posed svih najpoznatijih lovaca na ucene, federalaca, plaćenika, svih policijskih stanica, kontrolnih punktova, kada dođu do očiju batinaša, lokalnih bandi i mnogih drugih siledžija i vucibatina, koji bi za novac učinili najveće gadosti, a takvih je u Meksiku bilo pregršt. Kome će onda verovati? I povući će nekog za sobom.

Zašto sve to? I dalje se mrštio. Osećanja su mu bila uskovitlana. Kao da su se probudila, kada je maska pala, a on po prvi put odbio da je vrati nazad na lice. Stezao je volan i delovalo je kao da će ga iščupati. Pogledao je u kutijicu u kojoj je držao sredstva za smirenje. Nije ostala nijedna pilula. Nije proverio zalihe kada ih je poslednji put uzeo, čak ni dok je izlazio do Paklene ćelije 15 po poslednjeg zatvorenika, pre nego što će incident izbiti. Bez čarobnih sedativa postaće uskoro gadno, u to je bio siguran, a za volanom može biti i te kako neugodno. Ne samo da se uskovitlana vatra osećanja probudila, još više nauljena mislima da ubije svog spasioca, već je nailazilo još nešto, nešto možda gore od oboje. Više nije bilo tiho u kolima. Više nisu bili prisutni samo on i Mišel. Još nešto je bilo prisutno s njima. Isprva nešto tiše i diskretnije, a zatim, kako je put odmicao, sve jače i glasnije čuo se plač. Čuo se sasvim jasno, iako se Volkot svim silama trudio da ga ignoriše. Bili su to plač i vrisci od kojih je sve počelo i koji su promenili sve.

U *Godini koja je promenila sve*!

***

Prošlost...

U kasnim popodnevnim satima na kiosku nedaleko od Mek Alister parka Volkot je kupovao cigarete. U poslednje vreme nikako nije mogao bez njih. Zapušten i neobrijan, u otrcanoj deboj jakni krenuo je ulicom. Neko društvo će verovatno biti tu kada padne noć. Pogledao je, na javnom satu je stajalo: 13. oktobar 17.48. Pašće mrak uskoro. Obdanica nije bila njegov omiljeni deo dana. Tada je mahom spavao.

Njegov jeftino iznajmljeni stan izgledao je kao smetlište i izvor prljavštine u čitavoj stambenoj zgradi, a ipak je mogao da nađe u tom lomu svaku stvar koja mu je trebala, naročito pištolj, piće, cigarete i drogu. Ostajao je tamo samo kada je morao. Njegov stanodavac Kliford Mekgirk bio je pijandura, isto kao i Volkot. Trezan bi mu vrištao o tome da je propalica, da ne prima propalitete i narkomane, a do večeri bili bi najbolji prijatelji, obojica mrtvi pijani od viskija ili nekog jeftinijeg smeća, jer su obojica imali problema s nesanicom i pričali jedan drugome ratne priče. Imao je takvu noć kada je ispratio par trotoarki. Do ponoći akcija (koje bi bilo i više, ali uvek bi mu ponestalo novca za više), a od ponoći, usled nesanice, dva litra viskija s matorim Mekgirkom, a nekad i nešto žešće od toga. Novca je imao svakog meseca sve manje. Vojna penzija, ionako skresana zbog administrativnog otpusta, bila je daleko od pristojne, a poslova „iza zavese" nije imao već tri godine, dozvolivši da ga vreme pregazi pre-rano. Plaćenici su bili oštri, čvrsti, nemilosrdni i efikasni, a poslednje što je čuo pre nego što je dobio „nogu" za posao je da u svojoj trideset sedmoj izgleda kao da ima šezdeset.

Dok je stajao na raskrsnici, gledajući u sat i paleći prvu cigaretu, iznenada ga je neko zgrabio za ramena i povikao.

— Bu!

Odmah potom usledilo je kikotanje.

— Jebi se, Džejni, znaš da to ne volim — mrmljao je Volkot, ispuštajući prvi dim.

— Nešto smo nervozni danas? — pitala je i okrenula ga ka njoj. Dohvatila ga je za kragnu jakne i strastveno ga poljubila, milujući njegov jezik svojim.

— Loše sam spavao. Pio sam neki jeftin viski.

— Oraspoložićeš se uskoro — rekla je držeći i dalje široki kez na licu.

— Nešto novo?

— Aha...

— Timi te je pozvao, rekao mi da ti prenesem. Pravi neku žurku s momcima iz kraja. Hoće da budeš tamo.

Volkot je sumnjičavo podigao obrvu.

— Zašto je to tebi rekao?

— Zato što si isključio telefon, budalo. Nije mogao da te dobije — zakikotala se ponovo. — Reče: „Kad razbudiš onog mamlaza, kaži mu da večeras u devet dovuče guzicu na žurku".

Volkot je izvadio telefon. Bio je isključen.

— Stvarno, govno se ugasilo — promrmljao je.

— U devet budi tamo. Doći ću i ja — rekla je Džejni, dok je vadila žvaku iz kesice.

— Ajmo odmah, ionako mi je dosadno — rekao je Volkot.

— Ne mogu, moram da skoknem nešto do fakulteta — odmahnula je Džejni. — Iskuliraj malo u međuvremenu, odradi nam neku kombinaciju za večeras.

— Ne znam. Tanak sam s kešom.

Džejni je prišla i šapnula.

— Imaš li malo sada? Treba mi da se opustim, možda ću morati da se nerviram tamo...

Diskretno je preturao po džepovima osvrćući se. Izvadio je poslednju „liniju", ono magično belo što su sakrivali u tanke papire zamotane poput cigarete. Pribio se uz nju kao da će je poljubiti i lagano joj ju je stavio u unutrašnjost jakne. Zaista je bila poslednja.

— Najbolji si — nasmejala se Džejni i poljubila ga. Podigla je ruku stojeći na trotoaru ulice i mašući. Ubrzo se zaustavio prvi taksi koji ju je spazio.

— Moram da žurim — otvorila je vrata i ubacila torbicu. — Nemoj da kasniš!

Volkot joj je samo mahnuo dok je odlazila. Držeći cigaretu u zubima počeo je u telefonu tražiti Timija, dok je iz ugla usana ispuštao oblačiće dima. Pritisnuo je taster za poziv i počeo da šeta ulicom, dok je telefon zvonio. Ubrzo se prepoznatljivi glas začuo s druge strane veze.

Nekoliko sati kasnije...

Noć se lagano spustila na San Antonio, dok je Volkot završavajući svoju cigaretu koračao prema kraju u kom je živeo Timi. Govorio je da ne voli da zalazi tamo. Brod Saut Sajd bio je deo grada nastanjen mahom nižom, ili nižom srednjom klasom, izmešanom belcima, crncima, hispancima i Vijetnamcima. Volkot ih nije voleo nimalo, naročito ne Meksikance i latino nacije. Iako su mu mnogi govorili da se ne kači s Meksikancima, da se ne kači s Kolumbijcima, gadni su, nije to ništa pomoglo. Više puta, iz samo njemu poznatih razloga, desilo se mnogo koškanja, koja su se završila pesničenjem, sevanjem noževa, palica i čak vatrenog oružja. Petoro ili šestoro ljudi iz društva videlo je, ili tvrdi da je videlo, da je u jednoj od većih tuča, u kojoj se sukobilo tri bande i policija bila prinuđena da reaguje na nivou vanrednog stanja, upravo od ruke veterana koji se sada kretao ka Timiju i „koji izgleda kao da ima šezdeset" stradalo trojica mladića. Govorilo se da su kasnije podlegli povredama. Timi je često govorio o tome, jer se i sam našao tamo i kleo se da je Volkota video samo u starom kožuhu golorukog, kako obara jednog po jednog i noževi i palice kao da ga zaobilaze, a ostatak društva bi mu potom rekao da ne sere i da taj Volkot nije neuništiv.

Prisutno društvo slušalo je nešto što je preraslo kasnije u malu lokalnu urbanu legendu. Kružio je glas da je bio veoma vešt prsa u prsa. Išla je žvaka da je mnogo diktatorskih vojnika na nekoliko kontinenata pobio samo nožem. Proturala se priča da mu u borilačkom znanju ni stariji i iskusniji poručnici nisu parirali. Neko je doneo priču da je retko koje ljudsko biće moglo izdržati njegove treninge. Timi se ponovo kleo da je video da jednim udarcem obara i uspavljuje dvestakilaša ispred kluba.

Ekstremno orijentisana propala „Foka", koja nije gotovo ništa zaboravila od tih treninga, imala je česte i nepredvidive izlive agresije i to u veoma neugodnim momentima. To isto društvo cenilo ga je kao svog pajtosa kada su se dešavala koškanja između drugih ekipa, znajući da imaju kod sebe čoveka-tvrđavu, posle čijih kontakata pucaju kosti i lica, više nisi onako lep kao nekad. Timi je govorio da ga ne bi smeo napasti ni palicom uz pomoć još dvojice, iako je Volkot na prvi pogled izgledao propalo. I uvek je diskretno govorio svima koji ga ne poznaju: „Ne dirajte ga i ne pričajte mnogo s njim, tip je lud".

Veteran je bacio opušak cigarete i zdrobio ga cokulom. Timijeva kuća bila je pred njim. Dvospratnica naizgled pristojna i ograđena visokom crnom šiljatom ogradom. U danima kada ga je upoznao Timijeva kuća bila je jedva nešto više od šupetine kojoj je teško bilo odrediti odakle ima više šupljina. Živeo je tada samo s mamom i žgoljav, smotan i lenj nije bio sposoban da radi nešto normalno. Za nekoliko godina jedan od retkih koji je znao gotovo sve detalje bio je upravo Volkot, Timi je vremenom od sitne uličarske ribe i ološa napredovao i zaradio dosta para od droge, oružja i cinkarenja. Čitava kuća dobila je nešto bolji izgled, a u međuvremenu dopravio je sprat, garažu i bazen. Govorilo se da je Timi mlakonja, ali da gadni tipovi stoje iza njega dok god im završava šta im treba. Majku je smestio u dom, tako da je imao čitavu kuću, u kojoj je retko kad mirno, za sebe. Uvek se dešavalo nešto. Te večeri pripremalo se samo i bilo je daleko još uvek od usijanja.

Ispred kapije bilo je u liniji parkirano nekoliko vozila. Bila su daleko od gospodskih i daleko od normalnih, bio je to drzak stil, gotovo uvredljiv za normalnu osobu. Volkot je prepoznao neke od njih. Jedan ili dva sa vatrenim šarama i slikama obnaženih seksi žena je zapamtio da pripadaju nezgodnim tipovima, koji nisu baš nisko na uličnoj lestvici. Onda je spazio jedan od njih, koji ga je naterao da aktivira sve senzore opreznosti, kao da je ponovo u ratu. Jedan od automobila stajao je parkiran u senci ispod drveta. Ništa tu ne bi bilo čudno, jer bi to bio auto kao auto, pun etiketa, drečavih boja plamenova i raznih drugih ludorija, da nije prepoznao koji auto je bio u pitanju i kome pripada, a među svim tim video je tri drečava slova izuvijana i iskrivljena kao da su skraćenica za crtani film: *SLT*[1]. Imao je sada poprilično razloga da razmisli dobro zašto ga je Timi zvao. Žurka je možda zavesa. Nešto je planirao.

Na sedeljci je bio neko od „faca" iz bande koja je bezmalo po pričama brojala oko dvadeset hiljada članova širom Teksasa, a „S" i „L" su bili inicijali uzeti od njihovog legendarnog krimosa i kralja droge, od koga je čitava banda narasla. Niko mu nije znao ime, ali su ga svi znali kao Scempi Loko. Možda ga Timi nije pozvao samo radi provoda. Možda ga je pozvao jer se osetio ugroženo, ili mu treba neko za večeras. Proverio je ispod jakne nož čije je sečivo zbog kvaliteta izrade i dalje bilo blistavo i netaknuto korozijom. I dalje je bio tu. Nosio je i pištolj sa sobom. Možda će, ipak, biti gužve. Odlučio je da otvori kapiju i sazna.

Svi prozori bili su osvetljeni. Bitovi su bubnjali iz kuće, dopirući čak do dvorišta, dok je oko bazena bilo nekoliko crnaca koji su sedeli i ćaskali sa devojkama, ispijajući koktele i viski. Bilo je nešto hladnije oktobarsko vreme tako da nikom nije bilo do kupanja i brčkanja. Videvši ga kako nailazi uredno popločanom stazom, nasmejali su se i počeli pokazivati u njegovom pravcu, govoreći nešto između sebe. Zapamtili su ga po bojama koje su mu praktično bile zaštitni znak, kratka kosa, brkovi i brada, utupljen i izgubljen pogled nekud daleko, zelen kožuh, obično neka izbledela majica ispod i stare farmerice. Dve devojke šaputale su nešto, bacajući diskretne poglede na čoveka koji je ušao i nije obraćao pažnju na njih, ali mu je u jednom trenutku došao ženski glas koji je rekao: „To je on", ali nije se ni okrenuo za tim. Pretvarao se kao da to nije ni čuo.

Odmah je otišao prema ulaznim vratima, dok mu je kožuh spokojno landarao preko struka. Čim ih je otvorio, zatekao je krcatu dnevnu sobu, u kojoj mu je zvuk hip-hopa gotovo udario u lice i u bubne opne. Unutra nije bilo statičnih. Svi su se pokretali. Svi prisutni bili su u opuštenom plesu uvijajući se. Bilo je mračno, jedino je lajt-šou efekat stalno bleštao, a u seriji blesaka otkrivala su se savršeno izvajana crnačka ili crnpurasta ženska i muška tela. Bilo je i belih, ali manje, mnogo manje. Presijavala su se od znoja, s obzirom da su većina bila u pokretu. Bila su primamljiva, sva su izgledala privlačno. Bujne grudi, oblikovane grudi, pune zadnjice, tanki zmijski strukovi, tanke narukvice na tanušnim rukama crnkinja i prstenje na njihovim prstima, sve to sevalo je sa svih strana. Iako je tek nekoliko minuta bio tu, Volkot je već osećao uzbuđenje u gaćama. Vrelina je prožimala svaku poru njegovog tela. Za većinu je znao ko su. Od tih niko ga neće ni popreko pogledati, a kamoli nešto više, jer su svi znali malu urbanu legendu o njemu, tj. više urbanih legendi i njihovih verzija, kojih se Timi mogao setiti i usput ih zakititi. I bez toga dokazao je koliko je spretan u svakom pogledu, a i nemilosrdan u određenim trenucima kada je neretko dolazilo do pucnjave i do ishoda od kojih je mogao već sada dobiti deset i više godina zatvora.

Kada su mu se oči privikle na bleštanje, dok je prolazio kroz gužvu, spazio je da su unutra mahom crnci i crnkinje. Iznenada ga je ruka zgrabila za jaknu, a kroz odbleske nazrelo se iskeženo lice Timija i ujedno odsjaj navlaka na njegovim zubima. Počeo je da ga vuče ka jednoj od soba u kojoj su se mogli čuti.

— Gde si, čoveče? — povikao je Timi čim su se povukli prema kuhinji u kojoj je hip-hop odzvanjao malo tiše.

— Evo me, šta se dešava? — pitao je Volkot.

— Ništa, čoveče, sve je opušteno. Zabavljamo se, đuskamo, pijemo, krešemo, ludo je. Vidi koliko cica je došlo.

— Šta nameravaš? — sumnjičavo je upitao Volkot.

Timi ga je pogledao malo čudnovato. Kao da ga veteran nešto merka i propituje, kao da nešto sumnja.

— Ne znam o čemu govoriš.

— Video sam SLT-ja parkiranog u senci nedaleko od tvoje kuće. Oni su ovde? Nešto mutiš s njima, je l' tako?

Timi je u jednom trenutku zaćutao. Potom je ponovo razvukao usne i široko se nasmejao.

— Haha, stari, opet si me provalio, imaš jebeni nos za sve, čoveče — potapšao ga je po ramenu, ne skidajući ljigavi osmeh s lica u kom su te porcelanske presvlake bile iritantne svojim sjajem, a zatim se pažljivo osvrnuo i spustio glas. — Slušaj, možda će nešto biti, ne znam, moram da razgovaram s njima.

— Da razgovaraš s njima? Jesi li lud? Znaš li ko su oni uopšte, budalo jedna?! — procedio je veteran.

— Znam, jebote! Krupne ribetine i to je ono što nama treba, čoveče! Zar ti se nije smučilo da se vucaramo više sa ološima i da radimo na sitno? Dokle više? Dok nam nestane sreće i neko nas ne pobije na prepad? Zajebi to! Idemo u visoku ligu! Ti i ja i ekipa. Idemo da živimo kao kraljevi. Pusti me da ovo odradim, čoveče! Znam šta radim, veruj mi. A ti se u međuvremenu opusti, igraj i uživaj, provedi se malo, popij piće, imaš tamo hiljadu izbora, uradi se, pojebi nešto, ako hoćeš imaš gore sobe, a ja ću da te nazovem kasnije, OK? — Timijev predlog bio je pakleno težak za odbijanje.

— A Džejni da li je stigla?

— Kol'ko znam nije. Ajde opusti se i iskuliraj i nemoj nikom da lomiš zube, je l' jasno? Večeras nema proseravanja, je l' razumeš?

— Kako god — odmahnuo je naglo izgubivši interesovanje za situaciju, ali ne mogavši da se otrgne utisku da je njegovom ortaku apetit za lovom naglo porastao.

— Hej! — doviknuo je Timi. Volkot se okrenuo na ulazu. — Samo opušteno, OK?

Veteran je bez odgovora samo klimnuo glavom i izašao.

Bitovi su se smenjivali, dok je vreme u noći odmicalo. Piće za pićem, crta za crtom, zgodne devojke su odlazile i ponovo dolazile, sve se menjalo pred očima Volkota, dok je žurka neumitno trajala i prošlo je ko zna koliko. Uzimao je piće jedno za drugim i diskretno vukao crte, a otprilike se približavalo doba noći kada će većina devojaka poželeti da oseti malo mesa u sebi, a neke su sigurno to i učinile do sada. Ne, neće doći policija, to je znao, zato nije ni pokušavao da se krije dok je uzimao „magično belo". Neće doći ni u raciju ni u rutinsku kontrolu, niti će doći zbog prijavljene buke u komšiluku. Neće, jer je Timi mnogo namazan novcem. Ne bi ga začudilo i da panduri dođu i pridruže se zabavi. Zelembaćima puni kadu i njima se sapunja nakon što opali par crnkinja na spratu, a plus tu su likovi iz Skempi Loko Troops bande, a čak i policija izbegava konfrontaciju s njima, jer su na glasu kao fanatični skotovi s dovoljno ludosti u glavi i oružja u posedu da izazovu haos po ulicama.

Policija ne zalazi u Timijevu kuću, jer je Timi podmazao gde treba. Taj koji to uradi u najboljem slučaju je opomenut „sa vrha", jer je nov i ne poznaje pravila igre, a u najgorem slučaju ostaje bez posla ili bez glave. Pravila su bila jasna: na neke osobe prsti se jednostavno ne stavljaju.

Kroz trake pokidane svesti od raznih mešavina koje je uneo u organizam Volkot je spazio kako mu se pred licem nižu nasmejane crnačke face. Neke su izgleda muške, mašu mu, pozdravljaju ga, ali njihovih glasova nema, ne čuje ih, ili ih čuje polovično, dok njihova lica plivaju u magli i jedva ima snage da podigne ruku kako bi im se javio, a opet iz nekih drugih uglova iz mraka se pojavljuju neka druga lica i kad priđu bliže dobijaju svoj oblik. Ona su zgodnija, ženstvenija smeškaju se. Igraju i mešaju blizu njega. Mame ga da priđe, a sprat nije daleko, samo nekoliko desetina metara, koji su u ovom trenutku daleko kao oaza u pustinji.

Umesto toga Volkot uzima još jednu crtu, ne misli previše na njih, jer hoće Džejni, ali ako ne dođe uskoro, dohvatiće koja god mu se učini pogodnom u tom trenutku. Ovog puta prodiraće u nju dublje nego ikada. Umesto Džejni uz njega prilazi oskudno odevena crnkinja, telo kao zmija, a dekolte kao mrak crn otkriva savršeno isklesane trbušnjake. Tvrdi da ga poznaje i započinje neku priču koju isluženi veteran jedva čuje. Spazila je crtu na njegovoj ruci koju vuče i koju od dezorijentisanosti nije povukao do kraja. Čak je malo i ubelio lice od „magičnog belog”. Nije ni shvatio koliko vremena prolazi, a ona je sasvim uz njega, pa se telom diskretno češe o njegovu nogu. Svojom rukom uzima njegovu masivnu ruku, na čijoj rukavici ima polovine crte. Vuče „magično belo” s njegove ruke, gledajući ga odozdo pohotnim pogledom, koji govori „uzmi me”. Već je i sama pijana i nekontrolisano se ponaša čekajući trenutak kada će podivljati. Prilazi i liže „magično belo” s njegovog lica, dok neki to gledaju i smeju se, a pojedini parovi već bivaju napaljeni vrelom scenom. Atomi svesti govore mu da stane. Džejni je luda kučka i ako ga vidi kako se liže s nekom, ubiće ovu ovde nečim, nožem ili pištoljem, sve zavisi šta je nosila u torbici. Međutim, svest ne može da posluša. Previše je neodoljiva. Talasi vrele strasti obuzimaju mu telo i ne može trezveno ni da razmišlja. Ne može da joj odoli, koliko god se trudio, previše je zgodna, previše vrela, a njen jezik klizio je preko njegovog ogrube-log obraza, paleći vatru u čitavom telu, koje je bilo kao proključali vulkan, šapćući mu nešto što nije razumeo, ali doživljavao najjaču vatru, osećajući samo njen topli dah na uhu. Ona je bila živa vatra, savršeno oblikovana, savršeno izvajana crna boginja.

Ne želeći više ni jedan tren da se uzdržava, Volkot ju je zgrabio za kosu i divlje zario svoj jezik u njena usta, a ona nije ništa manje žestoko uzvratila. Uzdasi odobravanja, dok je veseli hip-hop treštao, začuli su se u sobi, a njen zagrljaj oko njegovog vrata bio je čeličan, delujući kao da cele večeri nema namere da ga pusti. Usledio je poljubac koji je gotovo zaboleo, koga tačno od njih dvoje to nije bilo jasno, a nije bilo ni važno. Poljubio ju je žestoko, robusno, malo je trebalo glavu da joj otkine tim poljupcem. Njoj se svidelo. Poljubac koji je trajao dugo, veoma dugo i prethodio je nečem još žešćem.

Džejni kasni, ali o tome više nije razmišljao, već je posle dva min-uta napustio stolicu na kojoj je sedeo pored šanka i odjurio u jednu od soba zajedno sa crnom boginjom. Nakon nekog vremena već se oblačio i izlazio iz sobe, dok je crna boginja spavala mrtvim snom posle žestokog neiživljenog krevetanja s Volkotom, koji je žurio da izađe i sačeka Džejni.

Pojavila se užurbana i zajapurena u licu, tek sat vremena nakon što je sišao sa sprata, popio još nekoliko pića i odlučio da prestane sa drogom te večeri, shvatajući da će mu trebati još snage.

— Izvini, malo sam se zadržala — govorila mu je u uho, jer je buka bila prejaka.

Ponovo pokušaj razmišljanja, ali mozak pruža žestok otpor tome, protivi se i neće razmišljati, niti će posumnjati zašto se zadržala, zašto je zakasnila gotovo tri sata i koji fakultet uopšte radi posle ponoći. To neće ni probati da rezonuje, jer je bilo neizvodljivo u datom trenutku.

— Vidim provodiš se super i bez mene — rekla je Džejni, dok je palila cigaretu.

— Ma kakvi, dosađujem se kao i obično — promrmljao je Volkot zakrvavljenih, umornih beonjača i očiju iz kojih je jasno izbijao signal da je alkohol već poprilično uzeo maha i počeo da mu zatamnjuje um i svest.

Džejni je iz usta ispustila veliki oblak dima.

— Ma sredićeš se uskoro, ne brini.

— Timi je nešto hteo — odgovorio je Volkot, zvučeći isprekidano i nepovezano.

— Šta je hteo?

— Negde se izgubio, jesi li ga videla? — sporo je upitao.

Džejni je odmahnula glavom.

— Tražila sam samo tebe i pronašla te — odgovorila je i ponovo razvukla usne u veliki smeh, dok su joj se velike bele minđuše caklile kroz crnu kosu.

— Možda bi trebalo da krenem. Nije mi se javio.

— A nee... — zgrabila ga je za rukav. — Ostani sa mnom.

Volkot se čudnovato zagledao u nju, dok se njeno lice prelamalo u talasima pred njegovim očima. Ta privlačna Džejni Stivens, ta neodoljiva ženska tamnoputa figura ga je pozivala i teško joj je bilo reći ne, jer je umela da bude luda kad se potrudi. Nije imao izbora, već da joj se prepusti, dok ga je držala za kragnu, lagano prelazeći savršeno izlakiranim noktima preko njegovog vrata. Ostali su još neko vreme, dok je veteran uglavnom ćutao i klimao glavom, pretvarajući se da čuje, a Džejni govorila o stvarima od kojih polovinu nije razumeo. Jedino što je razumeo je da je imala nekakav stres, jer postoji neki anonimni kreten, koji je ucenjuje na fakultetu, pošto mu navodno duguje ogromnu lovu. Ali u tom trenutku nije ga bilo briga za to. U međuvremenu su još pili i povukli još pokoju crtu na insistiranje Džejni, jer je morala da se smiri.

Nakon nekog vremena u magli je ugledao Timija koji se žurno probija kroz gužvu, gotovo panično grabi ka izlaznim vratima s telefonom na uvetu i okreće se nazad. Pogledi njih dvojice su se sreli i Timi je delovao uspaničeno. Međutim, taj trenutak previše je brzo iščezao iz sećanja, zapravo nestao u momentu pokošen Džejninim širokim osmehom i krupnim očima.

— Hajdemo — šapnula je. Smirila se, osmeh joj je ponovo sijao kroz krupne oči, koje su jedino želele njega i zaboravile na sve.

U trenutku su prešli tih nekoliko desetina stepenika i ušli u praznu sobu, dok su se divlje i razuzdano ljubili. Džejni je bacila torbicu na krevet. Iako su joj noge bile čvrsto obavijene oko Volkota, šutnula je vrata snažno. Apsolutno više ništa nisu čuli. Jedino su njih dvoje postojali u tim trenucima. Delovi odeće su leteli po sobi...

***

... Iznenada se trgao osećajući veoma tvrdu podlogu ispod glave. Parket. Ležao je na podu i to na boku u sobi koja se poprilično ose-ćala na alkohol i dim. Napolju je još bilo mračno, ali noć će uskoro proći. Pretpostavio je da će uskoro svanuti. Nije znao ni koliko je sati, ni koliko dugo je vodio ljubav sa Džejni. Nije znao ni da li je probio zid zadovoljstva i naterao je da vrišti tako da je ceo sprat čuje. Nije čak znao ni gde je ona. Znao je jedino da nije postojala kost koja ga nije bolela u telu. Na golim leđima osećao je rane koje su još pomalo pekle. Kučka ga je dobro izgrebla, dok je vruć seks trajao ko zna koliko. Izgubio je kompas u nekom vremenu, dobio je prekid filma i nije se mogao setiti baš svih detalja, osim detalja da je u nje-govoj glavi bilo kao u razbuktalom kotlu kroz koji su prodefilovale dve devojke.

Iako nije mogao videti u potpunom mraku, osećao je da je potpuno razgolićen. Pronašao je pantalone pored kreveta, navukao ih onako ležeći na leđima i zakopčao kaiš. Kada je krv koliko-toliko proradila u venama i Volkot dobio osećaj u ukočenim rukama, ipak je osetio nešto vlažno na koži i na podu nešto hladno, možda alkohol. Pipao je oprezno po podu i pod rukom osetio Džejnino telo i njenu poput svile glatku kožu.

— Džejni — šapnuo je. Nije bilo odgovora. Koliko je oslušnuo, nije mogao čuti ni disanje. Sada se ipak malo rasvestio i njegov mozak mogao je ponovo da razmišlja, ne možda punim kapacitetom, ali je bilo bolje nego prošli put kada je to pokušao. I znao je vrlo dobro da Džejni čak i posle žestokog tucanja ima relativno lagan san i da bi se odmah probudila, ili promrmljala nešto, ili se barem trgla na dodir rukom.

— Džejni?

Opet ništa. Volkot je pipao po bočnoj strani kreveta, jer nije znao gde se šta nalazi u sobi. Nije imao orijentaciju za raspored stvari u mrklom mraku, nije čak ni znao kako soba izgleda. Napipavajući po neurednom krevetu osetio je pod rukom nešto njemu poznato, nešto za šta mu nije bio potreban vid. Bilo je to platno njegovog starog kožuha i rukav koji je visio s ivice ležaja. Počeo je da pretura po džepovima. Setio se zbog čega. Ako bude imao sreće, naći će malu baterijsku lampu u unutrašnjem džepu, koju je nosio poslednji put kada su on i Timi imali noćni upad zbog prinudne naplate. Ako je neko nije smotao u međuvremenu, trebalo bi da je tu. I bila je tu.

— Džejni, ne glupiraj se, ustaj, moramo da krenemo — rekao je Volkot i upalio lampu. I krv koja je konačno proradila u venama opet se sledila. Uprkos svemu, uprkos njegovoj navici da posmatra nasilje, uprkos svemu proživljenom na ratištima širom kugle zemaljske, uprkos svakoj jebenoj činjenici koja je išla protiv toga, krv mu se sledila. Na samo dva metra razdaljine pri svetlosti lampe Džejni ga je već gledala i to pravo u oči, ali praznim beživotnim pogledom, razbarušene kose i lica prošaranog krvavim linijama.

— Sranje! — povikao je i skočio odmah iz mesta. Izraz lica bio je nesvarljiv i nepojmljiv za bilo čiju svest, a malo je reći za svest Volkota koji je video sve izraze lica Džejni, naročito one dok je na vrhuncu užitka, ali ne i ovaj. Ovaj je bio nešto drugačiji. Pravi šok i teror koji ga je pogodio u vidu praznog iskolačenog pogleda, koji je blesnuo iz pomračine. Za manje od jedne sekunde našao se na nogama, prestravljen od slike koju vidi. Konačno je pomerio svetlo s tog sablasnog pogleda i prošetao po njenom telu. Bilo je razgolićeno. Samo jedna zelena papuča bila je na njenoj nozi, dok je na drugom stopalu stajalo nekoliko manjih ranica. Rez na vratu, višestruki ubodi i široke posekotine svuda po njenom telu, posečena tri prsta na levoj šaci, lice s tragovima udaraca. Volkot se udaljavao od tela i počeo da kruži svetlom po zidovima. Krvav trag je našao i na zidu pored samih vrata. A odmah pored njih bio je i prekidač za svetlo. Dohvatio ga je, iako je u suštini znao da će se pokajati zbog tog postupka, jer ovo je bila uspomena za ceo život.

Kada je svetlost ispunila sobicu, veteran se našao u okruženju živog užasa. Kompletna soba izgledala je ispreturano, u haosu i sa obrisima Džejnine krvi. Džejni je ležala na boku, obavijena samo malo pokrivačem oko nogu koji je od lepe bele boje oblaka postao sav crven od krvi. Njeno telo pretrpelo je pravi teror u vidu bezbroj divljačkih uboda i rezova. Po podu oko njenog tela krv je istekla i napravila lokvu. Volkot je tek tada pogledao i sebe. Njegove pantalone bile su takođe umrljane krvlju, njegove ruke isto. Pogledao je tada desno od sebe, gde je stajalo ogledalo i video da je sav umazan njenom krvlju, čak je dodirnula i njegov obraz i tu se osušila. Baterijska lampa ispala mu je iz ruke. Šta se desilo? Ko ju je ubio? Zašto? Jeste, bila je blesava, volela povremeno da se izmotava, glupira, i da pije, i da uzima „nevaljale" tabletice, i da se potuče, i da opali nekog flašom, ni vatreno oružje nije joj bilo strano, ali osim toga, ko bi imao nešto protiv nje kada je uvek bila kul? Potpuno ošamućen i šokiran Volkot je ponovo prišao do beživotnog tela. Izgledalo je u užasnom stanju. Kao da ga je obrađivao kasapin iz B horor filmova. Prišao je polako rukom hladnom kao led od stresa i dotakao njen obraz. Ostaće hladan zauvek.

Pre nego što je uopšte uspeo da ustane i uradi jedinu razumnu stvar u tom trenutku, novi i možda najjači talas šoka preplavio je svaki inč njegovog tela. Prepoznatljiva korica prepoznatljivog noža virila je iz njenog stomaka! Nije odmah video taj detalj, jer je njegovu pažnju zaokupio leš devojke. Ali kada je prišao i pogledao, dobio je još jednu noćnu moru. To je bio njegov nož iz rata! Noć kada je bol počeo.

— Nemoguće — prošaputao je. — Nemoguće da sam ja!

U konfuziji, strahu, stravičnom jutru koje ga je dočekalo nije mogao da razmišlja. Nije se ničeg sećao. Nit mu se pokidala kada se spremao da vodi ljubav sa Džejni. Šta je krenulo naopako posle toga? Zašto bi to uradio, kada je svaki minut svake noći sa njom izgledao tako ekstra? Izvukao je nož potpuno ne mareći zbog toga što su njegovi otisci tu. Smeo se kladiti da su njegovi otisci već tu i bez vađenja. Povremeno gubeći balans u nogama teturao se i nespretno seo na izgužvan krevet. Kako je moguće da je izboo na smrt devojku koju je voleo, ili je samo voleo seks koji je, uistinu, uvek bio fenomenalan? Zašto bi je ubio? Koji razlog bi imao? Ili je to bilo drogirano ludilo? Stanje neuračunljivosti? Eventualna treća osoba? Koja? Na koju bi mogao da sumnja? Timija? Nekog iz kartela? Prebijao je dosta Meksikanaca, možda je neko rešio da mu vrati, ali zašto devojku, kad on leži pored nje mrtav drogiran i na poslužavniku svakom ubici? Ljubomornu gaduru koja je lizala „magično belo" s njegovog lica? Ko, do đavola? Ko?! Iz očajnog pokušavanja da poveže bilo šta prekinuli su ga koraci i galama iz hodnika.

— Proveri tamo — začulo se iza vrata.

— Primljeno — odgovor na komandu.

Vrata su se potom otvorila. I tada je bilo kasno za sve. Volkot nije hteo ni da se okrene na tu stranu, niti da reaguje. Već je znao ko ulazi.

— Stoj! SAPD![2] — i nekoliko snopova svetala žestoko je ispunilo sobu zajedno sa senkama ljudi u uniformama.

Nimalo zaplašen gromkim glasom pozornika Volkot je ustao. Začulo se istog trenutka repetiranje sačmarice.

— Ne mrdaj! — dreknuo je pozornik.

— Ima nož! Ima nož! — drao se drugi.

— Baci nož na pod i na kolena! Odmah! — urlao je pozornik.

Tada je Volkot pogledao u njih. Dva policajca kratko ošišana, u modroplavim uniformama policije San Antonija, napeti i pocrveneli od adrenalina oštro su ga gledali s uperenim puškama u njega. Čekali su samo jedan pogrešan potez, jednu grešku i napuniće ga sačmom. Razmišljao je samo da li da im olakša posao ili ne.

— Budi razuman i baci nož! Otvorićemo vatru! Poslednje upozorenje — nešto tišim glasom je rekao pozornik koji je, ipak, diplomatiji dao prednost ispred „skraćenog postupka”. Gotovo neprimetno nož je iskliznuo iz njegovog dlana i zveknuo o parket, poskakujući par puta, a Volkot se bez većih problema spustio na pod, dok mu se u glavi vrtelo i bubnjalo kao frenetična mašina.

Policajci su tada prišli i stavili mu lisice.

— Gospodine Volkot, uhapšeni ste za ubistvo Dženifer Stivens. Imate pravo da ne govorite. Sve što kažete sada može i biće upotrebljeno protiv vas na sudu. Imate pravo na advokata. Ako ne možete da ga platite, država će vam obezbediti jednog — kao recitaciju je „diplomatski” orijentisani pozornik diktirao prava, dok ga je vezivao i podizao sa zemlje. Drugi pozornik ga je podupreo ispod masivne ruke.

— Imamo osumnjičenog. Izlazimo s njim. Pazite na novinare — saopštio je pozornik u radio koji mu je visio na grudima i potom su krenuli. Silazeći niz stepenice Volkot je spazio krv i na zidu koji je vodio do sobe u kojoj se brutalni šou odigrao. Iz suprotnog smera na sprat je trčalo još pozornika, medicinskog osoblja, detektiva... Slikali su delove kuće, razvlačili trake i numerisali dokaze. Nije želeo ni da ih pogleda, već je mogao pretpostaviti šta će biti nadalje.

Iznenada, na čelo mu je pala pljuvačka.

— Bolesniku — prezrivo je, uz upečatljiv teksaški akcenat dobacio jedan od pozornika, koji ga je i pljunuo. Dnevna soba u kojoj se žurka odigrala bila je puna ljudi. U njoj su se još uvek videli ostaci nereda koji nisu stigli ni da počiste. Zvučnici sa nenormalno jakim basovima i dalje su stajali na svom mestu, čitava oprema za muziku zajedno s miksetom u uglu bila je netaknuta, ostaci pivskih flaša i poluispijene čaše sa žestokim pićima na šanku. Prolazili su kroz čitav taj nered, pokušavajući da ga izvedu napolje.

— Đubre bolesno! — začulo se.

Iznenada, natrčao je niotkuda tamnoputi pozornik i silovito ga odalamio pesnicom. Imao je kratku kovrdžavu kosu i prilično široka ramena, visok preko dva metra. Od udarca Volkotu je potekla krv niz lice. Zateturali su se i on i dvojica pozornika koji su ga vodili, umalo su pali, dok mu se slika iznenada zamutila i gotovo je izgubio svest. Policajac je suznih očiju i zgrčenog lica nasrnuo ponovo na veterana, zgrabivši ga rukama oko vrata. Volkot je samo zažmurio, očekujući ovog puta pravi grom po glavi, ali do toga nije došlo. Krupni pozornik počeo je da ga davi snažnim ručerdama, cičeći od besa.

— Skote jedan, ubiću te! Skote prokleti! — kroz suze je cedio pomahnitali policajac, rešen da definitivno zaobiđe sudsku proceduru, dok dvojica kolega koji su vodili Volkota nisu ni pokušavali da ga odvoje. Više je to bilo negodovanje i blago verbalno ubeđivanje ali bez konkretnih postupaka.

Raspomamljenog policajca odvojio je tek jedan od kolega koji se našao u blizini, kako ne bi odradio „skraćeni postupak" na Volkotu i pokušao da ga smiri.

— Edi, stani! Suspendovaće te! — povikali su pozornici koji su pokušavali da obuzdaju tamnog kolosa.

— Briga me, pustite me da ubijem gada! — drao se Edi, od besa plačući i ne mareći da nosi značku za koju je polagao zakletvu i u kojoj nije stajalo da može prebijati osumnjičenog na licu mesta.

— Edi, dosta je bilo! Idi nazad u stanicu! — javio se muški stariji glas iza Volkotovih leđa. Bio je to pozamašni kabasti čovek u sivom mantilu sa šeširom na glavi, sa čije strane se mogla opaziti seda kosa. Bio je izboranog lica i potpuno hladnog, čeličnog pogleda.

Edi je i dalje ponavljao.

— Pustite me!

— Dosta, Edi! — povisio je glas čovek. — Znam da ti gore leži sestra, sinko, ali ne teraj me da povlačim drastične poteze! U stanicu odmah, ili ćeš odgovarati za ovo!

— Hajde, Edi, idemo — potapšao ga je kolega po ramenu i izveo ga kroz izlaz na terasu. Stariji čovek se potom okrenuo ka Volkotu.

— A vi?! Šta blenete? Vodite ga odavde! Neću prokleti cirkus na mom uviđaju!

Istog trena policajci su se pokrenuli i pošli ka izlaznim dvokrilnim vratima. Napolju su se probili prvi tmurni oblaci, dok je prostrano dvorište bilo ispunjeno mnoštvom policije, uz nekoliko patrolnih vozila s rotirajućim svetlima i plavim kombijem. Serija bliceva zasula je odmah dvojicu pozornika koji su vodili osumnjičenog. Okupljeni ljudi iz okoline, koji su stajali pored popločane stazice, odmah su nagrnuli na Volkota. Policija je reagovala. Napravili su liniju, pokušavajući da ih zadrže. Ipak, previše ih je bilo. Vrištanje, povici, kletve, psovke, plač... Sve to zajedno je odzvanjalo komšilukom, dok se policija mučila da zadrži gnevne ljude, ogorčene monstruoznim ubistvom. Bazen je bio odvojen žutom policijskom trakom.

— Smrt!

— Ubijte gada!

— Dajte ga nama!

— Smrtna kazna!

— Nema suđenja! Sud je korumpiran!

— Ovo je represija! Ovo je rasizam!

Treštalo je sa svih strana kao u uličnim nemirima. Policija je delovala malobrojna u odnosu na broj ljudi koji se okupio. Kako je toliko brzo glasina došla? Kako su znali šta se unutra desilo, kad niko od civila nije mogao prići na lice mesta? Načinila se poprilična gužva na putu od ulaznih vrata Timijeve kuće do patrolnog vozila, do koga je trebalo da bude doveden. Veća grupa ljudi blokirala je svaki prilaz kolima. Delovali su kao pobesnela rulja za linč, kao da ga žele raskomadati na licu mesta.

— Gospodine, sklonite se i pustite nas da radimo svoj posao — molio je jedan od policajaca, pokušavajući da pomeri upornog starijeg gospodina. S druge strane počeli su leteti sitni predmeti. Počeli su da padaju i prvi udarci. Krenuo je fizički obračun s policijom, počeli su padati prvi šamari, a potom i prva pesničenja. Ljudi koji su očito poznavali ubijenu su smatrali da policija štiti ubicu monstruma čak i činom privođenja, pa su krenuli po sopstvenu pravdu. Policija je uzvraćala pendrecima, čizmama, ali u datom trenutku nije ih bilo dovoljno. Jedan od pozornika užurbano je preko radija pozivao pojačanje. Iznenada, u policijskoj liniji koja je držala pobesnele građane napravila se rupa. Prvi ljudi pojurili su ka osumnjičenom. Prednjačila je žena, nešto niža, kabasta, crnkinja, raščupane kose kao da je iz domorodačkog plemena i očiju punih suza. Vrišteći kao fanatik samoubica, kidisala je na Volkota. Jedino je uspela da ga uhvati za lice pre nego što ju je pozornik odvukao. Ogrebla ga je noktima.

Želela je oči da mu izvadi. Volkot je sada već nosio dve rane na licu i pre nego što je stigao do zatvorskih rešetki. Jedan od pozornika koji je vodio ratnog veterana odvojio se od njega, pokušavajući da zadrži ostale nadiruće fanatike za linč. Nemiri su postajali sve žešći, dok su se nešto dalje s kraja ulice začule zavijajuće sirene, a rotirajuća svetla u koloni mogla su se videti s krova Timijeve kuće.

Policija je u tom momentu bila na rubu da izgubi kontrolu nad situacijom. Već je par pozornika raskrvavljenih lica napustilo liniju. Jedan od njih držao se za oko, dok mu je kroz sastavljene prste curila krv. Volkot je ostao samo sa jednim pozornikom koji je počeo da menja boju. Pobledeo je najednom, jer tek sada kad ga je pogledao video je da je to mlad pozornik koji deluje kao da je tek malopre obukao uniformu. I tada je usledio poseban momenat. Iz gužve se izdvojio jedan od civila i čim je jedna Volkotova strana bila oslobođena, kada se policajac odvojio od njega, nepoznati civil u zastarelom mantilu izvukao je ruku iz unutrašnjeg džepa. Izvadio je pištolj i uperio ga u Volkota. Sporo su tekle sekunde u tim trenucima, dok su se svi ostali zvuci, koliko god ih je bilo, utišali. Ali Volkot je ravnodušno gledao u tu cev.

— Hajde, možeš ti to — prošaputao je veteran, čekajući da pucanj usledi kao i kraj predstojećim mukama koje će ga snaći.

— Pištolj! — dreknuo je jedan od pozornika koji je, srećom, to video. Niko nije uspeo ni da mu podvikne da stane, niti da učini bilo šta. Pucanj je odjeknuo u tom trenutku. Začuo se iz pravca ulaznih vrata. Misteriozni civil, obradateo, zapušten i crnpurast, duboko prosečenih linija na sredovečnom licu, ciknuo je uhvativši se za rame. Na ulaznim vratima stajao je onaj prosedi čovek u sivom mantilu i sa šeširom na glavi držeći pištolj a prazna čaura još je poskakivala oko njegovih cipela, pogleda hladnog i ravnodušnog. Nemiri su se tek posle pucnja utišali. Besna rulja povukla se unazad kada je ugledala starog gospodina detektiva koji je ispalio hitac i kada je naoružani civil pao na pločnik, držeći se za rame i zapomažući dok mu je policija stavljala lisice. Pojačanje je pristiglo i novi policajci uleteli su u dvorište.

— Zar nisam rekao da neću cirkus na mom uviđaju? — povikao je detektiv, a potom se okrenuo ka mlađem pozorniku.

— Vodi ga odavde, ili će stvari postati još gore!

Policajac je samo klimnuo glavom i koristeći kratku pauzu pojurio sa Volkotom zajedno do patrolnih kola, dok su novinari poput lešinara nagrnuli na novu žrtvu, pokušavajući da je uslikaju, a policija ih je odvraćala, govoreći da se gase kamere i da se sklone fotoaparati.

Plač se i dalje čuo. Ona ista crnkinja koja je pokušala noktima da mu iskopa oči proklinjala je glasno svoj život, zakon, pravdu, Boga, sve, dok je stariji čovek, najverovatnije njen muž, pokušavao da je smiri. Nije mogla da stane s plakanjem i dok mu je mladi i „zeleni" pozornik gurao glavu u auto, Volkot je tada shvatio: to je bila njena majka, majka Dženifer-Džejni Stivens i večni pečat u njegovoj svesti ostaće nesrećna žena koja proliva krokodilske suze i pruža ruke ka nebu. Da li doziva Boga da joj vrati kćerku, ili ga poziva da i nju uzme? Nikada to nije saznao.

Sadašnjost...

... Volkot je čvrsto držao volan stežući usne. Zašto je to prokleto sećanje moralo opet da čačka kroz vijuge? Probudilo se u najgorem mogućem trenutku. Šta će se desiti kad budu proradila ostala? Koja će biti cena njihovog vraćanja?

Volkot je bacio pogled na retrovizor, jer je spazio pokret na ogledalu. Bila je to ruka, ruka devojke koja je spavala na zadnjem sedištu i oslanjala se o suvozačevo kako bi ustala. Možda je tako i bolje, mislio je. Voziti u pustinji s lošim sećanjima nije ništa bezbednije nego voziti mrtav umoran. Nešto ipak nije bilo u redu. Šaka devojke imala je rane i ogrebotine na nadlanici. Volkot je fiksirao pogled na retrovizoru. Nije znao zašto, ali opet se desilo da mu srce zalupa jače nego uobičajeno. Počela je ustajati. Iznenada su blesnule zenice s bolesnim zelenilom u beonjačama, lice Mišel bilo je ogavno, bolesno, zabalavljeno i razjapljenih usta. Trgao se i na trenutak skrenuo pogled. Odjednom, izbočina se pojavila na putu prilikom skretanja udesno. Izbegao ju je u deliću sekunde, histerično okrećući volan i naglo skrećući ulevo. Ševrolet je počeo da krivuda. Ako nagazi kočnicu, prevrnuće ga, lako će proklizati na peskovitom putu i prevrnuće se kao od šale. Prikočio je sasvim malo i gume su odmah hrapavo zaškripale po pesku, dižući veliku prašinu i zaklanjajući mu vidik. Nije više ni razmišljao o bolesnim zenicama koje je ugledao na retrovizoru, sada je razmišljao samo kako da ne prevrne ševrolet na krov. Od kočenja automobil se ponovo zaneo i delimično skrenuo s puta. Krivina je bila preoštra da bi je izvukao kako treba, a zadnji deo auta opasno se zanosio dok se borio s neugodnim terenom kao da vozi reli. Ispao je s puta ne mogavši da savlada krivinu u koju je ušao prevelikom brzinom, počeo je da skreće između izbočina, kaktusa i rupčaga van puta, a kada je procenio da je brzina opala, jer je sklonio nogu s papučice za gas, prikočio je ponovo i zaustavio automobil. Disao je duboko, držeći se jednom rukom za slepoočnicu koja je divlje pulsirala kao da se samo srce popelo na mesto mozga i tada se ponovo prisetio šta je umalo prouzrokovalo tumbanje. Mišel i njeno bolesno lice na ogledalu. Pogledao je ponovo ka njemu, dok mu je jedna obrva histerično poigravala, a rukom je čvrsto stiskao dršku noža. Ničeg nije bilo na retrovizoru. Tada se brzo okrenuo spreman da reaguje nožem ako treba. Spavala je i dalje, nepomično ležeći na svom rancu i ne konstatujući ništa. Nije ni mrdnula. Uz jedan veliki uzdah olakšanja dželat je vratio nož u korice.

... Posmatrajući izdaleka, neko će reći da sam u autu samo ja i devojka koja se predstavila kao Mišel Rejnolds, ali taj će se prevariti zasigurno. Tačno je, pobegao sam iz grotla užasa, ali surova činjenica

koju nisam mogao poreći je da je nešto krenulo sa mnom i tu u kolima bilo nas je više od dvoje. Bili su prisutni svi užasi iz bliske i daleke prošlosti. Tu je bila Džejni, devojka od čije je smrti sve krenulo, devojka koja je svojom pogibijom pokrenula niz događaja koji su mi život od lošeg promenili na još gore. Čuo sam njenu majku kako vrišti, nepoznatog ubicu koji je pokušao da me ubije pre suđenja, njenog brata kako želi da me zubima rastrgne u sobi za ispitivanje, zbog čega je, ipak, popio suspenziju od šest meseci i jedina olakšavajuća okolnost bila mu je što je ubijena član njegove porodice. Ironija je i to što mi je otac poručio u poslednjem pismu koje je napisao da želi da skončam u zatvoru i da se stidi sina monstruma. Bacio sam pismo posle iščitavanja treće rečenice...

Moram priznati da je bio u pravu, monstrum možda jesam bio, ali nisam skončao. Imao sam i večnu uspomenu na lice Dženifer Stivens, koje je te noći blesnulo pri svetlosti lampe. Njeno lice gotovo da se moglo i videti u odsjaju sečiva za koje sam, uprkos svemu, bio emotivno vezan. Ali ono na šta matoro đubre nije računalo je napad na autobus i taj napad je prouzrokovao mnoga razočaranja na licima onih koji su jedva čekali da vide kako ću skončati. Jadne budale... Kao da će im moja smrt vratiti Džejni koju je neki ludak rasporio mojim nožem. Kakva ironija! A onda se među starim zidinama desio onaj zaista gadan deo.

... Činjenica je: ljudi se rode, žive i kada ostare na kraju umiru. Kraj priče, zatvorena knjiga. Kako onda poreći činjenicu da se u „Don Hoze" zatvoru knjiga nije zatvorila posle smrti, već je samo otvorila još jedno mračno poglavlje, u kome su glavni akteri mrtvi koji hodaju i čudovišta izvan svakog poimanja normalnog? Iako sam bio stotine milja daleko od te đavolje jazbine ispod planine, nisam mogao da prestanem da mislim na to. Ružan san koji uporno vrišti da nije san i ponavlja se, stavljajući se u centar svih dešavanja u svesti.

Nisam imao konkretan plan šta ću raditi kada dođem do granice. Kako ću ući ponovo nazad? Kome se obratiti? Šta ću raditi kada ponovo budem na teritoriji zemlje za koju sam ratovao i u čije ime sam ubijao širom sveta, a sada sam njen neprijatelj? Za sada nisam o tome ni razmišljao. Prioritet mi je bio da se izvučem iz Meksika koji mi se činio kao veoma vruća teritorija u ovim trenucima.

Ponovo sam krenuo, ovog puta vozeći sporije, u nadi da još neki od užasa neće oživeti...

***

Usledilo je zatišje u dosadašnjoj buri loših sećanja, koja je nekontrolisano divljala po njegovom umu, dok je Volkot nešto opreznije vozeći prelazio poslednje peščane milje u nedođiji. Zapravo, bila je to pustara koja je za njega bila hiperbola svih pustara, beskrajno duga, suva, vrela kao pakao, iscrpljujuća, depresivna, surova i nemilosrdna. Odavala je lice prave peščane krvopije i monotoniju punu kamenja, rupčaga, uzvišenja i neugodnih krivina, koje zamalo da im dođu glave. Najpre pospana Mišel, a potom i dželat koji se družio sa svojim lošim uspomenama. A možda peščana nedođija i nije bila takvo zlo, već se preobratila u zlo, jer ju je dobrim delom prošao peške.

Volkot je ipak odahnuo posle izvesnog vremena. Talase najcrnjih uspomena, koji su po njemu besno udarali, prekinuće bar nakratko ono o čemu je Mišel govorila kad su se upoznali. Hotel se pojavio najpre vrhom krova, pa se potom iza brežuljka otkrivao sve više, a dželat nije ni primetio da je noć nestala i da su jutarnji sati već bili u punom jeku. Prvi utisak koji je slika zgrade ostavila na ratnog veterana bio je utisak prave oaze. Usred pustare nalazilo se mesto na kome bi mogao da odahne i pokuša da smiri paranoične misli, koje su ga potpuno okupirale u paketu s lošim sećanjima. Čitava zgrada bila je većim delom bela, uredno održavana barem spolja, sa širokim ulaznim vratima, tablama i spreda i sa strane, koje su velikim slovima označavala naziv na španskom i engleskom „Pustinjski cvet" i betoniranim prostorom za parking, kao i izdvojenim delom pored prozora, na kome gosti pod suncobranima mogu uživati u miru koji donosi peskovita pustoš s mnoštvom zelenog divljeg rastinja najčudnijih naziva i oblika. Tamnozelene boje suncobrana baš su bile upadljive, video ih je još dok je izdaleka prilazio. Ispod njih su stajali drveni stolovi i stolice ispletene od pruća, čiji izgled je trebalo da pokaže stariji stil.

Zaustavio je auto ispred ulaza i već se okrenuo ka zadnjem sedištu da probudi i pozove Mišel, ali u jednom trenutku je zastao, baš kada je hteo da joj kaže „stigli smo". Jutro je već bilo u punom zamahu, ali ispred hotela nije bilo nikog. Dželat je upravo s poslednjim noćnim obrisom ispratio i poslednju košmarnu uspomenu, ali to ne znači da se izborio s napadom paranoje. Pogledao je na digitalni sat koji se nalazio na tabli s komandama i na njemu je stajalo osam i trideset četiri minuta. Vreme za ustajanje i jutarnju kafu, vreme kada barem domaćini moraju biti na nogama, jer možda u ovo doba nailaze potencijalni gosti iz ovog ili suprotnog pravca, vreme kada se otvaraju prozori soba i hvata se prvi tračak jutarnjeg sunca posle dobrog sna ili dobrog seksa, vreme kada u ovoj zgradi i oko nje treba biti živo. Ništa od toga dželat nije zapazio i to je bilo dovoljno da iskra sumnje momentalno plane. Predomislio se. Odustao je od buđenja Mišel koja je i dalje mrtva umorna nepomično spavala. Izašao je.

Prilazio je sporo i oprezno, tela i uma već prilično podgrejanih sumnjom da nešto nije u redu, a jedino što ga je sprečavalo da nožem prilazi do hotelskih vrata bila je bledunjava mogućnost da je gazda ovog objekta imao baš malerozan dan bez ijednog gosta i da je odlučio da odspava nešto duže. Usput se pitao koji čudak bi otvarao jedan takav objekat na jednom ovakvom mestu, ali sada nije bilo vremena za takvo razmišljanje. Prišao je do vrata i pokušao da ih otvori.

Bila su zaključana, ili je barem takav utisak stekao. Nije čuo nikakav zvuk iznutra. Udaljio se par koraka i bacio pogled ka gornjem spratu. Prozori svih soba bili su zatvoreni.

— Čudan neki hotel koji ne provetrava sobe — promrmljao je za sebe dželat. Pogledao je ka vratima i učinilo mu se da je jedno krilo ostavilo malo prostora od dva-tri santimetra, kao da je pokušalo da se otvori, ali... Prišao je ponovo i pogurao jače ovog puta i dozivao.

— Ima li koga?

Ponovo nikakav odgovor, dok je njegova frustracija rasla oko zaključane oaze, koja je krila udoban krevet, osveženje, piće, jelo, najzad kvalitetan san, informacije, kakvu-takvu sigurnost. Sve to bilo je nadohvat ruke, a opet nedostižno i neće nikad biti iskorišćeno. Dželat je nervozno šetkao oko vrata, kao izgladneli tigar kome s druge strane rešetki mašu hranom, iznerviran što uprkos svemu ne može da uđe. Bio je snalažljiv, ali ne i svemoćan da vidi sve. Ono što nije znao je da vrata nisu ni bila zaključana, ali ih nije mogao otvoriti zbog toga što su ih daske čvrsto držale s druge strane. A nešto dalje od njih...

Pokušao je na još jedan način da pronađe nekog ko bi ga udostojio da mu otvori jebena vrata hotela, ali jedino što je shvatio jedan minut kasnije bila je sreća što nije odmah probudio Mišel. Krenuo je iza hotela i prošetao malo sa zadnje strane, s bledom nadom da će nekog naći tamo. Čak i da je postojao, taj neko bi ga već čuo kako doziva. Spazio je jedan kamionet u dosta dobrom stanju parkiran iza zgrade. Iza hotelske zgrade nekih tridesetak metara dalje nalazila se manja kuća, koja je bila zdepasta i niska, podsećajući na veliku kutiju šibica položenu na bok. Delovala je dosta starije od hotela s vidljivim rupama u zidovima, oronulim prozorskim oknima koja su nakupila taloge i taloge prašine. Nesiguran, krenuo je prema njoj, ali već na prvim koracima ga je trag u pesku uznemirio. Njegovo oko nije propustilo da uhvati taj detalj, iako je površina bila popločana.

Na tankom sloju peskovite površine video je mrlje koje su se ocrtavale. Neko ne bi pridavao značaj tome, neko od tolike vrućine i misli usmerenih na nešto drugo ne bi ni primetio, ali dželat je video i shvatio da je u pitanju trag sasušene krvi.

— Opet — prošaptao je kroz zube, ali nije želeo ni da izgovori misao do kraja, niti da pomisli na to. Ali bila je tu. Užasno je bilo i razmišljati o tome, ali već je u mislima video obolele kako nadiru kroz vrata tog kućerka, koji ko zna čemu je tu služio. Nadiru oboleli, izviruju iz te proklete pustare i zapravo vrlo brzo okuplja se armija obolelih oko hotela. Zvučalo je glupo zaista, ali njegovim mislima kolale su i najgluplje, ali i najstrašnije mogućnosti.

... Ipak sam odlučio da paranoju o obolelima koji bi mogli biti svuda suzbijem i pokušam da razmišljam malo razumnije od toga. Oni su milion milja daleko, ako je uopšte i ostalo nešto od njih posle čistke „Jurišnika". Tačka.

Opet nisam mogao da ignorišem mogućnost da se ovde neko drugo sranje dogodilo. Sve je ukazivalo na nešto loše. Bilo je sve, samo ne gotovo...

Prišao je do stare kuće i bilo mu je dovoljno da samo proviri kroz prozor da ga adrenalin ponovo dohvati i pogura ga na ivicu, da ponovo reaguje instinktom dželata i bivšeg vojnika koji samo preživljava. Unutra, kroz gust sloj prašine video je pozamašnu sobetinu i tela. Ležala su na podu, na krevetu, na stolu, virile su im patike i sandale i bila su pokrivena čaršavima. Nije ih bilo puno ali nije ih ni brojao. Ne, nije ni pokušao da otvori vrata. Imao je nedoljiv osećaj da će se uglibiti u još veći problem ako to učini. Bilo mu je jasno šta se sada desilo s gostima i otkud te sasušene mrlje. Neki gad vukao ih je po pločniku jednog po jednog i zatvarao ih tamo. Iako su vrata i prozori bili zatvoreni, miris tela dopirao je kroz zazore između zida i dotrajalih prozorskih krila, a nepodnošljiva vrućina je pojačavala miris do granice kada će se želudac opasno uznemiriti i naterati čoveka da povrati. Sreća te je Volkot odavno navikao na takve mirise. Odjurio je brzo nazad. Međutim, vratio se s druge strane hotelske zgrade, bez ikakve sumnje da su psihopate na delu u ovoj prokletoj nedođiji. Bacio je pogled na prozore sa strane zgrade dok je prolazio pored njih. Video je unutra delo bolesnika. Rasuta krv bila je po podu i po šanku. Police s pićem izobarane, nakrivljene i flaše dobrim delom polomljene, kao i par stolova koji su bili prevrnuti. Stepenice pokrivene senkom i gornji sprat koji je iz dželatovog vidokruga bežao otkrivao je još stravičnije slike.

Veteran nije više želeo ni sekund da gubi na ovom mestu. Još veća bojazan da bi mogla da zatutnji policijska sirena, od koje ne može pobeći, jer su na otvorenom. Pohapsiće ih oboje i ko zna šta će se dalje desiti, a dželat kao dželat znao je dobro da će policajac koji pokuša da mu stavi lisice završiti mrtav, jer „Don Hozeov" dželat odlučio je da se više ne vrati ni u jedan zatvor. Otkrio je da je pustinjski cvet „uvenuo".

Istrčao je s druge strane hotela, izlazeći na parking. Spazio je pet različitih automobila, plus šesti ševrolet koji je parkirao ispred ulaza. Primetio je da su vrata jednog od automobila otvorena i čuo izriritirano zujanje mušica. Prošavši pored auta primetio je na suvozačevom sedištu skorelu krv. Proletela mu je misao da iskoristi priliku, ugrabi jedno od vozila, kresne ga žicama i pobegne sam, dok god bude imalo goriva u njemu. Međutim, u ovom haosu sumnja na Mišel je iščezla. Prihvatio je teoriju — da ovo je samo cura koja ide kući i ništa više. Ovog puta nije želeo da gleda samo sebe u datom momentu. Mišel se nije javljala i pretpostavio je da i dalje spava, a ostaviti je tako samu pred ovakvim prizorima nije bilo na mestu. Prekršio je ono čime se vodio godinama. Ne bi bilo fer. Spasila mu je život i neće uzvratiti tako što će je ostaviti u nemilost nekom koljaču u izolovanom hotelu.

Dotrčao je do ševroleta, otvorio vrata i seo samo nakratko bacivši pogled iza. Spavala je i dalje, jedino što je promenila položaj i sada mu je bila okrenuta leđima dok je jednu ruku držala ispod ranca. Startovao je motor i krenuo bez imalo razmišljanja.

Imao je sreće. Video je samo svršen čin, koji se dve noći ranije odvijao u punom jeku i koji je rezultirao smrću dvanaest osoba. A tamo na spratu, gde nije mogao videti (i sreća njegova što nije mogao) u jednoj od soba, na krevetu potpuno crvenom od krvi ležala je žena s metkom u glavi. U istoj sobi šetkao se levo-desno sitnim koracima Manuel Dijaz, isti onaj koji je trebalo da dočeka Mišel i da joj vrhunski tretman s pet zvezdica. Posrtao je i teturao se.

Njegova usta bila su krvava.

Njegov glas bio je jezivo mumlanje.

Njegove beonjače bile su zelene.

---

1 Scempi Loko Troops (španski) — naziv za fiktivnu bandu iz Meksika

2 Skraćeno od San Antonio Police Department

Lažni grad

Poslednje pustinjske milje gubile su se dok je široki peščani put uzbrdo vodio ka nečemu što je ličilo na magistralu ili glavni put između gradova. Na šta god ličilo, nije mu bilo važno. Ubrzavao je. Bilo je bitno samo da odleti što dalje od tog hotela, zbog kog se dodatno uznemirio i agresija pokuljala iz njega, predosećajući da je prolivanje krvi na pomolu, ali do toga, srećom, nije došlo, već je izbegao bilo kakav sukob i sada je konačno došao do glatke ispeglane površine, na kojoj će moći malo da nagazi bez straha da negde usput polomi osovine, ili ostavi auspuh iza sebe.

Neki znak stajao je na toj raskrsnici. Na zarđalom šupljem komadu šipke prilično propala i od korozije pocrvenela limena tabla u obliku strelice stajala je i pokazivala nalevo. Na španskom i engleskom pisalo je:

EE.UU BORDER...

USA BORDER...

Dželat se trudio da prekine paranoju. Potrudio se da za promenu čitavu ovu operaciju „vraćanja preko granice" odradi što bezbolnije. Ipak, „bezbolno" je reč koja je u njegovom zanimanju imala sasvim malo mesta. Zapravo nije je imala nimalo. Sve što je uradio u poslednjih nekoliko godina bilo je sve, samo ne bezbolno.

Skrenuo je u pravcu prema kom je znak pokazivao i vozio malo slobodnije, dozvolivši sebi da opusti nogu na papučici za gas.

Uz kolosalnu riku sirene, ogromni i reklamama išarani kamion s prikolicom samo na sekund protutnjao je iz suprotnog smera i sve više se smanjivao na retrovizoru, dok se udaljavao. Dželat je osetio olakšanje kada je konačno izašao na mesto gde je još uvek postojalo neke normalne aktivnosti. Sada nije morao obraćati mnogo pažnje na vožnju, osim koliko da drži volan. Još nekoliko vozila, među kojima su bili zapaženi sportski džipovi, idealni za kampovanja i putovanja po planinama, projurilo je iz suprotnog smera. Volkot je gledao ispred, pokušavajući da pogledom uhvati što više boja, trudio se da barem malo „ispere" oči od višegodišnje krvi i užasa kojih se nagledao i najnovije tragedije koju je ostavio iza sebe. Ipak, išlo je mnogo teže nego što se moglo pretpostaviti. Talog crnila i košmarnih slika koji se nakupio u glavi bio je kao tumor, umesto da se smanjuje, rastao je iz dana u dan pretvarajući i ono što je dobro u loše i ubeđujući oči da vide loše i kada ono ne postoji.

Volkot je isprva ispred sebe video mrlju koja svetluca, a zatim se svakim trenom sve više povećavala. Prošlo je izvesno vreme kada se to desilo. Uskoro je i video i čuo šta je to. Iz suprotnog smera velikom brzinom policijski automobil. Nije mogao da se uzdrži a da ne pogleda za njim.

... Svaka vojna i policijska uniforma mogla je da me uznemiri. Pratio sam ga na retrovizoru, samo čekajući trenutak kada će napraviti zaokret i poći za mnom. Ja ću onda sigurno dodati gas i noćna mora će ponovo početi. Čekao sam taj trenutak, ali nije usledio, jer ide svojim poslom...

... Policija Meksika nije bila ništa bolja od one u Sjedinjenim Državama. Šakali u uniformama, ništa naročito. Ali jednu misao nisam mogao da izbacim iz glave. Možda idu prema tom hotelu.

Neko ko je bio uporniji od mene im je možda javio šta se dešava. Ako idu tamo neće zateći lep prizor kad nasilno otvore vrata.

Probao sam da se ne obazirem na to, ali što sam više razmišljao, osećao sam veću nelagodnost, jer sam bio jedan od veoma retkih koji su na teži način saznali da mrtvi ne ostaju uvek mrtvi i nepomični...

Još jedno policijsko vozilo projurilo je kraj njih. Volkot ga je pomno pratio na ogledalu, iako je bio gotovo siguran da su se uputili nekim drugim poslom. Možda pet minuta kasnije, kada se dželat već ohladio od tenzije, na retrovizoru se ponovo pojavila tanka ruka Mišel, koja je uhvatila suvozačevo sedište.

... Ponovo se ponavljalo isto. Na košmare sam nekako navikao samo dok spavam, ali iskreno, ne volim da su tu dok sam budan.

Ruka je izgledala normalno. Nije se pomerala. Stegnut poput strune na samostrelu, Volkot je ponovo očekivao ogavno lice s krastama, zelenkaste obolele zenice i Mišelin pokušaj da ga ujede. Taj trenutak se odužio. Gledajući samo krajičkom oka na put i držeći volan koliko da ne izgubi pravac, Volkot je strpljivo pratio košmarno zbivanje iza sebe, očekujući strašnu trzavicu, očekujući iskakanje obolele devojke u pokušaju da ga ugrize i nanese mu fatalnu ranu. Držao je i dalje nogu na papučici za gas. Na brzinometar nije ni obraćao pažnju. Vozio je nešto preko sto kilometara na čas i skala je nastavljala da ide naviše. Svako čak i neznatno naglo skretanje moglo bi biti kobno pri takvoj brzini. Ruka na sedištu je čvrsto stegla crnu meku kožnu presvlaku. Volkot se zgrčio i stisnuo zube. Jednom rukom pridržavao je volan, a druga ruka držala je čvrsto dršku noža koji mu je bio za pojasom. Puls je mahnito tukao. Brzina je rasla, dostižući već sto osamdeset, dok dželatova noga, čvrsta poput mermernog stuba, nije bila svesna da je papučicu maltene probila kroz pod a veteranove oči histerično letele čas na put čas na retrovizor.

— Nemoj — prošaptao je dželat kroz zube.

Sporo i umorno se na retrovizoru pojavilo lice Mišel. Nije bilo deformisano, nije imala zelene beonjače. Tek tada se čulo kako Volkot sporo i diskretno izdiše vazduh koji je uzeo i spremao se da učini nešto veoma glupo nožem. Spazivši da ševrolet naprosto leti drumom iskoristio je priliku dok još trlja oči, prozeva se i ne vidi šta se događa da skloni ruku s drške noža i da lagano počne usporavati.

— Hej! — javila se pospano Mišel. — Gde smo?

— Na putu do granice. Skoro — kratko je odgovorio Volkot. Do trenutka kada se protegla, zevala i trljala oči, uspeo je da smanji brzinu dovoljno da sve izgleda normalno.

— Zašto me nisi probudio kod hotela? Jesi li stao tamo uopšte?

— Jesam. Bilo je zatvoreno. Nikog nije... — zastao je, jer ga je presekla jedna loša slika, ta krv koju je video. Potom je blesnula i ona s pokrivenim telima. Tamo se nešto strašno desilo, jedino nije želeo da sazna koliko strašno, ni zbog sebe ni zbog nje, ali se brže-bolje pribrao i nastavio. — Nikog nije bilo da otvori, drao sam se i dozivao. Zar nisi čula?

— Rekla sam ti da imam čvrst san — neraspoloženo je progunđala.

— Na kraju sam odustao i produžio dalje — odgovorio je prividno hladan i potpuno miran.

— Shvatam — zamišljeno je rekla. — Koliko već dugo voziš?

— Nekoliko sati. Nisam brojao.

— Mogao si da me probudiš, da te zamenim.

— Pustio sam te da spavaš, bila si premorena — tiho je odvratio dželat, ne skidajući pogled s puta.

Mišel je, ipak, bila pametnija od toga. Primetila je da Volkot izbegava pogled i u njegovom glasu je osećala neku tenziju. Prebacila se u jednom skoku na suvozačevo sedište.

— Je l' nešto nije u redu? Jesi li ti dobro? — pitala je.

— Sve je u redu — ravnodušno je odvratio Volkot. Izbegavao je razgovor.

— Okej, super! U pravu si, jesam bila premorena — složila se Mišel insistirajući na nekoj temi za priču. — Odakle si?

— San Antonio, Teksas — kratko i jasno je odgovorio dželat.

— Stvarno? — nasmejala se. — Ja sam iz Dalasa.

... Iako je prošao jedan veliki i nezamislivi košmar, svoju prošlost, ipak, nisam zaboravio. Bio sam svojevremeno hit među ubicama. Jedan od najtraženijih. Takvi slučajevi možda zastarevaju administrativno, ali godinama unapred ostaju sveži i prepričavaju se, sve dok ne postanu urbana legenda. Legenda kao što je i moja. Fatalna veza sa Džejni Stivens. Nisam siguran jesu li odustali od mene, ali ceo jebeni Teksas čuo je za taj slučaj, demonstrirali su ispred suda s transparentima tražeći smrtnu kaznu, vršili pritisak preko novina i televizije, da ne pominjem koliko su mediji naduvavali tu priču, a ja posle svega toga saznajem da je saputnica koja me pokupila iz iste države u kojoj je besna rulja tražila moju glavu na tacni. Nadao sam se samo da ne gleda često TV i trudio sam se da ne mislim na najgori mogući scenario u ovoj priči, iako mi je već sada mirisalo na tako nešto.

— Ne deluješ kao da si iz Teksasa — primetila je Mišel. Volkot nije ništa odgovorio. Samo joj je uputio jedan čudan pogled, a zatim ga opet vratio na put.

— Mislim, ne shvati me pogrešno, zbog akcenta i to... — nadovezala se. Volkot je na trenutak razmislio i onda odlučio da ipak odgovori.

— Zato što i nisam iz Teksasa. Imam pola američke, pola britanske krvi. Majka mi je rođena u Sautemptonu, doselila se u Hjuston zbog posla i tamo upoznala mog oca. Oboje su prešli u San Antonio kad su se uzeli.

— I mi smo imali jednu selidbu, ali ne toliko daleko — odgovorila je Mišel. — Moj otac radi za neku kompaniju koja proizvodi automobile. Prešli smo zbog njegovog posla. Stalno putuje, nikad nema vremena za nas, majka je često nervozna i sve to baš je bezveze. Uvek im nedostaje vremena, strašno su zauzeti, oboje.

Okrenula se ka Volkotu ponovo.

— Imam neki čudan osećaj, ali izgledaš pomalo nervozno.

— Možda zato što i jesam nervozan.

— Zašto?

— Nestalo mi je cigareta — lukavo joj je odvukao pažnju od bilo kakve sumnje.

Mišel se nasmejala i otvorila kasetu na suvozačevom sedištu. Izvadila je paklicu koja je već bila načeta i ponudila ga.

— Slobodno pitaj. Ja sam jedno vreme zavisila od njih, ali odvikla sam se — rekla je.

Dželat je bez razmišljanja izvukao cigaretu i upaljač. Morao je da se posluži onim koji je imala Mišel, jer je njegov zippo završio u ogromnoj eksploziji u zatvoru. Ne, ne, nije se smeo prisećati toga. Odmah posle plamena na zippo upaljaču, koji je samouvereno i drsko izleteo, blesnula je eksplozija u njegovoj svesti, pa onda kako on i Majkl lete preko zgrade, a odmah zatim i obolela lica s bolesnim zelenilom u beonjačama kako trče za njima, odmah čim su izašli iz kamiona sa sitnim ugljem. Ne, nije se smeo prisećati, ali sama pomisao na upaljač bila je samo iskra od koje je buknulo živo sećanje.

— Jesmo li na pravom putu? — pitao je Volkot izdišući dim. Pokušao je da skrene misli nekim praznim razgovorom.

— Pogledaću — odgovorila je Mišel i iz iste kasete izvukla mapu i raširila je. Posle par trenutaka upitala je. — Jesi li našao neku raskrsnicu kada si izašao iz pustare?

— Da.

— Gde si skrenuo?

— Levo.

Mišel je klimnula glavom koja se jedva nazirala iza mape.

— Mhm... levo kažeš... Onda smo na pravom putu — konstatovala je, ali je i primetila da auto usporava.

— Pogledaj ovo — rekao je Volkot.

— Šta? — Mišel je podigla glavu i spustila kartu na kolena. Volkot je pokazao prstom ka putokazu.

— Lusin — promrmljala je zamišljeno, dok su sporo prolazili kraj putokaza. Put se na tom mestu razdvajao. Jedan krak nastavljao je pravo, a drugi išao desno. Na putokazu je stajalo da je pet kilometara ispred njih grad Lusin, a da desno put vodi do mesta po imenu Roka Negra. Mišel je opet pogledala u mapu i gledala neko vreme, a zatim je zbunjeno podigla glavu.

— Nema ga nigde na mapi, ovaj grad Lusin — sumorno je konstatovala.

— Možda koristiš stare mape — nagađao je dželat.

Okrenula je i pogledala poleđinu, a potom odmahnula glavom.

— Mapa je ovogodišnja, iz kompanije mog oca, nemoguće da ga nema. Možda je putokaz lažan.

— Onda ulazimo u lažni grad — ironično je dodao Volkot, prebacio u brzinu i nagazio. Ševrolet se udaljavao na horizontu sve više, dok je „lažni grad" počinjao pred njima.

Nije mnogo vremena prošlo, a sa desne strane ponovo se pojavio manji putokaz na kome je bila slika benzinske stanice. Oboje su to primetili i odmah se primetilo raspoloženje kod Mišel.

— Odlično. Ovde ćemo stati nakratko da dopunim gorivo i da se okrepimo malo, kad već hoteli ne rade u ovoj jebenoj državi — pokazala je ka oskudno i aljkavo obeleženom mestu za parking. Zapravo, površina koliko-toliko poravnata i oivičena betonom predstavljala je parkiralište. Volkot je klimnuo glavom i postepeno usporavajući okrenuo desno, pokušavajući da se parkira ispred benzinske pumpe na kojoj je crevo bilo zakrpljeno na par mesta. Postojala je samo jedna pumpa i neka prodavnica s automatom za sokove i grickalice pored ulaznih vrata i drvenom nadstrešnicom, koja je po svemu sudeći dotrajala, iako su pokušali da je prekriju zeleno-belim platnom.

— Dopuni ga do vrha, ja idem unutra, posle ću da te zamenim — rekla je Mišel i izašla. Volkot je ostao u kolima, gledajući kako Mišel užurbano odlazi do prodavnice. Protegao se od naporne vožnje, dok su mu sve kosti u telu krckale i pucketale. U rezervoaru je ostalo goriva za još nekoliko milja. Otkačio je crevo, odvrnuo poklopac na rezervoaru i počeo da sipa.

Prodavnica iznutra nije bila ništa bolja nego sa spoljne strane. Daščani pod bio je prljav, pun fleka i škripao na svakom koraku. Metalne police sa neuredno složenom robom počele su već uveliko da hvataju koroziju i izgledale kao da će se raspasti. Ventilator na plafonu, sav posiveo od prašine, sporo se okretao, čineći niski i jednolični zvuk koji se neprekidno ponavljao i u tišini pomalo unosio nervozu. Mišel je prolazila između polica, dok ju je hvatao neugodan osećaj. Senke su nekako čudno padale na police, a unutra je bilo tiho. Kada je već prešla kod druge police, zaustila je da pozove, ali prestrašila se kada je ispred nje izletela žena s metlom. Mišel je poskočila i zamalo nije zavrištala, a zatim samo odahnula s olakšanjem, držeći se za grudi.

— I... Izvinite... Nisam vas videla — rekla je Mišel. Žena se nasmejala. Pomalo uznemirujuć je bio taj osmeh, koji je otkrio da joj nedostaje par prednjih zuba. Ostatak zuba je ličio na nadgrobne ploče u poslednjoj fazi raspada. Krupna žena s isturenim kukovima i iznošenom plavom košuljom na sebi i nekom izbledelom maramom, koja je držala raščupanu kosu posmatrala ju je neko vreme, oslanjajući se na metlu. Posle toga je progovorila.

— Buscas algo?[1]

— Ahm... Izvinite, ne razumem vas, ne govorim španski.

— Aaaa... Amerika... Da? — žena se nasmejala još više. Mišel je klimnula i naterala sebe da se malo osmehne.

— Nema veze, snaćiću se sama — odgovorila je, na šta je žena klimala glavom i smejala se iako nije ništa razumela.

Nije želela previše da se zadržava na tom mestu. Zgrabila je usput sa gomile jednu papirnu kesu i prošla kraj police. Zaista, bilo je nekoliko vrsta čipsa koji je volela povremeno da gricka, kada joj je dosadno. Stavila je nekoliko unutra i pokupila par čokoladica, nešto voća i četiri flašice vode, malo hrane iz konzervi, tako da je papirnu kesu napunila skoro do vrha. Na kraju prodavnice, kod kase je sedeo ostareli čovek s veoma gustim brkovima i rešavao osmosmerku. Pogledao ju je ispitivački ispod debelih okvira naočara kada je prilazila, a potom bezvoljno ustao da naplati ono što je kupila. Mišel se u prodavnicama, kada je trebalo da sačeka, obično zadržavala kraj stalka za novine i časopise. Volela je da čita, naročito časopise, ali ne one koje većina devojaka uzima i u kojima se nalaze komadi odeće, tašne i štiklice koje su u modi, najnoviji kozmetički pribori i zgodni momci, već oni koji pišu o paranormalnim aktivnostima i sličnim stvarima, zapletima, misterijama, nešto u vezi s naučnom fantastikom, kao i kosmologijom i svemirom. Takvi magazini bili su retki, nedeljnici ili čak mesečni brojevi, ali s vremena na vreme volela je da lista takve stvari, iako su je zbog toga nazivali uvrnutom.

Zastala je i ovog puta kraj police, više iz navike i pri vrhu tamni časopis na kom je bilo ispisano crvenim slovima: *SCH — Shocks, Crimes & Horrors* i ispod toga: *The world we live in*[2] joj je zapao za oko. Uzela je i to i polako se krećući prema kasi počela da lista razne članke. Bio je to časopis mesečnik, vrlo kvalitetne izrade, s kojim su sarađivali i vrhunski istražitelji, detektivi, fakultetski obrazovani ljudi i balističari. Bio je vrlo kvalitetnih korica, papir gladak sa vrhunskom slikom i štampom i uredno raspoređenim tekstovima, bojama i slikama izuzetne rezolucije, a koštao je 12.75 $. Listajući, negde na sredini naletela je na veliki naslov u čijoj pozadini je ležala ruka opružena na podu preko koje se slivala krv:

SEDAM GODINA OD MONSTRUOZNOG UBISTVA KOJE JE POTRESLO ČITAV TEKSAS.
UBICA JOŠ UVEK NA SLOBODI.

Strelica ispod ogromnog naslova je pokazivala da je tekst na sledećoj strani.

Tada je usledila prava megatonska bomba, koja je pala na njen um, tornado koji joj je razbacao u fragmentima čitavu svest, cunami koji je u trenu protutnjao kroz njen mozak, grom koji ju je pogodio istog momenta kada je okrenula tu prokletu dvadeset treću stranu. Nije se mogla sabrati da pročita tekst, pošto je osetila da joj je na trenutak zastao dah, da joj je muka, jer samo je bila dovoljna slika, slika na kojoj je i u civilu i u odelu bio uslikan gospodin kog je zamalo pregazila na kobnoj krivini i kog je bez razmišljanja pustila u svoj auto. Čak je i spavala na manje od jednog metra od njega. Ruke su počele da joj drhte. Od šoka je želela da vrišti na sav glas, ali nije mogla ni to. Knedla u grlu joj je zastala, dok je gledala slike na čitave dve strane, posvećene ovom monstruoznom činu. Na desnoj strani časopisa gledala je pokriveno telo, a ispod pokrivača izviruje samo ruka, krvavi nož uslikan na licu mesta, policija ispred neke kuće.

Iz magazina „SCH — Shocks, Crimes & Horrors — The world we live in":

Tačno sedam godina navršilo se od monstruoznog ubistva, koje je potreslo Teksas. Krvava drama odigrala se u Brod Saut Sajdu, delu San Antonia, u privatnoj kući, čiji je vlasnik Timoti Armstrong (27). U momentu ubistva bivša vlasnica, njegova majka Amber Armstrong (63) bila je u staračkom domu, dok je njen sin Timoti-Timi Armstrong bio prisutan, kao i mnoštvo ljudi okupljenih na privatnoj zabavi, koju je upravo Armstrong organizovao. Negde između tri i četiri časa posle ponoći, kada je većina gostiju napustila objekat, usledio je anonimni poziv kojim je prijavljeno ubistvo. Na licu mesta, u sobi na spratu, policija je zatekla muškarca po imenu Džeferson Volkot (39) i unakaženo telo Dženifer-Džejni Stivens (21). Dalja istraga utvrdila je da je nesrećna devojka brutalno usmrćena sa dvanaest uboda nožem, a kasnija autopsija je na telu potvrdila i tragove fizičkog zlostavljanja i mučenja.

Glavni osumnjičeni Džeferson Volkot predao se na licu mesta i uhapšen je bez ikakvog otpora. Mesec dana kasnije, osuđen je na smrtnu kaznu električnom stolicom. Pored činjenice da su na oružju kojim je ubistvo izvršeno pronađeni otisci optuženog, optužnicu su potkrepili izveštaji psihijatra da je optuženi ratni veteran (bivši pripadnik Mornaričkih „Foka", poručnik po činu i nosilac više odlikovanja), da ima teži oblik posttraumatskog stresa i da poseduje veliku količinu agresije prouzrokovanu brojnim konfliktima i zbog koje je i otpušten iz vojske. Takođe, medicinski izveštaj potvrdio je da je neposredno posle ubistva optuženi bio pozitivan na kokain.

Osumnjičeni veteran Džeferson K. Volkot rođen je 1969. godine i vojsci je pristupio vrlo mlad. Tokom sedamnaestogodišnje karijere sasvim opravdano poneo je epitet „pas rata" učestvujući u brojnim konfliktima širom sveta, od kojih su najistaknutiji: dva puta u Vijetnamu, potom u Nigeriji, Kambodži, Kongu i drugim. O njegovoj efikasnosti govore i brojna odlikovanja koja poseduje: tri krsta, dva purpurna srca, četiri medalje za službu, medalja za pohvalu koju je zaradio sa dvadeset godina, dve medalje za zasluge i mnoga druga odlikovanja nižeg stepena. U Mornaričkim „Fokama" napredovao je do poručnika, a prema nekim tvrdnjama bio je blizu dobijanja kongresne medalje časti kao živi aktivni pripadnik vojske, što se smatra retkom privilegijom i najvećim odlikovanjem u američkoj vojsci. Valja napomenuti da sastav tima Mornaričkih „Foka", s kojim je gospodin

Volkot učestvovao u operacijama, nikada nije bio izmenjen do kraja njegove službe.

Postoje naznake, na osnovu svedočenja ljudi koji poznaju optuženog i koji su želeli da ostanu anonimni, da i posle nečasnog otpuštanja iz vojske, ratna karijera gospodina Volkota nije prestala, već se samo preselila u ilegalu. Džeferson Volkot, navodno je obavio niz operacija pod velom plaćenika, ali o tome, osim šturih svedočenja, ne postoje validni dokazi.

Uprkos svemu, ubica je uspeo da umakne pravdi, kada je na autobus, kojim je transportovan, izvršen oružani napad. Čitava pratnja, zajedno sa 16 policajaca i 22 zatvorenika u autobusu je pobijena. Mesto egzekucije ostala je državna tajna, ali postoji osnovana sumnja da je optuženi organizovao sopstveno spašavanje, jer je akcija izvedena munjevito i vrlo profesionalno.

Ratni veterani iznad pravde

Način na koji su ubistva počinjena uticao je na stavove mnogih pripadnika društva o tome da li je čovek koji je počinio ta ubistva pravedno osuđen. Statistika kaže da je 79% anketiranih građana smatralo da je smrtna kazna pravedna odluka. Društvo je bilo saglasno i u izjavi da se ljudi, a naročito deca, plaše ratnih veterana i da mnogi od njih prouzrukuju nevolje. Bekstvo osuđenog dodatno je podelilo organe reda i mira, pa mnogi od njih, poput poručnika Džima Lejtona, smatraju da je pronalaženje ubice koji je dodatno optužen i za ubisvo policijske pratnje davno preraslo pitanje posla i postalo lična stvar.

„Ne zanima me šta javnost misli, ni šta se govori u zakonu! Šta misle oni, ako su ratovali van svoje zemlje i ubijali kog su hteli, da se mogu vratiti ovde i pucati u svakog ko ih pogleda popreko? Šesnaest naših kolega koji se danonoćno bore s raznim šljamom na ulicama i krvavo zarađuju novac, stavljajući glavu u torbu svakog dana da prehrane svoje porodice je mrtvo, zahvaljujući tom čoveku. Shvatićete

da više nije posao u pitanju, već da je ovo postalo lično, ne samo s moje strane, već i od strane ogromnog broja policajaca. Oni o tome neće javno progovoriti kao ja, ali znam i razumem kako se osećaju. I to su ljudi, nečiji muževi ili očevi!", priznao je poručnik Lejton u razgovoru s našim novinarom.

SCH: Shvatate da ovakvim ekstremnim izjavama negirate demokratski ustav, po kome je svakom optuženom dozvoljeno fer suđenje? Ratnih veterana ima mnogo u zemlji i neće im se svideti vaš stav.

Poručnik Lejton: Ne zanima me. Ja razumem da su se borili i da žele svoja prava i da su ogorčeni, jer država ne vodi računa o njima. Ali neću im dozvoliti da to sprovode oružjem. Ovo je Amerika, gospodo veterani, a ne Vijetnam ili Irak.

SCH: Hoćete da kažete da se ratni veterani teško prilagođavaju normalnom demokratskom društvu, nakon vremena provedenog u ratu i da više teže sopstvenom zakonu, u kome veliku ulogu igra dijagnoza s kojom mnogi dolaze?

Poručnik Lejton: Apsolutno!

SCH: Možete li nam reći koje ste konkretne korake preduzeli u rešavanju ovog slučaja?

Poručnik Lejton: Obavili smo seriju saslušanja svih ljudi iz njegovog okruženja. Prema svedočenjima, naš osumnjičeni nije prestao s ratnim aktivnostima, iako je službeno penzionisan. Postoje osnovane sumnje da je učestvovao u tajnim operacijama van Sjedinjenih Država. Ovde ne govorimo o običnom vojniku, već o pravom „psu rata" koji je zavisnik od ratovanja i sukoba.

Pored ovih saznanja, policija je došla i do informacija o mogućem kretanju osumnjičenog, koje su potkrepile tvrdnje poručnika Lejtona, a to su lokacije na teritorijama Istočne Nemačke, Hong Konga, Avganistana i Sovjetskog Saveza.

Takođe, policija pokušava da stupi u kontakt s njegovim bivšim saborcima, ali više od toga ne mogu da otkriju zbog istrage koja je još uvek u toku.

Potraga i dalje traje
U celoj državi Teksas raspisana je poternica u kojoj se navodi da se osuđeni Džeferson Volkot smatra naoružanim i ekstremno opasnim. Posle serije ubistava, koja je u međuvremenu potresla San Antonio, dva meseca posle ubistva Dženifer Stivens, u intenzivnu potragu uključena je i federalna policija. Zbog masakra u privatnoj vili, u kom je život izgubilo osam osoba i egzekucije Gereta Rodžersa, vlasnika lanca brze hrane u Teksasu i aktivnog političara, lokalno stanovništvo je u strahu. Istragu je kasnije preuzeo FBI... (Mišel je prestala da čita ovaj deo, bio je previše obiman, a ona je imala sve manje strpljenja.)

U mesecima nakon ubistva, nemiri su nastavili da potresaju San Antonio. Brutalni zločin nad Dženifer Stivens povukao je za sobom lavinu drugih zločina i poslužio kao inspiracija mnogim ubicama. Ulica je za veterana, koji je izgubio svaki moralni i zakonski kompas, postala mesto obožavanja lokalnih bandi. Urbane legende već kruže o neuništivom i neuhvatljivom ratnom veteranu, deliocu pravde, kako su se izrazili „korumpiranim bitangama". Ovaj stravičan događaj podelio je kako ljude, tako i javnost. Na policiju se zbog toga vrši ogroman pritisak da pronađe odbeglog zločinca, a društvom se šire glasine o samoorganizovanim ekstremistima, koji obećavaju da će osumnjičenom lično presuditi ako ga uhvate...

Tekst iskucan sitno na čitave dve stranice Mišel nije mogla više da čita. Nije imala želudac za to. Nalet šoka toliko je bio jak da je na trenutak izgubila dah, kao da ju je u stomak pogodio bokser. U kolima kraj nje bio je ubica koji je u bekstvu i kog nije uhvatila ni policija ni federalci ni lovci na ucene a ona, obična devojka bez dana obuke, zamalo ga nije usmrtila autom i još mu ukazala pomoć.

Kesa s kupljenim namirnicama iskliznula joj je iz ruke i pala na pod. Flašice s vodom i narandže koje je stavila pri vrhu otkotrljale su se svaka na svoju stranu. Papirna kesa se pocepala. Starac za kasom je iznenada podigao glavu, uznemiren bukom.

Čuvši šuškanje i lomljavu ubrzo je pritrčala čudna žena s metlom, gledajući šta se dešava.

— Jesi li dobro? — stariji gospodin je upitao smireno tipičnim meksičkim akcentom engleskog. Mišel je pogledala i isprva nije mogla ništa da kaže.

— Dobro sam — rekla je Mišel. — Malo mi se zavrtelo od naporne vožnje.

Videvši da namirnice leže po podu, žena čudnog izgleda uzela je novu papirnu kesu i počela da ih sakuplja.

— Lo que pasa[3] — prišla je čoveku i upitala nakon što je pokupila popadale namirnice. Tada je Mišel počela brzo da razmišlja. Ne sme otkrivati ništa. Ne sme govoriti da se opasni ubica tamo ispred prodavnice igra s njihovim crevom za benzin, niti im nagoveštavati bilo šta. Uplašila se smrtno i za svoj i za živote tih dvoje ljudi, jer ako je toliko sposoban kao što piše u novinama, pobiće ih bez da trepne. Brzo je smotala časopis ispod pazuha.

— Žao mi je, ja sam kriva. Ispustila sam kesu. Baš sam trapava — rekla je užurbano i počela da pomaže starijoj ženi da što pre sakupe popadale namirnice. Starac je samo nešto promrmljao kada mu je žena dala znak da se pomeri i ponovo se odgegao do kase.

Kroz nekoliko minuta prodavac je vadio jednu po jednu stvar iz kese i kucao na kasi, dok se Mišel nervozno razvrtala oko sebe. Naplatio je sve, uključujući i gorivo koje je „opasni ubica" sipao u njen auto, a onda promrmljao nešto što je devojka samo polovično čula.

— Keš ili kartica? — oglasio se ravnodušnim glasom.

— Uhmmm... Kartica — poluizgubljeno je promucala Mišel, dok je i dalje dobijala osećaj kao da stoji na vrućoj ringli, koja postaje sve vrelija. Trenutak dok starac provlači karticu kroz slot, trenutak dok kuca nešto na kasi, trenutak dok gleda koliko je goriva natočeno, trenutak dok račun izlazi iz slota činio joj se kao da prolaze jebeni sati, čitava večnost, dok se stalno okreće vratima, svakog trenutka očekujući da čovek kog je lakoverno primila u svoj automobil uleti u prodavnicu i odradi ih svo troje, kao nesrećnu devojku sedam godina ranije.

Konačno je taj trenutak prošao i Mišel je zgrabila kesu i ne pitajući koliko je koštalo. Izašla je, ali kod auta nije bilo nikog. I dalje je stajao na tom mestu uredno parkiran s bočne strane, a i crevo za benzin je bilo uredno postavljeno onako kako je zatečeno. Sipao je gorivo pre par minuta, ali sada ga nije bilo. Osvrnula se oko prodavnice. Možda je zašao iza ugla, da izvrši nuždu, možda. To je bila dobra ideja za Mišel. Imala je pri ruci džepni nož, koji joj je otac poklonio, ali protiv osobe o kojoj je upravo pročitala, sumnjala je da će joj mnogo pomoći. On je bio ubica i ratni veteran koji je bio na nekoliko najkrvavijih ratišta i džepni nožić ga sigurno neće zastrašiti. Užurbanim korakom krenula je ka automobilu. Nije joj bila namera da ga sačeka, već samo da zbriše glavom bez obzira. Bila je na svega desetak metara od ševroleta. Samo uskoči, pali auto i briši, ne osvrći se. To je ono što je namerila da uradi.

Tada se iznenada sa druge strane auta pojavio Volkot. Kao da se skrivao, ili klečao s bočne strane, da ga ne bi videla. Nešto bržim korakom počeo je da obilazi oko auta.

— Mišel...

Devojka je naglo ustuknula i povisila glas podigavši ruku.

— Stani! Ne prilazi mi!

Volkot je stao, ali se istovremeno i zbunio.

— Šta je bilo?

— Rekla sam da ne prilaziš — ponovila je. — Lagao si me. Prevario si me.

— Ne znam o čemu govoriš.

— Ne znaš? Ne pokušavaj ništa da mi objašnjavaš i da me lažeš — ponovo ga je prekinula i dobacila mu časopis. — Znam sve — rekla je Mišel s gorčinom u glasu. — Neko te se ovde setio.

Volkot je otvorio presavijenu stranu časopisa i nekoliko trenutaka buljio u te dve strane, koje mu je ugledni mesečnik posvetio. Zatim je podigao pogled. Taj pogled više nije bio isti kao pre, a na Mišelinom licu ogledala se nelagodnost i posle tog pogleda koji ju je presekao potpuno je prebledela.

... Protiv činjenica nisam mogao. Sve je bilo tu. Tekst, slike, izjave, izveštaji i naravno u potpisu gnjida novinarska koja je napisala sve te gluposti o meni. Pitanje nije bilo da li će se trenutna drama okončati, već kako će se okončati.

— Ovo nije istina.

Mišel se kiselo nasmejala.

— Naravno da nije, samo me zanima da li misliš da sam toliko glupa? Kad vas uhvate, svi govorite da nije istina i da niste krivi, ceo svet uvek laže, a vi ste uvek nevini — zastala je na trenutak, a zatim procedila. — Ta jadna devojka samo je dve godine starija od mene. Da sam znala da si ti taj, vratila bih se da te dokrajčim točkovima tamo u onoj pustinji — bila je na ivici suza, preplašena i prestravljena, ali se i čudila otkud joj hrabrosti da tako govori. Osećala je da je davno tako i Beniju trebalo da se suprotstavi.

— Postoji nešto što treba da znaš — počeo je Volkot, ali ga je Mišel opet prekinula.

— Nisam zainteresovana! Čuješ li? Majka mi je govorila da nikad ne razgovaram sa strancima, a još manje sa ubicama.

Dželat je tada shvatio da bilo kakav razgovor neće pomoći. Ispustio je časopis na popucali pločnik. U napetom trenutku između njih dvoje ugledni mesečnik je elegantno sleteo kraj dželatove cokule i razlistao se. Spustio je glas do savršene mirnoće. Izoštrio pogled. Fokusirao se.

— Šta ćeš uraditi, Mišel? — pitao je prividno mirno i veoma tiho.

... Automobil je bio iza mene. U tom pravcu nije mogla. Polako, diskretno i neprimetno prsti su mi kliznuli ispod jakne i prihvatili se drške noža, dok sam pomno pratio svaki njen pokret. Dovoljno će biti da se uhvati za telefon, da završti, da pokuša da beži i to je to. Sečivo će je sustići i završiće život ovde, kraj neke smrdljive pumpe u meksičkoj vukojebini.

... Ne zato što je mrzim, ne zato što sam navikao na ubijanje kao običan građanin na jutarnju kafu, već zato što to moram učiniti. To je pitanje opstanka: ili ona ili ja. Još gore je što će evetualni zločin videti ljudi u prodavnici. Onda moram ušetati i pobiti i njih, a zatim politi ceo objekat benzinom i zapaliti ga kako bih vatrom uklonio tragove. To je bio najgori mogući scenario, koji će prouzrokovati samo jedan njen telefonski poziv ili krik. Jedan poziv dovešće ceo Teksas pred jebenu pumpu i uhvatiće me, makar morali silom da pređu tu liniju razdvajanja između Meksika i Amerike. Jedan njen telefonski poziv odvešće me natrag pravo na smrtnu kaznu od koje sam pobegao, ako me pre toga ne ubije besna rulja. To neću dozvoliti ni po koju cenu.

Ćutala je nekoliko trenutaka, dok su razmenjivali poglede i odmeravali se. Zatim je Mišel načinila par koraka desno od njega, dok ju je dželat pogledom poput grabljivca pratio. U tom trenutku video je da dlanom briše oči od suza koje su ipak potekle.

— Šta ću uraditi? Ovako. Već sam jednom preklinjala za život. Drugi put neću — rekla je iznenađujuće mirno, setivši se jasnije nego ikad trenutka kada ju je njen nesuđeni dragi umalo prebio na smrt i ovog puta ne trudivši se da izbegne njegov pogled nastavila. — Uradiću samo ono što moram. Ti sam donesi odluku — polako je krenula desno zaobilazeći i dželata i auto. Njega je ubilački instinkt uporno terao da učini ono što mora i bio je rešen da pokaže da je to najbolje rešenje: ubiti još jednu nedužnu osobu, jer ih je ubio ko zna koliko i obezbediće sebi mirniji put. S tom mišlju, koja je u trenutku delovala kao logičan razvoj događaja koje bi jedan ubica u bekstvu učinio, njegov razum pokušavao je da ga izgura preko ivice i natera ga da učini jedan munjevit korak, jedan munjevit zamah nožem i usmrti je makar bezbolno. Po prvi put dželat mu se opirao. Prvi put se pobunio protiv sopstvenog ubilačkog nagona. Njene reči „sam donesi odluku" su ga naterale da po prvi put umesto ubilačkog poriva oseti divljenje, takva jedna neočekivana hrabrost i odneo je veliku pobedu, još uvek nesvestan njene težine. Njegovi prsti počeli su da popuštaju oko korice noža i osetio je nešto nepoznato, nešto strano što je mislio da je umrlo u njemu. Mišel je prišla do vozačevih vrata. I još uvek je bila živa.

— Jesi li sigurna da želiš dalje? — oprezno je pitao Volkot nakon što je pogledom ispratio njenu nameru.

— Naravno da želim dalje! — temperamentno je povikala. — I sigurno što dalje od tebe! Zbogom!

Želeo je još nešto da kaže, ali nije stigao. Već je užurbano otvorila vrata i sela u auto, shvativši da je nekim čudom odlučio da je poštedi.

— Divim se tvojoj hrabrosti — prošaputao je, znajući da ga nije čula.

Uopšte se ne osvrćući, startovala je motor i naglo dodala gas. Uz škripu guma i oblak prašine ševrolet je izleteo sa parkinga i otprašio putem velikom brzinom. Volkot je gledao u tom pravcu odmahujući glavom, a na licu i njegovom pogledu videla se mešavina prekora i neke ironije.

... Devedeset devet odsto ljudi nosi masku na sebi. Tek kada maska padne, otkrije se kakvi su ti ljudi zaista. Nosio sam je i ja. Desilo se šokantno otkriće. Nisam kriv. Nisam želeo da to sazna i bio sam na korak da je ućutkam kao što bih to učinio da sam još uvek u ubilačkom

„Blek" transu. Zašto sam je pustio da živi? Nisam ni sam siguran, ali mi se činilo da ionako neće daleko stići.

... Ne bih možda mogao da je nazovem glupom, mogao bih je čak nazvati hrabrom, ali i brzopletom svakako. Dok je u onoj radnji čitala splačine koje je neki beskičmenjak napisao o meni, u tim trenucima pronašao sam kvar na njenim kolima. Ne znam gde i kako je nastao, ali ulje joj je gotovo iscurilo i prava je sreća da smo stigli ovde. Želeo sam samo da joj kažem da kupi ulje pre nego što nastavi. Posle nekoliko pređenih milja gorko će se pokajati što me nije saslušala do kraja.

Volkot je imao blaži izraz lica, koji je ličio na pokušaj da se nasmeje čitavoj ironiji. I zaista, u očima mu je na tren sevnulo raspoloženje koje je imalo i malu dozu pakosti, zamišljajući je kako psuje kada joj auto bude stao negde nasred puta. Tromo i bezvoljno krenuo je dalje pešice, nadajući se da će pronaći njen auto negde usput, dok je časopis ostao na pločniku i razlistavao se na mirnom povetarcu.

***

... Gledajući u šare na putu koje je Mišel svojim točkovima napravila dok je histerično gazila papučicu gasa u želji da što pre pobegne od mene, razmatrao sam koje izbore imam. Nije mi se sviđalo nijedno naseljeno mesto, ali s druge strane nije mi se svidela ni činjenica da opet kroz kamenjare i nedođije pokušavam da stignem do granice. Iako je sve ono što je pisalo o meni najobičnije sranje, ipak mi je zadavalo glavobolju i govorilo mi da uvek tamo negde postoji neka gnjida koja će održavati sećanje na to kobno veče. Slučaj je bio zatvoren, koliko sam shvatio. Zakone nisam poznavao baš najbolje, ali znao sam da ako se pojave elementi i stvore uslovi za to, zapečaćen slučaj će se ponovo otvoriti. U mojoj glavi to je kao otvaranje devetog kruga pakla.

Druženje s Mišel bilo je kratko. Sumnjam da ćemo se ikad videti ali posle svega nije se baš moralo na ovakav način okončati.

Koliko god želeo da izbegnem, morao sam opet preći s one strane gde me čeka smrtna kazna, besna rulja, ogorčeni brat Edi, iznervirani poručnik Lejton koji javno poziva na sukob s veteranima i koji je pokušao da mi javno nakalemi i ubistvo šesnaest policajaca koje su oni psihotični Meksikanci pobili; lovci na ucene, federalci, a ako se krvava linija produži dalje i umeša se užas iz „Don Hozeovog" zatvora ne bih bio iznenađen da se na kraju i državna bezbednost uključi, a to je onda kao buđenje uspavanog diva, diva koji će biti veoma besan kad se probudi.

... Ne znam kako to da objasnim, ali svejedno sam išao pravo prema toj liniji i straha nije bilo.

***

Mišel je vozila nešto opreznije, održavajući brzinu kako bi što pre prošla kroz lažni grad, koji na mapi ne postoji i pokušavala je da ne razmišlja o onome što ju je zadesilo. Koliko treba nesreće i kolika je verovatnoća naći takav jedan primerak begunca od zakona u nedođiji poput meksičke pustinje? Telefon joj je bio pri ruci. Razmišljala je da li da okrene taj broj i u ime ženskog roda smesti ubicu tamo gde mu je mesto. Gnušala se fizičkog maltretiranja slabijeg pola, bila i sama žrtva, a ubistvo, još na onakav način, izazivalo je posebnu gorčinu u njoj. Na trenutak joj je pažnju skrenuo kamion koji je protutnjao iz suprotnog smera. Mišel je poznavala zakone veoma dobro. Znala je da Meksiko nije zemlja koja izručuje begunce. Ako odluči da ga prijavi, Džeferson Volkot, opasni ubica, će se kroz određene tajne kanale opet naći s one strane granice, tamo će biti uhapšen i pravda će onda biti izvršena. Ali, hoće li?

Ono „ali" ju je nateralo da se strese. Jednom je već pobegao, šta ako pobegne drugi put? U sprezi je s nekim kartelom fanatika i budaletina i uz pomoć njih je organizovao sopstveno bekstvo,

bekstvo u kom je, ukoliko u članku ne lažu, cela policijska pratnja bila obrisana kao prašina sa stola. Znala je, makar laički, da sa latinosima nema šale, a ako Džeferson Volkot bude bio uhapšen nekim čudom, znaće sigurno ko ga je prijavio, a onda ako uspe da pobegne, tražiće osvetu. Poginuće i ona i čitava porodica, osim ako se ne suoče s mukom koju donosi federalni program zaštite svedoka, u koji je uključeno menjanje identiteta, mesta življenja, stalan život u strahu i ostalo. Mišel se stresla od same pomisli. Ali opet, nedužna devojka, divljački rasporena, leži tamo negde, metar pod zemljom, a pravda nad njenim ubistvom i dalje nije izvršena. Slikali su samo ruku zbog diskrecije, ali tekst u onom članku stvorio je vernu sliku u Mišelinoj glavi. Kakvu je sreću imala što je uopšte živa i sve što je dalje odmicala više joj je bilo žao što ga je samo ostavila, a usput je krenula i savest da je grize što mu je spasila život. Đubre na kraju krajeva treba da odgovara, a ona se delimično pobrinula da se to ne desi.

Spas od tih turobnih misli usledio je uskoro, kada je zazvonio telefon. Nije primetila da se na displeju pojavila jedna crtica. Bio je to njen otac.

— Halo tata.

— Mišel, gde se nalaziš?

— Blizu sam granice. Šta se dešava tamo?

— Ništa naročito, zovem da čujem kako si. Ja sutra putujem.

— Stižem sutra, ne brini. Kako je mama?

— Ma sve ono standardno, strogo mirovanje, čajevi, supe i ostalo. Pokušava da me ubedi da ne paničim previše — čuo se smeh s druge strane.

— Možda je u pravu — pokušala je da uzvrati osmehom.

— Možda. Je li sve u redu tamo?

— Jeste.

— Nisi imala nikakvih problema?

Mišel je zaćutala. Nije bila vaspitavana da laže, ali je ovog puta razmislila o svemu. Odgovor da je povezla usput ubicu koji je svojim umetničkim radom na telu neke devojke potresao čitav Teksas i kog je njen otac dok je to slušao na televiziji lično psovao i častio raznim komplimentima kao što je ološ, šljam, bolesnik, đubre, psihopata nije baš delovao idealno. Na kraju krajeva, jadan čovek će se uznemiriti pred „bitku decenije" i počeće da okreće brojeve svih velikih zverki koje poznaje kako bi Mišel što pre vratio, a ubicu vratio tamo gde mu je mesto. Volkot je svojevremeno bio vruća novinarska tema, a informacija će sigurno stići do njih, umešaće se mediji u celu priču, nastaće medijska pompa i navalica.

— Mišel, jesi li još uvek tu?

Mišel se trgla.

— Da, tata, tu sam, sve je u redu, nema nikakvih problema.

— Jesi li sigurna?

— Nema problema, uveravam te. Doći ću brzo.

— Ako je tako, onda OK. Želim ti brz povratak kući, dušo. Čuvaj se!

— Ćao tata!

Prekinula je vezu, ali samopouzdanje koje joj nije manjkalo, jer je posle Benijeve smrti mentalno ojačala, sada nije bilo oduševljavajuće. Nije bila svesna da je ovo bio poslednji put kada će čuti oca.

Ovo putešestvije joj neće ostati u najlepšem sećanju, jer je doživela susret s „mrtvim čovekom". Iskra sumnje se prikradala i mučila je što je pročitala jedno u novinama, a u stvarnosti joj se nije ništa desilo. Međutim, ova Mišel koja se vraćala s odmora bila je previše ogorčena siledžijama i lošim ljudima, jer je s jednim od njih imala veoma loše iskustvo, a nepoželjni saputnik bio je preslikana replika jednog takvog i s obzirom da joj je bio antipatičan još dok je bio u nesvesti nije mogla da razmišlja logički, već ga je unapred osudila.

Probala je da isključi sva razmišljanja, ili ih barem odstrani na neko vreme, pokušavajući da se koncentriše na vožnju i predstojeće naseljeno mesto kroz koje mora proći. Podne je već prolazilo. Isprva neprimetno, ali kako je vreme odmicalo, nebo se gasilo sve više. Uskoro će mrak, a koliko je sigurno da ponovo rizikuje još jednu noć kao što je bila prošla. Nije bila voljna da rizikuje još jedno spavanje za volanom. Prvi put je bio čovek, drugi put može biti nešto gore. Možda automobil, kamion, ko zna.

U tom neugodnom razmišljanju, vozeći nešto opreznije kroz polupustinjski predeo, pred sobom je ugledala putokaz na kom je opet na dva jezika pisalo:

Lussin Bienvenido[4]

Lussin Welcome

Ubrzo su počele da se pojavljuju prve kuće s obe strane puta. Zalazak sunca bacao je senku na njih. Na većini prozora stajale su namaknute roletne, dok je na putu bilo relativno malo ljudi koji su pognutih glava išli svako svojim putem. Ovo mesto bilo je nešto drugačije od naselja čudaka, ali kako je sve više ulazila u lažni grad Lusin, koji nije ucrtan na mapi, sve više joj je delovao kao učmala, negostoljubiva pogranična provincija, u kojoj ljudi žive samo koliko je neophodno da jedu, piju, rade i spavaju i praktično žive od danas do sutra, bez ikakve vizije budućnosti. Iako su joj turobne misli prolazile kroz glavu dok je prolazila kroz siromašno naselje sa stricem i prijateljem Stjuartom, njeno viđenje novog gradića nije odavalo ništa bolji utisak. Jednom rukom pridržavajući volan, polako je proveravala po džepovima gde su joj dokumenta. Granica će uskoro. Uskoro će preći s one strane linije, ostavljajući zauvek iza sebe i čudake i ruralne meksičke gradiće i ubicu koji je potresao ceo Teksas i učmalu provinciju, koja je više mrtva nego što je živa. Ostaviće sve što deluje čudno i uvrnuto i vratiće se normalnom životu. S druge strane, mnoge stvari u Meksiku delovale su čudno i uvrnuto, naročito kada se malo istraže krajevi dalje od prestonice.

Svojevrsna mini-avantura s popriličnim uzbuđenjem tokom jedne nasumične noći i strahom da je nekog ubila kolima, a zatim saznanje da je taj neko neprijatelj države Teksas i pod federalnom poternicom, taj koji je neku jadnu devojku brutalno izmrcvario već sada su ostavili trag kod Mišel, ali bila je ubeđena da će kao i svi tragovi vremenom izbledeti i mini-avantura pašće u zaborav iako je ostavila jači utisak od kompletnog odmora. Međutim, mini-avantura mogla je biti sve, samo ne „mini", jedino što toga još nije bila svesna. Put kojim se kretala išao je lagano naviše, a zatim imao oštru krivinu nalevo, poslednju koju će Mišel izvući pre nego što dođe do šokantnog saznanja.

Spas je kao i uvek pokušala da pronađe u muzici. Nakon nekog vremena izvesno je bilo da će joj dobra melodija zatrebati. Okrenula je dugme i počela da lista frekvencije kako bi pronašla nešto prihvatljivo. Ovog puta, iako je samo jednom rukom pridržavala volan, nije dodavala brzinu, uprkos tome što je bila ljubitelj brze vožnje. Iskustvo u polupustinji bila joj je dobra opomena da ne izaziva ponovo sudbinu. Dobro njoj poznata (*G)OLDIES* stanica na 75.32 mghz, na kojoj su se vrteli najveći klasik-hitovi rokenrola i na kojoj je vreme prosto stalo odbijajući da krene napred, bila joj je omiljena. „Goldi" stanica i njena omiljena voditeljka Sara *Goldy* Smit, koja je uvek znala da iskopa dobre stare „prašnjave" hitove iz njene „prašnjave" riznice začula se na radiju, a Mišel se tada opustila slušajući neku stariju baladu, koju je izvodio Kralj. Sve je sada postalo mnogo lakše i njena glava odmah se počela rasterećivati od neprijatnih misli, koje joj nisu davale mira tokom par sati vožnje od te proklete benzinske pumpe i šokantnog saznanja da je povezla čoveka koji je bio optužen za monstruozni zločin. Opušteno se zavalila na sedištu, držeći prstima volan i to samo jednom rukom, koliko da vozilo bude usmereno pravolinijski. Nije ništa gledala oko sebe, niti išta u vozilu.

Nije obraćala pažnju ni na šta osim na volan i put. Dopustila je da je slatki opuštajući zvuk obuzme i izvuče iz nje taj stres, svu tu nervozu od koje već nekoliko sati nije mogla da se pribere.

Sada je već nešto smirenije i racionalnije ušla u krivinu, kočeći ispred nje, poučena nedavnim iskustvom da prestane da juri. Tada se s ševroletom koji se dotada ponašao za primer desilo nešto čudno i nešto potpuno neočekivano. Najpre je slatka balada kojom je Mišel pokušala da se nahrani naglo zamukla zajedno s radiom, a iste sekunde i motor koji je preo kao umiljato mače počeo je da krklja i da zapinje, da bi u sledećem trenutku prestao da radi. Mišel se vozila samo silom inercije.

Iznenađena neočekivanim gašenjem motora stegla je volan čvšće, pazeći da ne izgubi kontrolu nad vozilom. Koristeći još uvek kakvu-takvu brzinu i posle gašenja motora polako je skrenula vozilo ukraj puta, gde ga je bezbedno zaustavila. Okrenula je ključ, ali bezuspešno. Ponovo. Nekoliko puta. Motor ne samo da nije upalio, već je pokazivao znake da mu ne pada na pamet da to učini. Iako je Mišel pokušavala, ne obraćajući pažnju i ne pokušavajući da razmisli zbog čega neće da upali, motor se i dalje ponašao kao mazga koju je iznenada spopala tvrdoglavost.

— Jao ne! Opet problemi — zabrinuto je rekla i oborila glavu na volan. — Može li nesreća samo jednom da me zaobiđe? — glasno je upitala samu sebe, naravno ne očekujući nikakav odgovor.

Počela je da se osvrće oko sebe. Nalazila se u delu koji nije odavao bogzna koliki utisak grada. Pre bi se moglo reći da je neka zapostavljena i ignorisana provincija, s naizgled nepoverljivim i neljubaznim meštanima. Nedaleko od nje nalazila se raskrsnica koju je prošla i nešto dalje joj se auto zaustavio. Delovala je kao glavna žila oko koje se ovaj gradić nakupio i koja vodi u sve ostale njegove ulice. Betonski put s brojnim naprslinama i rupama, starije kuće građene od cigle ili sa napuklom fasadom, raznobojni veš koji se na žicama vijorio kao otrcani barjaci, par prodavnica s bledim izlozima koje kao da prebrišu jednom u šest meseci, sumnjiva lica, par prolaznika potpuno ravnodušnih i nezainteresovanih, to su bile prve slike lažnog grada, koje su je zatekle kada je pogledala naokolo. Nije imala nikakvog izbora. Nešto nije u redu s autom, to je bilo van svake sumnje, a sama nije mogla učiniti ništa, osim da konstatuje da se pehovi posle te proklete pustare nemilosrdno nastavljaju. Naselje čudaka je prošla bez većih problema. Htela to ili ne, mora izaći i prošetati malo kroz njoj čudni Lusin, u kome se našla. Kroz ovaj grad ne može proći, iako je želela da što pre to učini, a to se neće desiti bez intervencije mehaničara, ili nekog ko se razume u automobile.

Nije joj ostalo mnogo izbora u ovom slučaju. U pokvarenom ševroletu, sama, u Meksiku, u nepoznatom gradu punom sumnjivih lica, mogućih kradljivaca i ko zna kakvog još šljama, morala je da se snalazi kako zna i ume kako bi se vratila kući na vreme, za šta je već sada postojala sve manja šansa. Uzela je svoj ranac sa suvozačevog sedišta, izvadila ključ, podigla stakla na vratima i prvo na suvozačevoj strani obezbedila vrata. Potom je izašla. Zaključala je i vrata s vozačeve strane i potom se počela osvrtati ne bi li negde potražila pomoć. Na ulici je bilo malo ljudi. I ono malo što ih je bilo nisu odavali utisak ljubaznih i gostoprimljivih žitelja. Prolazili su mahom sredovečni ostareli ljudi, lica izboranih i izmoždenih od svakodnevnih briga i trzavica. Prišla je jednom prolazniku koji je imao sedu kosu i nosio mantil i neki otrcani široki šešir.

— Izvinite, da li biste mogli...

Nije stigla ništa ni da pita, stariji čovek je na španskom nešto progunđao hrapavim i nečistim glasom, odmahnuvši rukom. Samo je prošao pored Mišel kao pored kante za smeće i ne zastavši pri tom. Iza njega prolazila je žena prilično gojaznog izgleda, kose vezane maramom i s dotrajalim torbama u rukama, u kojima su se nalazile razne potrepštine. Gegala se kao ogromno vinsko bure nasađeno na dve kratke i pomalo krive noge.

— Izvinite...

Žena ju je pogledala možda neznatno usporivši, ali kada ju je odmerila, nastavila je da ide svojim putem.

— No lo entiendo. Siento[5] — rekla je pri tom odmahujući glavom. Mišel je nemoćno spustila ruke i uzdahnula.

— Biće ovo zanimljivo veče — nervozno je promrmljala i prešla na drugi kraj ulice.

Pokušala je sa još dvoje-troje ljudi, ali su hladnokrvno odbili da progovore ijednu reč s njom.

— Koji vam je? Šta je s vama, ljudi? — pomalo uplašeno je promrmljala Mišel, već osećajući da je hvata nervoza. Čula je više puta ponavljanje reči „no lo entiendo", pretpostavivši da znači „ne razumem", ili tako nešto.

Nije se smela udaljavati od njega previše. Još jedna nelagodnost joj se nametala, kada je naokolo pogledala i videla da su po ulici parkirani polovni krševi od automobila a njen je odavao utisak kao da je bogataš u njihovom gradu. Iako parkiran, metalik ševrolet kao da je dozivao glasno govoreći „tu sam, uzmite me". Uteha joj je bila da ako neko i pokuša da ga ukrade, neće moći da ga odveze. Naslonila se na krov automobila, listajući brojeve telefona u imeniku. Otac je bio možda jedna od poslednjih varijanti. Ima važan sastanak i mora ostati koncentrisan na to, a ona će ga vešću da joj je auto iz čista mira stao i da je u kvaru usred neke meksičke rupčage samo uznemiriti i naterati ga da možda otkaže taj sastanak kako bi je vratio nazad. Učiniće on sve za nju i neće joj reč jednu zameriti, sve dok ne dođu kući. E tek tada će ga spopasti bes kakav ga spopadne više puta kad nešto ne ide kako je isplanirao i urlaće na nju sve dok ne promeni boju i ne pocrveni, a onda će je jedno dve-tri nedelje ignorisati, kao da ne postoji. I da, kazniće je naravno. Ko zna kako i ko zna šta će joj ukinuti od privilegija. Odlučila je, ipak, da mu ništa ne govori i da sama pokuša da reši taj problem. Razmišljala je da je makar onaj veteran i ubica u bekstvu ostao barem do sada s njom, drugačije bi bilo, jer je kao pojava izazivao nelagodnost i strahopoštovanje, pa bi lokalci možda sarađivali. Ovako niko nije ni obraćao pažnju na nju.

U momentima dok je razmišljala kako da se pozabavi situacijom preko puta je videla grupu tinejdžera kako sedi ispred vrata praznog lokala i nešto priča između sebe. Primetila je poglede ka njoj. Bilo ih je četvoro i iako su njihova lica bila nasmejana i delovala pozitivno, ipak im nije previše verovala. Pogled joj je pao na devojčicu koja je ustala i krenula da prelazi ulicu. Zastala je samo na trenutak, jer je uz zavijanje sirena projurio kombi hitne pomoći. Prelazila je ulicu i shvatila je da ide ka njoj.

Nije bila belkinja, boja kože bila joj je neznatno tamnija, a kosa joj je bila izrazito crne boje, vezana u dva repića. Imala je tamnocrvenu duksericu s pomalo predugim rukavima i izbledele farmerice, koje su bile malo pocepane iznad kolena i nešto starije i iznošene bele patike, koje su već odavno uhvatile sivilo.

— Zdravo — mahnula je rukom. Bila je mršava jednako koliko i Mišel i neznatno viša od nje.

Mišel je otpozdravila. Osetila je odmah olakšanje i bez progovorene reči, jer iako nije znala njene godine, shvatila je da će se s njom razumeti bolje nego s matorim Meksikancima. Odmah je upitala.

— Govoriš li engleski?

— Da — odgovorila je devojčica. — Ja sam Barbara. Mislili smo da imaš problem s kolima. Možemo li nekako da ti pomognemo? — njen engleski bio je dovoljno razumljiv i sasvim prihvatljiv uz karakterističan hispano naglasak.

— Drago mi je, Barbara, ja sam Mišel. Hvala što si mi ponudila pomoć. Postoji li neko ko popravlja automobile ovde? Hitno je.

Potvrdila je i pokazala prstom.

— Na sledećoj raskrsnici postoji mehaničar po imenu Eduardo, bavi se i šlep-uslugama. Piše na kapiji. Odakle si?

— Iz Dalasa, Teksas. Vraćam se iz posete rodbini.

— Lepo. Ja sam odavde. Ne moraš da se plašiš. Ovde ljudi nisu loši — na tren je zastala tražeći prave reči. — Samo su malo...

Jedan od drugova dobacio je Barbari nešto i ona se okrenula i glasno mu na španskom nešto odgovorila. Potom se ponovo okrenula ka Mišel.

— Izvini, moram da krenem. Nadam se da ćeš brzo popraviti kola.

— Hvala, Barbara. Čuvaj se.

Barbara je klimnula glavom i mahnula joj, ne završivši ono što je htela da joj kaže. Brzo pretrčavši ulicu, pridružila se drugovima koji su već krenuli. Mišel je odmah zaboravila na to zbog problema koji je imala.

Trudeći se da joj se oči ne susreću s nepoznatim osobama i pokušavajući da se ne oseća neprijatno u nepoznatoj provinciji, Mišel se lagano približavala željenoj raskrsnici. Nije joj bilo teško da pronađe mehaničara, baš kao što joj je Barbara objasnila. Na tabli je bilo na engleskom i španskom označeno da je mehaničar blizu. Nalazio se na samoj raskrsnici koja se račvala u još dva pravca. Leva strana se spuštala strmo, odakle se moglo videti više kuća i zastarelih zgrada, koje su obilovale bledim beživotnim bojama napuklih fasada i koje su bile zrele za rušenje. Desna strana ulice išla je blažom uzbrdicom, vodeći u nepoznatom pravcu.

Na račvanju tri ulice nalazilo se veliko dvorište ograđeno bledocrvenkastom ogradom, koja je dobrim delom korodirala i sa koje se oljuštio veći deo boje. Unutra je bilo dosta rezervnih delova i razne limarije i gvožđurije na gomilama i nije bilo teško zaključiti da na tom posedu živi automehaničar. Jedna stazica, nevešto i reklo bi se svojeručno popločana ravnim kamenom, vodila je u veliku garažu, u kojoj bi se mogao parkirati i kombi bez većih problema. U njoj je već stajao automobil koji je bio delimično rasturen. Sa leve strane gledajući od kapije stajala su dva automobila koja su bila skroz razmontirana, praktično su izgledali kao mehanički leševi bez nade. Preko puta njih pomoćna zgrada koja nije bila u bogzna koliko dobrom stanju. Kroz otvorena vrata dopirala je svetlost lampe. Pored zgrade, u otvorenom delu koji je služio za parkiranje automobila kao garaža, nalazili su se brojni rezervni delovi ostavljeni sortirani u zavarenim boksovima: akumulatori, blokovi motora, menjačke kutije i brojni sitan inventar. Stariji kamion s kukom i namotanom sajlom za vuču iza bio je parkiran pored pomoćne zgradice, dok je pravo od kapije gledala na nešto što bi se moglo nazvati kućom u kojoj je verovatno vlasnik živeo. Mišel je oprezno otvorila kapiju i ušla. Zakoračila je možda desetak metara unutra i sledila se kada ju je prepao glasan lavež psa. Bio je to veliki, krupni crni doberman, vezan lancem za metalni stub pored drugog polurastavljenog automobila s leve strane. Izgledao je kao prava zver, režeći i pokazujući očnjake kroz koje su se cedile bale, dok je svojim masivnim telom natezao lanac do maksimuma. Mišel ga nije želela iritirati još više. Nije volela agresivne pse nimalo, naročito velike kao zver koja je pokušavala da se otkači od ne baš sigurne polukružne alke na stubu za koji je bio privezan. Ubrzo potom na vratima pomoćne kućice pojavio se momak poprilično suvonjav, u zelenom isprljanom radnom kombinezonu, brišući ruke krpom. Ne obraćajući pažnju na Mišel prvo je krenuo ka psu.

— Callate, Devante![6]

Posle tih reči pas se smirio i ponovo legao, držeći glavu između šapa. Tek tada momak koji je imao dvadeset i kusur godina okrenuo se ka Mišel. Imao je prilično nezgrapno i gotovo prežvakano lice, puno nekih braon pegica, sa pokojom crnom mrljom od prljavštine. Velika krpa virila mu je iz jednog, a zarđali francuski ključ iz drugog džepa. Kosa mu je bila otvorenobraon boje, ali puna prljavštine i crnih tačkica od ulja i prašine. Okrenuo se ka došljakinji kada je primirio nervoznog psa.

— Favor?[7] — upitao je podižući obrve.

— Tražim mehaničara po imenu Eduardo — odgovorila je Mišel u nelagodnosti što opet čuje španski. Mladić je zastao sa odgovorom kao da za trenutak nije razumeo. Samo je bledo pogledao u Mišel.

— Eduardo... Mehaničar... Razumeš? — ponovila je sporije. Tog trenutka momak se okrenuo ka garaži i povikao.

Nedugo zatim iz garaže se pojavio malo stariji čovek, nabreklih preplanulih obraza, u istom kombinezonu kao i mladić, s rukama crnim kao ugalj i pozamašnim stomakom, koji je izgledao prevelik za radno odelo koje je nosio. Prilazio je bez neke preterane žurbe, kašljući usput i pljujući izrazito crn sadržaj. Kada se nasmejao videvši mršavog mladića ispred kućice, Mišel je opazila da tip nema više od polovine prednjih zuba.

— Zar svako u ovom gradu izgleda kao mentalni slučaj? — progundala je poluglasno dok se „elegantno popunjeni" mehaničar približavao. Momak mu je tišim glasom nešto govorio na španskom, a on potvrđivao glavom. U kratkom razgovoru jedino je čula reč „amerikano", nakon koje se momak udaljio i vratio nazad u kućicu.

— Dobro došli. Ja sam Eduardo, oprostite mom rođaku Benitezu, ne zna ni reč engleskog. Kako mogu da vam pomognem? — progovorio je na gotovo tečnom engleskom mehaničar, samo nešto tvrđe akcentujući „r".

— Potrebna mi je hitna popravka, auto mi je u kvaru — odgovorila je Mišel.

— A u čemu je problem?

Mišel je slegla ramenima.

— Samo je stao i nije hteo više ni da upali. Ne znam ništa o automobilima i šta je u pitanju — pokazala je ka ulici. — Tamo se nalazi niz onu ulicu. Metalik ševrolet.

Eduardo je izvadio papir i olovku i nešto zapisivao.

— Mhm metalik ševrolet — promrmljao je dok je pisao. — Moraćete da pođete sa mnom da mi pokažete. Ne bih da odvučem pogrešan auto. Ako ne može da krene, moram da ga došlepam ovde — vratio je papir u prednji džep i pogledao je. — Jesmo se razumeli?

Klimnula je ohrabrena reakcijom mehaničara koji je delovao ozbiljan u poslu, uprkos aljkavosti u dvorištu.

Pola sata kasnije bili su ponovo u Eduardovoj garaži s došlepanim Mišelinim autom. Za sve to vreme bucmasti mehaničar nije progovorio mnogo, već je bio koncentrisan na ono što radi. Dok je vozio ka garaži, kraj njih je ponovo projurio sanitet, zavijajući sirenom i to je bio drugi put za kratko vreme, što se Mišel potrudila da ignoriše. Pokupila je svoje stvari iz automobila: kofer, ranac i papirnu kesu s namirnicama koje je kupila na pumpi. Eduardo je nešto rekao rođaku i nakon što su ga otkačili obojica su ševrolet ugurali u prostranu garažu, u kojoj je videla da postoji i drugi ulaz i unutra mogu bez problema stati tri takva automobila kao što je njen. Radni sto išaran najrazličitijim alatima i tri kanala u kom je jedan auto već bio u fazi popravke bilo je nešto što joj je upadalo u oči. Okrenula se i dok su dvojica mehaničara gurali auto unutra, ona je posmatrala još jedan sanitet. Nedaleko od garaže bolničari su iz jedne kuće iznosili na nosilima neku osobu i brzo je ubacivali u sanitet. Pomalo je uzdrhtala, jer je ta osoba bila pokrivena, videle su joj se samo patike i ležala je nepomično. Odmah za njom još dve osobe, jedna mlađa ženska i jedna muška sredovečna, malaksalo su izlazile iz kuće, dok su im bolničari pomagali da se održe na nogama. Prisutna je bila i patrola policije kao i desetak okupljenih ljudi, koji su bojažljivo posmatrali šta se događa. Čula je kako joj iza leđa prilazi Eduardo i po svoj prilici i sam gleda dešavanja u komšiluku.

— Eduardo, šta se ovo dešava?

— Ma pusti — s pomalo nervoze u glasu je odgovorio brišući ruke krpom. — Neko trovanje hranom, ili ko zna šta. Juče je krenulo s prvim ljudima, a evo ceo dan od jutros kenjaju na radiju samo o tome. Bolnica još malo pa ne može da ih sve primi. Čujem da se i tuku oko mesta.

— Strašno — odgovorila je Mišel. — Nadam se da će se to smiriti.

— Nama to ne smeta previše, navikli smo na sve i svašta ovde, ali paniku izaziva kod gostiju koji prođu ovuda.

— I ne krivim ih.

— Mišel, ti nisi odavde, koliko vidim. Predlažem ti da pronađeš neki smeštaj, znaš nije baš sigurno previše lutati gradom, dok se ovo ne smiri.

— U pravu si. Možeš li da me uputiš?

— Tamo dalje niz ovu ulicu — pokazivao je ka ulici koja je silazila pod blažom nizbrdicom i vodila u sam centar grada. — Videćeš tablu s natpisom *Hostel Vilja*. Vilja je dobar čovek i nije preterano skup. Kaži da sam te ja poslao.

— Hvala. Ostaviću ti broj. Pozovi me kad završiš.

***

S papirnom kesom, koferom i rancem na leđima izašla je i krenula ulicom, pokušavajući da pronađe hostel koji joj je Eduardo preporučio. Ovog puta moraće da prođe s takvim jeftinijim smeštajem, koji će, na svu sreću, biti samo privremen. Ljudi su se užurbano razilazili dok je prolazila ulicom, a sanitet je u međuvremenu otišao svojim putem zavijajući sirenom. Videla je obično odevene lokalce, koji su posle drame koja se desila ispred nečije kuće delovali prilično uznemireno i među njima čula desetine muških i ženskih reči na španskom, koje su se preklapale jedne preko drugih. Pomislila je da većina verovatno žuri da stigne svojim kućama, gde će se osećati sigurnije i tamo u komfornoj sigurnosti između četiri zida će komentarisati taj nemili događaj.

Mehaničar, koliko god prljav i neuredan, dočekao ju je fer i korektno, nije mogla da se požali na to međutim, nešto u ovom gradu izazivalo joj je nelagodnost i čitava atmosfera koju je dodatno podgrejala mahnita jurnjava saniteta ulicama i scena bolesnih ljudi ispred kuće delovala je prilično napeto. S tim dešavanjima završavao se dan. Tek posle izvesnog vremena hoda ugledala je zgradu s obaveštenjem na dva jezika od kog je jedan uspela da razume i još jednom začula zavijanje sirena hitne pomoći, koja je dopirala iz jednog od susednih kvartova. Hostel „Vilja” spolja je izgledao kao da je napušten, ali iz nekoliko soba videla se svetlost. Ispred same zgrade, koja je bila ograđena rešetkastom ogradom, nalazilo se nekoliko parking mesta, a na nekima bila su parkirana dva putnička vozila i jedan motocikl. Protrljala je oči od umora, nervozno uzdahnula i krenula unutra gotovo na silu.

*　*　*

... Vreme nije najavljivalo ugodnu atmosferu. Delovalo je kao da će uskoro kiša. Beskrajni otvoreni put, poneki automobil ili pikap koji projuri, sivi tmurni oblaci, vetar koji me je konstantno šamarao po licu i pustara oko puta. To je bila slika koja me neko vreme pratila, dok sam pokušavao da pešice stignem do takozvanog lažnog grada. Nisam se usuđivao da podignem palac i stopiram u želji da sebi malo skratim put. Slučajna vožnja i susret s tom nepoznatom devojkom zamalo nije dovela do novog ubistva i uklanjanja potencijalnih svedoka. Nisam želeo nikog blizu sebe. Kad sam malo bolje razmislio i dobro je što se ovako završilo. Pre ili kasnije morbidni centri moći koji stoje iza masakra u „Don Hoze” zatvoru lociraće me i kad nastane gužva, moraću brzo da se krećem. Ona će me samo usporavati i verovatno

završiti kao *Majkl* u zatvoru. Saznala je samo deo dešavanja koji je u suštini pokrenuo sav užas. Kad god zatvorim oči mešaju se lica: lica ubijenih po raznim ratištima širom sveta i ona obolela, zaražena ko zna čime i unakažena ranama gorim od onih koje nanosi hemijsko naoružanje. Užas i teror: užas naspram kog devet krugova pakla zvuči kao bajka za decu.

Lusin.

Grad koji nije bio ucrtan na mapi izgleda da je ipak bio tu. Pojavio se najpre putokaz, naravno na dva službena jezika u ovoj septičkoj jami od države, a zatim nekoliko stotina metara dalje prve zgrade. Veče je padalo na „lažni grad", dok su se lokalci polako povlačili u svoje kuće. Nisu, naravno, ulivali nimalo poverenja. Izgledali su skoro kao oni izgladneli jadnici u Nikaragvi tokom sedamdesetih. Pretpostavljajući da još uvek nisam ušao u sam grad, gledao sam samo ono što je bilo na njegovom ulazu. Kao da čitav vek kasne. Imao sam utisak da će domoroci odnekud izleteti s kopljima i noževima. Uspavana provincija, mračna i danju i noću, sablasna kao da u njoj niko i ne živi, to je bio prvi utisak, a možda se i moj um poigravao sa mnom nakon svega pretrpljenog.

Uglavnom, onaj dobro poznati osećaj da nevoljama nije kraj mi se javljao, a hteo to ili ne, morao sam da se zaustavim u mestu koje nije odavalo pozitivan utisak. Nisam imao izbora, jer je mrak već pao, a ja sam bio na izmaku snage. Neko će se zapitati, možda, hoće li biti problema.

Na ovaj ili onaj način bio sam na dobrom putu da saznam.

---

1 Tražite nešto? (španski)

2 Šokovi horori i užasi — Svet u kom živimo (engleski)

3 Šta je bilo? (španski)

4 Lusin Dobro došli (španski i engleski)

5 Ne razumem, izvinite (španski)

6 Tišina, Devante! (španski)

7 Izvolite? (španski)

Stvor iz kotlarnice

U nadi da će se neplanirana poseta ovom sivom gradu nastaviti u prijateljskom tonu lokalaca, uprkos vidljivoj nervozi na njihovim licima, verovatno zbog napete atmosfere koju su prouzrokovale haotične jurnjave ambulantnih vozila i urlikanje sirena koje su izazivale nelagodnost, Mišel je ušla u zgradu hostela nakon što ju je pronašla bez većih problema. Provela je manje od pet minuta u toj zgradi i odmah shvatila da najverovatnije neće imati nikakvih trzavica. Kroz tih pet minuta stariji čovek koji je radio na izdavanju soba i koji je ujedno bio i vlasnik zgrade odmah je primetio da je došljakinja i potrudio se da učini koliko je mogao da se oseća prijatno i dobrodošlo. Želela je samo da uzme ključ i ode, a zadržala se u razgovoru s njim pola sata pre nego što je otišla.

Santjago Vilja govorio je engleski prilično dobro. Iako je izgledao kao slika i prilika nekog negativca u B produkciji koljačkih filmova s ogrubelim licem, vidljivim rascepom na donjoj usni, njegovo držanje i razgovor bili su prijatni i dostojanstveni. Počeo je sa standardnim pitanjima odakle dolazi njegova gošća i kako joj izgleda Lusin, da bi prešao na priču da dugo vremena drži ovaj hostel sa suprugom koju je nedavno sahranio, pa potom razvukao priču o tome kako je bio veliki ugostitelj u većem gradu čije ime nije mogla ni da izgovori kako treba. Bilo joj je zanimljivo da sluša starijeg gospodina iz čijih reči je izbijalo životno iskustvo. Objasnio joj je mnogo toga vezanog za Lusin. Pomenuo je detalj da postoji stari deo grada u kom je većina stanovništva živela, a da je sada taj deo prilično proređen i da to naselje izgleda sada kao geto. Veći deo ljudi odatle se iselio u doba ubrzane urbanizacije i prešao ovde gde su i sada. Neće imati nikakvih problema i ne mora da se plaši ljudi, ako želi da obiđe grad, jedino joj je savetovao da noću izbegava dva mesta. Prvo je Stari Lusin, kako su nazvali stari deo grada koji je krivudavim puteljcima spojen sa novim, a drugo je Gomezov bar. Na pomen tog imena utišao je glas kako bi joj u poverenju rekao da je to najmoćniji čovek u gradu. Po izrazu njegovog lica naslućivalo se da zna još dosta toga, ali je prekinuo priču o Gomezu, jer nije želeo da je plaši. Pričao je još neko vreme o ljudima. Ovuda dosta prolaze gosti iz Evrope i Amerike i da čitav grad ima čudan ritam života, jer u nekim danima izgleda kao da ima sto ljudi u njemu, a da u danima vikenda ili udarne turističke sezone ili fešti, kada slave jedan od njihovih praznika, izgleda kao da tu živi sto hiljada ljudi.

Dok je vlasnik hostela naširoko pričao o svemu, sirena saniteta nije propuštala priliku da povremeno uskoči u razgovor i oboje ih natera da se okrenu prema širokim prozorima s pogledom na ulicu. Noć se na nju već spustila. Pokušao je da tu situaciju okrene na šalu i pomenuo da to nije ništa, da je neko trovanje u pitanju i da niko Meksikancima nije kriv što jedu preterano začinjenu hranu. Na kraju je pomenuo da se nada da će uspeti da reši problem s kolima i da će je rado ugostiti ako bude dolazila ponovo. Odvojio je ključ za jednu od soba u kojoj će biti sama i neće morati ni sa kim da deli smeštaj, rekavši da mu je to najbolja soba. Na stolu pored nekoliko primeraka novina stajao je i tranzistor s kog je nenametljivo dopirala muzika kako bi mu brže prošlo vreme, a u trenucima kada joj je pružio ključ prekinula se muzika i javio se spiker s vanrednim vestima. Oboje su ućutali, jer se gospodin Vilja prilično udubio i uozbiljio, saslušavši vest koja je bila kratka ali šokantna. S obzirom da je vest prenošena na engleskom i da je stanica bila američka iz nekog pograničnog gradića Mišel je razumela o čemu se govori i odjednom prebledela, čuvši da izveštavaju o masakru u „Pustinjskom cvetu", ugostiteljskom objektu u koji ju je stric Džo u povratku poslao da prenoći.

Slušajući gnusne detalje o tome kako je drumska patrola zatekla prizore od kojih su povraćali, ubijenih trinaest ljudi od kojih su neki američki državljani i neki od njih imali su tragove nasilja verovatno od sekire ili nekog sličnog predmeta i činjenice da su na licu mesta morali da likvidiraju vlasnika po imenu Manuel Dijaz, jer je bio nasilan i bezuman, osetila je kako joj se srce lagano penje u grkljan i počinje tu da pulsira i da je guši. Odjednom je počela da menja boju, odbijajući da prihvati činjenicu na koju policija sumnja — da je vlasnik od nečega poludeo i pobio svoje goste. Baš kada je pominjano da je nakon likvidacije i to sa više hitaca Manuel imao izrazito zelenilo u očima, Vilja je skrenuo pogled ka Mišel i video koliko je bila ovim potresena, pa je brzo isključio radio.

— Žao mi je što si morala ovo da čuješ. Ovo je mračna strana naše zemlje, događa se, nažalost — učtivo se izvinjavao gegajući se između senki koje su šarale po njemu kroz prigušenu svetlost.

— Nema veze. Mislim da ću u sobu sada. Hvala vam na svemu gos'n Vilja.

— Pozovi šta god ti bude trebalo — rekao je, a ona je samo mahnula u znak potvrđivanja i stepenicama otišla do svoje sobe.

***

Stvari je raspakovala mehanički i ne razmišljajući šta radi. Prestala je čak i da razmišlja zbog čega se zadržava u ovom gradu. Ogroman teret pripremao se da padne na njenu ionako izmučenu savest, kada je čula najnoviju vest. Policija govori da je Manuel Dijaz, prijatelj njenog strica, iznenada poludeo i pobio sve svoje goste, ali pravu istinu zna samo ona, ili je barem mislila da je zna. Dok je ona spavala njen misteriozni saputnik zaustavio je auto, ušao unutra, pobio sve što je zatekao i vratio se produživši dalje, a ona progutala priču da je lokal bio zatvoren. Veteran o kom je pročitala u časopisu kod pumpe će proći kroz ovaj grad, ako već do sada nije uhvatio stop. Plašilo ju je da ne učini još neko zlo kada stigne, da još neko ne nastrada u ludačkom divljanju nekontrolisanog ubice, koji je živ samo zahvaljujući njoj. Plašilo ju je sve više da bi još nekom mogao nauditi. Još više ju je užasavala pomisao da bi mogla ponovo ugledati to lice od kog hvata nelagodnost, naročito posle saznanja šta je sve to lice videlo, a ruke učinile. Gotovo se odlučila da izađe i ode do policijske stanice, kako bi prijavila da u grad ulazi potencijalni osumnjičeni, ne razmišlajući o tome da bi prisustvo u njegovoj blizini moglo da je označi kao saučesnika. Nije razmišljala ni o tome da ubijanje trinaest ljudi od strane jednog čoveka, naročito ako je i pucanje uključeno, pravi popriličnu buku, i vriske i galamu, što bi je verovatno probudilo. Ne, nije razmišljala u trenucima straha, kom je dozvolila da nadvlada logiku. Međutim, od te pomisli odvratila ju je zvonjava telefona na kome je stajao nepoznat broj. Međutim, očekivala je ko bi je mogao zvati.

— Halo... — javila se tiho i bojažljivo.

— Alo, Mišel. Ovde mehaničar Eduardo.

— Da?

— Da te pitam nešto: kad si zadnji put proveravala ulje?

— Ne znam, pre polaska iz Meksiko Sitija — slegla je Mišel ramenima. — Otprilike pre jednog dana. Zašto?

— Zato što ne postoji, malecka. Iscurilo je, zato ti je motor i blokirao.

— Šta? — zaprepašćeno je povikala Mišel.

— Rezervoar ti je bio oštećen, malopre sam otkrio. Probijen zapravo. Ulje ti je iscurilo skoro do poslednje kapi kroz malu rupu na rezervoaru. Ne znam od čega je i kako je nastala, ali zakrpiću ti i to.

— Dobro i koliko će ti trebati da ga osposobiš? — upitala je s izvesnom nelagodnošću u glasu, osećajući da pritisak u njoj raste do tačke histerije.

— Neće biti lako. Moram da uradim kompletan remont motora, a to može da potraje.

— Koliko?

— Imam i druge mušterije, za par dana otprilike.

— Nemoj! — usprotivila se, gotovo pisnula. — Sutra! Treba mi sutra i to pod hitno.

— Nemoguće. Nije to menjanje gume, curo. Veći je to posao nego što misliš.

Mišel nije bila glupa. Shvatila je poentu razgovora.

— Slušaj, Eduardo, ako je u pitanju novac, ne brini, bićeš plaćen. Ne interesuje me cena, samo mi je hitno da stignem kući, jer imam velikih porodičnih problema, razumeš li? Molim te!

Kratka tišina je usledila nakon Mišelinih reči.

— Znaš, koštaće te više, ako te ubacim preko reda, recimo dvae's odsto.

— Osposobi motor do sutra i dobićeš trideset — odbrusila je Mišel bez ustezanja i već na ivici strpljenja.

— Dogovoreno. Sutra predveče ću ga osposobiti — Eduardo je potom prekinuo vezu, a Mišel istog trenutka bacila telefon na dušek i ustala nervozno se šetkajući.

— Bitanga prokleta — procedila je Mišel i prišla do prozora nervozno grickajući nokte. Vrativši sećanje, setila se one najcrnje slike najpre u časopisu. Dok je gledala užase koje je njen saputnik počinio, setila se tada da ga je zatekla sa bočne strane auta kako nešto radi, dok je izlazila iz prodavnice, noseći dokaz sa sobom. Navelo ju je na lak zaključak: bitanga joj je sabotirala auto namerno. Možda je računao da će stati negde u pustari i onda će je loviti i igrati se s njom baš kao u tinejdž horor klasicima, gde lepe devojke beže pred ubicama. Ako je uspeo da potamani ceo hotel, ona jedna bi mu predstavljala samo puku zabavu u igri mačke i miša. Čitavo putovanje počelo je sve jasnije poprimati oblik noćne more i sve više postajalo deo odmora koji će zapamtiti bolje nego sam odmor kada je dolazila u Meksiko.

Nije znala koja je pomisao više plaši: već preživljeni prvi susret s tim ludakom, ili ponovni susret, ako ga bude i ako je uopšte bude našao. Naslonjena na prozor, okrenula se i bacila pogled na telefon. Možda bi mogla pozvati policiju? Da li je pametno raditi to? Hoće li mehaničar osposobiti auto? Šta će uraditi ako je otac pozove u međuvremenu?

Toliko zbrke se nakupilo u njenoj glavi da je osećala da će eksplodirati od pritiska. Razmišljala je da posegne za cigaretama, iako je odavno prestala da ih konzumira. Na kraju je od svega odustala i legla pokušavajući da potisne sve to. Dugo nije uspela da zaspi.

***

... Lusin nije izgledao ništa bolje u svom središtu nego u okolini.

Na prvi pogled, još jedan manji grad kao i svaki drugi, prenaseljena rupčaga puna sumnjivih lica, koja su se kroz mrak ocrtavala. Kružna okretnica bila je možda neki centar ovog mesta. Četiri devojke s nabacanom šminkom na licu i kratkim suknjama stoje ispred zatvorenih lokala, čekajući mušterije, kurvetine ko zna koje klase, kojima se čak i sa mesta na kom sam stajao video umor u očima, dok su se smeškale na silu, pokušavajući da zarade za tiranina koji im je vlasnik. Slike za slikama tek su kasnije otkrivale bolest ovog grada, od kog mi je zlo nailazilo u stomaku, a ovo nije bilo čak ni grebanje po površini.

Ako je Siti bio srce Meksika, onda su prostitucija, droga, trgovina ljudima i oružje bile njegove arterije. Tragovi siromaštva bili su svuda vidljivi. Poznajem Meksikance veoma dobro. Živeo sam više od deset godina s njima i s jedne i s druge strane granice. Siromaštvo ne treba nikog da zavarava, niti da izaziva sažaljenje. Među svim tim siromasima kriju se lopovi, džeparoši, narkomani nasilnici i dileri, ponekad nešto i gore od svega toga. Ovaj gradić nije ukazivao da je preterano gostoljubiv i imao je čudan ritam života. U vreme kada sam tamo ušao, većina ljudi bila je u kućama i većina lokala bila je zatvorena, samo pokazujući sablasno crnilo koje je izbijalo iz izloga. Jedino što je pored neugodne atmosfere koju sam brzo namirisao činilo da se prosečni došljak malo naježi bilo je zavijanje sirena hitne pomoći. Zvuci su igrali svoj zastrašujući tango, dolazeći iz nekoliko pravaca. Divan doček. Bio je to samo početak.

Bez interesovanja da makar pogledom udostoji sumorne četvrti Lusina, koje su u večernjim satima odavale utisak da nije pametno šetati sam kroz njih, Volkot je pogleda prikovanog za trotoar prolazio, pokušavajući da ignoriše sporadična urlikanja sirena hitne pomoći. Prolazio je kroz deo grada koji je izgledao nešto bolje od dosadašnjih i reklo bi se da je najaktivniji danju, a u čijem središtu je bio mermerni spomenik-fontana u vidu nekog brkatog pogurenog čičice kako pozira s knjigom i podignutom rukom, kao da najavljuje epohalni govor. Oko tog zdanja postojale su klupice, a sam spomenik stajao je na mestu gde se seku četiri ulice, koje su delovale kao glavno račvanje Lusina. Dželat nije ni obraćao pažnju gde ide, osim da izađe što pre odatle i uputi se ka granici. Neko bi se možda na njegovom mestu od umora i pešačenja momentalno izvalio na klupu i ignorišući stalno šuštanje i žuborenje vode iz čičine fontane odmah zaspao, ali dželat se nije želeo opuštati. Iako je ovaj deo grada makar na prvi pogled delovao sređenije i naoko lepše, želeo je da se pomeri odatle, pojede nešto i odspava par sati na bezbednom, izolovan od svega odakle će ujutru nastaviti ka granici.

Još najviše dvadeset minuta potrajalo je usamljeno pešačenje, tokom kog je video veoma malo ljudi koji su skrivenih pogleda žurili kućama, delujući uplašeno i nesigurno. Sledeći kvartovi izgledali su drugačije raspoređeni. Prošao je pored većeg ograđenog poseda sa znacima upozorenja na španskom, u čijem krugu je video viljuškar i velike cevi okruglih profila, kao i zgradu koja bi mogla biti neko skladište ili neka firma. Prošao je samo pedesetak metara dalje od tog poseda, kada je tišinu, po kojoj su samo kuckali đonovi njegovih cokula, prekinulo masivno tandrkanje i šištanje. Shvatio je da je u blizini železnička pruga i da je dolazeći zvuk voza naišao baš u lošem trenutku. Užurbani koraci velikom brzinom su mu se približavali, ali dželat je usporivši hod posmatrao obrise lokomotive na blagom uzvišenju nešto dalje od sebe i od njenog zvuka nije ih čuo. Samo taj jedan trenutak označio je početak smrti. Bio je to poslednji voz smrti koji je prošao tim gradom. Da nije bilo njega da pokrije privremeno sve zvuke, dželat bi jednostavno nastavio svojim putem i već sutradan ne bi bio u Lusinu. Ovako, voz smrti bio je zvono koje je označilo početak igre u kojoj će umreti mnogo ljudi.

Tek u neposrednoj blizini čuo je korake koji su prethodili sudaru. Dželat je osetio da je neko u trku udario u njega, ali nije pridavao pažnje, već je samo nervozno nešto promrmljao i želeo da produži svojim putem, kada je osetio da ga neko obema rukama grabi za njegovu. Prvo je pretpostavio da neko možda želi da ga opljačka i već je stegao pesnicu u nameri da potencijalnom pljačkašu pokaže koliko mu je ideja loša i glupa. Na pola puta bio je zaustavljen prestrašenim licem mladića, koje ga je uplašeno gledalo, a bilo je izubijano i namodreno. Obema rukama stezao je njegovu jednu, kao da mu život od toga zavisi. Pored toga što je bio zadihan i umoran, njegov pogled bio je prestrašen i molećiv.

— Ayude me por favor[1] — izgovorio je preplašeno u jednom dahu.

Dželat ništa nije stigao ni da odgovori. Poslednji vagon voza smrti je prolazio, a s njim se i postepeno utišavala buka kompozicije. U tim trenucima bez izgovorene reči dželat je čuo ubrzane korake kako prilaze. Okrenuo se i video da mu se ogromnom brzinom približava rasčupana kreatura nekog tipa s palicom, koja zamahuje ka njemu. Uspeo je da reaguje, odgurnuvši dečaka u jednu stranu, a on se pomerio u drugu, tako da je napadačeva palica prošišala kroz vazduh. Ponovo je zamahnuo i ponovo promašio krupnog čoveka, nakon čega je dobio udarac u grkljan, od kog je odmah pao i počeo da krklja i da se guši. Volkotu nije bilo jasno, ali još trojica su trčala pravo na njega, naoružani pajserima i lancima.

Možda su čuli kako ovaj jadnik beži i poziva ga da mu pomogne i sada ih obojicu stavljaju u isti koš.

Dečak je počeo da beži, videvši da će mu možda stranac kupiti malo vremena, ali na prva tri koraka se zaustavio fasciniran njegovim iznenađujućim udarcem od kog je nasilnik ispustio palicu, pao i počeo da se guši, bacakajući se nogama. Na njega su trčala još trojica, a on ih je čekao ne želeći da beži. Tek koji metar dalje video je da je to ogroman čovek. Kada su krenuli da vitlaju oružjem, pokušavajući da ga udaraju, video je i koliko se za ogromnog čoveka brzo kreće i izbegava njihova oružja kao od šale. Iako je delovao kao osoba koju je zaista teško promašiti, ipak svi njihovi pokušaji završavali su se mahanjem u prazno. Potom je čuo kako pljušte udarci. Bili su na račun njegovih gonilaca, naravno.

Jedan od njih dobio je par udaraca od kojih je pao. Čuo je jasno kako su odjeknuli i iza tih udaraca stajala je snaga na kojoj bi mu i bokser pozavideo. Čovek se kretao savršeno. Pomislio je da je možda bokser, ili džudista, ili nešto treće. Pajserom je naleteo jedan od uličara i poleteo u vazduh preko ramena ogromnog čoveka. Zarobio je napadačevu ruku zajedno s pajserom i perfektno je izveo bacanje preko ramena kao profesionalac. Nije ni to bilo dovoljno, već kada je udario leđima o beton, na njegovo lice munjevito je sletela dželatova pesnica, od koje se samo beživotno opustio. Od takvog udarca u lice uplašio se i mladić koji ga je molio za pomoć, pomislivši da ga je ubio na mestu. Znao je šta bi značilo tako nešto. Rat bandi na čitavoj teritoriji Lusina. Ali stranca očito nije bilo briga.

Nakon savlađivanja i drugog protivnika, ostao mu je pajser u ruci. Vešto je izbegao šipku, kojom je treći napadač pokušao da ga udari i taj pasjer podvukao nekud. Mladić nije uspeo ni da vidi taj pokret, jedino što je video je kako je nasilnik poskočio kao da ga je odozdo rogovima pokupio bik i zajaukao glasno, previjajući se i držeći se za koleno. Četvrti koji se do maločas gušio ustao je kako bi napao, ali njega je dželat brutalno udario pajserom u glavu, što je odjeknulo poprilično.

Nakon toga, mladić je video da sva četvorica njegovih napadača leže, dok sa pajsera koji drži nepoznati ogromni čovek zastrašujućih pokreta i brutalnih udaraca kaplje krv. Dvojica koja su bila u stanju da hodaju pokupili su ošamućene. Spazio je da jednom od njih ne može lice da se vidi od krvi i njega su praktično vukli, dok su usput psovali i provukli reč *loco*[2] između psovki.

... Dok su se prebijeni šakali odvlačili nazad da oližu rane, čuo sam da između redova psovki, gunđanja i svađe pominju ime Bruno. Naizgled sasvim beznačajno i nasumično ime, ali kao i uvek sam se prevario. Koliko god bilo zanemarljivo, ime kao i svako drugo, ipak ću igrom slučaja zapamtiti vrlo dobro govnara kog su pominjali. Brutalisanje tipičnih uličara bilo je tek lagani uvod u ono što je već počelo...

Dželat je prišao i mladića zgrabio za rever, besan što je bio uvučen u borbu.

— Šta si ovo uradio idiote? Zamalo da poginem zbog tebe — procedio je dželat kroz zube zastrašujućim tonom i pojavom koju je već uvežbao na prethodnim žrtvama.

— Izvini. Bio sam očajan. Ubili bi me da su me sustigli — odgovorio je ovog puta na engleskom. — Molim te, pusti me, ne smemo ovde da ostanemo, ni ti ni ja. Oni će nas naći.

— Oni?

— Da. Bruno i Gomez, dvojica najvećih dilera u regionu, koji ceo grad drže u šaci. Ovo su njihovi batinaši koje si upravo polomio.

— Zabole me čiji su batinaši — promrmljao je ljutito Volkot. — Ne bih morao nikog da lomim da nisi udario u mene i natovario mi bedu na vrat.

— Hajde, idemo odavde. Sklonićemo se kod jednog mog ortaka.

— Ne idem ja nikud. Prvi put te vidim i očekuješ da ti verujem?

— Ne budi lud, ne smeš biti na ulicama, ubiće te ako te pronađu. Imaš li pištolj?

Dželat je prećutao ovo, skrenuvši pogled u stranu na trenutak.

— Nemaš — odgovorio je umesto njega. — Jesi li otporan na metke? — zaćutao je sekund i dodao. — Mislim da su to dva dobra razloga da kreneš sa mnom. Ja cenim svoj život, trebalo bi i ti svoj.

Nerado i prilično iznervirano dželat je ipak krenuo.

— Ja sam Pablo, uzgred. A ti?

— Džeferson — rekao je kratko.

„Ja cenim svoj život” bilo je to lepo izgovorena misao, dostojna da stoji na nadgrobnom spomeniku. Ali nadgrobni spomenik bi bio preveliki luksuz za ono što bolesnici ovde skrivaju.

— Ko su ta dva idiota uopšte? — pitao je dželat onako usputno.

— Drže sve, bolje je da ne znaš. Grad drhti od njih i njihovih bandi. Imaju mrežu ljudi. Saznaće gde si za tili čas. Sad se šuška da im je previše narasla ambicija. Bruno, on je onaj luđi. Gomez, on je malo racionalniji, ali kad ne uzima drogu. Kad se nadrogira i on je lud.

Zapravo, ludi su obojica, ne znam. Žele nekom „valerom" da osvoje tržište. Biće gadno. Stvarno gadno. Čujem da će Italijani doći ovde a ono neko trovanje čujem se desilo, izgleda im nisu rekli — govorio je momak koji je na prvi pogled pokazivao da nije loš, ali je delovao hiperaktivno i brbljivo istovremeno. Pričao je previše i pričao brzo i nepovezano, što je dželata prilično nerviralo.

— Ništa te ne razumem. Čuješ li ti sebe? Kakvi Italijani? I ko je jebena Valera?

— Droga, čoveče, nije to neka ženska — odvratio je Pablo ushićeno, kao da najavljuje veliki spektakl. — Neka eksperimentalna droga koju valjaju. To sranje, čuo sam da je prejako. Odvaja te skroz od realnosti, tako kažu. A mogu i nenormalno agresivni od nje da postanu, ma sve radi.

— U užasnoj sam žurbi, nemam vremena za ove gluposti — progunđao je dželat iznenađen. Imao je bogat asortiman drogiranja u „Don Hoze" zatvoru, ali se nije sećao nikakve valere, niti bilo čega sličnog. — Moram što pre iz grada, ne mogu nimalo da se zadržavam.

— Ne brini, do jutra izlaziš — obećao je Pablo. Izgovorio je gnusnu laž, koje nije ni sam nije bio svestan. — Makar prenoći, čoveče. To je najmanje što mogu, nakon što si mi spasao život — rekao je mladić.

Zaćutao je. Bili su sve vreme u pokretu i žurili prilično pustim sokacima Lusina, koji su bili obod železničke zone grada. Dželatova ćutnja značila je i odobravanje, a ideja o besplatnom krovu za jednu noć, možda i piće i neka klopa, kao da ga je na trenutak odobrovoljila. Još borbe i pucnjave veteran nije želeo sebi da dozvoli, iako je njegovom sadizmu bliskom umu malopređašnje nanošenje bolova Gomezovim batinašima pomalo i prijalo. To je bilo najopasnije po njega, jer bi mogao ponovo da se otrgne kontroli, u želji da nekog povredi i ubije i znao je probudi li se zver u njemu zvana Blek, zvana krvoločni „Don Hozeov" dželat, pašće mnogo mrtvih.

Ako u početku nisam bio siguran da je ovo bilo korumpirano mesto, mesto puno parazita, mesto kriminalaca i negostoljubivih lokalaca koje odiše iskvarenim i nečistim kao đavolje gnezdo, sada više nisam imao nikakvih sumnji. Nisam razumeo, niti sam želeo da znam, ali dečak koji se predstavio kao Pablo nije bio neko ko se uhvatio u običnu uličarsku čarku. Tu je, po priči, postojao neki diler droge, koji je centar bolesti ovog jebenog grada. Međutim, cela priča me iznenadila. Uvijala se oko mene kao hobotnica oko plena tako zamršeno i spleteno da isprva nikako nisam mogao da je razmrsim i shvatim odakle počinje i gde se završava. Valjda je bilo suviše krvi i ubijanja, a premalo pronicljivosti. Ja sam bio ubica ne detektiv, nažalost...

— Nije daleko odavde — pokazivao je Pablo u pravcu konfuznih i skučenih ulica nekog kraja Lusina za koji pojma nije imao. Sve što je dželat video bio je nejasan, nepregledni niz vrata gusto nasađenih kućica i lokala s obe stane uske ulice, koji su bili zatvoreni. Senke su dominirale nad slabašnim trakama svetlosti, koje je tek ponegde dopiralo sa zastarelih instalacija ulične rasvete. Prešli su još samo malo i ovoga puta nisu uspeli. Iako je dželat imao sve karakteristike vrhunskog vojnika sa šest i po čula i očima na leđima i savršenim instinktom za opasnost, nije uspeo da ponovo izbegne maestralnu sačekušu. Nije ni video kada su izleteli iz senke. Jedino što je osetio je jak udarac u glavu. Posle toga, ionako mračna slika u njegovim očima, potpuno se ugasila.

U nekom trenutku svest se počela vraćati, ali je shvatio da ga vuku ispod pazuha. Dao je sebi trenutak vremena da osmotri oko sebe. Slabo osvetljena prostorija s ogromnom potpornom gredom i drvenim stepenicama naviše podsećala je na podrum, barem po memljivom i trulom mirisu. Unutra je bilo više osoba koje su mrmljale nešto na španskom. Osećao se glupo što je olako ušao u ovolike neprilike. Dozvolio je da bes nadvlada nad razumom i obuzme ga. Odjednom je neočekivano skočio i našao se čvrsto na tlu obema nogama. Obojicu koji su ga držali otresao je kao dosadne muve i počeo da udara po njima. Još dvojica su primili gadne udarce u glavu i pali pre nego što su i uspeli da ga zgrabe. Iako goloruk, dželat je sam po sebi predstavljao opasno oružje za ljude oivičene senkama, koji su se tiskali oko njega. Nešto nalik smrtnom strahu nateralo ga je da udara jače, jer bi na trenutak njegov traumama izmučeni um pokušao da ga zavara i da mu dobaci ideju da ga opkoljavaju oboleli, željni da ga rastrgnu zubima. Od takvih očajničkih udaraca, koje je veteran posipao po njima, jaukali su i držali se za lice. Jedan od njih vrištao je da budu oprezni i da je „taj" opasan. Precenio je mogućnosti, videvši da ih ima dosta u toj prostoriji. Pokušao je da pobegne ka stepenicama, instinktivno se nadajući da je tamo izlaz. Ali bio je sprečen.

Dva jaka udarca po nogama odmah su ga bacila na kolena. Tela napadača skočila su i počela da se pakuju na njemu, koristeći sirovu snagu i težinu, pokušavajući da mu ne dozvole da ustane. Onaj kreštavi glas ponavljao je da budu oprezni i da se ne igraju jer „taj" udara krvnički.

— Ne brini, Eli — odgovorio mu je drugi glas, a figura čoveka spokojno i smireno je prilazila dželatu. — Od ovoga će se smiriti.

Čovek je bio mršav i video je dugu kosu kako mu visi preko ramena, ali ostatak je skrivala senka. U njegovoj ruci sijala je igla. Veteran je osetio ubod. U tom trenutku držala su ga petorica da ne mrdne.

... Svi oni su bili patetični slabići i pizde. Leteli su kao lutke. Protiv njih sam mogao, ali nisam mogao protiv nevidljivog protivnika, koji je sekund nakon uboda vozio mahniti reli mojim krvotokom. Pet sekundi kasnije imao sam utisak da imam detlića u lobanji, a srce je počelo da udara tako glasno i tako čudno. Kao da ga je neko iščupao

iz mene i pokazuje mi kako lupa spolja. Probao sam da se borim, ali savlađivalo me brzo. Jurilo je po celom telu i rušilo sve bedeme kao da su od kartona. Čim su shvatili da ne pružam više otpor, krenula je kiša pesnica i cipela po meni. Nisam imao više snage ni sa detetom da se borim...

***

... Ne znam kako to da objasnim, niti zašto to govorim, ali samo su mrtvi videli kraj patnje...

Penjući se stepenicama, Volkot je prilazio ulaznim vratima svoje kuće. Smeštena na oko hiljadu i trista kvadrata površine bila je zaista prostrano i luksuzno zdanje, koje je podsećalo na imanje nekog bogataša. Imala je stila, podsećajući na stariji izgled gradnje, poput imanja starih engleskih grofova, ali vrlo otmena i pristojna kao kod svakog imućnijeg čoveka s uredno sređenim travnjakom, zasađenim voćkama okolo i dvema garažama, u kojima je bio parkiran krajslerov džip, jedna tojota i micubiši. Sa zapadne strane fontana sa kružnim svodovima preko kojih se prelivala kristalno čista voda. Njegova majka volela je vodopade. Njena neispunjena želja bili su vodopadi Nijagare i iako je imala dva puta rezervisane karte, oba puta je otkazivala odmor, jer je muž bio previše zauzet, a ona nije želela da ide bez njega. Jedinstveni dizajn kuće s krovom koji je podsećao na krov nekog muzeja ili starog zdanja izazivao je uzdahe uzbuđenja i salve poštovanja i divljenja, kao da je u pitanju turističko mesto, ili rodna kuća nekog pokojnog kralja.

Njegov otac voleo je stariji stil gradnje, ali Volkot je znao da nešto nije u redu. Znao je da nije u redu kao da mu je nešto u glavi govorilo da ne treba biti tamo, iako ide svojoj kući u kojoj se rodio. Da možda ne treba biti na tom mestu i da nešto nije u redu sa čitavim tim danom, koji je bio pri kraju, a koji ne zna kako mu je protekao.

Ali ipak je otresao tu misao kao dosadnu mušicu i krenuo ka vratima. Prostrani dnevni boravak sa stočićem od kvalitetnog drveta i staklenom podlogom i velikim udobnim kaučom, koji je delovao meko i nežno kao oblak. Na potpornim stubovima koji su stajali između predsoblja i dnevnog boravka videli su se kamenčići raznih bledunjavih boja. Televizor u boji s ogromnim ekranom stajao je preko puta na svom mestu, uključen i na njemu su išle vesti. Pravo, u centralnom delu nalazio se mini-bar, takođe od kamena u boji i stilu potpornih stubova, savršeno usklađen s njima. Skupim kvalitetnim uvoznim vinima iz Francuske i nekim firmiranim žestokim pićima koja su stajala u staklenoj vitrini iza mogao se pohvaliti Volkotov otac, koji je zaista voleo francuska vina i imao istančan ukus za njih, poput profesionalnog degustatora. Kolekciju kakvu nisu imali ni pojedini barovi imao je njegov otac. Drvene stepenice su vodile na neki od druga dva sprata, koliko ih je imala ova kuća. Veliki broj prostorija postojao je u njoj. Ne želeći da razmišlja o slučajnoj i volšebnoj pomisli da je rođenu kuću možda zamenio s nekim drugim mestom, Volkot je počeo da skida cipele u hodniku, ali tada je usledio prekid — momentalni prekid razmišljanja i toka misli, kratka stanka u pokretnoj traci memorije, kratkotrajno ništavilo, crna rupa; iz nje je izvirilo jedno prosto pitanje: odakle se zapravo vratio. Gde je išao, da bi se vratio kući? Neka logika zdravog razuma je govorila da bi se vratio kući morao je prvo nekud da ode, zar ne? Gde je bio? Iznenadna nelagodnost je počela da ga hvata, dok je pokušavao da se raspetlja u sopstvenoj konfuziji izgubljenih misli.

Samo sa odvezanom pertlom na cipeli, Volkot je krenuo unutra. Televizor i spiker koji je čitao vesti sada su postali glasniji. Prolazeći kroz raskošnu i perfektno čistu dnevnu sobu, zastao je nakratko kraj TV-a, bez nekog posebnog razloga i zagledao se u njega kao hipnotisan.

— Prelazimo sada na vesti iz zemlje. Najnovija vest koja je odjeknula u celoj državi Teksas: toliko traženi begunac, optužen za monstruozno ubistvo Dženifer-Džejni Stivens konačno pronađen. Telo osuđenog Džefersona Volkota pronađeno je u Meksiku, u pograničnom mestu zvanom Lusin. Optuženi je verovatno preminuo od predoziranja zasad nepoznate supstance, koja je izazvala prestanak rada srca, a pre toga bio je brutalno pretučen.

Jedan za drugim preplavljivao ga je dosad nepoznati stravični, pulsirajući šok i dok se s njim borio da se ne uguši, u gornjem desnom uglu ekrana pojavila se slika osumnjičenog koji najpre leži u zabačenom sokaku, a zatim je krupan plan pokazao lice i na njemu nekoliko podliva, zatvoreno oko, polomljene zube, nosnu i jagodičnu kost, kao i deformisanu vilicu, a oko njegove glave na pločniku barica krvi. Volkot je gledao sopstvenu smrt. Sopstveni kraj. Vesti objavljuju da je mrtav, a on sedi tu i gleda to živ i zdrav. Iz ko zna kog razloga spustio je pogled. Na podu je bila krv, kapala je iz njegovih ruku. Pogledao je iznenada u svoje dlanove, bili su krvavi, kao isečeni britvom.

— Ne obraćaš dovoljno pažnje, Džefersone! Prenosim veoma važnu vest! Za tebe najvažniju vest! — iznenada je dreknuo spiker, udarivši papire o sto, gledajući pravo u njega. Volkot je ostao paralisan.

— Misliš da ćeš nešto promeniti ako si preživeo? Oni drže sve, Džefersone. Nevidljiva sila koja je kupila vlast, policiju, administraciju. Sve je njihovo. Prestani da mučiš sebe i da pokušavaš da pobegneš od neizbežnog. Jer naći će te, ili će naći tvoje telo. Ostaćeš zabeležen kao monstruozni ubica, iako ćeš im učiniti veoma veliku uslugu i dovesti ih tamo gde su želeli.

— Jebi se! — povikao je Volkot, dohvatio sa stola tešku pepeljaru napravljenu od debelog prozirnog stakla, dovoljno tešku da ljudsku lobanju razbije bez većih problema i zavitlao je pravo u ekran, dok se u poslednjim trenucima čiste slike spiker smejao; sekund kasnije i slika i ekran su prsli u paramparčad, a varnice su nakratko iskakale iz plastične kutije.

Jedan od načina da me izlude bila je propaganda i psihološke igre, ali nikako nisam mogao da objasnim kako je bilo moguće ono što sam upravo video. Kako se ovakve stvari mogu dešavati u realnosti? Jedino čega sam bio apsolutno svestan je da ništa nisam mogao učiniti da te stvari prestanu.

Pokušavši malo da se pribere, Volkot je duboko disao. Ekran televizora bio je polomljen i njegovi sijajući komadići ležali su po podu. Krckali su pod njegovim cipelama, dok je prilazio savršeno izrađenom šanku, grabeći prvo piće koje je stajalo tamo. I ne pogledavši etiketu, otpio je jedan dug gutljaj. Nije imao praksu da alkoholom rešava stresne situacije, ali sada je odlučio da napravi izuzetak. Pogled mu je nehotično pao na sliku koja je u malom staklenom ramu stajala na šanku pored nekoliko ostalih...

Sve slike bile su mi zamućene do neprepoznatljivosti. Nisam mogao jasno da ih vidim, kao da sam ošamućen. Jedna jedina bila je jasna kao dan — Džejni i ja, zagrljeni i nasmejani, uhvaćeni u retkom trenutku sreće, kad nismo bili pijani ili drogirani. Iako je na kraju ispala kučka, ipak bih dao sve da bude sa mnom u paklu koji me je zadesio u sopstvenoj kući. Želeo sam da ne razmišljam o tome, ali misao je već podmuklo skliznula u moju svest i kao igla me bockala u mozgu. Jak puls se gotovo mogao čuti kao bubanj na vojnim paradama. Ruke su mi bile okrvavljene, ali bol nisam osećao. Negde na spratu devojka je plakala...

Volkot je pošao ka stepenicama. Puls se svakim korakom pojačavao. Umesto slika pejzaža koje su ukrašavale zidove njegove kuće stajali su morbidni prizori brutalno iskasapljenih osoba. Svaki korak bio mu je težak kao tona, ali ipak nije želeo da stane. Kretao se ka prokletim stepenicama, kao da je iza njega ambis i nije mogao nikakvom silom naterati sebe da izađe odakle je ušao. Kretao se kao da drugog izlaza nema. Zazvonio je telefon na stočiću pored zida. Odzvanjao je teškim i muklim zvukom, kao zvona u crkvi. Nesigurno i sa dosta oklevanja dželat je podigao slušalicu.

— Džefersone, slušaj me. Ovo nije stvarno, haluciniraš. Trgni se, čoveče. Bori se protiv toga.

... Glas je bio muški. Nisam ga prepoznao, jer je bio deformisan, ali i kao takav izgovarao je jedine razumljive reči do sada.

— Reci mi nešto što ne znam — odvratio je Volkot.

Veza se prekinula nakon toga i jedino što je mogao čuti bilo je naizmenično bipovanje. Plač je i dalje odzvanjao i dopirao do Volkota. Puls u glavi nenormalno jak i doveden do tačke kada će se mozak od pritiska rasprsnuti kao petarda. Pridržavajući se za gelender, počeo je da se penje naviše. Njegov pogled bio je napet, napet i šokiran istovremeno. Na drvenoj konstrukciji ostajao je trag krvi od njegovog dlana.

Plač se pojačavao. Odzvanjao je sa svih strana, ličeći na jecaje izmučene devojke. Hodnik na njegovom spratu imao je dvanaest prostorija. Toliko ih je bilo barem po njegovom sećanju. Ipak, ni na spratu nije sve bilo onako kako treba. Volkot je znao da nešto nije u redu, ali sada kao da se svest otkrila za pedalj. Kao da je došlo nekoliko stopa svetlosti u beskrajnom crnilu njegove svesti.

— Oni znaju, Džefersone...

Volkot se trgao. Šapat se mogao čuti iz neodređenog pravca, ali nikog nije video. Osećao je da mu drhte ruke, zajedno s čitavim telom. Osećao se kao da nije svoj, kao da je u nečijem telu i da ono što je video nije zapravo njegova stvarnost.

Većina prostorija bila je zabarikadirana daskama i lancima. Tragovi krvi ostajali su na njima, a duboki rezovi poput kandži su se ocrtavali svuda po zidovima obloženim braonkastim ukrasnim tapetama, na kojima se preplitalo cveće. Nesigurno koračajući hodnikom, Volkot se zagledao u jednu od slika koju je spazio na zidu, grozomorna scena masovne grobnice u Vijetnamu, iskopane u danima najkrvavijih sukoba Vijetkonga i saveznika iz južnog Vijetnama. Streljani Vijetnamci bili su u poodmakloj fazi raspada, posipani krečom kako se smrad tela ne bi proširio, polukosturi šupljih očnih duplji i raspadnutih vilica i tela poput mumificiranih faraona, ukupno njih dvadeset četiri poređanih jedno kraj drugog, uz prisustvo oficira američke vojske i južnog Vijetnama i vojnih reportera; užasavajuća slika koja je našla mesto u porodičnoj kući na zidu, u hodniku gde je svako ko prolazi mogao da je vidi.

Nisam prestajao da se pitam odakle ta stvar u mojoj kući. Moj otac je bio poznat po tome da je često posećivao galerije, ali ova stvar iz Vijetnama, scena masakra nedužnih civila ili nekih političkih ličnosti koje su namamljene na pregovore i potom ubijene na ovakav način i ta je slika u mojoj kući. Nikako mi nije dolazilo otkud tu, ali opet podsvest u stilu dobro poznatog deža vi osećaja mi je govorila da sam tu scenu nekad negde video uživo, ne znam kome je trebalo da verujem, reporteru koji me proglasio mrtvim, tajanstvenom spasiocu koji me uverava da sam u nekom halucinatornom ludilu, ili sopstvenoj podsvesti.

Nije to bila jedina grozna slika koja je visila na zidu. Čitav hodnik bio ih je prepun: slika masakriranih civila u Kambodži koji su na kukama visili kao u mesari, umetničko delo Crvenih Kmera, slika popaljenih crkava i sela u Nigeriji dok su Fulani širili svoj teror, beskrajno more pobijenih civila u Kongu, rupa u zemlji kroz koju kao kroz levak padaju ljudi, a dole ih čeka vodenica koja ih melje, slika s nekog sablasnog jezera po kom plutaju mrtve duše, podzemlje koje je ličilo na Hadovo carstvo iz grčke mitologije...

I dok se plač devojke pojačavao pakleno odzvanjajući mojim hodnikom kao u mučilištu, nikako mi nije dolazilo otkud taj plač, ali već pomenuta podsvest u stilu dobro poznatog deža vi osećaja mi je govorila da sam taj plač već negde čuo...

... I dok sam se kretao hodnikom, ne znam kako to da objasnim ni zašto to govorim, ali samo su mrtvi videli kraj patnje...

Hodnik nije imao kraja, pružao se stotinama i hiljadama kilometara, otkrivajući samo bezbrojna vrata koja nikako nije mogao otvoriti. Kao slepi putnik u zoni sumraka Volkot je išao teturajući se i ostavljajući krvave tragove iz dlanova, koji su se kao tanka crvena linija ocrtavali na podu. Došao je konačno do prvog skretanja; samo desno je mogao skrenuti, dok je pravo ispred sebe video zid, a s leve strane ogledalo. Ispred njega na zidu stajao je veliki posrebreni svećnjak na kom su tri bele sveće davale jarki beličasti plamen poput magnezijuma. Osvrnuo se na njih. Kao da je očekivao da će naći nešto na neobičnim svećama. Međutim, pogled mu je nehotično skrenuo ka ogledalu i presekao ga unutrašnji teror. Lik u ogledalu imao je podlive, modrice, razbijen nos i polomljene jagodične kosti, unakaženo lice Džefersona Volkota, kao na onoj slici u reportaži i nijedna druga misao nije ga mogla proći sem jedne jedine: „Ja sam mrtav!"

— Upravo si izvršio zločin, Džefersone — iznenada mu se obratio lik u ogledalu, upirući prstom u njega i nastavio. — Ona je u ogledalu, Džefersone. Pitaš se ko je ona, ponekad misliš da je znaš, ponekad poželiš da je ne znaš, video si priču u njenim beživotnim očima, istovremeno jednu uspavanku i jedno zbogom, samo njen pogled i ona sama mogu da znaju kakvi su joj bili bolovi u poslednjim trenucima izdisaja.

— Ne! — povikao je Volkot. — Nisam je ubio!

— Vidim krv na tvojim dlanovima. Hoćeš li poricati da to nije bio deo tvog plana? Ruke ti drhte, a jedino što čuješ su zvuci — lik u ogledalu je razvukao povređene usne u jeziv smeh. Krv je tekla sa njegovog pomodrelog lica, dok je posmatrao dželata kroz neki mučenički i istovremeno ledeni smeh, od kog bi vilica nehotice zadrhtala.

Volkot je pogledao u svoje ruke. Zaista su bile krvave, ali krv je uporno tekla iz tankih posekotina na dlanovima. Zatvorio je oči, ne želevši da gleda prikazu u velikom ogledalu i okrenuo se na drugu stranu, pa krenuo hodnikom kojim jedino može. Bio je mračan. Nikakvog svetla nije bilo u tom pravcu. Drhtavim rukama dohvatio je veliki svećnjak i pomerio ga levo-desno, dok ga je odvojio od držača. Okrenuo se hodniku ispunjenom mrakom. Ipak, glas je i dalje govorio iza njegovih leđa, dok je u pozadini sveprisutni plač upotpunjavao depresiju i teror koji su ga okruživali.

— Sad postaje hladnije, tama te proždire, depresija je spora, steže te svakim minutom, možda će te jednoga dana biti briga i za mene.

— Umukni već jednom — procedio je Volkot, pokušavajući da ga ne sluša.

— Niko nikad neće znati za bol koji ja osećam iznutra — odvratio je lik iz ogledala.

Volkot se okrenuo. Njegovo „mrtvo” ja i dalje je stajalo tamo, čudno nakrivljujući glavu u stranu.

— Reci mi šta da radim, šta da radim da ovo prestane. Postoji li spas?

— Uzmi kutiju — odvratio je „mrtvi” Volkot iz ogledala, izgovorivši jedine dve reči koje su imale smisla.

Volkot je zaćutao. Njegov mrtvi i na smrt pretučeni dvojnik više ništa nije govorio, samo ga je gledao nakrivljene glave i pogleda staklastog i izmučenog, kroz samo jedno poluotvoreno oko, dok je drugo bilo zatvoreno od otoka.

Nisam mogao da podnesem taj pogled. Nikako nisam mogao da shvatim kako sam mogao biti mrtav i živ istovremeno. Ostao sam ponovo ja i beskrajni plač koji sam jedva podnosio, kidao me gore nego hiljadu sečiva...

Osvetljavajući hodnik, Volkot je otkrivao sve veće užase. Sobe su se ređale u sinhronizovanom i predugom nizu. Krvavim slovima na vratima su stajale ispisane razne poruke. Slova bi se otkrila tek kada bi približio svećnjak. Bili su to nedefinisani pojmovi, jedno ili dva slova, vrata jedna za drugim i beskrajni put užasa. Napokon se ukazao kraj hodnika posle dugog i mučnog tumaranja. Volkot je stupio u jednu od soba. Šank i ogromna prostrana dvorana obložena kvalitetnim i savršeno uglačanim drvenim podom. Činila mu se veoma poznatom. Od negde, kilometrima daleko, dopirala je muzika čiji se ritam nije mogao razaznati, a plač je postao jasniji; postao mu je veoma jasan, gotovo prepoznatljiv. Čudnovatom svetlošću sijale su lampe po zidovima. Njihov oblik bio je od nekih demonskih lica, nekih zlih mitskih bića. Kroz okvire staklenih vrata koja su vodila izvan kuće video je dvorište s isprljanim travnjakom, prevrnutim i polomljenim stolicama, pocepanim suncobranima i ogromnim bazenom. Pri svetlosti lampe jedna od onih slika koje iz ljudske svesti nikada ne izlaze, jedna od onih slika koje nikako nije mogao očekivati da vidi ni u najluđim snovima bio je bazen pun plutajućih tela. Na desetine raskomadanih i pobijenih ljudi plivalo je u bazenu koji je bio crven od krvi. Prislonjen na staklo nemo je posmatrao još jedan masakr. I koliko god se trudio da otvori vrata i izađe nije postojala ta sila koja će ih otvoriti. Nije se mogao dosetiti čiji je plač dopirao sa sprata, ali osećao je da je bio veoma blizu. Negde na kraju šanka odjekivao je telefon. Zvonio je muklim i tupim zvukom, prepoznatljivim zvukom, kao da je veoma daleko, iako je bio na svega dvadesetak metara od dželata. Okrenuo se i nesigurno gledao u telefonski aparat, kao da razmišlja da li je na tom mestu još jedna skrivena strela terora u čitavom svetu terora iz kog je pokušavao da pobegne.

Ako već nisam bio mrtav, onda je jedino logično objašnjenje bilo da sam poludeo. U svim tim nasumičnim talasima ludila, u čijim čeljustima sam se bespomoćno trzao kao zaklana ovca, javljanje na telefone bila je jedina logična stvar koja se dešavala, jedino što me vodilo dalje, jedino što me sprečavalo da počnem bezumno da udaram glavu o zid kako bih izgubio svest, kako ne bih gledao posledice sopstvenih grehova i zala koja sam učinio.

Podigao je slušalicu držeći je samo jednom rukom, dok je u drugoj pridržavao veliki svećnjak.

— Halo!

— Ne predaj se. Sve je u tvojoj glavi, Džefersone...

Ponovo glas utehe s telefona. Nisam siguran šta je hteo da kaže i šta je hteo da postigne tim kazivanjima, ali sam slušao.

— Sve je to u tvojoj glavi, ne dozvoli da te savlada. Jedino ti možeš nešto učiniti.

— Ne razumem — kratko i nekim čudnim hladnokrvnim tonom je odvratio Volkot.

— Ali ipak postaješ aljkav. Tvoje mačo-proseravanje dovelo je do toga da je dokaz sada kod njih, a imao sam vere u tebe. Smatrao sam da jedino ti možeš da vratiš stvari na svoje mesto.

— Koje stvari?

— Već si zaboravio? Zaboravio si šta si preživeo, sve je ostalo na tebi. Jedini si koji je video šta su uradili. Jedini si preživeo noćnu moru ispod planine, dok smo svi mi mrtvi. Ubila nas je ili pohlepa, ili tajna ili maler da smo se našli na pogrešnom mestu. Jedini si koji zna njihove tajne. Daješ obećanja koja ne možeš da ispuniš, Džefersone.

— Jesam li mrtav ili živ? Prosto pitanje — prilično ravnodušno je upitao Volkot.

— Zavisi.

— Od čega?

— Od tvoje prošlosti. Ubija te tvoja prošlost, a da bi sačuvao budućnost, moraš ubiti prošlost. Sve što si pokušavao da sakriješ u najmračnijim uglovima svesti oživelo je. Ako se s tim ne izboriš, umrećeš. Ako umreš, nećeš moći da uništiš bitange koje svojim idejama ugrožavaju čitave države. Ako umreš, nećeš moći da osvetiš moju smrt.

Od poslednje rečenice Volkot kao da se malo probudio. Glas mu se učinio čistijim i mnogo jasnijim. Gotovo na ivici jezika je bilo ime koje je hteo da izgovori.

— Ko si ti?

Usledila je kratka pauza, kao da onaj s druge strane želi da se dželat pripremi.

— Majkl — kratko je odgovorio.

U datom trenutku Volkot je ostao bez reči, samo je ovlaš pridržavao slušalicu, dok mu se svest polako budila.

— Moraš da požuriš, nemaš još mnogo vremena — rekao je Majkl i veza se istog momenta prekinula.

Začulo se kuckanje na balkonskim vratima, dok je dželat spuštao slušalicu. Trgao se. S one strane bilo je mračno. I u velikoj dnevnoj sobi bilo je nedostatka svetla, a njegov najveći izvor bio je veliki svećnjak, koji je dželat nosio sa sobom. Napumpan novom dozom šoka i straha lagano je prišao vratima i prislonio svećnjak, kako bi osvetlio ispred koliko-toliko. Pri svetlosti neonske lampe, bazen je sada bio prazan. Nije bilo nijednog tela.

Brža od te njegove pomisli, koju je hteo i naglas da izgovori, bila je glava. Razbijena, krvava i raščupana glava neke tamnopute devojke udarila je u staklo.

— Sranje! — povikao je dželat i odskočio u stranu.

Odeća joj je bila mokra i u dronjcima je visila s njenog tela, a prsti i koža bili su naduveni i smežurani od vode. Krvava bala klizila je niz savršeno glatko staklo, dok je devojka lupala u staklo i pokušavala da uđe. Iza nje prilazila su lagano i ostala tela iz bazena. Svi oni imali su krvava lica, pocepane kupaće kostime, rane na telima i nogama, kao i deformisane vilice. Jaukali su.

— Majka!

— Ljubav!

— Metak!

— Žurka!

Nepovezane reči, izgovarane kroz jecaje i krike su se razaznavale, a oni su udarali o staklo. Nije delovalo kao da žele unutra, ali su uporno ponavljali idiotske reči.

— Majka!

— Ljubav!

— Metak!

— Žurka!

Tanki glasovi, debeli, kreštavi, bolni, jaukavi, smehom praćeni, agonizujući; sve boje i nijanse promenile su se u glasovima pobijenih iz bazena, koji su neprestano zevali kao ribe na suvom i buljili tim podnadulim očima, zverajući u dželata i samo ponavljajući tupave i besmislene reči. Njegov bol rastao je i on je bežao. Bežao od sopstvenih oživljenih grehova, kako ne bi trpeo te reči koje su kao bičevi udarale po njemu.

Jedini izlaz bio mi je na spratu. Nisam tačno bio siguran šta će biti ako provale unutra, jer u ovom cirkusu ludila bilo je moguće sve. Logika je jedina stvar koja nije postojala, ali sve te reči, ili bar nejasni jauci ličili su na reči ljudi koji su bili toliko izmrcvareni da ih nisam mogao prepoznati. Nikako mi nije dolazilo na pamet odakle oni tu, ali mi je opet podsvest u stilu dobro poznatog deža vi osećaja govorila da sam sva ta lica nekad negde video, ali ne ovako kao što su izgledala sada...

Sprat je imao sobe samo s leve strane. Desna strana zida bila je unakažena krvlju i tragovima prstiju, koji su se vukli u tankim nepreglednim linijama. Mrak je u tom delu preovladavao, tako da je Volkot mogao da se osloni jedino na svećnjak koji je imao kod sebe.

— Neeeeeeeeeeeeeeeee, nemoooooooj! Šta sam ti učinila?! — prolomio se stravičan i žalostan jecaj hodnikom. Potom je isti glas nastavio da plače i tiho jeca, dok je dželat pogođen još jednim šokom pao na kolena, čvrsto zažmurio i pokrio uho jednom rukom. Jecaji su se nastavljali, dok je Volkot osećao pojačano pulsiranje u glavi. Kada je sklonio ruku, na već zgrušanim linijama krvi na dlanu video je svežu krv. Počeo je da krvari iz ušne šupljine. Plač se mešao sa šapatima. „S" i „š" se stalno smenjivalo — možda su zvučali kao šapati, možda kao šuštanje u ušima.

U nizu soba koje su se nalazile s leve strane zida, jedna od njih bila su otvorena. Vrata na njima bila su razvaljena, a s njih su visili lanci kojima su prethodno bila uvezana. Već doveden do ruba iznemoglosti, dželat je oprezno provirio. To je bila jedna od retkih prostorija u hodnicima, koja je bila otvorena. Ono što je mogao da vidi bila je noga i beli pokrivač, koji je visio s nekog kreveta. Njegovi pokreti, dok je ulazio, bili su prilično spori. Njegovi koraci, koje je pokušavao da načini idući u susret još jednoj tragediji, bili su teški kao tenkovske gusenice.

... Opet mi se sve činilo tako poznatim, ali pošto sam osećao strašan pritisak u glavi, nisam mogao odmah da se setim, delovalo mi je kao da mi je sećanje blokirano. Dok sam prilazio, soba je mirisala na vlagu, dok je ispod mojih nogu na kvalitetnom tamnom persijskom tepihu bilo nešto prosuto i razliveno svuda po njemu. Takođe, pregršt nebitnih stvari kao što su kutije, obuća, dečje igračke, figurice akcionih heroja, novine i časopisi bilo je razbacano po podu. Na krevetu je neko nepomično ležao, a pored njega stajao je drveni stočić, na kome se nalazilo nekoliko kutijica s raznim lekovima i stona lampa. Pravi strah nije bio ni blizu onome čemu sam se mogao nadati. Bio sam presečen kada sam prišao...

Na krevetu je ležala žena. Bleda mrtvačka boja i kosti na licu su joj se jasno videle od izmršavelosti. Ležala je na leđima, zatvorenih očiju kao da spava, ali pokrivač se nije odizao i spuštao od disanja. Na beloj površini jasno su se videle crvene fleke od krvi. Na glavi, koja je delovala tako poznato, nalazila se šupljina iz koje kao da je krv iscurila. Jedna izmršavela ruka, na kojoj su se golim okom mogle izbrojati sve koščice, spokojno je ležala na pokrivaču. Volkot je prilazio sa strane, gledajući s žaljenjem izmršavelo telo i iznenada kao da se počeo dosećati. Kada je ugledao lice, razrogačio je širom oči.

— Majko — nehotice mu se otela jedna reč iz usta.

Istog trenutka, dok je stajao paralisan na tom mestu, žena je naglo ustala, uspravila se i iskolačila oči.

— Ti si kriv! — zavrištala je, upirući prstom u njega. Volkot je odmahivao glavom stežući usne, dok je puls strahovito udarao u njegovim slepoočnicama.

— Kopile prokleto! Ti si znao šta je tvoj otac uradio! — i dalje je pakleno kreštala žena. Otvorila je usta naprežući se i iz njih je potekao mlaz krvi, koji je počela da povraća po pokrivaču. Dželat, totalno zbunjen i izgubljen, pojurio je nazad, nije mogao da podnese ponovni susret, ne posle svega što se desilo. Nije gledao iza leđa, niti gde gazi, kada je pošao unazad. Pod nogom mu se našla glatka površina lista nekog časopisa i dželat se naglo okliznuo i pao, užasnut svojom psihotičnom majkom. Nehotice je ispustio svećnjak koji je udario o pod i jezičak vatre dodirnuo je tepih. Volkot pojma nije imao čime je podloga bila nakvašena, ali čime god da je bila, iste sekunde kada je vatra dodirnula tkaninu, tepih je buknuo kao osušeno seno i čitava prostorija blesnula je u plamenu. Praćen histeričnim vrištanem i urnebesnim neurotičnim smehom, Volkot se brzo otkotrljao do zida, jer mu je plamen zahvatao odeću i đavolski ga pekao. Žena je počela nekontrolisano da mlatara rukama, raščupane kose poput grozomorne veštice, dok je plamen velikom brzinom proždirao sve u prostoriji. Dželat se brzo otkotrljao i pridigao pomažući se zidom. Sve što je video u sobi su nepregledni plameni jezici i krevet na kom je skakala naizgled mrtva žena.

— On te traži, Džefersone! Potreban si mu! — i dalje se čulo kreštanje iz pravca kreveta, dok je Volkot kašljao gušeći se od dima. Žena je bila vezana, zato je i skakala po krevetu. Jedna ruka bila joj je privezana zavojem za krevet, a to dželat isprva nije ni primetio. Nekontrolisano mašući rukama zakačila je i stočić. Prevrnuo se i pao, ali i fioka koja je bila u njemu. Fioka se istumbala i izokrenula kao kockica u kazinu, a iz te fioke ispala je drvena kutijica u dužini ne veća od A5 sveske. Iako se gušio u dimu i bio blizu da živ izgori, dželat je krajičkom oka spazio i tu kutijicu koja se otkotrljala u vatru, a šapat u glavi mu je neprestano ponavljao: „Uzmi kutiju... Uzmi kutiju... Uzmi kutiju... Uzmi kutiju... Uzmi kutiju... Uzmi kutiju... Uzmi kutiju...”

Izubijani Volkot, pretučen na smrt, iz ogledala se smeje.

— Uzmi kuiju!

— Ona je u ogledalu, Džefersone, i pitaš se ko je ona?

— Uzmi kutiju!

— Vidim krv na tvojim dlanovima. Hoćeš li poricati da to nije bio deo tvog plana?

— Uzmi kutiju!

Iz vihora vatre naglo je poletelo poluugljenisano lice matore veštice. Vrišteći, s izbačenim noktima kidisala je pravo ka njegovom licu. Trenutak fatalne odluke: kutija ili život! Kakav god bio, u svetu mrtvih i ludih ipak je živo ličilo na nešto što bi se moglo nazvati čovekom. Volkot je morao odlučiti.

Samo sekund pre nego što će mu kreatura noktima iskopati oči, dželat se podvukao ispod njenih ruku i snažno je odgurnuo ramenom unazad. Zateturala se i saplela preko ivice kreveta, vraćajući se u vatru. Cičala je i glas joj je pucao iskrzan i promukao od vrištanja, da li od vatre, ili nečeg drugog nije bilo sigurno. Volkot je munjevito skočio ka kutiji, gurajući ruke u plamen i urlajući od opekotina koje su užasno iziritirale već nanete rane na dlanovima.

Ipak, pored velikih muka, dželat je uspeo da je uzme i brzo je izašao, trčeći ka vratima. Nosio je kutiju držeći je nežno kao novorođenče. Bio je na izlazu kada je monstruozna i zapaljena žena u pižami i sa pozelenelim zenicama divljački jurila ka njemu, vrišteći i povraćajući krv. U poslednjem momentu dželat je zatvorio vrata i koliko god je mogao čvrsto stegao kvaku. Isprva se čulo samo lupanje i stravično cičanje s druge strane, a zatim je iznenada sve to prestalo. Volkot je pogledao na brzinu. Lanci su bili na vratima, ali su s jedne strane visili krajevi s kukama, a sa druge krajevi s alkama. Začulo se tiho jecanje.

— Džefersone — tužno je molila s druge strane vrata. — Majka ti je bolesna, otvori vrata, molim te. Umirem.

Dželat je zastao za trenutak, zatim se samo namrštio i prezrivo pljunuo veliku pljuvačku krvi, kada je ponovo kao na američkom fudbalu osvojio još koji jard u svom sećanju.

— Već si mrtva. Umrla si odavno. Jebi se, kučko, ti nisi moja majka! — besno je procedio i bacio toliko željenu kutiju na pod. Držeći vrata nogom, dohvatio je sleva jedan lanac sa kukom i lanac s alkom desnom rukom i spojio ih preko vrata, grčeći lice i trpeći velike bolove na šakama. Čim je sastavio jedan lanac, vrištanje, cika i pucketanje plamena se nastavilo kao i stravično udaranje o vrata. Volkot nije imao milosti. Bez oklevanja je jedan za drugim sastavljao lance preko vrata kao što je sastavio prvi, gurajući sebe na ivicu snage da zadrži vrata koja se drugačije nisu mogla zatvoriti, jer je kvaka bila polomljena. Ukupno sedam lanaca je dželat sastavio oko vrata koja sada nisu mogla biti probijena. Cičanje se čulo još neko vreme, zatim se ponovo utišalo. Malaksao i iznemogao, dželat se zaneo i pao uz zid teško dišući. Lice prošarano kojom posekotinom mu je malo pocrnelo od vatre, dok su mu oči bile crvene i zjapile kroz to pocrnelo lice kao kod demonskog bića. Ruke na ivici neupotrebljivosti, posečene, ponovo prokrvarile, s plikovima i crne od opekotina, drhtale su na njegovim nogama.

... Šta god da je bila poenta uzimanja te proklete kutije, ja još uvek nisam video rešenje. Jedino sam ponovo video svoju majku, ili barem nešto što je samo ličilo na nju i zamalo nisam živ izgoreo. Prosta najobičnija kutija. Zagledao sam je sa svih strana. Nije imala nikakvu oznaku, natpis, slovo, znamenje, gravuru. Samo glatka površina izrađena od hrastovog drveta, uglačana i izlakirana do savršenstva. Nisam mogao zadovoljiti svoju radoznalost, jer je nisam mogao otvoriti. Imala je bravicu i bila zaključana. Udaranje o zid da bi se raspala ne bi donelo željeno rešenje. Nastavljalo se... Nisam znao još koliko, ali bio sam blizu ili da skončam ili da pobegnem iz ovoga, šta god to bilo...

Teškom mukom dželat se pridigao i nastavio dalje. Hodnik se nesrazmerno i nerealno mnogo pružao dalje sa stotinama i stotinama vrata. Zidovi su bili ispunjeni plakatima koje je bleda svetlost na polurazbijenim i paučinom obraslim lusterima obasjavala; hiljade i hiljade lica slikana crno-belo, iz profila ili od spreda, mlada, stara, muška, ženska... Ispod svih pisalo je *Missing*[3]. Ne želevši ni da se priseća ko su i da li ih zna, Volkot je ubrzao korak. Plač je ponovo krenuo, plač devojke. Istog trenutka, kao za inat, sećanje mu se počelo vraćati i osvežavajući mozak u trenutku kada je to najmanje potrebno, Volkot se prisetio ko su zapravo sva ta lica na plakatima.

... Svi oni koje sam tokom sedmogodišnje egzekutorske karijere pobio u „Don Hozeovom" zatvoru bili su na tom zidu: lica mladih i starih, nečijih očeva i braće, našla su se pod sečivom giljotine, pod sekirom, testerom, od otrova, od izgladnjivanja, ili na električnoj stolici. Gotovo da sam mogao videti kako me na plakatima ta lica prate pogledom i pitaju se gde lutam u ovoj imperiji mrtvih. Ni sam ne znam odgovor na to. Tražim izlaz koji je možda nemoguće naći, progonjen stalno srceparajućim jecajima izmučene devojke i noseći pandorinu kutiju

sa sobom, polako verujući da možda postoji život posle smrti i da ovako izgleda najvećim grešnicima. Savest je izgleda njihova najgora kazna... samo da gledaju šta su učinili...

Tanka crvena linija krvi počela se pružati sredinom hodnika. Volkot je možda po instinktu, ili po navici odmah i bez razmišljanja odlučio da je prati. Hodnici su se prepletali, ukrštali, nudeći nove prostorije i još novih hodnika, ali dželat nije skretao nigde, pratio je samo tu liniju, pratio ju je kroz bezbrojne spletove paklenih hodnika, po kojima su se crveneli obrisi krvi. Već je bio na izmaku energije, držao se na poslednjim atomima, vučen više voljom nego snagom tela da ide dalje.

— Neeeeee! Prestani, molim te! Povređuješ me! — začuli su se krici relativno blizu i dželat, delimično rasvešćen ovim neizmerno bolnim i tužnim jaucima, potrčao je osećajući kao da su mu noge zaglavljene u džinovskom testu, od koga ne može da krene. Shvatio je da ga samo bol, svoj ili tuđi, drži svesnog i daje mu snagu.

Kraj hodnika — konačno!

Na njegovom kraju ukazala se prostorija širom otvorenih vrata i ujedno izvor sve te tuge, očaja i jecaja.

— Molim te! To sam ja! — započeo je ponovo glas i tog trenutka se utišao kao i plač. Više se ništa nije čulo, osim gruvanja i udaranja i onog ključnog zvuka. Nešto oštro kao da je prolazilo kroz meso. Ali plača više nije bilo. Dželat je stisnuo zube. Tikovi su počeli da mu igraju po ugljenisanom licu, a krv mu je proključala od besa. Utrčao je u polumračnu sobu.

... I pre nego što sam ušao u tu sobu, znao sam ko će tamo biti i šta ću zateći. Čim je plač prestao sve sam shvatio...

— Ubicoooo! — iz sveg glasa je dreknuo Volkot, čim je ušao u sobu. Iz polumraka istog trenutka ustala je neka prilika pokrivena crnilom i krenula ka njemu. Volkot je brzo preleteo pogledom po prostoriji. Ništa naročito nije mogao videti, čak ni ubicu koji je korak po korak išao ka njemu, noseći nešto oštro i tridesetak santimetara dugo u ruci. Ali ono što je mogao videti osvetljeno svetlošću iz hodnika, to je bila niska vitrina sa širokim fiokama, u kojima bi se obično pakovala odeća, čarape i slične stvari. Nekoliko malih drvenih ramova sa slikama stajalo je na njoj, a na jednom od njih visio je srebrni privezak. Na njemu je sijao mali ključ i dželat je vrlo brzo sabrao dva i dva dok mu se ubica približio na svega pet-šest koraka. Brzo je skočio do vitrine (pet), dohvatio je privezak tražeći ključ (četiri), namestio bravicu na kutiji (tri), gurnuo ključ (dva), okrenuo i otvorio (jedan). U kutiji, na sunđerastoj podlozi ležao je mali pištolj. Ubica je zamahnuo nečim što liči na sečivo, za delić sekunde bio je brži od Volkota, ali zakačio ga je po ruci, dok je ispuštao kutiju i vadio pištolj. Volkot je načinio dodatni korak unazad, kada je dobio rez po ruci i udario leđima u zid, ali pištolj mu je bio pri ruci. Kao zver koja se upravo oslobodila iz kaveza nakon torture mahnito je u telo ubice sipao metke, koji su ga odgurivali unazad. Pucao je sve dok nije čuo škljocanje, sve dok nije i poslednji metak pronašao put do tog tela.

— Imam te! Sad je ponovo tišina — prošaputao je dželat, stiskajući lice od bolova. Bolela ga je šaka i više nije ni mogao da drži oružje. Ispustio je pištolj i posrnuo, držeći posečenu ruku uz telo koju nije ni osećao više. To je bilo poslednje što je mogao da izvede, a gorivo za to bio mu je samo nenormalni bes, koji ga je u trenutku spopao i osećaj bola. Sada više nije bio sposoban ni za šta, a nije ni morao biti. Osećao je da je to kraj puta, kraj puta u jednom pravcu.

— Konačno malo tišine — ponavljao je više puta.

Doteturao se do drugog kraja zida, tražeći rukom prekidač. Otprilike je po sećanju još uvek znao gde se nalazi. Čim je svetlo ispunilo sobu, Volkot se gotovo nasmejao na ono što je video. Nasred sobe ležao je ubica glavom i bradom. Glavom i bradom dosta mlađi Džeferson Volkot, izbuljenih očiju i sa nožem u ruci. Bio je samo u farmerkama, dok mu se na golom telu crvenilo dvanaest rupa od metaka. Drugo telo bilo je izmučena, isprebijana do granice monstruoznog i izbodena do granice bolesnog Džejni Stivens, koja je opet ležala u prepoznatljivom položaju kao kobne noći u kojoj je bol počeo tog trinaestog oktobra. Isto se ponovilo kao te noći, ali Volkot nije više mario ni za šta. Ispustio je pištolj i izgubio nakratko osećaj u nogama, skliznuvši niz zid, niz čiju je belu površinu ostavio crven trag. Jedva se ponovo pridigao i tromim koracima, dok mu se slika mutila sve više pred očima, teturao ka Džejni. Preskočio je leš ubice i pao na kolena kraj njenog beživotnog tela. Nežno je ogrubelim i spaljenim prstima prošao kroz njenu kosu i pomilovao je po licu. Ruka mu je drhtala sve više. Nije imao snage ni na kolenima da se drži, već se srušio kraj njenog tela, po poslednji put zagrlio je svoju Džejni i prošaputao.

— Volim te, dušo...

***

... Kroz gluvo i tupo crnilo tišine odjeknuo je šamar.

... Košmari su kod mene uvek bili slični. Uglavnom su to zle, nasilne i krvave prikaze, formirane iz slika moje prošlosti, pune misterioznih situacija i nekih uvrnutih razgovora u zagonetkama. Negde između njih jednom sam rekao da ću se uvek brinuti za svoju majku, a ispalo je da je to samo šuplje obećanje dato previše kasno. Saznao sam to na najjeziviji mogući način...

... Probudio sam se iz nečega što ne bih nazvao košmarom. Mozak mi se činio kao da želi da izbije iz lobanje divlje pulsirajući kao da bušilica radi u njemu. To sranje zvano valera sigurno je bilo u meni, bacilo me u takav trans i takvu paralelnu realnost, koja me odvojila od ovog života potpuno. Dala mi je čak i neke naznake, kao da je koristila moja sećanja kao resurs, bacila me u agoniju bez kraja, koju sam prekinuo, ili ja, ili ko god me ošamario.

Bio sam vezan za stolicu, okružen nekim Meksikancima s kostima koji im vire ispod pocepane kože, a oči su im bile crvene. Bili su odeveni u raznobojne košulje i sa zlatnim narukvicama i prstenjem. Koščato lice sa jezivim kezom, u kom je polovina zuba bilo veštačko, gledalo me kroz zatamnjene naočare. Imao sam utisak kao da me gleda nečastivi lično, ali kada se loš trip potpuno rasplinuo ispred mojih očiju, bio je to samo uglađeni sredovečni tip u braon sakou i raskopčanoj košulji preko koje je padao zlatan lanac. Silazio je niz stepenice, a iza njega njegove siledžije. Bio je duguljast i mršav, s podočnjacima i iscrpljenim licem. Zapravo, izgledao je kao jebeni crv, naravno, nije mi se sviđao uopšte.

... Soba u kojoj sam se nalazio bila je osvetljena samo jednom lampom. Prema mirisu pretpostavljao sam da sam bio u podrumu. Mogao sam samo da nagađam kakav će dalji šou-program biti...

— Dakle, umešao si se u ono što te se ne tiče i prebio moje ljude. Jedini način da odavde izađeš je da te iznesu — progovorio je jedan krupniji Meksikanac. Volkot je ćutao, uputivši mu jedan pogled koji je sadržao dozu ošamućenosti i umora.

— Ko si ti?

— Ja sam niko. Samo još jedan hodajući leš — ošamućeni Volkot još uvek je bacao idiotske i nelogične odgovore, pokušavajući da dođe k sebi. U tihoj prostoriji zamrmorio je smeh.

— Daću ti ja leš — Meksikanac je već izgubio strpljenje i potražio palicu, ali začuo se glas čoveka koji je silazio niz stepenice.

— Bruno! Stani! — doviknuo je.

— Gubiš vreme s njim, lud je — dobacio je jedan od prisutnih. Volkot je bacio pogled na njega i prepoznao ga. Bio je to onaj s kreštavim glasom koji nije najjasnije govorio, jer mu je usna natekla od udarca.

— Kod tebe su pronađeni mini-kasetofon i neka boca. Šta je to? I hoćeš li progovoriti? — pitao je.

Dželat je iskolačio oči.

Veći šok predstavljalo mi je to da su zlata vredni dokazi sada u rukama nekog udrogiranog psihopate, nego najava da će me silovati vezanog za stolicu. Sve bi moglo propasti u jednom potezu. Moram reći za sebe da sam ovog puta ispao glup...

— Odgovori na pitanje!

— Radi za policiju, sigurno — dobacio je neko drugi.

— Gomez — kratko je odgovorio dželat, gledajući pravo u oči čoveku koji ga je ispitivao. On je za trenutak pogledao u svoje pajtose, potom se okrenuo i iscerio se vezanom veteranu u lice.

— Lično i personalno. Nalaziš se u mom klubu, tačnije ispod njega. Još samo da mi otkriješ šta tražiš ovde.

Dželat je ćutao, dok je polako u njemu rasla želja za agresijom.

— Pomogao si onoj budali Pablu, koja je ukrala moj patent i želela da ga proda.

— Ne znam ni za kakav patent.

— Čudno. Bio je u tebi i još uvek je. Prilično burno reaguješ na njega, mrmljaš i pričaš svašta. Sviđa ti se moja droga? — iskezio se ponovo Gomez.

— Da čujemo šta je snimljeno? — predložio je omaleni siledžija u tamnozelenoj košulji, pokazujući diktafon. Volkot je pogledao u tu spravicu, kao pas kada ugleda kost.

— Mislio sam da je bar ozvučen. Koja budala još snima diktafonom? — podrugljivo je dobacio još jedan.

— Kasnije ćemo da čujemo, nemam vremena — odmahnuo je Gomez.

— Jesi li svestan da živ odavde nećeš izaći ako ne progovoriš? — upitao ga je. — Bićeš uzidan u temelj mog novog hotela, koji gradim u blizini.

— Često mi govore da sam mrtav, nije nikakvo iznenađenje — odgovorio je naizgled ravnodušno Volkot.

— Dobro, žestoki, neka bude po tvom. Ovo je moj brat Bruno. Ako nećeš da razgovaraš sa mnom, razgovaraj s njim. Ali imaj u vidu jednu stvar. Gledao je mnogo crtaća.

Na ovu Gomezovu opasku svi su se glasno nasmejali, dok je Bruno pripremio palicu.

— I zabranili su mu da ih gleda, jer je previše oponašao one koji se udaraju palicama u glavu — dovršio je Gomez i krenuo ka stepenicama.

— Prištedi ga malo, nemoj skroz da ga polomiš i nemoj po glavi — rekao je Brunu.

— Zašto? — upitao je ovaj.

Gomez ga je zgrabio za kragnu i nešto mu šapnuo. Bruno je posle toga iskolačio oči, pogledao ka Volkotu i samo klimnuo. Nakon toga su se svi razišli.

... Komparacija s crtanim filmovima i udaranjem palicom u glavu nije zvučala nimalo prijatno. Kada je droga počela da popušta, povezao sam da mi Pablo nije slučajno pričao priču o Brunu i Gomezu, o dva umno poremećena krvoloka, koji drogom, prostitucijom i reketiranjem u lancima drže čitav Lusin. Bio sam kod njih, u podrumu njihovog noćnog kluba i pred mukama na koje će me baciti. Gomez je ličio na makroa psihopatu sasušenog tela od droge i jezivog keza iz kog su virili porcelanski zubi. Bruno je bio nešto najsličnije grizliju u ljudskoj formi. U njegovim rukama sve čime bi udario, bolelo bi u svakom slučaju...

Masivna gromada od čoveka, sa svih strana tapacirana slojevima mase i sa palicom na ramenu stupila je pred dželata vršeći ritual pripreme pred sakaćenje. Imao je na sebi teget košulju, sako i braon pantalone, koje su kaišem koliko-toliko pritezale njegov struk, preko kog je salo kipilo sa svih strana. Na njegovom licu ogledala se čista surovost, a na levom obrazu stajao mu je veliki mladež, dok mu je kosa bila sva u kovrdžama.

— Šteta, uskoro mi dolaze gosti, a baš imam želju da gledam Bruna kako radi. Obožavam da ga gledam — dobacio je Gomez dok je izlazio uz stepenice.

...Jedino što mi je davalo nadu da ću još koji minut preživeti je da su me pomešali s ubačenim policajcem na tajnom zadatku. Ali videvši šta su ti isti Meksikanci uradili s pandurima dok su oslobađali Mad Diabla, nisam se uzdao mnogo u tu nadu. Scenario kakav sam zamislio je da će me isprebijati na smrt, moje unakaženo telo, ali dovoljno prepoznatljivo za identifikaciju, pronaći će federalci i izdaće kratko saopštenje: „Džeferson Volkot, odbegli ubica iz Sjedinjenih Država pronađen u Meksiku, radio za neki od kartela, ili se krio, ili nešto treće, ubijen u unakrsnom obračunu tih kartela. Slučaj zaključen.“ Baš kao u onom tripu...

Kao grom iz vedra neba odjeknuo je prvi udarac po Volkotovoj glavi. Dželat je ispustio samo prigušen glas sličan mrmljanju kroz stisnute zube. Novi udarac pogodio ga je negde iznad obrve, dok je Bruno mahao kao profesionalni bejzbol igrač. Treći udarac pesnicom završio je negde ispod oka. Bruno je stisnuo zube i iznervirao se. Volkot nije mnogo jaukao, niti je pokazivao znake da će popustiti pred divljačkim udarcima bejzbolkom koja je već uhvatila pokoju mrlju krvi. Sledeći zamah pogodio ga je po grudima, od tog udarca je ispustio vazduh. Palo je još nekoliko udaraca, ali Bruno je pazio da ne izgubi kontrolu. Malo je zastao i progovorio na gotovo tečnom engleskom.

— Ko te poslao ovamo? Za koga radiš?

Volkot je ćutao.

— Moj brat kaže da ne treba da te ubijem. Nešto si mu potreban. Reci istinu.

Naravno, nikakva istina, niti je išta bilo rečeno i Bruno je razljućen dželatovim inaćenjem iskolačio oči i stegao palicu. Usledio je sledeći po grudima. Dželat je pao sa stolicom. Bruno je zamahivao iz sve snage i udarao ga po stomaku, bubrezima i grudima. Volkot je uspevao samo da zgrči telo što više, kako bi malo amortizovao udare koji su delovali kao da po njemu udara malj. Dželat je navikao na bolove i ono što je Bruno bacao po njemu upijao je kao sunđer. Posle nekog vremena čuo je kako Bruno ubrzano diše. Podigao ga je sa stolicom i uneo mu se u lice.

— Imaš li ti razum? Osakatiću te ovde, ako ne priznaš, obogaljiću te, nećeš biti u stanju ni da hodaš, ni da jedeš, ni da pišaš bez pomoći. Razumeš li to? Prestani da mučiš sebe i lepo priznaj — pokušavao je da ga urazumi, brišući prilično oznojeno čelo.

Volkot nije progovarao. Barem nije govorio ono što je Bruno želeo da čuje. Podigao je isprebijano i izmučeno lice, u kome je bio pogled pun prezira i gorčine, ali i nekog ludog prkosa. Stisnuo je usne, a zatim mu izbliza pljunuo u lice. Pljuvačka pomešana s krvlju je oblila Brunovo lice i on se trgao unazad, brišući se. Kada je skinuo s lica tu odvratnu mešavinu krvi i pljuvačke zavezanog dželata, koji nije imao nameru da se slomi makar do smrti, mogle su mu se videti vene koje su mu se jasno ocrtale na vratu i ogoljenom čelu kao i zubi stegnuti od besa. Bio je veoma iznerviran, jer Volkot nije jaukao. To ga je izluđivalo. Nasrtao je kao razjareni bik.

... Malo ko je čuo za pojam psihičko bekstvo. Upravo to sam primenio, dok je mlađi od dvojice psihopata ubijao boga u meni, sve više gubeći kontrolu nad sobom. Više je on urlao nego ja, iako je on bio taj koji je držao palicu. Psihički sam jednostavno pobegao iz te stolice i bio na nekom boljem mestu. Na mestu gde nema monstruma, užasa, košmara, mafijaša i korumpiranih kopiladi, a njemu sam ostavio da tuče po vreći mesa i kostiju. Padao sam nanovo zajedno sa stolicom i nanovo me podizao i bacao po meni talase batina. Izgleda da je imao naređenje da mi poštedi glavu, jer je kasnije prešao i na ruke, noge, telo, na kraju urlajući od sopstvene nemoći da me natera da pokleknem. Nisam mu želeo pružiti to zadovoljstvo, iako je bolelo do tačke

koju su obične reči nemoćne da opišu, ipak nisam pustio nijedan glas. Đubre nije znalo da je bol nešto uz šta sam proveo previše vremena...

Bruno je zastao u jednom trenutku, shvativši da bi trebalo da prestane, iako je telo kojim se igrao visilo sa stolice. Naizgled je bilo beživotno. Kao da se onesvestio ili možda umro od prebijanja na smrt. Kada je batinanje prestalo, dželat je iznenada ponovo udahnuo vazduh, podigao glavu i pogledao ga u oči. Gomezov brat je za korak ustuknuo. Dželat je i dalje posle primljenih udaraca bio svestan i poprilično jeziv. Lice delimično prekriveno krvlju gledalo je u njega iz polumračne prostorije, ličeći na demonsko oličenje u ljudskoj koži.

„Ovo nije ljudsko biće", u jednom trenu je misao proletela kroz Brunovu glavu, iako on nije bio poznat po tome da previše razmišlja. Odjednom je osetio nešto što se ne bi moglo nazvati strahom, ali bi moglo izvesnom nelagodnošću, jer je osećao da mu od vitlanja palicom ruke drhte, a pogled sadomazohističke vezane budale govorio mu je kao da želi još batina, kao da se njima hrani.

— Pošto želiš da govorim istinu, reći ću ti istinu — tihim i mirnim glasom je rekao dželat. Njegov glas imao je prizvuk mirnoće kao da sedi uz jutarnju kafu, a ne vezan za stolicu i premlaćen. — Istina je da mislim da ti udarci postaju slabiji. Umorio si se — rekao je veteran kao da čita Brunove misli. — Zapamti samo da svako zadovoljstvo košta. Tvoje će koštati i te kako noćas — ovo poslednje je procedio kroz zube, dok su prodorne izmučene i krmeljive oči gledale u Bruna. U tim očima jedino se mogao videti bes.

Bruno kao da je pokušavao da dokuči šta je ludak vezan za stolicu hteo da kaže. Zvučalo je kao pretnja, ali se osećao sigurnim, možda i previše sigurnim, verujući da ne može trenutno ništa da učini. Dželat je bio vezan, a tu je bio Bruno, njegov brat Gomez, njihovi naoružani pajtosi i grad koji pripada njima, pobogu. Šta jedan čovek tu može učiniti? Pogledao je u okrvavljenu palicu, krvavu do drške. Razmišljao je čime da ga natera da progovori. Nastavi li da mlati po njemu, pući će mu lobanja i ubiće ga, a Gomez je strogo naredio da ostane živ posle svega. Usred premišljanja o odabiru metoda iživljavanja, zazvonio mu je telefon. Dželat nije čuo najbolje o čemu Bruno priča, jer mu je bio okrenut leđima. Ali je jasno čuo kako neko viče da Bruno dođe gore pod hitno i da imaju problema.

— Imaš sreće — rekao je Bruno spustivši telefon. — Moraću da odem nakratko. Ali nemoj još da ideš — uperio je prstom u njega. — Daleko od toga da sam umoran. A ko zna, možda i pošaljem nekog da me zameni, da ti ne bude dosadno — smejao se psihotično već oduševljen tom idejom. Ubrzo je napustio podrum i dželat je ostao sam sa sopstvenom bolnom agonijom.

... Niko nije savršen. Svako može da pogreši, moja jedina greška bila je što sam možda preterao i previše iznervirao majmuna s palicom. Odradio je dobar posao na meni. Od udaraca me je bolela i glava, i kosti, i zglobovi. Lice mi je bilo u plamenu. Gorelo je kao prepečen biftek na roštilju. Još gore od toga, kako sam čuo iz njegovog razgovora kratko će ga zaokupiti problemi, pre nego što se vrati da me batina, ili pošalje nekog još goreg. Nijedno ljudsko biće ne bi podnelo ono što sam ja podneo u tom podrumu i tvrdim da bi sada već bilo mrtvo. Kako sam bio još uvek živ, ne znam — ali sam znao da nemam još puno vremena.

Planirali su da se ređaju na meni kao na najgoroj drolji...

Imao je vezane ruke iza leđa na naslonu drvene stolice. Preko tela i grudi takođe imao je debele konopce, a neki širok kaiš bio mu je obmotan oko nogu i sastavljen sa nogama od stolice. Prostorija u kojoj se nalazio bila je topla. Kada se malo osvrnuo video je u uglu veliki kotao, koji je goreo i zalihe sitnog uglja pored. Uhvatio ga je osećaj užasa. Onaj Gomezov brat psihopata mogao bi u nastupu besa da ga nagura u taj kotao kada ga bude dovoljno izubijao da nema snage da se otrgne. Bio je čvrsto upakovan kao barbika u foliji i nije se mogao pomaći iz mesta, ali takva užasna pomisao nije mu dala da se uspava, iako mu je u glavi pulsiralo sa svih strana i slika mu se pomalo mutila, terajući ga na još jedan mučan san. Ipak, morao je pokušati. Otresao je obrise onoga što bi se prikradalo, a moglo bi se nazvati gubitkom svesti. Uprkos velikim bolovima, uprkos paklenom halucinatornom doživljaju izazvanog valera drogom, morao je pokušati nešto.

Oslanjajući se na tabane pokušao je da zaljulja stolicu, ali ne i da je prevrne. Delovala mu je prilično čvrsto. Ako ne bude uspeo da je polomi sopstvenom težinom, sve je propalo. Neće posle moći da ustane i tortura će se nastaviti, sve do nasilne i veoma spore smrti, ili spaljivanja u kotlu koji je služio kao centralno grejanje. Načinio je nekoliko pokreta napred-nazad i veoma oprezno se ljuljao, pazeći da ne padne ni unazad, a ni unapred. Dajući sam sebi neku vrstu zaleta, naglo je ljuljajući se i hvatajući momenat prebacio svu težinu ka napred i za sekund se našao na nogama koje su se istog trenutka pobunile zbog toga i zadrhtale. Dobio je nekoliko gadnih udaraca po kolenima, koja su sada nosila stotinak kilograma težine u neugodnom položaju i klecala lagano. Sporo je disao i stajao u mestu. Težak zadatak bio je pred njim, s obzirom da su mu noge bile vezane za stolicu i umotane konopcem jedna uz drugu.

Bio je savijen sa stolicom na leđima, osećajući se kao kornjača koju su sa oklopom uspravili na zadnje noge. Ugledao je betonski potporni stub kod stepenica, nešto dalje od mesta na kom je pio batine. Trebalo je držati ravnotežu do njega, uprkos činjenici da mu se mutilo u glavi od brojnih udaraca i nestabilnih kolena. Počeo je da skakuće po prostoriji korak po korak, otprilike je oponašao kengura sa dodatnom opremom na leđima.

... Put do tog prokletog stuba bio je duži od puta koji sam prešao u meksičkoj pustari...

Jedan za drugim korakom, tek dželat je nekako uspeo da doskakuće do stuba i zamalo nije pao. Namestio se pogodno leđima ka stubu. Izvio se koliko god je mogao i polukružnom putanjom, koristeći kukove, zamahnuo stolicom, udarajući je o potpornu stubčinu. Polomilo se par nogu od nje, a on se od siline zateturao, osećajući da je stega od konopaca malo popustila. Ipak, njegova ravnoteža došla je ovog puta do izražaja. Uprkos vezanim rukama i nogama, uspeo je da se dočeka na koleno. Ponovo je ustao i počeo se nameštati, dok ga je niz krvavo lice oblivao znoj od naprezanja. Opet je snažno zamahnuo i nogari zajedno s naslonom su otpali, sa njima i naslon, a stolica na njegovim leđima se napokon raspala. Volkot je pao. Brzo je odvezivao kaiš kojim su mu umotali noge i skidao sve one konopce sa sebe.

... Šta god da su mi ubrizgali, ta stvar je bila mnogo jaka i prebacila me u neku, rekao bih, drugu jezivu polukošmarnu-poluhalucinatornu stvarnost, koja me je naterala da malo razmislim o prošlosti. Otkrila mi je neke detalje iz sopstvene podsvesti, iz koje sam pokušao da ih istisnem. Otkrila mi je neke stvari koje čak nisam mogao ni znati i predočila mi potencijalne tragove i rešenja za davno počinjene grehove, kojih nisam bio ni svestan. Za to, ipak, nisam imao vremena trenutno i morao sam se baviti drugom stvarnošću: bekstvom iz ove rupe droge i prostitucije. Nisam smeo dozvoliti sebi luksuz da trčim okolo kao manijak, jer nisam znao raspored prostorija i na kojoj strani je izlaz, niti koliko Gomezovih pajtosa ima trenutno a bio sam i nenaoružan. Mogao sam barem pretpostaviti da je dosta dugih cevi bilo prisutno. Ovo je bio drugi nivo Gomezovog noćnog kluba „Astek", gde se zapravo odvija ono što se u gornjem nivou krije od očiju zakona.

Primetio sam da su me pretresli do gole kože i oduzeli mi ono što mi je bilo veoma dragoceno u mojoj ličnoj borbi. Dokazi masovne bolesne zavere i mini-kasetofon koji mi je dao Majkl, čak i mog vernog saputnika u mnogim krvavim pričama „Reckavog monstruma" su odneli. Možda zvučim arogantno, ali sada čak i u ovakvom stanju, iako sam bio prebijen i nenaoružan, bilo mi je gotovo žao tipa koji će sledeći ući na vrata da nastavi da me obrađuje...

***

— Trebalo bi da požurimo, možda se o'ladio do sad — rekao je Ernan, jedan od Gomezovih ljudi, dok je Đuzepe izlazio na vrata i u pratnji jednog od domaćina koji mu je objašnjavao da imaju subjekta koji je preživeo predoziranje valerom i gledaće Bruna kako ga obrađuje. Pet minuta posle toga nastaće problemi koje njih dvojica neće ni imati prilike da vide.

Njegovo ime bilo je Đuzepe-Ćufta Konstanco, mlađi brat Franka (odnosno Frenkija) Konstanca, koji je vodio zajednički lanac restorana u kome su italijanske ćufte bile glavni specijalitet. Sam lanac bio je, kao po običaju, paravan za nešto mnogo krupnije. Bila je to droga u usponu, koja je sama po sebi predstavljala žestoku konkurenciju kokainu i heroinu i u koju su braća razmišljala da investiraju kako bi svoj profit povećali do neviđene linije. Među braćom (kojih je bilo još trojica iz uže familije) Đuzepe je bio jedan od krvoločnijih, što se znalo kada je odvodio dužnike „iza zavese" da im „održi pridiku". Plašila ga se i žena, i čitava njegova porodica, pa i šira okolina u Njujorku, koja je znala otprilike ko su braća Konstanco, a naročito krvolok Đuzepe. Sada su bili u prilici da sklope dogovor. Bio je to u stvari „dogovor" o zajedničkoj saradnji, kojom će dilovati valeru u Americi i Evropi, ali četiri familije, među kojima je i familija Konstanco, sklopile su podmukli plan. Plan je glasio ovako: ako je valera zaista to što jeste i ako zaista tako snažno deluje uzmite patent za njeno pravljenje i pobijte Meksikance. Karteli će zaratiti međusobno, a oni će inkognito izaći iz Meksika, jer niko i ne zna da su tu.

Bili su otprilike jedan nivo ispod Gomezovog bara, gde je takođe postojao šank s pićima, muzikom i sobe „za opuštanje". Đuzepe je bio sadistički gad. Za njega će Brunovo poigravanje sa zavezanom žrtvom biti lepa predstava i uvertira, pre nego što probaju

Gomezovu drogu i sklope dogovor kojim će je rasturiti širom Evrope i Amerike. Osvajanje ovih kontinenata putem žila nove opojne droge valere biće u punom jeku. Ali želeo je da vidi koliko jedan čovek može biti izdržljiv kada uzme valeru. Imaće i lično zadovoljstvo da vidi koliki je Bruno umetnik sadizma.

Stigli su do poslednje prostorije u nizu i to na kraju dugog i slabijim svetlom osvetljenog hodnika. Bila je to kotlarnica iz koje je dolazilo grejanje za oba nivoa noćnog bara. Ernan je gurnuo ključ u bravu i otvorio, a za njim je ušao i Đuzepe. Trebalo je spustiti se dvadesetak stepenika, ali nije bilo ni Bruna ni „pinjade” za mlaćenje. Zatekli su samo komade stolice i razbacan konopac, dok je kotlarnica neumitno grejala, a gomila uglja ležala u desnom uglu. Zapravo, čitava prostorija bila je mračna, jedini tračak svetla dopirao je iz kotla, uz pomoć kog su i videli.

— Bruno? — pozvao je Ernan, ali ništa nije čuo. — Sranje, pobegao je — progunđao je i tapnuo Đuzepea po ramenu. — Beži nazad i obavesti Gomeza. Opasno je ovde.

Đuzepe je klimnuo glavom i potrčao nazad, ali posle samo pet-šest koraka čuo je kako se niz stepenice nešto kotrlja iza njegovih leđa. Okrenuo se pomalo bojažljivo i video da u hodniku nema Meksikanca koji ga je dopratio.

— Hej, jesi li dobro tamo? — pitao je. — Ernane? Jesi li dobro?

Nije bilo odgovora i odmah se uspaničio. Nije mu ni na kraj pameti bilo da ulazi u mračnu kotlarnicu sam i potraži tamo neku propalicu Ernana, koji se nije odazivao. Neki krik, bolni jauk, a zatim čitava salva njih ispunjenih agonijom došla je do njega iz jedne od brojnih prostorija u ovom delu Gomezovog kluba. Bili su to dečački krici, možda i krici deteta, koji su ledili normalno ljudsko biće. Đuzepeu nije bio prvi put da čuje takve jauke, ali to nikad s decom nije radio a ovo je zvučalo kao da mu vade organe bez anestezije. Osetio se nelagodno slušajući užasavajuće krike i vrištanje, sam u ovom delu bara koji im je Gomez savetovao da ne posećuju. Osvrtao se oko sebe kao izgubljen. Prvi put je ovde i nije ni znao sam da se vrati, jer se usput zapričao s Ernanom, koji ga je dopratio do ove poslednje prostorije u nizu. Uhvatila ga je panika. Krici su i dalje dopirali, a njih je pokrilo nekoliko pucnja, od kojih mu je adrenalin divlje tukao, a potom se muzika pojačala, tako da je pokrila i jedno i drugo. U čitavom haotičnom razvrtanju zaboravio je jednu stvar. Vratima kotlarnice, koja su zjapila otvorena kao usta ogromnog čudovišta, okrenuo je leđa. Za sve ostalo bilo je kasno. Čuo je samo poslednja dva koraka koja su ga naterala da se okrene. U momentu kada se osvrnuo prema kotlarnici, sledio se. Pred njim je stajao visoki krupni čovek, u jakni i izbledelim farmerkama isprljanim od krvi, okrvavljenog, izubijanog lica, psihotičnog pogleda i ruku stegnutih u pesnice.

Sleđen i prestravljen ovim prizorom, a verovatno i pod utiskom jaukanja, mašio se za unutrašnji džep kako bi zgrabio pištolj, ali brže nego što je njegov uspaničeni mozak mogao to i da registruje, čovek ispred njega mahnuo je rukom, bio je to pokret koji je asocirao kao da tera mušicu, ali tako brzo da njegove oči nisu ni ispratile taj zamah. Brže nego što je mogao da kaže „ćufta" već je iz njegovog vrata po podu prskala krv, dok se on uhvatio ispod brade krkljajući. Krv je nezaustavljivo šikljala u isprekidanim mlazevima i kroz prste njegove šake.

Poslednje što je video pre nego što je izdahnuo bio je čovek izubijanog i krvavog lica kako baca komad lima uvijen u tkaninu kojim ga je zaklao.

... Nikada mi nije bilo jasno zašto ljudi već jednom ne shvate da imaju samo jedan život i da je to jedina stvar sa kojom se ne treba igrati. Dve žrtve su već pale i bile su moje gorivo da krenem dalje. Nažalost, to nije bio Bruno kako sam žarko očekivao. Nesrećnik vredan pomena, koji je zaklan iskrvario pred mojim nogama je bio

Đuzepe Konstanco, trideset sedam godina, mesto rođenja Torino, po zanimanju ugostitelj. Imao je kod sebe neku egzotičnu spravicu sličnu kleštima, ali sam siguran da je služila za neku vrstu sakaćenja i pištolj beretu kojim je pokušao da me ubije. Nije loše za jednog ugostitelja...

Stvari su postajale jasnije. Bila je u pitanju nimalo naivna situacija u kojoj sam se našao: meksički narko-fanatici i nalickane ambiciozne psihopate iz Italije bili su okupljeni na ovom mestu. Šta sam tražio među njima? U suštini, reći ću odmah: ovo nije moja borba, niti me zanimaju njihovi obračuni i dilovi, ali sam shvatio u međuvremenu da se ništa ne dešava slučajno. Neko će reći uvek postoji izbor i uvek postoji nekoliko puteva do rešenja, ali za mene i moje ludilo koje je pulsiralo iz okrvavljene glave u ovom trenutku postojao je samo jedan put do izlaza, pun nasilja, pucnjave i mrtvih. Iako mi je od batina svaki korak bio sve teži, u jedno sam bio potpuno siguran i znao sam da se to mora desiti dok god je bilo daha u mojim plućima, a to je da će noćas poteći krv ulicama Lusina. Niko neće moći da pobegne od toga ove noći.

Čuo sam muziku, krike i lomljavu. Bila je to čudna kombinacija u kojoj mi nije jasno šta treba da pokrije šta. Dok se oni igraju ko zna kakvim sadističkim igricama, stvor iz kotlarnice slobodno šeta hodnicima. Stvor koji će crvenim ispisati novu kratkotrajnu istoriju ovog gradića, stvor po imenu Džeferson Volkot, koji je još uvek ošamućen od droge izgovorio naglas: „Smrti, sestro moja, večeras nisi sama".

Prišavši dvokrilnim vratima, Volkot je najpre oslušnuo. Samo muzika i to na izvesnoj daljini od njega. Nikakvog drugog zvuka u okolini nije bilo. Pogledao je kroz ključaonicu. Koliko-toliko virkanja nije mu ništa posebno otkrilo. Lagano je okrenuo kvaku i otvorio vrata. Napred se i dalje pružao hodnik. Bio je dug i račvao se na nekoliko mesta u svojoj dužini, pomalo zbunjujući dželata. Nije bilo baš malo prostorija koje treba pretražiti, a nije mogao da dozvoli sebi da se previše zadržava. Ipak ga Bruno neće zaboraviti i neće se zauvek zadržati poslom kojim je otišao. Na tom putu Volkot je čuo prvi zvuk sa svoje desne strane. Bio je to zvuk zatvaranja vrata i kašljanja. Mali odvojen hodnik desno. Dželat nije znao šta je tamo, ali je shvatio po zvuku puštanja vode da je to toalet. Za sada je odložio oružje: i vatreno i hladno. Bio je nasred hodnika koji je vodio u većinu sporednih hodnika i eventualna krv na njemu će, sigurno, uznemiriti Gomezove siledžije. Borba s mnogo naoružanih ljudi je nešto što je želeo da izbegne po svaku cenu. Na vidiku se pojavio tip s dužom crnom kosom i tamnozelenom, prošaranom i raskopčanom košuljom. Kaišem, koji mu je bio u kotlarnici obmotan oko nogu, Volkot ga je zgrabio oko vrata i naglo ga zategao. Siledžija se naduo i isplazio jezik, dok se dželat okrenuo i oslonio ga na sopstvena leđa, natežući kaiš. Jadnik je uzalud krkljao i bacakao se nogama u vazduh. Stisak je, ipak, bio prejak i posle samo nekoliko sekundi prestao je da mrda. Držeći mu opasač oko vrata, veteran ga je povukao u mali hodnik, iz kog je izašao. Pretpostavka mu je bila tačna. Tamo je bio WC i brzo je otvorio vrata kako bi sakrio leš. Međutim, kada je ušao, ostao je zabezeknut i ispustio telo na pod. Prostorija je imala dve kabine s pisoarima, a kod drugog pisoara neki muškarac takođe crnpurast i u košulji, divlje je mlatarao rukama zapomažući, dok su mu oko vrata, tela i nogu bile umotane trake toalet papira. Izgledao je prestravljen i iskolačenih očiju, neprestano pokušavajući da zbaci papir sa sebe, kao da ga ogromni piton davi. Njegov pogled bio je deformisan i unezveren do te mere da zaista nije imao predstavu gde se nalazi. Pred zabezeknutim dželatom, koji je na vratima stajao zbunjen, muškarac je pao, počeo da se valja, rvajući se s mnogobro-jnim lepršavim trakama, koje su igrale oko njega, izvukao je skakavac i histerično počeo da bode, pokušavajući da ubode toalet papir kojim je bio umotan. Pogađao je kroz papir sebe pravo u meso, pri tom ne ispuštajući ni jedan jedini jauk. Primirio se tek nakon što je učinio nekoliko uboda i izgubio snagu, krvareći iz nekoliko rana. Dželat nije ni morao da se maltretira s njim. Meksikanac je sebi presudio na bizaran način.

Zadavljeno telo je odvukao u toalet i vratio se u hodnik.

... Izubijan i sa posekotinama na licu, imao sam utisak da mi je telo kao polomljena stolica za koju sam bio vezan, ali sa svakim sledećim ubistvom moj bes je rastao i pokretao me. Nisam znao do kog broja će se niz nastavljati...

Naredno skretanje bilo je na levoj strani. Na desnoj strani bilo je poređano šest soba s izlizanim i već pomalo dotrajalim vratima i sa dvokrilnim vratima pravo na kraju tog hodnika. Volkot je skrenuo u tom pravcu, oprezno i poput senke nečujno se krećući. Već na prvim vratima začuo je stenjanje i režanje, praćeno povremenim udaranjem o zid. Kroz par sekundi uspeo je da razabere dva glasa za sada i okrenuo nož, držeći sečivo uspravno.

Vrata su bila otključana. Otvorio ih je naglo i krenuo unutra, ali prizor koji je zatekao unutra izazivao je ledeni šok od kog sve funkcije zastanu i osoba samo paralisano gleda. S leve strane, na jednom od kreveta, nepomično je ležala neka devojka, a nešto dalje od nje raz-jareni muškarac režao je kao pobesneli pas i nasrtao glavom na zid, neprestano udarajući o njega. Na zidu, gde je udarao, već je postojala krvava fleka, a on je bio uporan da razbije zid glavom. Na drugom kraju i na drugom krevetu još bizarnija situacija. Druga devojka leži na krevetu, dok muškarac u košulji s lancem oko vrata sporo, fascinirano, hipnotisano i gotovo s pažnjom bode nožem njeno nepomično telo, ostavivši krevet u haosu. Dželat je na trenutak ok-levao, videvši nesvakidašnji prizor. Pogled muškarca koji je izudarao zid glavom bio je uperen sada ka dželatu. Po njegovom licu počeli su da rastu plikovi, a zenice su počele da poprimaju čudnovatu boju, koja je dobila neku blago tirkiznu nijansu, dok mu je vilica cvokotala nekontrolisano. Bio je okrvavljene glave, kao da mu je lobanja već pukla, ali je bez ikakvih poteškoća nasrtao na dželata. Istog trena okrenuo se i drugi muškarac koji je mrcvario telo devojke i ustao bez ijedne reči, jureći ka neočekivanom posetiocu. On se izmakao i svojim nožem samo jednim potezom (ubod u vrat) neutralisao prvog bližeg. U trku je nožem nasrtao drugi, koji je ispuštao unezverene krike kao domorodac nekog plemena. Dželatov nož ostao je u vratu pobesnelog Meksikanca, ali mu nije predstavljalo problem ni golim rukama da se odbrani. Nalet nožem je zaustavio, a uvrtanjem ruke napadača uboo u vrat njegovim sopstvenim oružjem i on je krkljajući pao i izdahnuo brzo. Za sada se sve utišalo.

Droga, opijanje i orgijanje s Gomezovim kurvetinama, koje će se gadno završiti kada se budem oslobodio, bio je najblaži i najrealniji scenario, koji sam mogao da očekujem. Umesto toga, dobio sam nešto daleko gore: gomila džankija nafiksanih grozotom koja se zvala valera, spremnih da eksplodiraju i poubijaju se u nasumičnom i ničim izazvanom činu nasilja, predvođeni ludakom. Delovali su tako izgubljeno i monstruozno da me navelo na pitanje da li je sranje koje su ubrizgali u sebe uopšte droga. Zatvori su mesta koja između zidova kriju ludilo i zverstva, to je potvrđena priča, a „Don Hoze" zatvor je bio jedno takvo mesto. Ipak, za čitavih sedam godina provedenih tamo nisam video ludilo kod ljudi kakvo sam zatekao ispod Gomezovog bara. Iako sam bio naoružan pištoljem do sada sam pokušavao da igram žmurke s njima i diskretno potamanim ološ, ali sam tek sada shvatio da je đavo odneo šalu, a da je njima valera odnela razum...

— Felicio, jesi li dobro tamo? — doviknuo je neko iz hodnika. Ubrzo potom začuli su se koraci koji su se sve više približavali.

Kroz otvorena vrata upala su dva čoveka, jedan od njih bio je koščatog bradatog lica, a drugi puniji, sa šeširom i purpurnom košuljom. Obojica su nosili automatske puške.

— Bože, šta se ovde dogodilo? — prekrstio se puniji tip, videvši da devojka leži nepokretno, rasporena i izbodena više puta dok je Felicio ležao kraj njenog kreveta razbijene glave i rane od uboda u vrat.

— Sranje! Ovaj nije naš — rekao je drugi. — Felicio, glupi kučkin sin, ubio je Italijana! Prokleti nadrogirani idiot!

— Gde je Gomez? — pitao je puniji Meksikanac.

— Nemam pojma. I on je poludeo. Počeo je da puca po gostima. Bežimo odavde, jebeš ovo, poludeli su od droge.

Bez odgovora obojica su žurno napustili sobu, a iza otvorenih vrata sakriven i nečujan ponovo se pojavio Volkot.

... Na stočiću pored kreveta zatekao sam dva pištolja, jednu beretu i jedan opaki Smit & Veson, dovoljno mali i diskretan da stane za pojas ženskih gaćica, koje su ležale tu negde u prostoriji, bačene u nekom uglu. Pored dva pištolja i dve čaše s žestokim pićima, bile su tu dve plastične cevčice, špricevi, razbacane tablete. Dva Meksikanca otkrili su šta se događa, ali nisam isprva poverovao koliko su bili ozbiljni. Košmarni noćni klub otkrivao je nadalje sve gore i gore slike...

Pogledao je okolo po sobi. Prva devojka koja je ležala bila je mrtva, ali bez vidljivih rana. Igla od šprica, koja je ostala u njenoj nadlaktici, ukazivala je na predoziranje. Druga devojka je bila tako unakažena ubodima da je dovoljan šok predstavljao i jedan blic pogled na njeno telo, čijim se iznutricama Italijan poigrao. Bila je otvorena i isprevrtana iznutra, kao da su se hijene igrale s njom. Još gore, jadnica je to pretrpela njegovim nožem. Italijan je nekako došao do Volkotovog noža, verovatno želeći da proba to naoštreno vojničko čudo, a Meksikanci su mu, valjda pod uticajem razarača razuma valere, to i dozvolili. Svejedno, došao je ponovo do svog omiljenog noža. Sve je video, ali postojala su dva razloga zbog kojih nije otišao stopama dvojice užasnutih Meksikanaca koji su maločas pobegli glavom bez obzira. Prva je bila kapsula sa *Uzorkom X* a druga diktafon koji mu je Majkl dao.

Uzeo je beretu sa stočića i izvadio okvir iz nje, stavljajući ga u zadnji džep pantalona. Zatim je tiho i diskretno napustio prostoriju zatvorivši vrata. Naredna soba bila je prazna i neiskorišćena. Uredno sređen krevet i stočić s upaljenom stonom lampom, kao i drveni ormar za garderobu, ništa naročito. Kod treće prostorije takođe nije čuo nikakve zvuke. Ipak morao je da je „prečešlja" za svaki slučaj. Kada je oprezno otvorio vrata i privirio unutra, zatekao je pomalo žalostan prizor. Na krevetu je ležalo telo devojke koja nije imala više od osamnaest. Nije joj bilo spasa. Imala je sivu majicu s kratkim rukavima i pocepane farmerke, a plavu kosu vezanu u dva velika repa sa strane. Na njenom licu moglo se videti pustošenje kakvo valera ostavlja: plikovi na licu i čudnovata boja zenica. Njene zenice gledale su prazno u plafon. Na tankim i izmršavelim rukama imala je brojne pomodrele rupe, a pored nje, na stočiću, ležalo je nekoliko upotrebljenih špriceva s iglama. Volkot je zatvorio vrata spuštajući tenziju, jer nikakvu opasnost nije zatekao — samo jednu veliku tragediju.

... Devojka po imenu Moira ležala je tamo. Postojao je rizik da me uhvate, ali morao sam da pretražim i njenu sobu, iako mi to baš nije prijalo u tom trenutku. Osećao sam se kao pljačkaš grobova. Ona je umrla, kao i devojka u prethodnoj sobi, od preteranog uzimanja Gomezovog eksperimentalnog smeća, to sam video i bez pretrage, jer je ostatak tog smeća bio na njenom stolu. Među njenim stvarima pronašao sam pismo koje je bilo sakriveno kao mali zamotuljak u kutijici aspirina. Srceparajući detalji me nisu zanimali, ali suština je bila da je pisala roditeljima, očigledno krišom i da im poručuje kako se na poslu odlično snašla, da je poslodavac tretira savršeno, da dobro zarađuje i da će uskoro otplatiti neki dug. Efekat „tretmana" poslodavca bio je baš vidljiv. Bolesno matoro kopile osim što se bavilo narkoticima, imalo je i lanac trgovine ljudima. Iz prostorije u prostoriju sve „lepše od lepšeg", a iskreno, posle ovoga dobio sam želju da klub spalim napalmom, glava je počela još više da me boli... a bes je rastao...

Druge dve sobe takođe bile su prazne. Poslednja u nizu sa desne strane zida ipak nije bila. Volkot je čuo glas koji je nešto progovarao, ali previše tiho da bi nešto razumeo. Sa spremnim pištoljem Volkot je duboko udahnuo i otvorio vrata. Isti raspored stvari je bio kao kod prethodnih pet soba, samo je na krevetu zatekao crnpurastu devojku u nečemu što je ličilo na spavaćicu, bosu, sa lakiranim noktima u roze i izvajanog tela. Jedna mala minđuša, koja je poput svetle tačkice na mračnom nebu sijala u njenom nosu, davala joj je još jednu posebnu i veoma seksi crtu. Osim toga, njena pojava je bila jeziva. Dželat je već nanišanio, spreman da puca, ali je za trenutak zastao. Devojka je bila kao mrtva. Sedela je sklupčana pored prozora i gledala. U šta? Nije znao, a bio je siguran da ni ona ne zna. Oči su joj bile širom iskolačene, a usta stajala poluotvorena. Gledala je čas u zid, čas po sobi, delujući kao da je ometena u razvoju i hendikepirana. Iako je dželat bio prisutan, nije ga ni registrovala. Samo je zamišljeno mazila pramenove svoje duge kose.

— Bruno, zašto si popio sve to? — rekla bi zamišljeno odsutno i jedva čujno. — Igraš bilijar — ponovo bi tiho prošaputala.

Pominjanje tog imena samo mi je povećavalo bolove u glavi i bockalo mi vijuge zbog bliskog susreta moje lobanje i njegove palice, ali valjda je i to bilo bolje nego da je zavrištala ili nasrnula. Nije mi bilo potrebno mnogo da shvatim kakve katastrofalne posledice ostavlja droga kojom Gomez pokušava da osvoji tržište...

— Postoji li nešto tamo? — rekla je, a potom je skrenula pogled ka dželatu koji je bio tup i proziran kao da u njemu ne postoji trunka života, već samo tanka spona koja drži o koncu veštački život, za nijansu aktivniji od biljke. Taj pogled bio je uznemirujuć. Bio je zastrašujuć. Na njenom licu videlo se nekoliko rana, ali ne onih karakterističnih plikova, već su nastale od udaraca ili grebanja. Jedino što je dželata držalo još uvek smirenim i nije ga nateralo da od ovog prizora pobegne vrišteći od užasa je iskustvo u ratovima i prizori u „Don Hoze" zatvoru na koje je navikao.

— Hoćeš da upoznaš moju majku? Tamo je — pokazivala je na ugao sobe koji je bio prazan.

... Gledajući devojku ispred mene, kao i dosadašnje nesrećnike kako su završili uzimajući ovo govno koje zovu novom drogom, ironično sam mogao samo da zahvalim Gomezovim batinašima što su me vezali. Čak i vezan doživeo sam neverovatnu halucinaciju od koje sam se teško oporavio. Udaranje palicom me je delimično i rasvestilo. Bol uvek drži budnim, bez obzira na sve. Ne smem ni da pomislim kako bih završio da me nisu vezali...

Odlučio je da napusti sobu, videvši da ova devojka nije nasilna kao i ostali, već je delovala tako izgubljeno da nije bilo ni vredno trošiti taj minimum snage ili metak da bi je ubio. Izgledala je previše jadno i zato je gotovo izazivala sažaljenje kod dželata, koji se nije mogao prečesto pohvaliti takvom reakcijom. Nije bio ni potpuno siguran da je uzela valeru kao što su do sada svi to učinili i ubili razum novom fatalnom Gomezovom drogom.

Poslednja soba gledala je pravo u njega i ujedno je značila kraj hodnika. Velika dvokrilna vrata bila su odškrinuta i držeći pištolj uz sebe dželat ih je lagano gurnuo vrhovima prstiju.

... Ni tu nisam našao ono što sam tražio. Samo neki radio-prijemnik na velikom čvrstom stolu, povezan sa telefonima i nekoliko slušalica, mnoštvo papira i jedna faks-mašina. Uvrnuto. Shvatio sam čemu služe čim sam video ženska ogledalca, karmine i češalj kraj slušalica. Mogao sam da zamislim sliku nekog debelog paćenika koji se s druge strane hot-linije preznojava, dok kurva u ovoj rupi stenje na mikrofonu i dočarava mu lažni orgazam, pokušavajući da na taj način zaradi i ostavi ga što duže na vezi. Onda je usledio novi šok, koji me udario kao voz u punoj brzini i naterao me da shvatim da se ništa ne dešava slučajno. Nije bilo slučajno što sam zahvaljujući naivnom Pablu završio baš ovde, na ovom mestu. Jer u trenucima pretrage našao sam nekoliko papira pored faks-mašine i ostao veoma

neprijatno iznenađen. Bili su potpisani kao Mad Diablo. Bio je to gad koji me uvukao u pakao „Don Hoze" zatvorske tvrđave, čiji zidovi kriju najstrašnije i najužasnije smrti. Još gore, zidovi i prostorije ne pamte imena ni prošlosti — samo broje mrtve. Iznedrile su hodajuće mrtve i ostavile jedinog svedoka. Gad je sigurno zaboravio na mene. Ja na njega nisam. Uzeo sam papir na kome je stajao sitan tekst poslat faksom:

„Gomez,

Trebalo bi da još jednom ozbiljno razmisliš o svojim postupcima, jer mahanje oružjem i blebetanje o masakrima ovde ne prolazi. Mi ovde vodimo ozbiljan posao, shvataš li? Ako ne možeš s tim da se nosiš, povuci se i naći ću nekog drugog, iskreno, ne bih voleo da posežem za krajnjim merama.

Ne mogu lično da dođem, pa ću poslati čoveka da sredi ono što si zabrljao. Dolaze mi poruke da gubiš kontrolu i da se i sam gubiš. Zato ti je najbolje da se sabereš, jer ovo što imamo je zlatna koka na tržištu, koje će izgurati svu konkurenciju. Imam utisak da nešto kriješ od mene. Bolje je za tebe da mi ne radiš iza leđa, inače si mrtav."

Volkot je promrmljao nešto i bacio papir...

... Iz sadržine kratkog pisamceta, koje je stiglo preko ove specijlane „hot-linije" i koju policija verovatno nije imala ni šanse da uhvati, primetila se iznerviranost Mad Diabla. Sigurno nije bio iznerviran koliko i ja, što sam uopšte naleteo na njegovo ime i što smo se pukom slučajnošću zamalo mimoišli. Nema veze. Ništa to neće sprečiti da se put krvi nastavi istim intenzitetom kako je i krenuo.

Gomez mi, svakako, nije delovao zabrinut za ove pretnje. Nisam odmah sve shvatio, ali između Mad Diablovih redova mi je dosta toga bilo jasnije. Zlatna koka, koju pominje u poruci je ovo sranje, koje tera ljude na čist izliv nasilja i ubija im razum potpuno, a očito upozorenje da mu ne radi iza leđa nije bilo baš efektno. Očigledno se upetljao s Italijanima, pokušavajući da s njima izvede neku kombinaciju i uvali im ovu drogu za dobru lovu. Nisam detektiv da baš odmah sklopim slagalicu, ali sve me navodilo na takav zaključak. Nisu računali na odbeglog „Don Hozeovog" dželata među njima, koji je goreo od besa, a svako novo otkriće bilo je kao benzin na tu vatru...

Vratio se u glavni hodnik. Sada je nešto bolje bio upućen u detalje ove jazbine, ali i dalje nije imao pojma gde su sakriveni dokazi koje je nosio sa sobom. Našao se ponovo na raskršću hodnika levo i desno. Bez imalo vremena da razmisli kuda da skrene, Volkot se morao brzo i diskretno pribiti čvrsto uz zid. Iz hodnika desno čuli su se glasovi. Vrata iza kojih su se čuli glasovi nisu imala kvaku, već su se ljuljala napred-nazad. U delu sekunde kada su klimajuća vrata otkrila jedan deo prostorije, dželat je u polumraku spazio bilijarski sto. Upravo je on poslužio kao putokaz. Setio se da je drogirana nesrećnica pominjala Bruna kako igra bilijar i iako je to bilo trabunjanje na smrt drogirane devojke, opet je bolje nego lutanje nasumično u Gomezovom lavirintu ludila. Osećao se kao na otvorenom putu, u kome ima mnogo raskršća, a sada se pojavio znak koji je dželat tražio, jureći za sadistom koji mu je tako strašno unakazio lice. Pucnjava se ponovo začula.

Nadajući se da niko neće krenuti ka billijarskoj sali, Volkot je, što je tiše mogao, prišao vratima i malo ih odškrinuo. U razmaku od nekoliko santimetara, koliko je napravio kada ih je odškrinuo, spazio je trojicu u crnim sakoima. Pričali su, ali od pucnjave i muzike nije mogao sve da čuje, već samo deliće reči.

— ... Ne... Ne znam... Vid... Da pogledam... Gde... ...tišle... — čuo je samo isprekidane fraze, ali bilo mu je dovoljno da shvati da će neko krenuti u njegovom pravcu.

Spremio se poput grabljivca. Tip u sakou je zakoračio u hodnik i istog trenutka gvozdeni zagrljaj oko njegovog vrata bio je uspostavljen. Njegove crne naočare za sunce su se izokrenule i otkrile mu oči koje su se od prejakog stiska iskolačile. Stisak je bio dovoljno precizan, ruke nameštene u pravoj poziciji i pritisak dovoljno jak da za nekoliko sekundi uspava još jednog od Gomezovih ljudi. Držeći i dalje u smrtonosnom zagrljaju oklembešeno, beživotno telo, veteran je iskolačio oči, podigao obrve i napeto osluškivao. Sve je ostalo nepromenjeno posle gušenja nesrećnika koji je zakoračio u hodnik iz bilijarske sale. Nije bilo nikakve buke, iz okolnih hodnika niko nije naišao, a zvuci muzike su pokrili svaku manju buku.

Trudeći se da ne čini nikakvu buku koja bi ga kompromitovala, dželat je nežno spustio telo ubijenog gangstera, kao da spušta bebu u kolevku i prišao vratima. Vrlo malo ih je odškrinuo i koristeći polumračno okruženje promolio lice u prostoriju. Spazio je četiri bilijarska stola, od kojih je jedan izgledao kao da je upotrebljavan nedavno, jer je par kugli (crna i bela) stajalo na njemu s dva bilijarska štapa. Nešto dalje, za manjim okruglim stolom spazio je samo dvojicu muškaraca koji su pušili i ispijali pivo iz krigli. Otvorio je vrata taman koliko je dovoljno da uđe i uvukao se nečujno, poput senke koja klizi po zidu. Iskoristio je bilijarske stolove da se skloni iza jednog od njih. Dva Meksikanca, Felipe i Alsino, bili su deo Gomezove ekipe i pričali nervozno i uzbuđeno na španskom. Muzika nije bila preglasna da bi ih sprečila da govore, ali je bila dovoljno glasna da pokrije one sitnije zvuke, kao na primer krckanje i škripanje propalog daščanog poda i dovoljno nametljiva i ispunjavajuća da u trenutku koji je nailazio bude saveznik njihovom napadaču kog nisu ni videli ni čuli, jer su bili nervozni zbog onoga što su videli, a to je bilo baš ono što je uradio Gomez. Ruke su im se još uvek tresle.

Felipe, stariji od njih dvojice, bio je nervozniji. Morao je da zapali cigaretu, dok mu je Alsino još uvek pričao kako je Gomez poludeo. I taman je stigao do dela kada je Gomez krenuo nožem na nekog, Felipe je spustio pogled i palio cigaretu u tom trenutku. Tada je usledio prekid usred priče. Alsino je počeo da krklja kao da se zadavio. Felipe je munjevito podigao pogled i istog trena nepoznata osoba s krvavim nožem stajala je pored Alsina uhvativši ga za kosu, dok se on držao za vrat s dugačkom linijom ispod brade, stenjući i grabeći dah prerezanog grkljana. Krv je u mlazevima prskala po stolu. Nepoznata osoba pustila je njegovog brata po frakciji i on je tupo zveknuo glavom o sto iskolačenih očiju, tresući se.

Pokušao je da dohvati pištolj, ali nepoznata osoba bila je brža nego što je mislio. Još i pre nego što je pokušao da izvuče oružje osetio je da mu tu ruku čvrsto drži napadač. Gotovo istovremeno osetio je čelik u stomaku i izubijano lice nepoznatog napadača koji ga je gledao u oči. Nije imao vazduha ni da drekne, ni da poziva u pomoć, a bio je dovoljno pokriven muzikom. Pao je na kolena i poslednje što je osetio je kako mu sečivo ulazi pored ključne kosti. Tada je pao i izdahnuo ubrzo. Volkot je nastavio potragu ne obazirući se na njega.

Postajao sam nervozan i nestrpljiv. Verovatno zbog činjenice da je ovde negde i Bruno, ako trabunjanje neke polumrtve narkomanke može da se uzme za ozbiljno. Imena one dvojice nisu bila od nekog značaja — Felipe Sančez i Alsino Manolo, dva šljama iz Gomezove ekipe.

Leševi su se iz prostorije u prostoriju gomilali i bili su, nažalost, jedini rezultati moje potrage. Od dokaza koje su mi oduzeli nije bilo ni traga ni glasa, ali nesumnjivo, Bruno je bio u blizini. Živeo je poslednje minute svog života...

★★★

— Moramo da bežimo, Bruno, požuri — jedna od plesačica koja je radila u klubu po imenu Belinda nervozno je skakutala oko masivnog Bruna, koji je sa stola pokupljao papire, fascikle i još neke sitnice, trpajući to u jednu aktovku.

— Idem! Smiri se! — povikao je.

— Kako da se smirim kad je tvoj ludi brat pobio pola gostiju! Vidiš li šta je učinio?

— Umukni! Hoćeš zube da ti polomim?

Posle toga je zaćutala.

— Moram da pokupim novac iz sefa. Idi i čekaj me sa Felipeom i Alsinom.

— Ali...

— I-d-i č-e-k-a-j m-e — u razmacima je rekao Bruno, već na ivici da pukne od nervoze i Belinda ga je poslušala. Želeo je da bude siguran da ona ne viri, dok bude vadio novac iz sefa. Čim je izašla, okrenuo je kombinaciju i izvadio svežnjeve novca koje je užurbano krenuo da trpa u akt-tašnu.

Spasavanje novca od poludelog Gomeza bilo je prekinuto kada je začuo kratkotrajni vrisak iz susedne prostorije, tačnije iz bilijarske sale, a zatim je usledio tup udarac o pod.

— Belinda?

Nikakav odgovor nije dobio. Skočio je brzo zakopčavajući torbu, izvukao je pištolj i izašao. U hodniku nije bilo ničega, samo odškrinuta vrata na kraju. Bruno je oprezno krenuo ka njima i otvorio ih nogom. Tada se za trenutak sledio. Nametljiva muzika uplivala je u hodnik iz bilijarske sale, dok je na svega dva metara od njega ležala Belinda. Video je ubod direktno u srce. Pored stola ležao je Alsino prerezanog grkljana, zureći u pod. Bara krvi nakupila se na stolu i kapala sa njegove ivice. Felipe je ležao razrogačenih očiju takođe stradao od dva uboda.

— Rekao sam ti da svako zadovoljstvo košta — začuo je mirni i sablasni ledeni glas iza sebe Bruno. Okrenuo se i pred sobom video čudovište čiji je pogled dobro zapamtio pre nego što je otišao. Držao je upereno oružje u njega.

— Kako si se, do đavola, oslobodio? — zaprepašćeno je promrmljao Bruno, dižući ruke u vis.

— Malo mi je dosadilo da te čekam dole, a i one propalice mi nisu mnogo zabavne — odvratio je Volkot, pomaljajući se iz senke kraj stola, dok mu se u očima mogao primetiti pritajeni bes, koji će uz histerično poigravanje gornje usne svakog trenutka eksplodirati.

Bruno je stegao usne, iznerviran dželatovom prividnom mirnoćom u glasu. Potegao je oružje, rizikujući i nadajući se da će ga iznenaditi, ali i pre nego što se to desilo odjeknuo je pucanj koji ga je pogodio u šaku i izbio mu pištolj. Potom su usledila dva hica, koja su ga pogodila u ramena. Pa dva hica u kolena. Bruno je jaukao na sav glas i valjao se po podu, dok je Volkot prilično ravnodušno prilazio. Videvši da je očajnička situacija u pitanju, Bruno je pokušao da izvuče mali pištolj iz nogavice, ali ga je dželat neumoljivo sprečio, pucajući mu u drugu šaku i razneo mu prst.

— Stani! Platiću ti! Uzmi novac u ovoj tašni i idi! Ostavi me! — vrištao je Bruno, očajnički pokušavajući da se spasi.

Dželat kao da ga nije ni čuo. Sagao se i podigao tašnu.

— Sad možeš i da vrištiš, ako hoćeš — prošaputao je Volkot, svečano mu prilazeći.

... S tim gadom uopšte nisam žurio. Udarao sam ga njegovom ojačanom akt-tašnom kojom je hteo da me kupi sve dok mu lice ni najrođeniji nije mogao prepoznati. Njegovu agoniju i jauke vrlo dobro prikrivala je muzika u bilijarskom salonu. Udarao sam po njemu sve dok mu se glava nije pretvorila u nedefisinanu bezobličnu masu. Priznaću, možda sam i preterivao u tom slučaju, ali sama činjenica da je neko dole u kotlarnici igrao pinjadu s mojim telom mi je nanosila talas ludila u moždanoj kori, od kog sam podivljao u tim trenucima. To je bio talas koji nisam mogao da obuzdam i poput životinje sam mlatio po Brunu, dok su krv i delići njegove glave naprosto leteli. U jednom momentu se akt-tašna otvorila. Prokleti novac kojim je hteo

da kupi svoj bedni život se razleteo s nekim papirima i sve je popadalo i pocrvenelo od krvi u kojoj je ležao.

Imao sam jebenu listu ubistava, toliko dugu da sam mogao naterati i masovnog ubicu da se postidi. Na njoj je dopisano još jedno ime. Bruno Aurelio Mendes, trideset sedam godina, Gomezov psihopata i mlađi brat. Imao sam osećaj da dolaskom do glavešine ove đavolje jazbine, koja je postajala sve jezivija, dolazim do rešenja sopstvenog problema.

Ali sledeća loša vest kao da je već bila iza ćoška. Zapravo, desila se u trenutku kada je đubre ležalo mrtvo, glave smrvljene do neprepoznatljivosti. Osetio sam bolove od kojih nisam mogao nastaviti dalje. Kao da je sve do sada bilo potisnuto u nekom uglu moje svesti, koja je zaključala bol dok ne nađem gada koji me izmrcvario, a sada kada sam ga napokon našao i ubio ga, bol se oslobodila, sve se u meni zapalilo, glava, meso, kosti, zglobovi, svaki mogući mišić, rane po licu koje su pretile gadno da nateknu, toliko da mi zatvore oko i onemoguće da govorim. Dokaze koje su mi oduzeli nisam pronašao, a delovalo mi je da nisam ni blizu da ih pronađem. U trenucima kada sam završio s Brunom više nisam ni na nogama mogao da se držim. Ipak, imao sam malo sreće što se aktovka kojom sam mu razbio glavu otvorila. Među mnoštvom nebitnih stvari koje su popadale okolo otkotrljala se i jedna bočica lekova protiv bolova. Prepoznao sam ih. Iste lekove koristili su za čuvare u „Don Hoze" zatvoru zbog preterano nasilnih pobuna i kada bi neko od njih bio povređen u tim pobunama. Bio sam glup jedino što nisam tada pokupio neku kutijicu i za sebe. Ali u situaciji gde mrtvi divljaju i proždiru žive mala je šansa da će neko misliti na tablete. Iako mrtav, gad me ipak spasio. Kroz par minuta opet sam se našao na nogama, a bol se vratio tamo gde mu je i mesto, iza rešetaka moje svesti...

Volkot je oprezno zakoračio u hodnik iz kog je Bruno izašao. Bio je relativno kratak. Vrata male kancelarije s dželatove desne strane, odakle je Bruno sakupljao ostatak plena s kojim je nameravao da pobegne, bila su otvorena. Iz tranzistora na stolu je dopirala neka latino nenametljiva muzika, vođena nežnim akustičnim akordima. Na kraju kratkog hodnika stajala su vrata. Prizor je bio dovoljno uznemirujuć, kada je veteran ugledao da su bila blokirana stolicom. Bio je dovoljno jasan znak da tamo ne treba ulaziti. Sklopio je sliku u glavi kako je to izgledalo. I Bruno je verovatno bežao odatle i bio mu je dobar putokaz da bi Gomez mogao biti u tom pravcu. Dovoljno upozorenje mu je bilo da ne treba otvarati ta vrata čim ih je blokirao, ali za njega je u ovom slučaju samo jedan put postojao. I on je upravo išao kroz ta vrata. Sklonio je stolicu i ušao.

Mračna prostorija, osvetljena samo hladnim i nenametljivim bojama. Pet metalnih stepenika vodilo je niže, dok se na plafonu kombinovalo plavo i zelenkasto svetlo. Prostor je bio u vidu manje sale, ali vrlo simpatičan s udobnim popunjenim foteljama, stolovima, slikovitim zidovima i ukrašen visokim zelenilom, tj. velikim braonkastim saksijama od gline s ukrasnim biljkama. Pored stepenica spazio je mladića s crnim tregerima u „x" i belom košuljom kako čudno leži prislonjen o jednu fotelju. Imao je teške frakture glave, od kojih je umro.

Nisam sumnjao da me tamo dole očekuje sila, ali prostor je za kuliranje bio prilično neodoljiv. Koliki god psihopata bio ovaj Gomez, moram mu bar odati priznanje za stil. Imao je klub od tri nivoa. Ja sam bio u trećem, onom najcrnjem. Moglo bi se uporediti sa jazbinom nečastivog u najperverznijem izdanju...

Nije bilo više nikakve muzike. Diskretni ambijentalni zvuci su umukli i u slatkom opuštajućem, ali i jezivom okruženju zavladala je potpuna tišina, u kojoj je dželat ostao sam sa svojim bolom i traumama. Prolazio je između fotelja, videvši da sala ide dalje i sužava se u vidu manjeg hodnika, koji je vodio do separea kojih je bilo četiri u nizu. Bili su ograđeni i pokriveni zavesama. Dželat je od četiri video samo dva.

Morao je da zastane. Zatekao je i tamo uznemirujuć prizor. U tom hodniku ležale su dve mlađe žene i jedan muškarac. Tela žena su imala tragove nasilja, udaranja oštrim predmetima po telu i duboke posekotine. Isto tako prošao je i muškarac koji je opruženo ležao. Ali nije to bilo jedino na šta je naleteo. Baš u njihovoj neposrednoj blizini sedela su dvojica Meksikanaca, naoružani mačetama. Pritajio se iza saksije s visokom i razlistanom biljkom, čiji dugi i široki listovi su mu bili solidan zaklon. Obojica su pričali neke nepovezane reči na španskom i ispuštali glasove koji bi iznutra uzburkali normalno ljudsko biće. Jedan od njih milovao je komad žute predivne haljine, koju je nosila jedna od ubijenih žena i hipnotisano je ponavljao tu radnju. Dželat je shvatio da su drogirani i da ne znaju za sebe. Bili su obojica umazani krvlju žrtava koje su ubili.

Čuli su se koraci. Iz jednog od hodnika naišlo je još četvorica Gomezovih siledžija, iznenađujuće naoružanih kao da idu u sred-njevekovnu bitku. Bili su naoružani noževima, srpovima i sekirama. Krenuli su da preturaju po separeima i da poput neandertalaca ispuš-taju glasove i krike. Kao da su nekog tražili. U jedan od njih privirili su dvojica Meksikanaca. Istog trena iz tog pravca odjeknula su dva pucnja i pobila ih na licu mesta. Dželat je video kako se stvaraju rupe od metaka u njihovim telima. Iza zavese je izleteo bucmasti čovek s brkovima i prosedom kosom i počeo da puca na ostatak Meksikanaca. Ubio je još jednog i brzo nestao iz vidika nekud levo. Volkot je brzo izleteo iz svog zaklona i sa dva brza hica neutralisao dvojicu koju je zatekao ispred sebe i potrčao u tom pravcu. U trenutku kada je potrčao da pomogne nesrećnom bucmastom, koji se nekim čudom spasio Gomezovog masakra, čuo je sleva jauke.

Zatekao ga je kako se rve s pomahnitalim Meksikancem, koji ga je već nožem ranjavao. Dželat mu je pucao u leđa tri puta i ubio ga.

Bucmasti je unezvereno mahao rukama, krvario iz dve-tri rane koje mu je ludak nožem naneo.

— Smiri se! Ja sam na tvojoj strani! — pokušavao je da ga urazumi dželat, ali jedino što je razumeo je salva kreštećih italijanskih reči. Videvši još jednog naoružanog čoveka prilično krupnog sa modrim izubijanim licem, dozvolio je da ga šok od rana i strah za život nadvladaju. Panično je podigao pištolj ka „Don Hozeovom" dželatu i nije mu više dao izbora. Odjeknuo je samo jedan hitac. Salva italijanskih kreštanja je prestala. Bucmasti se s rupom u čelu srušio na pod.

— Jebeni idiot! — kroz zube je procedio veteran.

... Udebljana kukavica s volovskim vratom, koja se krila u separeu dok su Gomezovi fanatici komadali njegove zemljake i dve žene, bio je krupnija riba. Ako postoji neka hijerarhijska lestvica u podzemlju, onda jeste bio krupna riba. Razlog zašto govorim o njemu u prošlom vremenu je i više nego očigledan. Šef italijanskim gangsterima koji je došao kod Gomeza radi poslovne pogodbe bio je stariji iz Konstanco porodice. Franko, poznatiji kao Frenki-Ćufta Konstanco, četrdeset osam godina iz Palerma, dobio je nadimak po ugostiteljskom zvanju i lancu italijanskih restorana s ćuftom u sosu kao specijalitetom kuće. Restorani su kao po običaju bili samo pokriće za belo zlato u prahu, koje je rasipao po ulicama, uvećavajući svoj profit verovatno do one linije kada može kupiti pola policije Njujorka, a da se pošteno i ne preznoji. Ambicije su porasle u njegovoj debeloj guzici, želeći da se petlja s valerom, očigledno nesvestan kakvo katastrofalno dejstvo i ludilo nanosi ta droga. Njegovog mlađeg brata ubio sam nešto ranije, ispred kotlarnice. Sada, silom prilika, i njega. Iako su obojica bili gangsterska govna, među ovim ludacima mogli bi gotovo biti i pozitivci. Meksikanci koji su napali debelu kukavicu Frenkija bili su drogirani. Sablasno tirkizno je sijalo iz njihovih mrtvih očiju, što me je navelo da pomislim da, iako sam bežao od one zaraze, zapravo od

nje nisam ni pobegao. Iako sam se izvukao iz „Don Hoze" zatvora, u stvari mi je utisak kao da sam tamo i ostao posle kratke pauze. Možda paranoišem, ili je doza lekova koje sam uzeo počela da me udara, ali nisam bio daleko od istine. Nimalo.

Mojim dokazima i dalje nije bilo ni traga. Jedino što sam našao tamo dole bio je još jedan jebarnik uz obilje korišćenja kokaina i heroina. Izdvojena prostorija koju sam morao da razvaljujem bila je Gomezova lična kancelarija. Matori je imao svog računovođu koji je brinuo o ciframa i računanju koliko je đubre u plusu kad se podvuče crta. Pored računovodstvenih knjiga, spiskova za nabavku novih vrsta pića, šminku i garderobu za devojke, nekih ličnih poruka i ostalih gluposti, pronašao sam i fasciklu s imenima i slikama. Bio je to platni spisak svih propalica koje su bile na Gomezovom budžetu, spisak počev od najsitnijih batinaša, preko krijumčara oružja, trgovaca ljudima, policajaca, makroa, nekih moćnih političara i pripadnika meksičke armije. A iza njega stajao je Mad Diablo. Njegova moć svitala mi je pred očima, kao nuklearna eksplozija u noći. Fotografije i njihovi lični podaci verovatno su služili za ucenu, ako nešto usput zaseru. Pronašao sam i klasičnu razbibrigu fanatičnog Gomeza, što me navelo na zaključak da je kopile bilo bolesnije nego što sam mislio. Verovatno bi za standardnu zanimaciju imao seks sa svojim kartel-robinjama kao svaki normalan makro, eventualno bi imao neke porno-časopise, ili filmove pride i konzumirao bi drogu, barem sam ja tako naivno mislio, ali očigledno sam se prevario.

... Među knjigama pronašao sam vrlo egzotična štiva, kao što su „Pali anđeo", „Nekronomikon", „Zidovi pakla", „Mein kampf", „Nova bela imperija", „Super vojnik" autora Gertranda Štajnberga, strastvenog naciste i bivšeg oficira Vermahta, „Briljantni um a.k.a.", „Doktor Mengele" i tako dalje. Neka zbirka uvrnutih knjiga s pentagramima na koricama, preplavljenih slikama s iskeženim demonima i žrtvovanjima, ispunjena pričama o okultnom, templarima,

*đavolima, nekim astečkim bogovima zla i smrti, motivi demona i ču-
dovišta iz Astečke mitologije, ekscentrična majanska proročanstva, nji-
hova zaboravljena kraljevstva i Hitlerova ludila zajedno sa njegovom
savršenom naci-imperijom. Nisu me zanimale te splačine, ali sama
pomisao s čime sasušeni matori makro ubija vreme u kombinaciji s
drogom, naročito ovom nenormalnom valerom, malo mi je preciznije
odredila sliku o ovoj rupi. Ovo nije bio nikakav noćni bar, ovo je bila
rupa košmara za one koje su u njoj radili...*

Osećajući da nema još mnogo vremena, Volkot je požurio. Dok
je ubrzanim korakom jurio nazad, bizarne slike pobijenih, pomešane
s unutrašnjim besom koji je osećao samo su protrčavale ispred
njegovih očiju. Gnusno ubijeni, izrešetani, polomljenih vratova, un-
akaženi, sve to Volkot je nanovo video, dok je žurnim korakom išao
nazad kako bi pronašao ono zbog čega već odavno nije napustio
košmarni noćni klub. Tela su ga gledala onim mrtvim praznim
tirkiznim pogledima, ali dželat nije imao samo to pred sobom. Iako
mu je pažnja skrenula na skroz drugu relaciju, ipak je na scenu
stupila njegova podsvest. Slike su počele da dobijaju na živosti. Tela
su, ipak, iako mrtva, dobijala na stvarnosti. Počeli su ponovo zvuci
u glavi, jaukanje, teturajući koraci, jezivi jecaji, dok se pripremao
da pregleda još jednu destinaciju prema kojoj ga je vodio hodnik u
„sali za kuliranje”. Krkljanje i žamor desetine i stotine koraka koji
su čuli pucnjavu. Volkot je razrogačio oči: da, da, tamo su s one
strane, provaliće sada iz bilijarskog salona i preplaviće ga za nekoliko
sekundi. Bucmasti Italijan Frenki ležao je na dva koraka od njegovih
nogu, ali iznenada je okrenuo glavu, dok mu je boja beonjača postala
zelenkasta, zašištao je kao besna zmija, njegova ruka pružala se ka
dželatu, uspaničeno je odskočio unazad i potegao pištolj, ali čim je
trepnuo, Italijan je i dalje samo ležao isto onako kako ga je i ostavio
kada mu je pucao u glavu.

— Bežite odavde. Ne smetajte mi sad, dok se borim sa živima — promrmljao je Volkot, trljajući oči i vadeći kutijicu s tabletama. Progutao je još dve.

... Sudeći po fatalnoj cifri gubitaka u ovoj jazbini pretpostavio sam da neće biti još mnogo njih koji još dišu, ali veću opasnost su predstavljali neprijatelji iz moje podsvesti. Doživljavao sam šokove i napade paranoje u trenucima kada mi je koncentracija bila najpotrebnija. Pred mojim budnim očima ponovo su počele da se formiraju stvari i prikaze koje su mi uništavale razum, slično kao i Gomezovim džankijima. Trebalo mi je lekova, jer metkom tu vrstu neprijatelja nisam mogao da oteram, baš zato što su dolazili iz mene. Morao sam da pripazim i na dozu. Tablete koje sam uzeo bile su jaka sredstva za bolove koja se ne prepisuju na recept tek tako. Bruno ih je očito koristio. Objašnjenje je suvišno. Pilule u ovim trenucima bile su kao hlađenje za poludelu pregrejanu pećnicu u mojoj glavi. Prevelika količina lekova nateraće glasove da privremeno odu, ali kasnije će mi oslabiti reflekse i rasuđivanje, odnosno naneće mi posledice ravne samoubistvu u ovoj situaciji...

Volkot je otvorio jedina vrata iza kojih još nije pogledao. Iz tog pravca naišla su maločas četvorica Gomezovih siledžija, koji su počeli da pretražuju separe i kasnije poginuli u pucnjavi. Proverio je municiju, po njegovoj proceni trebalo bi da je ima dovoljno. Nije više praktikovao tiho prikradanje, svestan da se odao pucnjavom. U svakom slučaju, nije nameravao odstupiti nijedan korak.

... Prostorija je bila u najmanju ruku neobična. Izgledala je isto kao i gornji nivo noćnog kluba: stolovi, stolice i šank sa pićima, ali svetla nije bilo. Umesto njega neke bele sveće davale su svetlost osvetljavajući nastavak užasa kome nije bilo kraja. Svud po šanku bila je razlivena krv, sveža krv, sveće su takođe bile neobične. Izbijao je neki čudan miris iz tog plamena. Video sam po zidovima naslikana umetnička dela u vidu demona i demonskih lica, negde na zidu bio je

naslikan đavo raširenih krila kako drži podignuto koplje, dok mu se iz očiju presijavaju nijanse vatre, mračna armija vojnika kao pejzaž naslikana na drugom kraju, svi u formaciji pred neku veliku bitku, dok im je izgled imao demonsku formu. Na kraju krajeva, ja sam bio vojnik, ne demonolog, nisam mogao rastumačiti sve, a nisam ni imao vremena. Najkraće rečeno, bila je to atmosfera od koje se podjednako ledi krv u žilama kao u kući užasa, ali u pravoj kući užasa, a ne u nekoj lažnoj varijanti u zabavnim parkovima. Nikog nije bilo unutra. Sve je bilo napušteno. Nije mi se svidela ideja da je Gomez možda pobegao odavde, ali ništa što sam unapred pretpostavio da će se desiti nije bilo ni blizu rezultatu koji sam zatekao. Razlog za to bio je što sam navikao nozdrve na sve i svašta, tako da onaj prepoznatljivi miris nisam odmah registrovao. Miris smrti. Pronašao sam Pabla, ali nisam bio srećan što ga vidim...

Preko puta šanka Pablo se ukazao samo kao nerazgovetan obris. Pri svetlosti sveće koju je dželat prineo pojavio se njegov lik praznog pogleda, zureći negde u pod. Od tog prizora dželata je uhvatila ljutnja i osećaj krivice koji odavno nije osetio. Nije ništa mogao da učini za dečaka koji nije ni dvadeset imao. Pablovo telo, kao od majke rođeno, bilo je zakucano za splet greda od kojih je jedna stajala uspravno, a druge dve su se ukrštale s nosećom gredom plafona. Bio je kao Isus na krstu, ostavljen da iskrvari, isečen na nekoliko ključnih mesta, pre toga prebijen i namodren i sa polomljenim kostima vilice i lica. Gomezovi fanatici nisu čak poštedeli ni njegove genitalije, kojih je bio lišen. Jedna strana njegovog lica bila je uništena nekim korozivnim sredstvom. Umesto jednog oka zjapila je prazna očna duplja oko koje je koža imala opekotine a iz lica je virila jagodična kost i zubi jer je koža bila potpuno spaljena i nagrižena na tim mestima.

Volkot je disao sporo i ravnomerno. Bilo mu je sada jasno otkud oni krici koje je čuo kada je izlazio iz kotlarnice. „Ja cenim svoj život", ove reči koje mu je Pablo rekao dolazile su do dželatove glave i svaka od njih imala je veliku težinu. Nije mogao ništa da učini za njega, osim da se bori s osećajem gađenja i osećajem krivice. Njegove akcije dovele su ga do raspeća. Da nije udario u dželata i izgubio tih nekoliko dragocenih sekundi, možda bi umakao goniocima, sakrio se negde, ili ih prevario, a možda i ne bi, možda bi ga sustigli i ubili, samo što to on ne bi ni znao. Možda ga čak ne bi ni ubili. Možda bi ga za opomenu isprebijali. Ovako je ostala gorčina i nagađanje šta bi bilo da njega nije bilo i koliko bolesti je video u glavama ljudi koji su ovo zverstvo učinili. Nastavio je dalje, želeći da okonča ovo što pre. Išao je ka vratima pored šanka, osećajući da se kraj puta bliži.

Prošao je kraći hodnik, koji je sa obe strane imao po jednu mračnu prostoriju s otvorenim vratima i u svakoj od njih bilo je napakovano po nekoliko neotvorenih paketa skupih žestokih pića i jedan toalet koji je usput prošao. Nije bilo potrebno da ode još dalje. Sledeća prostorija bila je velika i predstavljala je kraj puta.

Prostorija je imala veliku binu, na kojoj su stajali muzički instrumenti, set bubnjeva, nekoliko akustičnih gitara i klavijatura, s jedne strane posebna isturena mesta sa šipkama i kavezima na kojoj bi Gomezove drogirane kraljice u transu izvodile svoj ples, a preko puta njih stajala je ogromna miks-mašina, preko koje bi se pustila muzika, ako ne bi bilo žive svirke. Ovaj deo bara bio je dalje od očiju običnih gostiju i očigledno je držan pod ključem za posebne goste. A ono najvažnije stajalo je baš nasred prostorije.

... Gomez je bio tamo, ne pokušavajući ni da se krije. Bio je u gadnom elementu. Nije se nimalo potresao činjenicom da sam mu ubio brata i sve od njegovih ljudi na koje sam naišao. Delovao je kao životinja prepumpana zlom zvanim valera, koja mu je pojela razum do zastrašujuće mere. Međutim, drogiran Gomez koji lupa satanističke gluposti nije bilo ono najjezivije na šta sam naišao u toj sado-mazo prostoriji...

— Valera! Valera! — nadahnuto i iz sveg glasa je izgovarao Gomez, pružajući ruke nagore, kao da nešto priziva. — Prokleti nevernici pokušali su da te uzmu od mene! — rekao je ne obraćajući pažnju na izubijanog dželata koji je ušao. — Ali niko, niko te neće uzeti od mene! Nikada!

Volkot je ove reči čuo samo delimično, jer je nova uznemirujuća slika od koje se vrti u glavi blokirala privremeno sva njegova čula, a oči se fokusirale samo na stravične posledice ludila koje valera pravi od ljudskog bića. Po dvorani su ležali ostaci italijanskih gostiju. Nije bilo nijednog kompletnog tela, samo odsečeni udovi i tri glave posađene na nečemu što je ličilo na oltar. Prostorija je bila osvetljena belim svećama na visokim stalažama i bile su dovoljan izvor svetlosti da pokažu svo ludilo koje je spopalo vlasnika kluba. Boce sa toksičnom Gomezovom drogom nalazile su se kraj posađenih glava nesrećnika. Droga je menjala boju, dobijajući rumenu nijansu. Gomez ju je pomešao s krvlju gostiju koje je pobio i uzeo tu mešavinu, u međuvremenu ubrizgavši je u sebe. Tako je, barem, dželat pretpostavio.

Kraj njega su stajala trojica krupnih Meksikanaca u jaknama, pogleda spuštenih nadole. Stajali su kao ukipljeni čuvari, povremeno trzajući glavama. Nosili su mačete. Krvave mačete. Nije mu bilo teško da shvati šta su uradili.

— Nije mi potreban niko! — nastavljao je Gomez, okrećući se ka dželatu. — Svi su pokušali da me prevare, svi su oni isti, ljigavi, ambiciozni, željni moći. Ali moć ne leži tamo gde oni misle! Moć je ovde! Ovde je! Sa mnom!

Skinuo je crne naočare. Nosio je na sebi neko svečano odelo kao za ceremoniju, savršeno ispeglano crno odelo s tamnoljubičastom kravatom oko vrata. Psihotični osmeh mu nije silazio s lica.

Dželat je imao izraz lica koji je ličio na nevericu zbog onog što je ugledao. Gomezove beonjače bile su izrazito tirkizne, a zenice su dobile na prodornosti. Gomez je izgledao jezivo.

— Smučili su mi se svi oni koji hoće da me gaze i ponize, smučila mi se pohlepa i želja za dominacijom koja se završava smrću. Smučila mi se trka za beznačajnim materijalnim i gomilanje besmislenih stvari. Ovo je kraj za sve njih. Biće kraj za sve bednike i ovaj svet korumpiran ljudskim glupostima. Kroz vatru se mora doživeti pročišćenje i spoznaju prave moći.

— Gomez, ne zanimaju me tvoje fantazije. Gde je kapsula i mini-kasetofon? Vrati mi ih i možeš da nastaviš svoj ritual na miru — rekao je dželat.

... Ne, nisam bio toliko naivan, niti sam očekivao da će mi ih bez problema vratiti posle svega. Pokušao sam da ga zagovaram i kupim još koji minut, dok smislim kako da ih pobijem svu četvoricu. Nisam bio Džon Vejn u nekom filmu da potegnem iz futrole i to rešim u revolveraškom stilu. Između njih i mene bilo je manje od deset metara. Uspeću, možda, jednog da oborim pre nego što zatvore tu kratku distancu. Imao sam raskomadane Italijane kao pokazatelj šta će mi se desiti kad je zatvore...

— Smrt dolazi — kikotao se Gomez. — Po sve vas dolazi. Biću tu da gledam kako nestajete, ovde počinje kraj ljudima, njihovoj pohlepi, njihovom zlu. Ovde počinje novi svet. I svi koji mu budu stajali na putu biće mrtvi! Hahahahhahaah — neurotično se smejao vlasnik kluba „Astek" i nije prestajao s tim histeričnim smehom, dok je uzimao nož i zasekao sopstveni dlan. Krv je potekla i iz njegove stisnute šake počela da kaplje u bocu. Čim je prva kap pala u mešavinu, to je bio inicijalni okidač da se trojica siledžija aktiviraju. Podigli su glave i pogledali u dželata pogleda jezivo tirkiznih u kojima nije bilo ni trunke razuma. Kao tri divlje životinje eksplodirali su u agresivnom trku, kidišući na veterana.

Dželat je bio u pravu. Uspeo je svega tri metka da ispali pre nego što su potpuno zatvorili distancu između njih i njega. Samo jedan od njih pao je tek posle trećeg hica. Dželat je izbegao dva silovita zamaha mačetama, koristeći se anticipacijom i ne dozvolivši da ga uhvati panika od juriša Gomezovih fanatika. Preko njihovih ramena video je da Gomez nešto radi s bocom u koju je nacedio sopstvenu krv. Ali u tom trenutku iz neposredne blizine nailazio je ponovni zamah jednog od njih. Dželat je njegovu težinu i inerciju iskoristio i skrenuo mu oružje u prazno, puštajući ga da samo proleti i padne. Kupio je možda sekundu-dve na sopstvenom peščanom satu života, pokušavši da ih iskoristi i nanišani iz neposredne blizine Gomeza, koji je u tom trenutku držao špric. Napravio je grešku. Kasno je video da je Meksikanac u kog je ispalio tri hica ponovo ustao i već zamahivao. Kasno je spazio. Refleks je zakasneo. Po ispruženoj ruci sevnula je mačeta i dželat je ispustio krik. Imao je sreće što je izmakao ruku makar delimično i prošao s posekotinom. Pištolj mu je pao na pod. Gomez se na ovaj prizor smejao, a Volkot je ponovo sačuvao prisebnost, zadržao mačetu napadača lukavo se s nožem podvukao i zario ga besno ispod vilice napadača. Trgnuo je sečivo i ostavio mu rupčagu na tom mestu. Istog trenutka anticipacija ga nije izdala čuo je korake iza i spazio da fanatik zamahuje. Međutim, umesto u njegova leđa sečivo je proletelo u prazno. Dželat je koraknuo u stranu i izbegao. Usledio je silovit lakat, koji je iz okreta sevnuo neočekivano u vilicu drogiranog Meksikanca. Pomerio ga je jedan korak, izbacujući ga iz ravnoteže. Dželat je iskoristio taj momenat. Pravo niotkuda izletelo je sečivo i našlo se duboko do drške u vratu meksičkog siledžije. Krv je prsnula u mlazu iz isečene arterije i on je pao. Sledećeg trenutka treći tirkiznooki drogirani fanatik kog je samo izbacio iz ravnoteže ustao je u međuvremenu, ponovo je kidisao na dželata. Volkot je to primetio, ali zbog povrede pomalo nespretno izbegao zamah i dobio novu posekotinu negde kod grudi. Fanatik je osetio trenutak kada je prilično ranio uljeza u Gomezovom baru. Dželat je bežao unazad, pokušavajući da povrati ravnotežu od nove posekotine. Oko glave mu je nekoliko puta fijuknulo sečivo. Meksikanac je uporno nasrtao. Volkot je bezbroj tehnika i načina razoružavanja ponovio isto tako bezbroj puta, ali sada je bio posečen i namodren od velikog broja teških udaraca u glavu, tako da su njegove mogućnosti bile sužene. Osećao je da mu momenti kada treba da reaguje beže i da mu refleksi usporavaju, iako proključali adrenalin pokušava da ih drži u pripravnosti.

Dželat je napokon uhvatio jedan momenat neopreznosti. Od nekoliko mahanja mačetom jedno je pročitao. Nije želeo ništa da izvodi. U ovakvim situacijama samo najprostije i najefektivnije. U pola zamaha podvukao se sa nožem skrativši mu ugao. Sečivo o sečivo se susrelo i proklizalo jedno o drugo. Mačeta o nož ali dželata nije mogao prevariti. Samo malo mu je trebalo da u tom sudaru pomeri sečivo mačete u stranu munjevito se podvuče i zabode sečivo u stomak napadača. Iznenada ga je Meksikanac udario glavom po licu. Oteturao se od udarca nekoliko koraka unazad. Napadač je bio toliko drogiran da je zajedno s dželatovim nožem u telu napadao. Međutim, veteran mu nije dozvolio da ga poseče. Ni sam nije video kako ali dželatovi prsti našli su se na spoljnjem delu njegove mačete nakon zamaha. Istog trenutka udarac u nadlakticu ga je razoružao. Sa tri zamaha Volkot ga je na smrt isekao. Treći zamah bio je fatalan u vrat od kog se Gomezov siledžija srušio. Veteran je izvukao nož iz njegovog tela.

— Nadam se da te Mad Diablo dovoljno plaća da umreš za njega — besno je prosiktao Volkot, upirući ka Gomezu mačetu s koje se cedila krv njegovih sluga.

Gomez nije delovao zastrašeno, već je imao uznemirujući smeh i špric u ruci. Bio je prazan. Dželat je izgubio dovoljno vremena ubijajući njegove lojalne ljude toliko da poludeli vlasnik uzme još jednu dozu valere pomešane sa sopstvenom i krvlju ko zna još koga i da postane još luđi. Nije se čak iznenadio ni kada je veteran pomenuo ime zloglasnog narko-bosa.

— To više ne važi. Precrtan je i proći će isto kao i ti večeras — kroz drhtav glas i uznemirujući kez je izustio Gomez, pre nego što je naglo zavukao ruku ispod sakoa. Strepeći od oružja, u želji da ga prestigne u igri nerava i brzine, dželat je bacio mačetu. Ali nije to bilo isto kao njegov nož. Sečivo je bilo masivnije i teže za usmeravanje. Kada je poletelo, Gomez se iznenađujuće brzo izmakao u stranu, puštajući oružje da fijukne kraj njega i glasno zvekne o popločan pod. Sekundu vremena koje je imao, dželat je iskoristio i zgrabio pištolj s poda. U tom trenu Gomez je vadio uzi ispod sakoa. U napetoj igri vatra je krenula u oba pravca. Dželat je ispalio tri metka, a Gomez kratak rafal. Dželat je imao sreće. Bio je za delić sekunde brži od Gomeza. Pucao je i jednim metkom ga pogodio u šaku. Rafal je za malo skrenuo i izrešetao jedan od nosećih stubova umesto dželata, a Gomez ostao bez jednog prsta. Nije ni jauk ispustio.

Ta dragocena sekunda spasila mu je život. Odjurio je unazad najkraćim mogućim putem. Procenio je da neće stići do vrata. Nekoliko atletskih koraka bilo mu je potrebno da skoči i iskoristi jedan od stubova kako bi se zaklonio, a trenutak kasnije po njemu su prštala zrna praćena Gomezovim urnebesnim vrištanjem. Kretao se sporije, teže, što je bila posledica posekotina i batinanja. Izlazna vrata nisu bila daleko od stuba iza kog je stajao, ali je čuo da se Gomez približava bez straha od smrti.

Dželat je video senku koja se približavala. To mu je pomoglo da odredi s koje strane se tačno Gomez nalazi i isturio je oružje iz zaklona. Ponovo je krenula razmena. Dželatu je pomogao zaklon. Gomez je ponovo promašio, a jedan jedini pucanj završio je u Gomezovom telu. Međutim, to ga nije pomerilo iz mesta.

... Bio sam siguran da sam ga pogodio, ali delovao je kao da ne oseća metak. Nastavio je progon kao da ničeg nije bilo...

Vreme nije bilo na dželatovoj strani. Krv se iz posekotina kap po kap nakupljala, a s njom je curila i dželatova snaga i refleksi. Nije mogao više da čeka. Pokrivajući se vatrom, istrčao je i krenuo ka vratima odakle je došao. Za njim je šištao rafal iz uzija, ali srećom je završio u stubovima koji su mu poslužili kao kakav-takav zaklon.

Poslednjim koracima bacio se u ulaz poput ragbi igrača koji se baca preko linije za tačdaun. Našao se ponovo u mračnom mini-baru. Gomezova senka na ulaznim vratima koja je išla za njim se povećavala, puzeći po zidu poput čudovišne zmije.

— Ideja kraja sveta nije tako loša! — vrištao je Gomez prilazeći vratima. Dželat je brzo ustao i doteturao se do bara, gde je osetio da je nakratko ostao bez daha. Od jakog pulsa u grudima delovalo mu je kao da mu je srce uklješteno u medveđoj klopci. A Gomez je bio na pragu.

— Jedino da vidimo kako ćeš se ti uklopiti u taj kraj sveta! — Gomez je bio na vratima, nastupajući sa svojim uznemirujućim kezom, koji je više ličio na bolesni grč usana. Pre nego što je kiša metaka krenula na njega, dželat je uspeo da se prekotrlja i padne s druge strane šanka. Pucnje i Gomezovo urnebesno vrištanje čuo je samo delimično. Osećao je kako ga guši jak puls i snažni otkucaji koje je čuo gotovo jednake jačine kao i paljbu. Staklo od polomljenih flaša padalo je po njemu i mešavine raznih pića su ga polivale, dok je Gomez divljao. Posle nekoliko sekundi uspeo je da smiri čudnovate otkucaje i dođe do daha. Dva puta je izmamio Gomeza da puca po njemu, dok nije čuo škljocanje. Tada je isturio oružje iza šanka i uzvratio. Dva metka pogodila su ga u grudi i stomak, zateturali ga unazad tako da se vratio u dvoranu iz koje je došao. Međutim, na pištolju je izašao klizač i čulo se škljocanje.

— Šta ćemo sad? Imaš li još municije? — kikotao se Gomez, ne pojavljujući se u baru, ali je njegova senka stajala postojano na zidu, a na dželatovom licu pojavio se izraz neverice.

— Nemoguće — promrmljao je. — Četiri metka i on stoji i dalje.

Međutim, s druge strane zvuk koji je čuo naterao ga je na novi očajnički potez. Bio je to zvuk ubacivanja novog okvira i naterao ga je pre svega da beži iz svog zaklona.

— Pogledaj još jednom Pabla, budalo, ti ćeš završiti još gore!

Dželat je bežao progonjen, obuzet paranojom i po prvi put ozbiljno uzdrman, nemajući najjasniju ideju šta da učini.

— Nije te teško pratiti. Krvariš usput. Videćemo koliko ćeš moći ranjen da se skrivaš! — Gomezov psihotični glas tutnjao je kao đavolov bes u jamama pakla. Nazad, u bilijarskoj sali u kojoj je i dalje ležalo četiri tela Belinde, Bruna i dvojice Meksikanaca dželat je shvatio da neće moći još dugo da se sklanja. Ionako ga je snaga podlo ali lagano napuštala kada mu je najviše bila potrebna, a u ušima je čuo povremen šum kao loš ali pouzdan znak da gubi previše krvi. Koraci za njim nemilosrdno su ga pratili.

Sklonio se iza jednog od bilijarskih stolova.

— Ccccc, Bruno nikad nije znao da nešto uradi kako treba. Sem prebijanja, uvek nešto zasere — ironično je negodovao Gomez bez ijedne trunke žaljenja u glasu za ubijenim bratom. — A i Belindu si sredio? Kurvetina. Bolje i nije zaslužila, ionako sam sumnjao da me krade.

Gomez je koračao oprezno. Četiri bilijarska stola delovala su mu kao četiri kutije iznenađenja, od kojih su tri potencijalni dinamit kao u crtanim filmovima. Video je da kapi krvi vode ka središnjem stolu koji je gledao pravo u vrata odakle je naišao. Međutim, krvavi trag koji je pratio završio se kao ćorsokak. Dželata nije bilo nigde. Gomez nije oklevao, a nije ni razmišljao previše. Naišao je na zasedu kada je zaobilazio sto. Dželat je munjevito izleteo iza ugla stola i samo mahnuo rukama brzinom koju je bilo nemoguće videti golim okom. U trenu je Gomezu oružje izletelo iz ruku i odletelo nekud u mrak.

Volkot je pokušao da ga savlada golim rukama, ali Gomez je pored četiri primljena metka pružio žestok otpor. Počeli su da se rvaju oko stola i da se okreću njegovom ivicom, boreći se za poziciju. Dželat je pokušao da izvuče nož, ali je osećao da ga snaga sve više napušta. Gomez je iskoristio trenutak. Dok je bio naslonjen o ivicu stola, ruka mu je pala na bilijarsku lopticu. Udario je dželata njome u glavu prilično jako, da ovaj izgubi ravnotežu. Iznenadila ga je snaga kojom je Gomez neobjašnjivo delovao iako je bio pogođen sa četiri metka.

Veteran je osetio da mu se od udarca odjednom zamutilo i da se tetura prilično nekontrolisano, kao da u kolenima nema čašice. Nije mogao da zadrži ravnotežu, već je pao pravo na Brunovo medveđe telo. Sako na njemu se pomerio neznatno. U jednoj dugoj sekundi ugledao je Gomeza kako nekud trči. Shvatio je da ide po uzi. Dželat je ležao rukom oslonjen na Brunovo telo, a iz sakoa čiji se unutrašnji deo malo otkrio kada je veteran pao na njega pojavila se drška pištolja, koja je virila iz futrole. Svu nadu položio je na to. Zgrabio je oružje, ali nije želelo da izađe. Futrola je bila zakopčana i prilično uporna u nameri da ne popusti, koliko god dželat zapinjao. Nije napipao dugmence za otkopčavanje, jer nije bilo dovoljno svetla, a Brunovo telo bilo je masivno i okruglo poput velike lopte. Gomez se već sagao i podigao uzi na oko pet metara daljine. Dželat je osećao da ga maler prati i da postaje jezičak na vagi koji će prevagnuti protiv njega. Gomez je okretao svoje oružje ka njemu, kezeći se. Zlokobna rupa uzija nameštala se pravo na veterana. Dželat nije više mogao da se kocka. Uhvatio ga je očaj. U očaju je dograbio obema rukama oružje i istrgao ga zajedno s futrolom. Oslonio se laktom na Brunovo masivno telo. Psihička sekunda. Momenat odluke.

Iz Brunovog pištolja kroz futrolu su odjeknula četiri hica. Sva četiri pogodila su Gomeza pre nego što je ispalio ijedan metak. Ovog puta nije više mogao da izdrži. Zateturao se unazad. Pao. Umro.

Dželat je teško disao, ali se pridigiao i stisnutih zuba između kojih je šištao njegov dah strgao futrolu i bacio je.

... Kada je đubre konačno palo, ustao sam i nastavio da pucam u njegovo telo, sve dok nisam istrošio svu municiju. Želeo sam da budem siguran da takvo zlo nikad više neće ustati. Priredio mi je pakao u svom noćnom klubu. Sa svojim siledžijama uvukao me u užase podzemlja, prostitucije, droge i ispostavilo se i satanizma, da ne pominjem njegovu hemiju koja me za trenutak uverila da sam u nekoj drugoj stvarnosti i da sam se borio sam sa sobom. Šta god da su uzeli, nije bilo normalno i prevazilazilo je daleko efekte bilo koje droge koju sam dosad probao. Ovo je definitivno bilo više od droge. Išao je za mnom kroz dve-tri prostorije s tri metka u telu i otkinutim prstom. A njegovi ljudi nisu ličili na ljude, već na pomahnitale zveri. Morao je za to da plati. Gomez Aurelio Mendes, četrdeset osam godina, vlasnik maske od noćnog kluba zvanog „Astek", psihopata i diler opasne droge valere, oboleo od ludila i ambicije.

Njegovi grčevi u licu prestali su i telo je samo podrhtavalo, dok su se u bleštećim odjecima stvarale nove crvene rupe na njemu. Gad matori. Morao je za sve da plati. Svi unutra bili su mrtvi. „Astek" je sada postao sablasni klub u kome se kretala samo jedna živa avet. Ja...

Ispraznivši beretu, Volkot je konačno odahnuo. Potpuno izbušeno mecima ležalo je Gomezovo telo u bilijarskoj sali. Ipak, i kao takvom, blesavi osmeh mu nije silazio s lica. Hramajući i sav u modricama i posekotinama na licu, dželat je pošao nazad ne želeći više da gleda otelotvorenje đavola u vidu Gomeza. Uzeo je ostatke futrole s Brunovog tela i iz nje izvukao okvir. Neko šuštanje čulo se u susednoj sobici, odakle je Bruno uzimao novac. Prišao je onom malom tranzistoru, na kome više nije bilo muzike, već vesti. Spikerka nije uspevala da prikrije vibracije u glasu. Njen glas je drhtao i menao boju povremeno, a po tome je dželat pretpostavio da su vanredne vesti u pitanju i da žena izveštava o nečem opasnom ili potresnom. Pokušavao je da fokusira svoj izmučeni um, jer su vesti emitovali na španskom. Iz dvominutnog izlaganja ipak je uspeo da razabere nekoliko reči: sukobi, okolina grada, Lusin, mrtvi, zelene oči.

— Isuse, nemoguće — prošaputao je Volkot, osećajući da mu je puls ponovo proradio i nelagodnost počela da puzi njegovim telom. Počeo je da se razvrće čim je na španskom razabrao reči „zelene oči”. Zeleno definitivno nije bilo njegova boja.

— Isuse — prošaputao je. — Nije valjda da se ponavlja? — osećao je pritisak, neku tešku neizvesnost i breme koje je mislio da će ga smoždi. Telo mu se hladilo, a sa tim su nanovo počeli i bolovi. Posekotine su radile, pulsirale, pekle. Video je rez na desnoj ruci i delovao mu je kao zlobni osmeh, koji likuje nad njegovim porazom. A sada kao da se oboleli vraćaju. Ostavio ih je kod „Don Hoze” zatvora, a oni kao da će svaki čas navaliti na vrata malene kancelarije. Gotovo ih je čuo kako mumlaju i posrću, sapliću se o Gomezovo i Brunovo telo u bilijarskoj sali i traže upravo njega, odbeglog „Don Hozeovog” dželata. Drhtavim rukama uzeo je kutijicu s lekovima protiv bolova i sipao još jednu tabletu u šaku. Progutao je i pokušao da smiri podivljali puls u glavi i u grudima.

Stresao se u tom trenutku. Glasna zvonjava telefona u kancelariji trgla ga je iz uznemirujuće slike koju je zamišljao, nateravši ga da poskoči i prihvati se oružja.

... Crni starinski telefon s rotirajućim brojčanikom. U poslednje vreme me uznemiri kada zazvoni telefon u mojoj blizini. Nisam bio siguran kakav će glas biti s druge strane i ko će se od mrtvih javiti ovog puta da me proganja. Kako nisam nameravao da napustim klub nije me ništa koštalo da proverim...

Bez reči je podigao slušalicu i oprezno je prineo uhu.

— Halo, Gomez, šta se dešava tamo, zašto ne odgovaraš na moje pozive? — začulo se s druge strane.

— Ko želi da čuje Gomeza? — tiho je upitao dželat, prepuštajući se novoj psihološkoj igri.

— Idi zovi Gomeza i reci mu da ga Mad Diablo traži.

Dželatovo lice se naglo smračilo. Oči su se najpre iskolačile, na sekundu blesnuvši od iznenađenja, a potom se namrštile i smanjivale, a fino ofarbana plastika slušalice je zaškripala od dželatove grube ruke, koja ju je stezala.

— Ne može se javiti — nepromenjenim, tihim, mirnim glasom je odgovorio dželat, suzdržavajući novi cunami besa, koji je nailazio.

— Zašto?! Ko je, do đavola, to?! Bruno?!

— Ni on se ne može javiti.

— Kunem se ako odmah ne prestaneš... — počeo je Mad Diablo, ali ga je dželat prekinuo.

— Odgovoriću ti na pitanje ko je to. To je onaj koji je zbog jebenih papira ubio američkog senatora i postao državni neprijatelj. I onaj kog si uglavio u „Don Hoze" zatvor pre sedam godina i uvalio ga u velika govna. Ti si mene zaboravio. Ja tebe nisam.

— Blek?! — zaprepašćeno je povikao Mad Diablo.

— Tačno iz prve, govnaru — odvratio je dželat.

— Kučkin... Mislio sam da si...

— Mrtav? Nisi se baš potrudio da se informišeš. Tvoja kučka Gomez je mrtva, leži napunjena mecima u susednoj prostoriji kao i njegov mentalno poremećeni brat. Tajna tvoje droge biće ovde razotkrivena, a imaš na teretu i mrtve italijanske gangstere. Spremi se, stižem uskoro i po tebe.

— Prokleti psiho...

Mad Diablo je izustio povik, besan zbog onog što čuje, ali dželat nije izdržao do kraja. Besno je udario slušalicu i polomio aparat.

... Stavite poslednji komad slagalice koju krije ova bolesna rupčaga i dobićete sliku ogavne bradate kreature zvane Mad Diablo. Imao je sreće. Gomez je očigledno u svom ludilu odlučio da izazove kraj sveta za svoje pajtose unutar organizacije i iz ruševina i haosa možda preuzme kartel. Nisam detektiv. Trebalo mi je vremena da sve shvatim. Lep doček je ovde spremio, a Mad Diablo je trebalo biti počasni gost, kome će, možda, na kraju odseći glavu. Sve ostalo svodilo se na prosto prebrojavanje tela. Policiji ostaje da glođu koske mrtvih, a Gomez preuzima palicu. Plan mu se malo izjalovio kada je rešio da me dovuče u svoj podrum i svom umobolnom bratu obezbedi igračku za jednokratnu upotrebu. Kakvu god apokalipsu zamišljao, zvučala je jednako idiotski kao i njegove opsesije okultnim. Ne postoje opšte apokalipse, samo lične apokalipse, a moja nije bila daleko. Bio sam umoran kao pas...

Krenuo je nazad, ali u uzanom hodniku naleteo je na devojku. Prestrašila se videvši ogromnog čoveka s ranama na licu. Dželat je uperio pištolj u nju.

— Ne pucaj, molim te. Ne želim ti nikakvo zlo — molila je devojka i podigla ruke.

— Svi su oni to govorili — tiho je odvratio veteran već šapatom jer snage za glas nije ni imao. Polumrak je bio u tom hodniku i nije mogao dobro razaznati gledajući je sanjivim pogledom. Video je samo polovično osvetljenu nisku i mršavu žensku figuru. Osoba je govorila drhtavim prestravljenim glasom i nije bio siguran da li je u pitanju gluma ili nešto drugo.

— Molim te, nemoj da me ubiješ. Probudili su me pucnji — tiho i kroz šapat je zamolila.

— Kako ti je ime? — pitao je Dželat sumnjičavo. Pokušavao je da se doseti da li je već čuo taj glas.

— Leandra. Molim te...

— Izađi na svetlo — naredio je Volkot. Pomerala se lagano unazad, dok je on išao ka njoj i dalje držeći pištolj uperen u nju. Tek na svetlu video je jasno to prestrašeno lice i nevericu za sve što se dešavalo. Prepoznao je osobu. Bila je to jedina devojka koju je poštedeo videvši je izgubljenu i drogiranu. Sada je delovala razumno. Promenila je odeću i od onoga što je ličilo na spavaćicu obukla tesnu bluzu i jaknu kao i tesne farmerke.

— Šta hoćeš? I zašto nisi kao i ovi ostali? — procedio je Volkot kroz zube, pokazujući pištoljem na tela.

— Uzela sam nešto razblaženo, nisam uzimala ovu Gomezovu drogu. Zaspala sam pa onda pucnji... slušaj želim da ti pomognem, smiri se — odgovorila je.

I dalje sumnjičavo gledajući, Volkot je sporo spustio oružje. Delovalo mu je kao da nije čuo dobro.

— Šta ti imaš od toga?

— Slobodu.

— Od čega?

— Od ovog kopileta kog si ubio — pokazala je Leandra na mecima prošaranog Gomeza. — Ja sam jedna od njegovih, bila sam. Hvala bogu, sada nisam. Uzeo me pre nekoliko godina. Tukao me i maltretirao, pretio da će ubiti moju mlađu sestru, ako mu ne udovoljavam. Godinama je terorisao ovaj grad.

— Očigledno je tome kraj.

— Slušaj, moraš odavde da ideš što pre. Policija će preplaviti ovo mesto, a u sprezi su s njim. Kad vide da si ga ubio, nećeš ni stići do suđenja.

— Ne idem ja nikud bez stvari koje mi je oduzeo. Znaš li, možda, gde su?

— Tvoje stvari?

— Jedan mini-kasetofon i jedna otprilike ovoliko hermetički zatvorena kapsula — pokazivao je rukama veličinu.

— Ne znam, kunem se, ali znam gde drži zalihe robe, možeš tamo da pogledaš. Mogu da ti pokažem.

— Vodi. I nemoj da ti padaju neke ideje na pamet — zapretio je dželat.

****

— Govorio je o nekoj eksperimentalnoj drogi, nešto što će promeniti čoveka iz korena. Čula sam da je pozvao Italijane, ali sam načula da se tajno dogovorio sa svojim ljudima da likvidira i njih i Mad Diabla. Bio je lud. Totalno lud — govorila je ubrzano Leandra, dok je otključavala vrata ključem koji je uzela s Gomezovog mecima nafilovanog tela.

— I to su uzeli oni satanisti? — pitao je Volkot.

Leandra je potvrdno klimnula.

— Po njima nešto najjače i najprofitabilnije što bi u svetu droge postojalo. Roba broj jedan, ako dospe na ulice u velikim količinama. Njen recept vredi čitavo bogatstvo.

Ulazna vrata donjeg dela kluba bila su zaključana i to planski i po dogovoru kako niko ne bi mogao odatle da pobegne, kad krene besomučno ubijanje od strane nadrogiranih Gomezovih slugu. Vratili su se u bar, gde nije bilo krvi, niti nasilja. Ogroman podijum bio je prazan i služio je kao maska. Samo glasna muzika čula se u potpuno praznoj sali, u kojoj je ostalo nedovršenih pića i jela po stolovima. Ulazna vrata bila su takođe zaključana. Leandra je užurbano išla pravo iza šanka pa kroz kuhinju, tražeći prostoriju. Volkot je pažljivo pratio svaki njen pokret, nijednu sekundu ne dozvoljavajući sebi da slepo veruje. Konačno je zastala u jednom malom hodniku, koji se desno od kuhinje odvajao i tu, na njegovom kraju, otključala vrata Gomezovim specijalnim ključem, koji je nosio poseban crvenkasti privezak s đavoljim krilima.

— Ovu prostoriju samo on kontroliše i par ljudi kojima veruje — objasnila je Leandra.

Dželat je ušao i odmah počeo da traži. U prostoriji su se nalazile dve visoke i višeslojne metalne police i jedan na drugi naslaganih pet drvenih sanduka u uglu. Na policama je bilo stvari otprilike u isto toliko šarenom izdanju kao u policijskom magacinu za zaplenjenu robu. Konačno, na kraju police Volkot je prepoznao ono po šta je došao i potrčao ka njemu, kao radosna majka ka ponovo pronađenom detetu.

— Jesi li našao? — pitala je Leandra.

— Da— potvrdio je i odmah odvrnuo poklopac metalnog kontejnera. Staklena epruveta bila je unutra. Otvorio je zatamnjena vratanca na Majklovom mini-kasetofonu. Kasetica je i dalje stajala unutra. Bila je providna i traka je bila namotana samo s leve strane. Nije po svoj prilici Gomez ni preslušao njenu sadržinu, očigledno bivajući previše zauzet prizivanjem đavola. Leandra je prišla.

— Šta je to? — pitala je začuđeno, gledajući u čudesnu kapsulu kao u Aladinovu lampu.

— Bolje je da ne znaš — odvratio je Volkot.

Pokazala mu je prstom na poređane sanduke.

— Ovo je njegova roba.

— Dobra roba, ubija razum — ironično i namrgođeno je promrsio Volkot, pogledavši u sanduke. Počeo je da pretura po policama. Mnogobrojne stvari poređane na njima, od skupocenih do manje-više beznačajnih sitnica, ležale su na tim policama.

— Možemo li da krenemo? — pitala je.

— Ako padne u ruke policije, neće biti mnogo velike koristi. Vratiće se ovo ponovo na ulice — odgovorio je dželat.

Leandra je slegla ramenima, u neku ruku prećutno podržavajući konstataciju.

— Daje on njima pare godinama da ga ne ometaju. Policija je njegova, zato sad i kasne.

Još uvek daleko, začulo se urlanje sirena. Oslušnuli su. Nije bilo nikakve sumnje. Sirene su bile policijske.

— Moraš da ideš sada. Ovde ne smeju da te zateknu.

— A ti?

— Neko mora da ostane ovde i skrene ih na pogrešan put — odgovorila je i pokazala na vrata skroz na kraju kuhinje. — Tamo je izlaz u zabačenu uličicu. Iskoristi je da umakneš, dok nisu stigli.

Dželat je klimnuo u znak odobravanja. Krenuo je ka vratima.

— Hej! — pozvala ga je.

Okrenuo se.

— Ako se meni nešto desi, molim te, pazi na moju sestru. Odvedi je odavde. Ima samo petnaest godina, plašim se za nju. Možeš li, molim te, to da učiniš?

Nije imao previše vremena da razmišlja, već je samo klimnuo glavom i sam nesiguran u ono što obećava.

— Kako da je nađem?

— Ne brini, naći će ona tebe. Idi sada.

Ne želeći više ništa da pita, Volkot je otrčao do vrata i našao se iza kluba u zapuštenom sokaku. Vreće đubreta bile su razbacane svuda oko njega, uz nepodnošljiv smrad truleži i ostataka hrane. Veteran je krenuo u tom pravcu i prošavši pored mini-deponije naleteo na osrednje visoku žičanu ogradu. Znatno sporije nego što bi to uradio pre nekoliko sati, počeo je da se penje po njoj, pridržavajući se pažljivo prstima i vrhovima cokula, dok su urlici sirena potresali čitav grad. Delovalo je kao da se pola policijskih snaga Meksika kretalo ka tom klubu i da je u pitanju crvena uzbuna za celu državu. Nekako je uspeo da prebaci nogu preko ograde. U tom trenutku pištolj mu je iskliznuo, udario u ivicu kante i pao. Ne želeći da gubi dragocene sekunde i vraća se po njega, prevrnuo se preko ograde i pao na zemlju u nemogućnosti da se čak propisno dočeka. Splet uličica ga je zbunjivao i dezorijentisao, ali trčao je kao u mračnom lavirintu između slabašnih i skromnih kućica, koje su noću delovale kao avetinjske i uklete. Mračni uglovi posezali su za njim kao kandže, pokušavajući da ga zgrabe. Vrištanje sirena podsticalo je ludilo u mozgu. Kao pas zaražen besnilom, kog izluđuje buka, Volkot je jurio, probijajući se kroz dvorišta, zaobilazeći stubove i žice za veš i preskačući drvene dotrajale ograde. Vrtoglava jurnjava u mrkloj noći u delu grada koji čak nije bio ni osvetljen pretila je da se završi kobno po samog dželata. Noge su otkazivale poslušnost. Nije bila dovoljna volja koja bi ih pokrenula. Trebalo je nešto više od toga.

Policija je stigla. Začuo je odlučan i oštar glas iz megafona:

— Ovde poručnik Aleks Santos! Položite oružje i izađite s podignutim rukama!

— Naravno, Alekse, baš mi je žao što vam kvarim kombinaciju — promrmljao je Volkot.

... Nisam imao vremena za njega. Naći se u smrtonosnom trouglu italijanske mafije, meksičkog narko-kartela i korumpiranih šakala iz policije i ići im svima na živce istovremeno, nije bila pametna igra. Nisam izgleda važio za pametnu osobu, ali sudeći po glasu gospodina „heroja" federalesi su bili na vratima bara, spremajući se da provale, a kad to budu učinili trebalo bi da budem daleko odatle.

Pred njim se našao novi splet uličica, ali dželat nije mogao dalje. Batine, eksperimentalna droga u njegovom telu, trčanje i pucnjava, rane od posekotina i borba sa Gomezovim i Frankovim siledžijama uzeli su danak. Dželat se naslonio leđima na zid jedne od kuća, teško dišući kao da se guši. Iz grla mu je krkljalo. Skliznuo je niz zid i seo. Nije nameravao nikud da ide, koliko god to želeo.

... Bilo je čudno, ali u tom trenutku počeo sam da se prisećam nekadašnje obuke iz „Foka". Jedan od testova bio je preplivati dve milje suprotno od toka reke samo s perajima za sedamdeset minuta.

U stanju u kakvom sam se nalazio ne bih bio sposoban ni dečji bazen da preplivam, a preda mnom je stajao izazov mnogo veći od toga. Bez ijedne kapi snage u telu sedeo sam u nekom zabačenom kraju Lusina, sakriven u mraku čekajući da me uhvati onaj dobro poznati slatki ali kobni san. Od kog zaspiš i nećeš se više buditi. Bio sam samo ja, slaba kiša i sirene grada koji je zavijao za mnom. Tamo negde na nebu začuo se zvuk helikoptera u daljini, koji je šarao reflektorom po gradu. Mogao sam jedino da pogađam ko će me pre uhvatiti: korumpirani policijski džukci, ili razjarena rulja s motkama i vilama, ili nečiji batinaši, batinaši nekog bosa, koliko god da ih je bilo u gradu. Desio se gadan masakr u Gomezovom baru, ali nisam žalio ni za jednim ubijenim, čijom sam krvlju noćas isprljao ruke. Ispunio sam obećanje. Potekla je krv ulicama. Grad će biti u panici. Biće prestravljeni i preplavljeni strahom i nikom neće verovati. Bojaće se da ne izbije rat, a oni koji se nađu na licu mesta čudiće se i krstiće se kad vide koliko sam im domaćih zadataka ostavio u tom baru. Kad ostatak šakala u bolesnoj družini narko-bosova čuje na vestima kolika je šteta, gde je nestala ona droga teška poprilično u novcu i kad pogleda knjigu s ciframa i grafikon, onda će videti koliko ih je koštalo batinanje u kotlarnici. A ni sam nisam bio svestan koliko je ta stvar vredela...

... Koliko god rešen da nastavim dalje to nije bilo moguće. Konjska doza tableta protiv bolova počela je gadno da udara i da me uspavljuje. Moje telo podsećalo je na automobil kom je nestalo i ulja i goriva istovremeno.

Tog trenutka snop svetlosti počeo je da šeta po mom izmučenom licu. Nisam čuo povike i upad poput oluje kao u Timijevoj kući, niti policijske pse koji će mi pratiti trag. Jedva sam podigao ruku da zaklonim oči previše osetljive na jebeno svetlo. Osoba je bila pokrivena mrakom, ali previše mala i sitna za policajca. Previše naivna za ozbiljnu situaciju u kojoj mrtvi padaju na sve strane. Onda sam čuo dečji glas...

— Izgledaš gadno povređen — glas je bio ženski.

... Nisam bio siguran je li u pitanju halucinacija ili stvarnost, počeo sam da gubim dodir s realnošću. Ipak, taj glas zvučao mi je prilično jasno i prilično stvarno, kao i većina košmara u uvodu...

— Aplauz. Baš dobro opažaš — ironično je jedva čujnim glasom odvratio Volkot.

Nepoznata osoba podigla je tanku ruku u vazduh, zajedno s baterijskom lampom kao da njome maše.

— Pomoći ću ti — rekla je na slabo akcentovanom engleskom. — Pomažem ti.

Pri svetlosti lampe ukazalo se nejasno detinjasto lice neke devojke. Volkot je video samo jedan koščati obraz, oko i dug konjski rep, koji je u ravnom glatkom pramenu visio preko ramena.

— Videli smo veliku kolonu policije. Pronaći će te i ubiće te — s ne baš velikom preciznošću mu je objasnila, ali dovoljno jasno da razume, a zatim mahnula iza sebe.

— Esta manera[4] — oštro je prosiktala devojka, okrećući se i rukom pozivajući. Iz senke koju je preko puta bacala kuća izronile su dve krupnije prilike i prišle su Volkotu. Pri svetlosti lampe video je da su to bila dva krupnija muškarca u ispletenim džemperima. Devojka je samo odmahnula, a dvojica su se podmetnuli ispod njegovih širokih ramena, pomažući mu da se pridigne. Potpomognut neočekivanim „pomoćnicima", dželat se nekako kretao dok nije izgubio svest.

***

... Mišel je skočila iz kreveta i oslušnula. Iz sna ju je probudila neobična buka, koja je ličila na udaljeno jaukanje. Protrljala je oči. Na displeju njenog mobilnog telefona stajalo je dva sata i trideset sedam minuta posle ponoći. U tim trenucima buka se pojačavala. Čula se jasnije. Bilo je to haotično zavijanje sirena u mrklom mraku i preko mračnog zida njene sobe smenjivali su se plavičasti i crveni odblesci rotirajućih svetala s ulice. Dotrčala je do prozora i uplašeno pomerila zavesu, privirivši. U naizmeničnom redu, ulicom su jurila patrolna vozila, kombi i oklopna vozila, uz uznemirujuću tutnjavu, buku i jezivi jauk sirena, kao da je upravo objavljen građanski rat u Meksiku. Bila je potpuno zbunjena i prilično uplašena.

***

Čovek sumnjičavog pogleda razgovarao je sa vlasnikom hostela „Vilja" na recepciji. Potom je otišao. Mišel ga je videla tog jutra. Bilo je rano, negde oko osam časova. Ono malo sna što je uhvatila posle noćašnje paklene tutnjave sirena i policijskih vozila bilo je kao spavanje na gomili trnja i više puta se probudila uznemirena. Čovek koji je razgovarao s vlasnikom imao je tamniji mantil i šešir, neodoljivo podsećajući na staru školu „à la Hemfri Bogart". Njegov pogled na pomalo potamnelom licu izgledao je prilično oštro, a moglo bi se reći i vrlo nervozno, jer je glasno govorio, besneo i iako je pričao za nju nerazumljivi španski, u razgovoru s Viljom je preovladavalo dosta mahanja rukama i nervoznih pokreta, videlo se da se postavio nimalo ljubazno, niti strpljivo. Kratko se zadržao dok je ona sedela za stolom nedaleko od recepcije, doručkujući dva bedna kroasana i zalivajući te slatke zalogaje gutljajima koka-kole. Uskoro, kada je gospodin „Bogart" izašao vidno nezadovoljan, Mišel je htela da pita gospodina Vilju šta se desilo. Nije morala. Prošle noći je imala naznaku u jurnjavi policije, čije vrištanje sirena ju je trglo iz ionako nekvalitetnog sna. Bez da išta pita Vilja je prišao i sam odgovorio.

— Noćas je bilo gadne pucnjave u Gomezovom baru — rekao je. — Ovako nešto ne pamtim da se desilo.

Mišel je imala uplašen izraz lica.

— Je li bilo mrtvih?

Gospodin Vilja je sumorno klimnuo glavom.

— Mnogo. Svi unutra. Gomez, njegov brat Bruno, njegovi pajtosi. Policajci su zatekli pokolj. Veruj mi, ne želiš da znaš detalje.

— Uh, nemojte, ne želim, zaista. Vidim da je gospodin dosta vikao na vas i bio nervozan.

— Misli da nešto krijem — odgovorio je Vilja. — Nije odavde, zato tako i govori, ne zameram mu. Ne poznaje nas. Zločin je toliko ozbiljan da su noćas pred svitanje stigli specijalni istražitelji da ispitaju ovo. Velika zverka je pala, a nisam ni znao da je bio ovde.

— I šta će biti sada?

— Moj ti je savet, devojko, da što pre ideš odavde, pre nego što uvedu policijski čas i zatvore grad. Tako mi je najavio ovaj istražitelj.

— Hvala vam. Bili ste dobar domaćin — pokušala je da se nasmeje Mišel, uprkos knedli koja joj je rasla sve više u grlu. Povukla se u svoju sobu, usput razmenivši poglede s dvojicom ljudi. Jedan od njih nosio je maramu oko glave, imao prilično dugu raščupanu kosu i nosio crnu kožnu jaknu i pantalone, podsećajući na bajkera. Mišel je uhvatila nelagodnost, jer mu je jakna bila raskopčana i delićem oka spazila je kako mu drška pištolja viri iznad pojasa. Drugi čovek išao je za njim, odeven sasvim normalno i u nekim sredovečnim godinama. U momentu kada je ulazila u sobu odozdo je začula žučnu raspravu između vlasnika i njih dvojice.

Od toga je prošlo možda pola sata, koje je provela uglavnom gledajući na ulicu kako u oba pravca jure policijski automobili, a građani u žurbi nekud odlaze, verovatno u želji da se što pre sklone sa ulica.

Posle toga zazvonio joj je telefon.

— Halo? — tiho se javila.

— Alo, Mišel, je l' si budna?

— Eduardo? Ti si?

— Da. Moći ćeš da pokupiš auto predveče. Dala si mi nemoguć rok, curice.

— Hvala ti Eduardo — nasmejala se Mišel. — Dolazim predveče onda.

— Nema problema. Ali biće bolje da požuriš odavde. Izbila je noćas neka gužva i pucnjava. Sve više policije pristiže ovamo. Uvode policijski čas.

— Čula sam. Malopre su dolazili da ispituju vlasnika.

— Vilju? Ma onog baš briga, bez pardona im sreže. Bili su jutros i kod mene. Budale sad sumnjaju da su svi lokalci umešani.

Mišel se pomalo sledila od same pomisli da policija krene aktivno po gradu, još više ju je užasavao bilo kakav kontakt s njima.

— U pravu si, Eduardo. Požuriću da odem odavde što pre. Još jednom, hvala ti.

---

1 Molim te pomozi mi (španski)

2 Lud (španski)

3 Nestao (engleski)

4 Ovuda (španski)

Prilično mrtav i stvaran

... Slika se sporo oblikovala pred mojim očima, a um mi je delovao previše uspavan i omamljen da razmišlja o bilo čemu, osim o još uvek nejasnim oblicima svežeg preživljenog užasa, šireći se kao ogromna crna jama, spremna da me proguta. Ista ona jama u kojoj su se nalazili svi oni koje sam tamo slučajno ili namerno poslao. Nekoliko trenutaka bio sam samo ja, moje bedno postojanje koje me podseća da sam još uvek živ i tračak sumnje jesam li načinio pravi izbor u onom klubu. U košmaru je svaki izbor koji se načini pogrešan. U mojoj realnosti bila je slična definicija.

... Onda se sve počelo spontano vraćati. Moja bitka sa svim i svačim u ovom gradu, od realnog do nestvarnog, Gomezovo ludilo u čijem vrtlogu je, ipak, skovao kreativan plan da likvidira Mad Diabla i Italijane i izdigne se na čelo kartela, verovatno želeći da odgrize komad crnog tržišta droge u Americi i na kraju predstave moje vrtoglavo bežanje kroz slepe uličice Lusina bez svetla. Otvorenih očiju video sam mrak. Zatvorenih očiju video sam mrak iznutra. Nijedna njegova strana nije bila dobra. Kada sam konačno došao sebi ugledao sam slabu svetlost. Skromna prostirka na meni i neki zastareli krevet, iz kog je virio sunđer. Bio je to ležaj na kom sam bio smešten pre nego što sam izgubio svest u mračnoj uličici. Mali televizor koji je bio upaljen,

ali nije bilo programa. Slika je treperila na sličan način kao i mozak u mojoj glavi, dok sam pokušavao da se saberem i utvrdim gde sam.

... Gledajući po okruženju, rekao bih da nisam ponovo bio zarobljen. To sam zaključio kada sam osetio konce na svom licu. Neznatne posekotine od pesničenja su bile sanirane. Dragoceni uzorak i mini-kasetofon još uvek su bili u mom posedu. Međutim, mog oružja nigde nije bilo.

... Ustao sam iz postelje, iako nisam bio siguran koliko daleko ću stići. Nisam znao koliko je prošlo, ali kroz mali prozor video sam da je i dalje noć. Kroz taj prozorčić nisam mogao ni videti više od toga.

Noć.

Uvek mi je bila saveznik u mnogim situacijama. Trenutno nisam bio siguran koliko i dokle...

Začuo je iznenada glas u prostoriji. Okrenuo se. Dok je zakopčavao rukav na jakni koju je uzeo sa stolice pored kreveta, učinilo mu se da se slika za trenutak vratila. Ostao je da gleda u ekran i kroz treptaje i sneg počela se nazirati slika. Sve je bilo na španskom i glas se jedva čuo. Delovalo je kao da emituju vesti i prenos s lica mesta odozgo, iz helikoptera, ali dželat nije bio u toku. Za trenutak video je kako nesređena masa ljudi nadire na jednu liniju postavljenu na otvorenom putu, ali pomerali su se skoro kao tačkice u dvodimenzionalnoj video igrici. Iako je snimak bio iz helikoptera kada je bolje pogledao učinilo mu se da se na ulicama puca, tačkice koje sevaju iz postavljene linije ljudi ga je na to asociralo. Kretanje onih koji napadaju, koje je više ličilo na teturanje i posrtanje, ga je uznemirilo. Volkot je za godine provedene u Meksiku naučio malo španskog. Kroz šuštanje i treperenje nazreo je reči: „Gr...ani... ...s..vet...ju... da ostanu u kućama...", „...Ter... napa...d", „Rok... Neg...ra...", „hem... oruž... ...apad ...nas... i op...sni". Opet je slika nestala, gušeći se u treperenju i snegu.

... Građanima se savetuje da ostanu u kućama? Teroristički napad? Hemijsko oružje? Roka Negra? Nasilni i opasni? Nisam zalazio u medijske propagande, niti sam razumeo njihov način izveštavanja, ali nisam se sećao terorista koji golim grudima jurišaju na neku kolonu naoružanih ljudi. Uspomena iz „Don Hozeovog" utvrđenja jeze počela je da se vraća jednakom brzinom kojom su nestajali Meksikanci u Gomezovom baru.

Donji deo vrata zagrebao je o pod, dok su šarke škripale od korozije. Najpre je izvirilo koščato radoznalo lice s kosom vezanom u rep i prebačenom preko ramena s prednje strane. Potom je unutra ušla mršava devojčica u sivoj dukserici s kapuljačom i trenerkom, noseći na sebi mali ranac, tanjir i kašiku. Patikice su joj nekada bile bele, sada su više uhvatile sivila nego bilo koje druge boje, od godina neprekidnog nošenja.

— Gde se ja ovo nalazim? — pitao je dželat, preskačući uvodna pitanja.

— Nemoj da brineš. Na sigurnom si — odgovorila je, trudeći se da akcentuje reči što preciznije.

— Ako nešto žele od mene trebalo je sami da dođu a ne da šalju dete ovamo — ironično je progunđao dželat.

— Oni ne govore engleski. Ja prevedem.

— Oni? Šta si došla da mi prevedeš? — nepoverljivo je odvratio.

— Sklonili smo te od policije. Pobrinuli se za tvoje rane. Sestra me zvala. Rekla je da jedva hodaš i da ti treba pomoć. Verujem da si je upoznao. U Gomezovom baru.

... Neko mi je jednom rekao da nijedno lice nije toliko nevino kao što izgleda. Čak ni anđeosko lice te klinke. Prepoznao sam glas, ona me je pronašla u uličici, nezahvalno ili ne još uvek je ostalo nejasno zašto su me izvukli, a ja sam nameravao da otkrijem o čemu se radi...

— Ti si ona što me pronašla u uličici?

Potvrdno je klimnula.

— I šta želite od mene?

— Da zahvalimo i da te sklonimo od policije — mirno je odgovorila. — Ubio si Gomeza.

— Poslednji put kada je neko pokušao da me sakrije, završilo se veoma gadno — s namrštenim izrazom lica se dželat prisetio nesrećnog Pabla i njegovog kraja kako visi razapet i osakaćen.

— Hm? — načinila je zbunjen izraz lica.

— Nevažno. Ja sam Džeferson, a ti?

— Barbara. Mi smo na tvojoj strani, ne brini, neće te niko odati. Gomez je bio gad prema mnogima i prema mojoj sestri, videla sam lično šta je radio — s ovim rečima izbegla je direktan kontakt očima s dželatom i izgledala posramljeno, što uopšte to govori.

— Jesi li čula za Rok Negru? Kakav je to napad o kom govore? — pitao je dželat.

— Zove se Roka Negra, susedni gradić na pola sata je odavde. Celog dana pričaju o nekim incidentima i sukobima, da su građani poludeli.

Sumnja u dželatovim očima narastala je još više.

— Kad ste to čuli?

— Juče.

— Znači ceo dan ovde ležim?

Barbara je klimnula glavom, gledajući ga onim detinjastim naivnim pogledom.

— Muči te nešto. Stalno mrmljaš u snovima — primetila je. — Spremili su ti nešto da pojedeš.

Glad ga nije štedela. To je shvatio tek kada se akcija stišala i progon neprijatelja prestao. Uzeo je tanjir u kome je bila pripremljena neka čorba čudnog ukusa sa sitno iseckanim povrćem i mesom.

— I hoćeš li mi reći gde se nalazim?

— Ovo je sirotište „Florensija". Povremeno se motamo s društvom tu.

— Ne bi trebalo da se zadržavam. Bićete odgovorni ako otkriju da ste mi pružili utočište — odgovorio je Volkot.

— Ljude ionako to ne brine previše. Policija ne zalazi često u ove krajeve, jer Gomezovi ljudi ovde rade svašta — rekla je devojčica.

Na trenutak su zaćutali oboje, a onda je Barbara izašla s iznenađujućim pitanjem.

— Reci mi kako si uspeo.

Dželat je podigao pogled iz tanjira.

— Kako sam šta uspeo?

— Da središ Gomeza.

— Mislim da to nije za dečje uši — promrmljao je Volkot, pokušavajući da jede.

— Videla sam mnogo loših stvari. Njegovi ljudi su počinili strahote. Više puta je prebijao moju sestru, gledala sam kako mi ubijaju jednog druga. Pablo je bio moj prijatelj, znaš. Čula sam i s njim šta se desilo — na pomen njegovog imena oči su počele da joj se pune suzama.

Dželat je ponovo podigao pogled. Na trenutak je prestao sa jelom, pogledavši je direktno u oči. Nije mogao pročitati nikakvo kolebanje u njima.

— Ispucao sam ceo okvir u njegovo telo. Zadovoljna? — ravnodušno je izjavio i nastavio da jede.

— Rekli su na radiju da je mnogo žrtava tamo. I Gomez i njegov brat isto.

— Lepo su rekli. Ja sam to učinio — nastavio je ravnodušno i bez trunke uzbuđenja da priznaje dželat. — Jednog po jednog sam ubijao, kako sam na koga nailazio. Ubio sam i njegovog brata, i njega, i njegovu kurvu, i njegove pajtose, i neke od Italijana.

Barbara je prećutala ovo i obrisala oči, našavši utehu u dželatovim rečima. U njenom pogledu bilo je nejasnoće i divljenja istovremeno, gledajući velikog nepoznatog čoveka kako o tome ravnodušno govori i zamišljajući slike onako kako ih veteran opisuje.

— Drago mi je da si preživeo. Ti si već drugi došljak kom sam pomogla za dva dana.

Dželat je nejasno promrmljao završavajući svoju porciju.

— Hmm, prvi je bio neka devojka. Mišel mislim da se zove.

Dželat je ponovo podigao začuđen pogled ka njoj. Blagi šok bio je u njegovim očima.

— Mišel Rejnolds?! Nosi siv prsluk, kratku plavkastu kosu, niska?

— Mhm, to je ona. Poznajete se?

— Da. Duga priča. Kažeš da je ona ovde?

— Koliko znam da. Juče sam je upoznala, auto joj se pokvario ovde.

— I gde je ona sada?

— Uputila sam je kod Eduarda, on je mehaničar. Posle toga je nisam videla.

Dželat je odložio tanjir na stranu, završavajući svoj obrok, a Barbara je u međuvremenu skinula ranac i izvadila nešto uvezano u parče pocepane tkanine. Položila je to na krevet i razmotala. Ukazao se pištolj i plava elegentna kutijica sa slikom metka na sebi. Oružje je svetlucalo i izgledalo kao da je maločas izišlo iz fabrike.

— Ovo je od Ernija.

— Erni?

— Čovek koji... Nabavlja stvari za ljude — rekla je Barbara, uz tajanstveni pogled u stranu. — Rekao je da za ovo kuća časti.

Dželat je uzeo oružje bez mnogo razmišljanja, osećajući da će morati još koji put da ga upotrebi pre nego što izađe iz grada. Osećao je svakim trenom sve veću nelagodnost i klaustrofobiju u gradu koji mu je delovao sve tesniji, sužavajući svoje zidove oko njega. Priča o susednom mestu Roka Negra i agresivnim građanima bila je kao parče pokvarene hrane, koja je uporno tinjala u želucu, najavljujući nešto mučno. Nije želeo nimalo da se zadržava.

— OK. Hvala za pomoć i sve, ali moram sada da krenem.

— Razumem. Ne zadržavaj se previše, čula sam da će blokirati ceo grad.

— Hoćeš li ti biti dobro?

Barbara je potvrdila.

***

Za sirotište „Florensija" vezivane su razne priče. Neke su bile o tome kako su siročad tamo preživljavala stravične torture. Neki su govorili u stilu dobro poznatih zastrašujućih priča da u njemu obitava nečista sila i mračno zlo. Treće priče kružile su da je to samo zavesa za organizovanje emigranata preko granice. Kakve god urbane legende lokalno stanovništvo pričalo, od samog sirotišta ostao je deo zgrade, dok se jedan deo srušio od oronulosti. Oko nje je izniklo malo naselje, nelegalno izgrađeno, divlja gradnja kako su je zvali, koje je predstavljalo neku vrstu najbolesnije tačke Lusina, jer je na tom mestu živeo najsiromašniji sloj ljudi. Oni koji su ostali bez ičega, ili nikad nisu ni imali ništa udružili su se pokušavajući svakodnevno da produže sebi život za dan, eventualno nedelju. Trudili su se da se drže zajedno, koliko su mogli i ispomažući se, međusobno preživljavali u divljim i neljudskim uslovima, živeći oko zgrade nekadašnjeg sirotišta u šatorima, improvizovanim barakama, starim kamp-prikolicama i kućicama. Neki su govorili da odatle dolazi i mnogo kriminala jer se ljudi tamo bave svim i svačim ne prezajući ni od čega da zarade novac. U napukloj zgradi, koja je važila za centar urbane legende u Lusinu, smeštena je bila o trošku grada zajednička kuhinja, iz koje su se hranili najsiromašniji. Ponekad bi birali da kupuju brzu hranu sumnjivog kvaliteta, ali vrlo jeftinu čak i za njihove uslove, a ponekad bi iskoristili pogodnosti besplatnog obroka. Iako na ivici postojanja, ipak je mogla za izvestan broj ljudi obezbediti hranu.

Idući ka legendama okovanoj zgradi nekadašnjeg „Florensija” sirotišta, do kog će ga dovesti uske krivudave uličice, koje su zahvatale veću površinu prošaranu uzvišenjima i ruševinama i oko kojih su stajale skromno napravljene kućice, dželat se stalno razvrtao, plašeći se da ih neko ne prati. Spazio je desetak ljudi koji su sedeli okupljeni oko ekrana jednog velikog starijeg televizora. Veteran je najpre usporio korak, prepoznajući prostorije iza leđa novinarke koja je izveštavala s lica mesta, da bi potpuno stao videvši o čemu je reč. Bio je to Gomezov bar, ili barem prva prostorija sa šankom i podijumom za ples, kroz koji je prošao sa Leandrom bežeći od policije. Mnoštvo ljudi u uniformama kretalo se iza leđa novinarke i spazio je kako kraj nje prolaze lekari i guraju nosila prekrivena čaršavima.

... Bilo je ironično videti ljude okupljene oko televizijskog ekrana, koji gledaju i nagađaju ko je napravio pokolj u Gomezovom baru, a onaj ko je to učinio stoji metar iza njih. Na svakom koraku sam otkrivao kakav je plamen buknuo ubistvom ludog dilera...

Do ulaza u sirotište „Florensija” vodile su betonske stepenice, a preko odškrinutih vrata u holu vidljivo je bilo nekoliko ljudi, koji su se šetali unutra, dok je par momaka pralo kazan od ostataka današnjeg jela. Prošao je pored ulaza, ne želeći da se zadržava. Uski putevi oko kojih su bile nasađene kućice pomalo su bili konfuzni i nejasni, krivudajući i ukrštajući se u ne baš malom naselju oko sirotišta. Tokom celog dana je bilo konfuzno a dok je veče padalo, unutra je postajalo življe. Ljudi iz grada sklanjali su se što pre kućama, a ljudi u „Florensiji” su bili mahom na otvorenom. Dželat nije bio siguran koliko mu je potrebno do kraja, ali uskoro je naišao zvuk koji ga je naterao da skrene misli momentalno. Do njegovih ušiju dolazio je urlik sirena. Ljudi su se napolju uznemirili i počeli da beže po kućama, a dželat je istrčao na jedno uzvišenje, odakle je imao bolji pregled.

Na prašnjavom drumu, koji je iz Lusina vodio do sirotišta, kretala se kolona vozila pod rotacionim svetlima. Jedan kombi, džipovi terenci i patrolna vozila jurila su jedno za drugim i bila su gotovo na ulazu u naselje. Bilo je jasno kuda su se zaputili. Bilo je kao dan jasno koga su tražili.

Veliki televizor, koji su ljudi maločas gledali, ležao je razbijen. Neki ljudi su na licu mesta bili oboreni na zemlju. Po dvorištu su padale signalne rakete, bojeći u crveno delove oko sirotišta. To je bila slika koju je dželat zatekao usred naselja, čim je sišao sa brdašca. Pre nego što je kolona vozila uopšte ušla, policija se već probila s još jedne strane i počela da u organizovanim linijama češlja i prevrće čitavo naselje, upadajući redom u kuće i kamp-prikolice oko kojih su šarala brojna svetla baterijskih lampi. Neki ljudi su počeli i previše da se bune. Stariji čovek u nameri da zaštiti porodicu od policijske torture nasrnuo je na policajca. To je bio znak za ljude pod opremom. Oborili su ga i udarali pendrecima, dok su žena i deca vrištali i otimali se.

U tom trenutku stigla je kolona koju je dželat pratio sa brdašca i ušla u naselje. Organizovan kordon krenuo je stazom, a ljudi su bežali izbegavajući da dobiju pendrek po leđima. Nisu svi oko sirotišta bili slabi i iznemogli. Neki od stanovnika naselja su pokušali da se opiru i na nekoliko krajeva izbila je tuča s policijom. Poletele su i kamenice na njih, a s druge strane suzavac. Počelo je da se oseća u vazduhu. Dželatu ništa nije značilo što je to policija. Instinktivno se mašio za oružje i u tom trenutku shvatio da je prazno. Izvukao je okvir i video je da nije popunjen mecima.

— Jebem ti... — procedio je kroz zube i dao se u trk, videvši da se obe kolone približavaju i probijaju se ka zgradi sirotišta. Nije imao vremena da popuni okvir. Umesto toga iskoristio je gužvu i konfuziju. Nije bio siguran imaju li njegov tačan opis ali je iskoristio ljude kao neku zavesu i između njih se vešto provukao.

... Bežao sam napamet u tim trenucima. Ono što sam pretpostavio da će biti izlaz je blokirala policija i tukla sve što joj se našlo na putu. Na skali ludosti noć u Lusinu pretila je da je probije...

***

Policajac je saterao starijeg čoveka uz zid kuće i udarao ga pendrekom zbog pružanja otpora, dok su dvojica kolega stajala i pazila da niko ne priđe. Umesto da padne, on je samo stajao povijen, a pendrek po njemu zvonio kao po šupljoj gumi. Policajac je bez ikakve kontrole udarao sve više u neverici kako trpi takve udarce. Odjednom je stao, začuđen. Kada je čovek ponovo podigao glavu njegove oči nisu više bile iste. Blesnulo je zelenilo iz njih...

***

Probijajući se između ljudi koji su bežali, Volkot je prošao i sirotište i još neku distancu, pokušavajući da izađe iz naselja. Policija je neumoljivo u svojoj brutalnosti hapsila i tukla. Primetio je usput da svakog starijeg muškarca gledaju pažljivije, upiru mu svetlo lampe u lice. Patrolna vozila pristizala su i iz drugih pravaca, a krešendo sirena remetio je osećaj za orijentaciju i pribranost čak i kod veterana, prizivajući mu uspomene kada bi se našao u haosu jedne od mnogobrojnih ratnih zona koje je prošao. Falile su samo granate i pucnji da se te uspomene potpuno prizovu. Pronašao je jedan manji sporedni put, koji je išao nizbrdo, kroz spletove drveća video se Lusin, njegov uži centar. Policija je stajala sa strane i vršila pretres ljudi, neki su raširenih ruku stajali uz zidove trošnih kućica. Video je da tu nije bilo primene sile, samo razgovori i legitimisanje. Shvatio je da se taj deo polako odvaja od naselja oko sirotišta. Videvši da je i taj put blokiran patrolnim kolima i naoružanim ljudima, skrenuo je u još užu uličicu levo. Tamo je ugledao bizaran prizor ruševina. Nijedna kuća nije ličila na kuću, već su samo virili njihovi ostaci.

***

Barbara je u trenutku upada policije bila napolju i razgovarala s Ernijem pored barela u kome je gorela vatra. Kada su čuli sirene, već je bilo kasno. Policija je već bila tu i reagovala tako munjevito da nisu stigli gotovo ništa da učine. Čuli su se povici da se predaju i legnu na zemlju, ali su odbili.

— Barbara, beži! — povikao je Erni, zatrčao se i bacio se na policajce koji su trčećim korakom išli ka njima. Oborili su ga i pretukli, a slušajući njegove jauke, Barbara je potrčala koliko je mogla brže nošena strahom. Znala je odmah gde može da se skloni, a to je što dalje od sirotišta i to u „gluvoj ulici" kako su je popularno zvali dok su bili deca, jer tamo nije bilo ni ljudi ni kuća, samo ruševine. Dok je trčala pored zgrade sirotišta, već je zatekla haos, haos koji ju je prestravio, jer je u toku bilo nešto što je ličilo na opštu tuču. Policija je nemilosrdno udarala po građanima, krvnički, ali to nije ono što ju je nateralo da prebledi. Ljudi su uzvraćali ujedanjem. Neki policajci bili su oboreni na zemlju, kacige su mnogima strgnute ili popadale a građani su grizli kroz odeću i kroz kožu. Jedan policajac vodio je oslonjenog kolegu na ramenu, čije je lice bilo skroz okrvavljeno. Nije gledala gde trči. Zapela je o nešto i pala u trku, počevši da drhti od straha. Umalo nije razbila lice. Pucnji. Počeli su da odjekuju po sirotištu i unutar zgrade. Videla je svetlost kako seva s prozora.

Sledila se kada je začula dovikivanje policajaca, a odnegde je čula i pse čiji je lavež odzvanjao hodnikom, zvučeći kao da neko udara čekićem o metalne zidove. U sirotište su pušteni psi. Bojala se pasa.

Ovi koje je policija dovela nisu delovali nimalo umiljato. Nadala se da će ih možda splet hodnika sa sobama bar malo zbuniti, ali dresirane pse sa izoštrenim njuhom je bilo teško zbuniti u traganju, a ko zna, možda se bahati policajci malo i zabave tako što će pustiti rotvajlera čeljusti zapenjenih od besa da je izujeda na smrt i onda to, naravno, po standardnoj proceduri zataškati nekako. Još gore videla ih je i napolju. Kidisali su na građane agresivno ih zubima hvatajući za ruke i noge dok su ljudski krici parali noć nad Lusinom. Hiljadu zlokobnih misli s užasnim, krvavim i nasilnim ishodom letelo je kroz njenu svest, dok je brzo grabila i ustajala plašeći se policajaca koji je jure. Nije shvatala da beži od senki. Od nje su davno odustali, verovatno i sami šokirani onim što vide ali gori progonitelji za devojčicu bile su njene misli nego što se zaista oko nje dešava. U strahu je mislila da celo sirotište gleda u nju i progoni je zajedno s policajcima i psima. Brzo se sjurila nizbrdo, ne pazeći da možda može ponovo da padne. Pronašla je dva zida na tačnom mestu i „vrata" između njih, koja su lično ona i Erni pravili čekićem ukradenim od Ernijevog oca, kada su se igrali kao deca. Popularna „vrata" između zidova bila je najobičnija šupljina koju su kuckali malo-pomalo i napravili je. Koliko je bila zahvalna tom glupom dečjem nestašluku. Provukla se i našla u „gluvoj ulici" koja je u ranim mračnim satima već sama po sebi delovala jezivo. Ta strana bila je dosta nesređena, s gusto izraslom, nepokošenom travom i ruševinama od kuća. Oko zgrade sirotišta neki ljudi pravili su kuće čiji niz bi ih spojio sa Lusinom. Međutim, ideja je bila neuspela, taj deo naselja većinom je izumro i na tom parčetu neeksploatisane zemlje došao je najsiromašniji sloj ljudi, koji je ostao da živi tu kada je oformljena narodna kuhinja.

Već je bila zadihana pokušavajući da pobegne na sigurno i već je počela da misli da im je umakla ali iznenada Barbara je osetila snažan stisak na tankoj mršavoj ruci i trzaj toliko jak da ju je podigao sa zemlje. Sav užas koji ju je preplavio i akumulirao se u njenoj svesti sada je eksplodirao kao vulkan. Uhvaćena je. Nema više gde da beži. S ulice je nestala u sekundi, kao u Hudinijevom triku, u kom su joj noge kratko zalepršale u vazduhu pre nego što je nestala u mraku jedne od ruševina.

Užasnuta, već je završtala, odnosno samo pokušala da završti. Kasno. Ručerda je već bila preko njenih usta.

***

— Š-š-š-š-š, ja sam. Ne otimaj se, ne vrišti. Čuće te — prošaputao je dželat. Barbara je bila u grču samo jedan trenutak, dok je bila u gvozdenom zagrljaju velikog čoveka, ali čim je čula Volkotov glas, koji joj šapuće u uho, primirila se, šokirana i iznenađena kako je uspela da naleti baš na njega.

— Skloniću ti ruku s usta. Nećeš da praviš buku?

Barbara je klimnula potvrdno. Pustio ju je. Na veteranovom licu, po kom je mrak elegantno pao i na kom je Barbara videla samo oštru bradu, napetost je opadala i bio je sada mirniji. Izvadio je paklu i zapalio cigaretu.

... Kako je izgledalo živeti u konstantnoj izmaglici zaglupljivanja i zataškavanja? Neko je bio na putu da, nažalost, to sazna na teži način. Neka devojčica, moj spasilac od posledica Brunovih batina i Gomezovog ludila, po imenu Barbara Salazar, petnaestogodišnjak- inja iz nesrećnog grada Lusina, čija žila kucavica je presečena i on krvari ove noći. Ovo nije bilo nikakvo sprovođenje zakona, niti sukobi interesa, već običan lov na ljude i iživljavanje; grešim, bilo je još gore i biće još gore. Kroz malu pukotinu, umesto cigle u zidu porušene kuće, u kojoj sam se sklonio dok je brutalna racija bila u toku, gledao sam džukce koji tragaju za mnom i za devojčicom koja im je pobegla za dlaku. Bili su daleko. Srećom.

... Zakasnili su svega nekoliko minuta i za jednu učmalu provinciju imali su naoružanje i opremu kao da su antiteroristička jedinica, a došli su po jednog čoveka. Delovalo mi je kao da su imali dojavu gde da traže, ili je Meksiko naprasno počeo da ulaže veliki novac u policijske snage, opremajući ih do nivoa nacionalne armije.

... Ne, ta priča neće proći kod mene. I suviše dobro znam da krvavi novac teče njihovim venama i da ih redom kupuje i podmićuje kako bi ćutali i držali zatvorene oči. Svi oni bili su prljavi, ali lestvica čitave zavrzlame i dalje je rasla u nedogled, kao čarobni pasulj iz bajke. Policija nije zalazila u ovaj deo. Blokirali su ovu pustu sporednu ulicu, ispresecanu spletovima porušenih kuća i mi smo im gledali u leđa. Jadne budale. Bili su samo potrošna roba, džukele koje su ujedale boreći se za još jednu masnu guzicu namazanu milionima. Da li je to bila direktna veza sa umobolnikom koji je finansirao samoubilački projekat ispod one planine, ili je neko drugi bio u kombinaciji, sasvim mi je bilo svejedno. Odavno sam shvatio da među bogatašima nema mnogo razlike, osim u ludim idejama, koje se roje po njihovim glavama.

... Pet minuta tokom kojih sam dovršavao svoju cigaretu bili su mi spokojni kao da sam u neprobojnoj tvrđavi opasanoj zidovima i topovima. Ali kada sam je konačno završio, trebalo je da se krene. Iako nisu zalazili ovamo, ipak ne treba izazivati sudbinu. Ionako sam je izazvao previše puta.

— Nisam očekivala da te ponovo vidim ovako brzo — rekla je Barbara kada su se uverili da je bezbedno da mogu da razgovaraju.

— Da, naišao sam na probleme kao što vidiš — dželat je ustao i krenuo prema ostacima zida, koji se odavno srušio i zarastao u mahovinu.

Oboje su zaćutali na trenutak. Iz pravca sirotišta odjekivali su pucnji. Dželat nije poznavao te ljude, ali Barbarino lice dobijalo je tužniji izraz posle svakog hica koji se uz šuštanje probijao, kako je koji donošen vetrom do njih.

— Ovo je bolesno. Pucaju na nas, kao da smo besni psi — promucala je.

— Bolje da se pomerimo odavde — rekao je veteran.

... Biti u društvu devojčice, dok se oko mene puca i govnari pod pancirima idu u deratizaciju okoline, nije baš najbolja solucija ni za mene ni za nju. Mogli bi je lako ubiti kao što ubijaju ljude tamo oko sirotišta. To nam je bio znak da se sklonimo odatle. Pominjem Barbaru često, jer ni sama nije svesna kako će joj se život naglo promeniti počev od ovog trenutka i da neće biti tek još jedna beznačajna vreća mesa u ovoj klanici u nastajanju.

Završio sam veliku stvar u ovom do srži korumpiranom gradu. Ubio sam gada koji je bio njegova glavna bolest. Ujedno, saznao sam nešto što mi je možda i poremetilo koncepciju i mehanizam sledećih poteza, koje sam nameravao da povučem. Našao sam se pred izborom...

Sklonili su se dalje, prošavši kroz ostatke nekoliko kuća, koje su povezane dvorištima zaraslim visokom travom ličile na ruševine nekog starog zdanja i stigli do jedne koliko-toliko stabilne kuće, na koju je Barbara pokazivala da se sklone.

Oprezno su ušli unutra kroz prozor koji nije imao okna. Soba u kojoj su se našli bila je mračna i gotovo ispražnjena, osim par starih dušeka i još nekih dotrajalih kućnih stvari, a veteran se morao osloniti samo na nož ovog puta. Prešli su u sledeću prostoriju koja je slično izgledala i unutra zatekli ljude koji su se uplašili kada su ih videli. Nekoliko trenutaka gledali su u njih. Zatekli su unutra čoveka sa ženom i dva deteta, od kojih je jedno bilo muško jedno žensko, starijeg Meksikanca s osedelom kosom i bradom, koji je nosio neki stari kožuh, i dva sredovečna muškarca. Barbara im je odmah rekla na španskom da se ne plaše. Tenzija se brzo spustila, jer je izgledalo da je ovi ljudi poznaju.

Unutra su se grejali na starom zarđalom šporetu, kome je nedostajala gornja ploča i plamen je izbijao iz njega, bacajući svetlo po zidovima pocrnelim od vlage i propalim od zuba vremena. Još poneki pucanj je odjekivao iz pravca sirotišta.

— Nisam verovao da ona bitanga Gomez vredi čitavog haosa u gradu — prokomentarisao je starac na engleskom, trljajući ruke. — Ovo je ludnica. Kao kraj sveta da je došao s njim.

Dželat je pogledao u Barbaru.

— O čemu on govori?

Slegla je ramenima.

— Ovi ljudi pobegli su iz grada. Izbegli su sigurnu smrt — pokazao je na četvoročlanu porodicu koja je sedela s druge strane šporeta. — Ljudi su poludeli napolju, tako bar kažu i to sve posle ubistva Gomeza i kada je policija počela ovo.

— Dile a el que paso[1] — obratila se žena sinu, pokazujući pogledom na dželata. Delovalo je kao da ga ohrabruje da govori.

Crnpurasti dečak je posle toga pogledao u Volkota i rekao.

— Morali smo da se sklonimo iz grada. Ljudi dole su loši — njegovi roditelji su samo klimali glavama u znak odobravanja; shvatio je da ne govore engleski.

— Ne razumem. Loši?

Ljudi unutra bili su na smrt preplašeni. Nisam ni pomišljao da slutim na najgore...

— Da, agresivni, ludi. Mnogo njih je postalo takvo. Pobegli smo i ostavili sve. Ubili su naše komšije i našeg psa, počeli su da udaraju na vrata i da lome prozore. Bili su kao ludi.

— Užas. Dođi, pokazaću ti — umešao se starac u priču i ustao.

Odveo ga je do treće sobe koja je takođe bila bez okna, ali sa perifernog dela imala je dobar pogled na grad. Na nekoliko mesta u njemu kuljao je dim i bilo je požara. Lusin je goreo.

— Šta se dogodilo?

— Kao što mali reče, sve je otišlo do đavola. Imam sreće što to nisam video, a on, jadničak, doživeo traumu još u tim godinama.

— Ne živiš u gradu?

— Jok — odmahnuo je starac. — Ovde sam se preselio pre mnogo godina. Nazovi je mojom luksuznom vilom. Odvojio sam se od svega, samo povremeno svraćam na kazan po obrok. Ha, izgleda da ni toga neće biti kako stvari stoje.

Dželat je munjevito izvukao pištolj. Pokret je bio tako impulsivan da je stariji čovek ustuknuo i pomislio da će pucati. Njegovo lice mrštilo se sve više i dobijalo mračniji izgled. Klizač na pištolju izašao je nazad i elegantnim pokretom okvir je iz oružja skliznuo pravo u dželatovu masivnu šaku. Izvukao je kutijicu metaka i spretno ju je otvorio, uzimajući jedan po jedan metak, koji je uz diskretno škljocanje ulazio jedan za drugim. Starac je pogledao pomalo nesigurno u dželata i video da dok to radi uopšte i ne gleda u oružje ili u okvir, već je njegov pogled bio fiksiran na grad i vatre koje su po njemu gorele. A u tom pogledu nije se nalazio ni grad, ni haos u koji je zapadao. Bila su tu nedavna sećanja.

Bile su to slike koje su ga sprečile da ostane ovde, sačeka da sve prođe i pobegne iz grada, užasne slike koje su se desile u Gomezovom baru „Astek”. Slike Brunovog batinanja, Pablo užasno, životinjski rasporen, razapet i osakaćen, dečak koji je tek otkrivao život, ali nažalost previše brzo odrastao još brže završio život, nije uspeo da ga izvuče, kao što nije uspeo s Majklom u „Don Hozeovom” zatvoru i nalet krivice je bio nemilosrdan, napadajući njegovu svest. Majkl je pao od metka, Pablo je prošao još gore umirući u strašnim mukama, čije krike je čuo čak do kotlarnice u kojoj su ga vezali. Drogirani i bezumni Gomezovi fanatici, čija dela je jedino on video uživo, kako se ponašaju bez trunke razuma, Leandra kako izgubljeno mazi pramenove svoje kose izgledajući tako jadno da bi milosrdni metak u tom trenutku bio usluga za nju.

Mišel je tamo. Verovatno je još uvek tamo u gradu i mogućnost da završi kao Pablo, ili kao Leandra, ili da je policija likvidira usred vanrednog stanja koje je usledilo, vezalo mu je noge i sprečavalo ga da samo okrene leđa.

Poslednji metak skliznuo je u okvir. Ubacio ga je nazad u oružje i otkočio ga.

— Šta ćeš s tim? — pitao je starac.

Dželat je ignorisao pitanje i vratio se nazad gde su svi ljudi bili okupljeni. Okrenuo se ka Barbari.

— Ostani s njima.

— Kuda ideš? — pitala je Barbara.

— Moram nazad u grad. Mišel je tamo, neće moći sama da se snađe u ovome. Kažeš da je poslednji put otišla kod mehaničara Eduarda?

Klimnula je potvrdno.

— Nemoj da ideš sam. Bolje da idem s tobom — predložila je, ali je dželat odmah odbio predlog.

— Videla si šta policija radi — rekao je dželat. — Ako dođe do gužve, biće mi lakše da se krećem sam. Ionako sam navikao da se nosim s njima.

Videla je još nešto. Oni ugrizi i neko zelenilo u očima. Umalo se nije izletela i rekla, ali je ipak zaćutala. Možda u situaciji prevelike napetosti nije bilo pametno pominjati to iako je savim jasno videla to čudno zelenilo u očima.

— Moraću da posetim nakratko tog mehaničara — zaključio je dželat.

— Nisam sigurna hoćeš li sada moći da ga nađeš — rekla je Barbara.

— To je rizik koji ću morati da prihvatim. Ne mogu da je prepustim u nemilost policiji — odvratio je dželat.

— Možete da se vratite ovde kad nađeš tu Mišel — predložio je starac. — Trebalo bi biti bezbedno.

Dželat je samo potvrdno klimnuo na ovaj predlog.

Jedan od sredovečnih prisutnih ljudi se javio.

— Ja znam gde živi Eduardo.

— OK, reci mi.

***

... Hostel „Vilja", uprkos tome što je bio velika zgrada, postajao je sve više mesto koje kao da se sve više skupljalo i stezalo poput zmijskog zagrljaja. Mišel je pokušala da odspava i da odmori pred današnji put, kako bi što pre napustila teritoriju Meksika, ali dešavanja u gradu joj nisu dala ni mira ni sna. Iz kratkog dremeža trgao ju je policijski automobil, koji je na razglasu nešto govorio. Vrlo brzo protutnjao je ulicom. Nije razumela jer je španski bio u pitanju, ali dodatno ju je uznemirilo, jer je policija, verovatno, izdavala neko upozorenje. Iako su popodnevni časovi bili u pitanju, mrak je već padao na Lusin. Nije mogla da čeka više ni jedan jedini minut, iako još nije bilo vreme da ode po auto. Već je u mislima vodila razgovor i sa ocem i sa majkom, pokušavajući da se opravda za ovo kašnjenje i nejavljanje. Već vidi drakonske kazne kako pljušte po njoj i kilometarske pridike, svađe, prekor, razne stvari od kojih joj je bilo mučno pri samoj pomisli. Ko zna hoće li je i posle koliko vremena pustiti da izađe iz kuće nakon ovoga. Njen otac će pobesneti zasigurno, ako mu ovaj sastanak bude propao. Osim ako se nije setio da pozove bebisiterku i ipak ode na zakazani sastanak, ali ipak ne, poznaje Mišel veoma dobro oca koji im iz nekog svog ubeđenja i paranoje da među bebisiterkama postoje narkomanke i psihopate, uopšte ne veruje i za tolike godine nije hteo ni da čuje za to da neku od njih pozovu. Jednostavnija varijanta mu je bila da za svaku sitnicu zove Mišel, ostavljajući je pored mlađeg brata pod izgovorom da treba naučiti da bude odgovorna i savesna osoba.

Izašla je u hodnik, pokušavajući da otrese misli koje su joj samo podizale ionako veliku napetost. Sve je bilo tiho. Previše tiho. Pogledala je levo-desno i začudila se kako niko od gostiju nije reagovao na policijsku sirenu, makar da izađe da vidi o čemu je reč. Krenula je ka recepciji, ali ni tamo nije bilo nikog. Gospodin Vilja nije bio tu, ali joj je rekao gde se nalazi njegova soba i da se ne ustručava da ga pozove ako joj nešto bude trebalo. Ostavio joj je praktično odrešene ruke. Mišel je na brzinu otišla do njegove sobe koja se nalazila u malom hodniku iza recepcije. Pokucala je i tiho se javila.

— Gospodine Vilja?

Nije se čuo odgovor, ali vrata su bila odškrinuta. Mišel je diskretno otvorila i privirila unutra. Unutra nije bilo nikog, samo krevet u kome je izgledalo kao da je neko ležao i stočić na kom je stajala flašica s vodom i tanjir s ostacima nekog jela.

Zatvorila je zamišljeno vrata, osećajući kao da je zaista sama u zgradi. Napustila je hostel i uputila se ka Eduardu.

Požurila je. Gotovo trčala. Pomalo ju je plašila činjenica da sama ide pustom ulicom grada koji je delovao kao da nema nikoga u njemu. Glasno su đonovi njenih čizama odzvanjali o betonsku stazu, dok je pokušavala da što manje vremena provede u Lusinu koji joj je ostavio prilično loš utisak, da uzme auto i pobegne što pre, zaboravljajući ovaj neprijatan doživljaj. Nešto manje od dvadesetak minuta trebalo joj je da stigne do raskrsnice na kojoj se nalazila radionica lokalnog mehaničara. Na ulici je bilo pusto i napušteno, s tim što je videla kako dosta stvari leži na trotoaru kao da su zaboravljene.

Primetila je ostatke plastičnih kesa, poneki ranac, flaše, ćebe, folije od vakumirane hrane. Vrata mnogih kuća bila su otvorena, dok bi jedino što je pravilo razliku u uznemirujućoj tišini na ulici bilo pokoji automobil, koji bi projurio i to velikom brzinom. Jedini zvuci koji su do nje dopirali bili su iz drugih delova grada, odakle se čulo dosta automobila kao i poneka sirena, čula je nešto što joj se činilo kao zavijanje, kao udaranje ali slabije je dopiralo do nje. Poslednjih pet minuta do Eduardove radionice praktično je trčala osećajući kako puls sve snažnije tuče u njoj. U jednom od dvorišta kuće videla je čoveka kako potrbuške leži nepomično. Nije delovalo kao da se napio, ali način na koji je ležao (kao da je mrtav) ju je prilično uznemirio. Nešto dalje odatle, na prozoru jedne od kuća u kojoj je svetlo bilo upaljeno videla je mušku i žensku osobu kako se čudnovato teturaju i posrću dok se kreću. Iste takve pokrete imao je čovek preko puta, teturajući se u svom dvorištu i delujući dezorijentisano, kao da ne zna gde se nalazi. Prizori su je naterali da brzo odvrati pogled od toga, počeo je znoj da je obliva. Počeo je ogroman strah da je hvata i dao vetar njenim patikama da ubrzaju.

Stigla je brzo. Nije se mnogo promenilo s druge strane ograde od kada je prvi put posetila mehaničara. Pogledala je ima li nekog u blizini koga će pozvati, znajući da Eduardo čuva opasnog psa, ali nikog u dvorištu nije bilo. Pozvala je nekoliko puta mehaničara, ali on se nije javio. Videla je svetlost i iz radionice i iz kuće. Uzela je mobilni telefon i brzo iskucala njegov broj koji joj je ostao u dnevniku poziva. Telefon je zvonio, dok se ona nervozno šetkala trotoarom. Zvonio je, zvonio i zvonio i na kraju odzvonio do kraja, ali niko nije odgovorio. Mišel je nervozno stisla usne. Odustala je od zivkanja i uprkos strahu od agresivnih pasa odlučila da ipak uđe. Još jedna blokada zalupila ju je bukvalno posred čela kada je došla do kapije. Isprva nije ni primetila, jer je pao mrak, ali kada je prišla oko stranice kapije i na drugoj strani na ogradi bio je obmotan lanac koji je bio sastavljen velikim zaključanim katancem. Videvši da joj ideje nestaju neverovatnom brzinom, gotovo je bila u iskušenju da pozove oca ali šta će mu reći? Istinu ili laž? Da kasni zbog nekih tamo stvari ili je zaglavila zbog pokvarenih kola u gradu u kom se desio zločin i koji je svakog časa pred zatvaranjem? Bila je smrtno uplašena u ovom momentu pa i da pokuša da proturi laž nije gospodin Rejnolds budala, shvatiće po glasu da nešto nije u redu. Dovoljno poznaje svoju ćerku. Mišel je nervozno šutnula kapiju koja je odzvonila.

***

Shvatila je da mehaničar neće izaći. Barem ne na taj način. Nervoza se sve više uvlačila ispod njene kože, dok je s nestrpljenjem grickala nokte i razvrtala se. Kobna pomisao da je možda Eduardo kupovao vreme, a potom se masno ovajdio od njenog zavidno skupog ševroleta sve je bila bliža i realnija. U paničnoj konfuznoj kanonadi loših misli počela je da misli da ju je prevario. Na kraju krajeva, bio je to skup automobil, do sada je sigurno mogao da ga uvalja i pobegne. To bi bilo ravno katastrofi, jer ne bi imala mogućnosti da ode iz gradića koji je bio negostoljubiv, korumpiran i povrh svega pred policijskim časom zbog nekog obračuna bandi, ili nekog sličnog incidenta, u kom je bilo mnogo mrtvih.

Tada su je prenuli koraci koji su dolazili iz druge ulice levo od nje, koja se ukrštala s ovom iz koje je došla. Četvoro ljudi s torbama i rancima trčalo je zadihano.

— Salte de aqui! Te van a matar![2] — dobacio joj je jedan od njih u trku, ali nije imala pojma o čemu govori. Za njima su išli drugi ljudi, ali njihovi pokreti su je uplašili. Izlazili su iz kuća, iz uličica, okupljali se u jednu veću grupu i kretali za ljudima koji su upravo protrčali pored nje. Nije stigla da ih dobro osmotri. Pored kapije ju je neko režanje nateralo da poskoči iz mesta. Eduardov pas bio je na metar od kapije. Preteći je režao, ali nije bilo režanje ono što joj je nateralo jezu ispod kože. Životinja je bila puna rana, njegova vilica koju je iskezio bila je krvava, izranjavana i u njoj je nedostajalo nekoliko zuba. Pogled mu je bio krmeljiv, bolestan, a neko čudnovato zelenilo nalazilo se u njemu. Lančić na kom je bio vezan jezivo je grebao o stazu pokidan, dok je pas hramao i jedva hodao. Primetila je da mu je kičma čudnovato iskrivljena. Dovukao se nekako do ograde i počeo šapom da čačka nešto oko nje. Nije shvatila šta time radi, ali pas je počeo iznenada da cvili, da trza glavom, a niz vilice mu je potekla krv. Pao je dve sekunde nakon toga, počeo da se koči i da udara šapama u vazduh, da zagrebe par puta u zemlju da bi uskoro izdahnuo na licu mesta.

— Jadnik... šta se ovo događa — promucala je u sebi i prišla. Do nje je dopiralo neko mumlanje. Okrenula se ponovo levo. Građani koji su se okupili maločas, sada su bili bliže. Ispuštali su neke glasove slične jecajima. Delovalo je kao da idu i kukaju ulicom. Zapomažu. Njihova otvorena usta su zjapila, a sa njih je tekla krvava pena. Spazila je neko jezivo zelenilo u njihovim očima, sličnim kao kod psa koji je uginuo. Njihova odeća bila je pocepana i krvava.

— Bože! Šta je s ovim ljudima? — prošaputala je iskolačivši oči. Pogledala je i razmislila da pobegne u pravcu ljudi koji su maločas protrčali, ali videla je nešto dalje da iz kuća i dvorišta izlazi još lokalaca koji posrću i padaju, sapliću se i mumlaju, ali polako se okupljaju na drugom kraju ulice. Morala je da nađe neko rešenje. Spazila je srećom rešenje koje joj je bilo pred nosom, ali je bila previše uznemirena prizorima da bi odmah videla.

Žičana ograda bila je uredno postavljena na metalnim stubovima, ali samo na jednom mestu delić nje je nedostajao na donjoj strani, gde je ujedno komad trotoara propao od naprsnuća i zastarelosti. Shvatila je. Jadan pas je, umirući pokušavao da pobegne iz dvorišta i da se provuče kroz rupu na koju je instiktivno išao i dok umire, ali nije imao snage i uginuo je. Ljudi sa zelenilom u očima gledali su u nju i videla je da bi ovo mogao biti jedini način da pobegne od njih, nadajući se da će Eduardo biti dovoljno human da je sakrije. Shvatila je sada zašto je zaključao kapiju, ali to pseto bilo je odmah pored ograde. Miris truleži bio je odvratan, čak i sa te daljine. A morala je da se tu provuče.

Prisetila se kako su se nekada ona i društvo provlačili između ograda krijući se, dok su bili mali. Nekada u tim godinama je Mišel, govorili su, bila toliko savitljiva i elastična da se bukvalno mogla provući kroz mišju rupu. Ideja da na licu mesta ponovo proveri te tvrdnje nije joj se nimalo svidela. Videla je ljude koji se ponašaju kao nenormalni. Bila je sleđena u tim momentima. Mogućnost da je građani bolesni od nečeg dohvate bila je još užasnija i naterala je na očajnički potez, jer je bila previše niska i nespretna da bi se popela uz ogradu.

— Gospode Bože, šta ja ovo radim... — promrmljala je tiho, a zatim prišla delu ograde na kojoj se nalazila rupa.

Nekoliko ljudi prelazilo je ulicu. Bilo je to nešto dalje od nje, na nekih stotinak metara. Mišel nije videla šta se s njima dešava — da ih u blizini grabe ljudi s bolesnim pogledima i ujedaju. Jedino je čula njihove krike. Polako je pokušala da presavije ogradu kako bi sebi napravila makar malo mesta. Nije bila dovoljno jaka da to učini. Mučila se i natezala ogradu, dok joj je zarđala žica ostavljala crvene pruge po dlanovima. Legla je na bok, a zatim iz sve snage pogurala deo ograde naviše, stenjući i zapinjući. Nimalo tanka i pri tom šiljata žica na dnu krenula je nekako naviše, a Mišel, koristeći je kao oslonac, odgurnula se i pokušala da prokliza ispod nje, vukući se po blatnjavom pločniku. Miris psa o čije se telo očešala gadno je zaudarao i dražio joj želudac. Želela je da povrati po sebi. Bilo je to užasno i najodvratnije iskušenje. Mučno. Tužno kako je životinja završila, ali tugu je ubrzo zamenio pseći miris smrti, koji je ukazivao kao da je Eduardovo kučence već deset dana mrtvo. Uzdržala se. Iz drugog puta je uspela da se provuče, ali ograda je u odsudnom momentu popustila i naglo se poput opruge vratila nazad. Imala je sreće da pomeri glavu, inače bi joj oštri krajevi iskopali lice. Umesto toga malo su joj pocepali prsluk. Ipak, provukla se nekako. Bila je unutra.

U dvorištu ispunjenom starim delovima automobila i raznim krševima motocikala, gde je obilno vladao miris ulja, prljavštine i nehigijene nije bilo nikog prisutnog. U njenom vidokrugu između dva razmontirana automobila nalazila se pseća kućica. Osećala se kao provalnik. Govorila je naglas kako nije u redu što ovako upada. Na malom parčetu zemlje bilo je mnogo prepreka: drvenarije, limarije, starih delova, plastičnih flaša, mnogo toga što kada bude nagaženo pravi buku. Gazila je kao po minskom polju. U međuvremenu bolesni građani stigli su do kapije i udarali po njoj. Hvatali su žičanu ogradu prstima i ranjavali se, pokušavajući da prođu kroz nju. Okupilo se najviše desetoro njih, delujući kao neartikulisani divljaci.

— Eduardo?! — kriknula je videvši da se ljudi ponašaju kao nasilnici. —Neki ludaci ti provaljuju kapiju! Izađi, čoveče!

Preplašena da sačeka Eduarda ili nekog ko bi otvorio vrata odmah je ušla unutra. Eduardova garaža bila je poprilično velika i opremljena prilično dobro za jednog provincijskog „majstora". Imala je dva kanala na kojima su stajala dva vozila — jedno od njih sa desne strane zida. To vozilo bilo je njeno, njen ševrolet koji je naizgled bio lepši, svetliji i sređeniji nego sav ostali krš koji je viđala po Lusinu. U širokoj garaži koja je zaista ličila na jedan prilično impresivno opremljen servis za vozila stajala su kolica na kojima se prevozio alat, ili teži delovi automobila i bilo ih je raspoređeno na par strana po prostoriji. Mišel se nasmejala. Obradovala se kao majka kad pronađe izgubljeno dete za koje je danima strepela i odmah potrčala ka svom automobilu. Međutim, ono što je govorila gospođa Rejnolds jednog lepog letnjeg kišnog dana, kako je njena ćerka neviđeni baksuz što se nekih stvari tiče i prokleta procena gospođe Rejnolds, iako kobna, bila je mnogo puta na mestu, kao što će biti i ova sada. Niko ne poznaje osobu bolje nego majka, to je bila činjenica. I baš zato je gospođa Rejnolds uvek bila u pravu. Jedna slika koja je blesnula pred Mišelinim očima presekla je taj ozareni smeh s njenog lica i obrisala ga kao gumicom, skamenivši ga istog trenutka u jednu prestravljenu grimasu. Ostala je ukopana u mestu. Kod drugog kanala za vozila pružao se širok trag krvi, koji nije opazila dok je stajala na vratima, jer joj je stalak s alatom zaklanjao vidik. U polukrugu je krv nestajala iza jednog razmontiranog pikapa.

***

... Zvuci se nisu više čuli u blizini. Dopirali su možda nošeni vetrom naročito iz daljih krajeva, a možda je to bio sveobuhvatni zbunjujući skup zvukova, šuškanja visoke trave, lišća i možda pokoji zvuk automobilskog motora koji bi doleteo poput zalutale ptice. Noć je uveliko gospodarila nad Lusinom. Trebalo je paziti se snopova svetlosti koji kruže okolo. To su bile baterijske lampe, koje označavaju da su gonioci u uniformama blizu. A možda i psi. Od njih neće biti bežanja, ako ih policija nahuška i biće mnogo krvi kad stignu. Mnogo toga se zapravo već izdešavalo za veoma kratko vreme. Sve što se moglo očekivati nadalje ne bi bilo za preterano čuđenje. Ipak, ta konstatacija ispostaviće se kao pogrešna.

Barbara se osvrnula preko ramena. Lik nepoznatog čoveka koji je ubio Gomeza odavno je nestao, a ona je pre pet minuta odlučila da izađe iz skloništa i pokuša da pronađe sestru i ostatak društva.

Mesec iznad njene glave se jasno i bezbrižno oslikavao na beskrajnom nebeskom crnilu bez zvezda. Duvao je pomalo i vetar, od koga se visoka trava pomerala i njihala šušteći i stvarajući blagu konfuziju.

Nije se smela dugo zadržavati. Nije čak ni razmišljala o tome. Zato je požurila da prečicom stigne kući, pokušavajući da zaboravi i incident u sirotištu i susret sa neobičnim čovekom, koji je s nekoliko metka izlečio rak-ranu grada, a i agresivne građane koji ujedaju policajce. Ta lica jasno su joj bila ispred očiju svaki put kada bi pokušala da ih zatvori. Nisu se mrdala iz njene svesti tako lako, iako je bila željna da sazna kako to ide. Poriv i želja za oružjem vukli su je pre nekoliko godina, kada je prvi put videla puškaranje između bandi i snaga reda na ulicama. Tada je prvi put kroz izbledeli izlog prodavnice videla telo mladića nasred ulice izrešetano pištoljima iz auta u pokretu. Nije bilo nikakve sumnje — Gomezove siledžije su to verovatno uradile ili neko povezan s njim, jer Gomez ne voli konkurenciju, bilo da su dileri, ili običan šljam, ili plaćeni šverceri, svejedno, posao je njegov i samo njegov i niko mu se nije suprotstavljao zbog straha za sopstvene porodice. Lusin je bio pogranični gradić. Gomez je imao još udela i imovine na drugim mestima ali ova tačka bila je važna za njega. Sve se to događalo dok se nije pojavio neobični čovek koji pojma nije imao ko je Gomez. Držati pištolj znači držati moć. Odlučivati o životu i smrti u datom momentu bez obzira na sve. To je učinio neobični čovek, a posle puškaranja na ulicama čiji je bila svedok tog dana, dobila je želju da proba tako nešto. Da i ona odluči o životu i smrti i to onih ljudi za koje je smatrala da su zli. Ali sam pogled na mrtve policajce izazvao je u njoj pravi užas i grčenje u kičmenim pršljenovima. Tada je shvatila da neće to tek tako ići, ne deluje tako lako uperiti oružje u nekog i tek tako mu oduzeti život iako neobični čovek to radi s lakoćom. Bila je ljubomorna na zanat neobičnog čoveka zvanog Džeferson, zavidela mu je na toj lakoći s kojom uzima živote. Sama je više puta kao dete sretala bitange koje po njoj ne treba da postoje i najradije bi ih likvidirala koliko se besno osećala. Jedino što je želela u ovim trenucima je da pronađe Leandru. Moguće je da je otišla u stan, ili kod nekog od brojnih momaka za jednu noć, koje je menjala kao čarape.

Sada kao da se budila u novoj stvarnosti, u stvarnosti u kojoj nije više ništa kao pre i ništa se ne dešava onim svojim prirodnim tokom, već se u njemu javila rupa. Svoj raspored je nekad znala napamet. Ustajanje s prvim sunčevim svetlom, doručak (ako ga bude bilo), ofucana torbica s izbledelim Miki Mausom na ramenu, škola ponekad, a ponekad bežanje iz nje, a onda gluvarenje na ulicama, jer Leandra ima „posla u stanu” i batine su nemonovne, ako slučajno bane i zatekne je s nekim momkom u krevetu. Sve se sada promenilo. Poremetio se kakav-takav red. Ceo taj krug koji se godinama iznova ponavljao do tačke izluđujuće dosade sada je prekinut, dobio je nekoliko karika, dobio je, zapravo, više karika koje su bile nepoznanica. Te karike nadovezale su se u lancu izluđujuće dosade, prvo dolaskom misterioznog tipa, koji je nekim čudom obrisao Gomeza i napravio masakr u jednom od njegovih barova, drugo neobična agresija policije, naročito puštanjem pasa i pucnjavom, a treće bi moglo biti spontana reakcija koju bi Gomezova smrt mogla izazvati. Dominacija ovog čoveka držala je građane u strahu, ali držala je labav mir, to je znala iz priča lokalaca. Policija je bila u dilu s njim. Oni ne diraju njegove ljude, on ne dira policiju. Ako bi se pojavio neko nepotkupljiv, neko neugodan za saradnju, taj bi bio premešten u drugi grad ili uklonjen. To su bila pravila mira koje je Barbara znala. To je bilo pravilo koje je Lusin držalo na staklenim nogama. Ali sada...

Došao je neki ludak koji možda nije ni svestan koga je usmrtio i napravio poremećaj. Uvek kada strada velika zverka onaj posle nje bude još gori. Njen dečji um već je stvorio sliku ponovnih uličnih sukoba i ko zna koliko mrtvih u sukobu bandi za prevlast, jer ta tačka (zapravo sam grad) značila je važan kanal kroz koji su tekle reke novca. U njenom dečjem umu već su se dešavali krvavi sukobi, od kojih se iskreno ježila, jer se plašila i za sebe i za sestru kolika god kučka ispadala prema njoj.

Ali u ovom trenutku barem se nadala da će izbeći batine pod izgovorom da ih je, recimo, policija zadržala zbog vanrednog stanja, ili tako nešto. Koliko god to zvučalo nelogično i pomalo naivno, valjda će taj izgovor nekako proći. Zato je i iskoristila prečicu, kako bi se brže vratila kući i možda probala da se ušunja neprimetno.

Njena prečica ležala je nešto južnije od sirotišta, pružajući se nekoliko stotina metara i vodila skroz do zemljanog puta, koji je išao kroz nepregledne slojeve visoke trave i zakržljalih stabala, kojim će se kroz stari park spustiti natrag na ulicu Lusina.

Govorilo se da je deo te prečice na prilično lošem glasu. Još se nije ni rodila dok su te priče išle, ali jedan deo na koji je upravo nailazila krećući se zemljanom stazom nekada je bio park Fidelija. Priče su bile različite zašto je jedno takvo živahno parče Lusina izgrađeno donacijom od nepoznatog finansijera pretvoreno u korovom i travom obraslu pustoš. Navodno se tu izdešavalo nekoliko stvari, a od usta do usta priča je dobila nekoliko oblika i epiloga. Najstariji građani govorili su o monstruoznom ubistvu, koje se desilo kada su tri monstruma pomračenog uma došla tu i izvršili gnusni zločin. Park je zatvoren posle toga, a tri monstruma, tj. tri ubice likvidirane su na licu mesta, jer su pružale oružani otpor. Nešto mlađa populacija govorila je da su park zatvorili jer je preko noći policija streljala tridesetak ljudi i potom ih tiho i diskretno zakopala na tom mestu. Govorili su da su to bili politički protivnici i ljudi s ogromnim kapitalom. Posle toga park je zamandaljen, zbog, navodno, slabe posete i velikih troškova održavanja. Jedno vreme nikom nisu dozvoljavali pristup, dok na kraju ta priča nije otišla u urbanu legendu. Kasnije je čitavo imanje propalo, razgrabljeno, rastureno i većina opreme poskidana i razmontirana.

Lusin su kasnije pogodili problemi druge prirode, pa je čak zatvoreni park doveden u pitanje s Gomezom, koji se uzdigao vrlo brzo na podzemnoj lestvici, nakon što mu je njegov otac ostavio konce u rukama što se tiče „posla". Govorilo se da je taj park bio jedno od omiljenih Gomezovih mesta kada su nekog želeli da maltretiraju, tako da je sve manje ljudi dolazilo tu, a sam grad prestao je da ulaže sredstva za održavanje, nakon čega je mesto za dečji smeh i zabavu postalo propalitet. Barbara je slušala mnogo toga, ali u svakom slučaju nije joj smetalo da iskorišćava tu pustoš kako bi se sakrila od lopova koji su je par puta proganjali, da ga iskoristi kao prečicu, ili da na tom mestu sakrije nešto od vrednosti što je ukrala, kako bi se kasnije tamo vratila i pokupila.

Krađa nije bila nešto što joj je strano, ili zbog čega se stidela. Smatrala je da uvek treba iskoristiti priliku i snaći se jer je, iako još mlada, shvatila da „oni sa vrha" isto to rade, samo suptilnije, efikasnije i daleko veće sume su u pitanju. Zapravo, krađa joj je postala jedan od poroka, ali se mnogo puta snašla kada bi joj nešto trebalo, ili kada bi joj nedostajao novac, a nije želela da ga zaradi kako ga većina devojaka zarađuje.

Ostaci od klackalica, koji su zapravo bili komadi trulog drveta na zarđalim cevima, virili su iz zemlje kao nadgrobne krstače. Polomljena plastika ostala je samo od šarenih tobogana niz koje su se deca s vriskom spuštala. Jedino su u životu ostale neke ljuljaške na zarđalim čeličnim žicama i lancima, do polovine zarasle u visoku travu, koju niko godinama nije kosio. S leve strane nešto niže od puta kojim se Barbara kretala mogli su se videti ostaci nekadašnje radosti. Požurila je. Vreme je odmicalo dok je sva zadihana gotovo trčala kroz travuljinu. Deo je bio čist od bilo kakvog zvuka iz okoline. Prividna tišina mogla je ponekad više da je uznemiri. U tom trenutku zaista i jeste delovala uznemirujuće. U jednom momentu začulo se nešto. Zastala je. Začula je šuškanje. Odmah je pomislila na policiju kojoj je uspela da umakne. Uistinu šuškanje od vetra se čulo sve vreme, ali ovo je zvučalo kao da neko gazi po travi. Odmah se sklonila sa staze, zavukla se u obližnje žbunje i primirila se u njemu. Slušala je i pratila pogledom, ne bi li uhvatila izvor svetlosti iz baterijskih lampi. To je prvo što je gledala iz kog će pravca doći, jer je mrkli mrak ublažen mesečevom svetlošću počivao na toj obrasloj livadi. Nije bilo razgovora, niti laveža pasa, niti baterisjkih lampi i njihove svetlosti.

Svejedno, koraci su se čuli. Nešto dalje od nje, možda nekih desetak ili dvadeset metara, u nižem delu iz pravca parka čuo se taj zvuk, za koji nije prvi put bila sigurna odakle dolazi. Barbara je bila divlja i radoznala istovremeno. Kombinacija koja u mnogim slučajevima nije bila dobra, ali ona tu radoznalost nije mogla obuzdati. Znala je da rizikuje ako proviri i baci pogled. Mogu je primetiti, a ako su to oni koji su upali u sirotište, mogli bi da je ubiju, u svakom slučaju ne bi se libili da zapucaju po njoj, jer je mrak i ne bi jasno videli ko se tamo krije. Živela je s opasnostima i batinama skoro svaki dan, rizikom da je ubiju zbog krađe, zbog petljanja s lošim društvom, da je neko izbode nekim skakavcem u školi, tako da joj ni ovoga puta nije smetalo da dovede sebe u opasnost. Oprezno je provukla svoje tanke prstiće između snopova guste trave i razgrnula ih. Ostatak od neke vrteške je bilo prvo što je videla. Potom, kako je busen trave sklanjala od svog desnog obraza, otkrila je da pored toga nešto leži. Bila je to nečija telesina, ali nije mogla videti tačno šta je i ko je od mraka. Pošto je dalje otkrivala tu sliku, videla je da telo ima i rogove, a pored njega klečao je neki čovek. Zatim je otkrila da pored te telesine neko leži na leđima, a opet neki čovek kleči i pored njega. Nije joj bilo jasno šta rade, kao da klečeći oplakuju kravu i čoveka koji leže nepomično, ali sve to joj je bilo prilično čudno.

Naprezala je oči koliko god je mogla, ali više od toga nije mogla videti. U svakom slučaju nisu joj delovali kao da su policajci i šta god da su radili imala je nameru da ih ostavi na miru. Ali...

Čim se okrenula, pokušavajući da se diskretno vrati na stazu s koje je skrenula naletela je na ono čega se mnogo bojala. Blizu njenih nogu progmizala je zmija ili gušter ili nešto što joj se u trenucima velikog straha učinilo kao da je nešto od toga. Svejedno se nije mogla uzdržati. Barbara je odskočila u stranu i vrisnula nekontrolisano.

Dve prilike koje su klečale kod vrteške odmah su podigle glavu, a na svu sreću Barbara ih nije videla izbliza.

Nije se baš najbolje dočekala na noge. Nespretno se spotakla u gustoj travi i počela da klizi nadole, dok joj je strma površina samo ubrzavala pad. Spustila se uz nekoliko kotrljanja na tlo nekadašnjeg parka, a dvojica koji su klečali sada su lagano ustali i našli se na nogama. Krenuli su ka devojčici.

Nije bilo važno šta nose na sebi, koliko su visoki, kako su građeni, kako su izgledali i kako su se zvali. Ništa nije bilo važno koliko slika koju je Barbara videla nakon što je ustala. Strašna slika od koje je momentalno zaboravila i Gomeza, i potencijalne sukobe bandi, i policiju u sirotištu. Dve osobe, jedna muška i jedna ženska, koje su se kretale ka njoj imale su zelenkaste oči. Presijavale su se u mraku. Nejasno mrmljanje i režanje jedino je što se čulo od njih. Koliko god se čudnih situacija nagledala Barbara u gradu, ovo je ipak bilo nešto posebno. Niz njihove majice slivala se krv. Na malom tračku svetlosti koliko-toliko vidljivi sledili su joj u trenutku krv u žilama. Njihova usta bila su krvava. Jedino što ju je pokrenulo da istog trenutka pojuri je namera nepoznatih osoba da je ščepaju. Režali su i ubrzali malo korak. Barbara se okrenula i počela da beži, ali iz tog pravca iz visoke trave su se pojavila još dvojica muškaraca, pružajući ruke ka njoj i ubrzavajući korak. Takođe, zelene oči i nerazumljivo brundanje bili su njihova obeležja, dok su im i šake bile krvave.

Poslužila se ostacima tobogana kroz koji se brzo provukla. Nespretni muškarci krenuli su za njom, gurajući ruke kroz polomljenu plastiku, koja je napravljena u obliku tvrđave na čijem kraju se nalazio tobogan. Dotrajala plastika je pucala, dok su njih dvoje ranjavali svoje ruke o oštre ivice, pokušavajući da je dohvate. Skupila je kolena uz telo, užasnuto gledajući unakažena lica kako nadiru i kidaju plastiku, šireći sve više rupu kako bi se uvukli unutra. Drugi par, muškarac i žena, trapavo su zalazili oko tobogana, za trenutak izgubivši Barbaru iz vida. Kroz rupu na drugom kraju spretno je izletela i počela da trči. Uskovitlao joj se želudac. Stavila je ruku preko usta pokušavajući da ne povrati, dok je protrčavala pored tela mrtve krave čiji stomak je bio rasporen i iznutrice prosute izvan. Odavale su nesnosan smrad smrti, a po celom telu životinje nalazili su se brojni ujedi. Čovek koji je ležao nedaleko od nje ustao je iznenada, našavši se u sedećem položaju i pogledao je. Takođe je režao kao i ostali prisutni koji su joj bili za petama. Ustao je, uprkos tome što je njegov stomak bio pokidan ujedima i činjenici da su mu virila rebra van tela. Pena je tekla sa njegovih usta, a lice mu je bilo puno rana i ogrebotina. Vrisnula je ovog puta glasnije nego malopre od tog prizora. Nije shvatala kako je moguće da čovek u takvom stanju može da hoda a ponašanje im je ličilo na sve osim ljudskog. Napokon je sve ono maltretiranje problematičnih dečaka i devojčica i dugogodišnje usavršavanje bežanja od njih pokazalo neku konkretnu korist. Ovi ljudi, šta god bili, bili su joj bukvalno za vratom s manijačko-kanibalskim namerama, a ona je trčala prilično brzo, spretno preskačući ostatke klackalica, zaobilazeći ljuljaške i preskačući poneki panj, koji je kao nadgrobna ploča virio iz zemlje. Začulo se mumlanje. Iza ostataka nekadašnjeg parka pojavljivale su se oivičene senke, u kojima su se samo presijavale zelenkaste oči poput smaragda. Virili su iza klupa, pomaljali se kod ljuljaški, iza stabla drveća, iz trave su puzili kao gmizavci. Kao da ih je sam park rađao nanovo i tek tada je shvatila da one priče vezane za njega nisu tek onako izmišljane. Sada se uverila da je nešto od toga istina, videvši monstruozne ljude.

Bila je zadihana. Niz obraščiće su joj tekli potoci znoja. Visoka trava ju je usporavala i povremeno saplitala, a imala je stare izlizane i pocepane patikice, koje joj je sestra kupila pre nekih pet godina jer nije imala druge. Ipak se snalazila. Osetila je strah kakav čitavog života nije osetila. Na kraju krajeva, jeste bila brza, ali bila je dete, njen korak nije se mogao meriti nikako sa korakom odrasle osobe. Nije se imala kad osvrnuti da vidi jesu li možda ubrzali. Trče li za njom? Plašila se da se okrene, a jedini vetar u leđa koji je isključio i umor i stres iz njene svesti bili su neartikulisani jauci, mumlanje i zapomaganje iza nje. Pala je kada je zapela o neku žilu u mraku, zarivši lice pravo u blato. Sreća da podloga nije bila čvršća, inače bi na njoj možda ostavila nekoliko zuba. Odmah je skočila na noge i nastavila da beži nesmanjenom brzinom, želeći da što brže izađe iz visoke trave.

Tek kada je zakoračila na čvrsto tlo ulice i kada je park bio daleko iza nje, odahnula je. Osećala je da će povratiti i srce i pluća nasred ulice koliko je bila zadihana, oslanjajući se na sopstvena kolena i duboko dišući. Sa česme u jednom od dvorišta kuća oprala je lice od blata i prljavštine. Noge su joj drhtale, što od straha, što od neočekivanog opterećenja. Ono što je znala unapred bilo je da ne može ovakva kući. Ubeđivanje s Leandrom bi moglo potrajati, a ko zna može li uopšte da uđe kod nje. Ne sme je videti ovakvu, jer će biti mnogo problema, a i batina. A ulica je bila pusta. Nigde žive duše, kao u avetinjskom gradu. Malo je i zalutala, tj. otišla u skroz suprotnom pravcu od stana. Trenutna situacija nagnala ju je na to, a kada je došla do daha setila se od čega je bežala, ništa ne sprečava zlikovce da nastave da je prate i na ulici ako je nađu, a ko zna možda će je naći i kod kuće, povrediti i sestru i nju. Ko zna šta su, jer se nisu ponašali kao normalne, niti kao razumne osobe. Ipak, ta krava, rane u vidu kasapljenja na punom mesecu, više joj je delovalo kao uvrnuti ritual nekog kulta, nego nešto drugo. Ali nije smatrala da se zavarala ovog puta. Dok su bolesnici cepali zid plastične tvrđave u nameri da je sčepaju jasno je izbliza videla te zelenkaste beonjače. Otkud to zelenilo u očima? Kao... Kao da su bili...

— Bolesni — tiho je prošaputala i sa strepnjom se osvrnula ka parku. Nije im bilo ni traga, ali tamo su negde, u toj travuljini, čekaju žrtvu.

Nije volela policiju, jer je duboko verovala da su korumpirani, jer je znala i videla šta su sve radili, debelo zaobilazeći zakonske norme, ali sada je osećala da je možda trenutak da im se obrati. Na kraju krajeva, aktivnost koju je zatekla u starom parku nije je podsećala ni na kakav kriminal ili biznis, već samo na bezumlje i ludilo. Ako je pred Gomezovim ubicom Volkotom prećutala ono što je videla kod sirotišta jer nije bila sigurna šta je to, sada nije imala nikakve sumnje: s ljudima se nešto čudno dešava i moraće da upozori nekog ko je sposoban da ma šta povodom toga učini. Sumnjala je da bi joj Leandra poverovala ono što je videla. Stanica policije nije bila daleko.

***

... Mrak se polako spustio na sumorni Lusin. Izgledao je baš kako sam očekivao. Očišćene ulice od ljudi preplavljenih novim talasom straha kada su čuli šta se desilo u Gomezovom baru i šta radi policija u potrazi za zlikovcem. Dok oni tamo češljaju periferne delove tražeći ga po raznim rupčagama, zlikovac, naprotiv, ide pravo ka centru grada. Pravo ka osinjem gnezdu...

Niz kućica pružao se s obe strane propalog puta, koji je išao nizbrdo pod prilično oštrim nagibom. Ulica je bila popločana i uska, širine možda za automobil i po. Objasnili su mu da kada se spusti sa sporednog neasfaltiranog puta od skloništa treba da naiđe na Ulicu dr Mendoza Kruz. Prošao je pored table na kojoj je upravo to ime pisalo. Potom, kada bude sišao s te ulice treba naići na raskrsnicu u vidu slova „T", gde će videti zadnju stranu Eduardove garaže i kapiju.

Usputni prizori ukazivali su da se u gradu dešava nešto strašno. Vrata mnogih kuća bila su ili skroz otvorena, ili čvrsto zabravljena. Svetla su bila upaljena, ili potpuno ugašena. Video je priličan nered po dvorištima, krv takođe. Nešto dalje, krećući se ulicom ugledao je dva automobila koja su se čeono sudarila u nemogućnosti mimoilaženja u previše tesnoj ulici. U jednim sportskim kolima sedeo je mladić u trenerci, sudeći po povredi kako je slomio vrat ostao je na mestu mrtav, a kako je dželat prolazio kraj suvozačevog sedišta u drugim porodičnim kolima, u stravičnom sudaru sedeo je sredovečni par krvavih glava. Video je jasno kako je ženi od udara pukla lobanja, dok je njena polomljena ruka nepokretno virila preko ivice vrata, a muškarac bi mogao biti njen muž, ili prijatelj, a takođe je ležao glavom na volanu s kog je kapala krv i čije oči su jezivo i prazno buljile kroz sasušene trake krvi na njegovom licu. Oko kuća pustoš i lom uz nekoliko pobacanih torbi i mnoštvo namirnica i kućnog inventara. Kao da su ljudi u strašnoj žurbi napuštali domove i stvari im praktično usput ispadale. Delovalo je kao da su bežali od nečega. Od policije možda? Od nečeg drugog? Do njega su stalno iz susednih ulica dopirali zvuci automobila u velikoj žurbi. Prva pretpostavka koju je veteran naivno provukao kroz svoje napete misli je policija koja je ovde sprovela užasnu torturu pretresajući kuće.

Prvi mrtvi koje je ugledao iz neposredne blizine naterali su ga da pripremi pištolj. Prošao je pored dva zgužvana automobila, ali nije imao oči na leđima. Odmakao je desetak metara dalje od mesta nesreće, a u tim trenucima polomljena ruka sredovečne žene u automobilu je mrdnula. Lakiranim noktićima ovlaš je dotakla spoljno ogledalo, na čijem se naprsnuću udaljavala dželatova figura. Otvorila je oči. U njima je bilo bolesnog zelenila.

Uskoro se u svom neredu ukazala raskrsnica na kojoj je stajala Eduardova garaža, a nedaleko od nje i njegova kuća. Iz garaže, sa zadnje strane ugledao je svetlo koje je dopiralo s prozorčića iznad velikih širokih vrata. S te strane garaže video je vrata dovoljno široka da tu prođe automobil, a pored njih vrata normalne veličine.

Pokušao je da pogura kapiju, ali bila je zaključana lancima i katancima. Uskoro je odustao od te namere. Pobogu, ionako je to bila obična kapija visoka oko dva metra, dovoljno fleksibilna da postavi nogu praktično gde hoće i oslanjajući se da je preskoči kao stepenik. Međutim, buka u vidu s njegove desne strane na trenutak mu je skrenula misli. Između susedne kuće i Eduardovog privatnog poseda nalazilo se nešto prostora gde je bilo moguće proći, a buka je dopirala otuda u vidu udaranja nečega o drvo. Oprezno se prišunjao strepeći od moguće opasnosti. Prostor između Eduardovog poseda i njegovog komšije bio je uži od jednog metra, s tim što je komšijski posed bio ograđen visokom drvenom ogradom. Volkot je pokušao da ne privuče pažnju eventualnim vlasnicima, ako ih je uopšte i bilo u toj kući. Kretao se polako pored. Privirivši iza ugla, levo u tesnacu je spazio zgražavajuću sliku. Unutra se nalazilo telo oko kog su zujale muve, sedeći oslonjeno na ogradu i koje je odvratno zaudaralo na smrt. Imalo je rane koje su dželatu udarale nov talas glavobolje, pri tom jedna ruka bila mu je otkinuta do lakta, a rana je iskrvarila. Primetio je i da se drvene tarabe, koje dolaze sa druge strane pomeraju od udaranja. Nalet glavobolje nailazio je, jer su slike „Don Hozeovog" najsvežijeg užasa ponovo počele da se vraćaju, ali nisu stigle da ožive do kraja. Iza krivine iznenada je s napadnim zvukom režanja motora izleteo policijski automobil. Dželat se prenuo, ali ne od same policije, već od činjenice da su na autu visila tri muškarca, koji su ga jahali kao pobesnelog mehaničkog bika. Vozilo je krivudalo previše nesigurno, šetalo, oborilo stub rasvete čije žice su zavarničile u vazduhu, oborilo neku reklamu ispred butika, očešalo jednu kuću, drugu i umalo odnelo i dželata, da ovaj nije momentalno skočio i uskočio pravo u tesnac između Eduardove kuće i komšijske ograde. Policijski auto prošišao je i nedaleko od njega udario pravo u zid jedne od prodavnica i srušio ga zajedno s izlogom koji se raspao u paramparčad. Alarm na prodavnici se odmah oglasio frenetično pišteći.

Volkot se bacio između Eduardove i komšijske ograde ispruživši se koliko je dug. Pao je pravo ispred tela koje je tu sedelo. Vidno je bilo staro i iznemoglo, kose prilično proređene i tela oronulog od prevelikog broja godina. Udar automobila u neposrednoj blizini i jaukanje alarma nije ni čuo. Uzburkanog adrenalina pokušao je odmah da ustane, ali ga je pogled skamenio. Stari čovek, naizgled mrtav, otvorio je oči i okrenuo glavu ka njemu sporo, toliko sporo da je dželat imao vremena i bore da izbroji na njegovom obrazu. Pogledao ga je. I tada je usledio trenutak preokreta. Pred zabezeknutim „Don Hozeovim" dželatom blesnule su dve zelenkaste tačkice, dve pobledelozelenkaste beonjače, s bolesnim zenicama. Gledali su se dve beskrajne sekunde, u kojima je lice starog čoveka bilo ravnodušno, gledajući ga mrtvim bledozelenkastim bolesnim očima i otvarajući usta iz kojih su virili popucali i zakržljali, truli, proređeni zubi, a na drugoj strani dželatovo lice u neverici, besu, osećajući se kao matiran šahista koji je dobio mat iz vedra neba.

— Ovo se ne dešava — promrmljao je i dalje ležeći i stežući busen trave.

Telo je ustalo i krenulo ka njemu mumlajući. Veteran je skočio na noge i zgrabio za kragnu obolelog, zaustavivši ga blizu sopstvenog lica, dok su ispred njega zveckali zubi kao pomahnitala mišolovka. Mahao je samo jednom rukom letimično dodirujući kragnu njegove jakne i majicu dok je patrljak od otkinute ruke mrdao pomalo i beskorisno. Dželat je teško disao, stiskajući zube u nekom slepom besu i dalje se ne usuđujući da bilo šta konkretno učini, dok mu je grickalica za meso škljocala ispred samog lica, uz pohlepno i alavo stenjanje i režanje.

— Ovo je nemoguće! — dreknuo je iz sveg glasa. Besno je nagurao cev pištolja u usta obolelom čoveku, lomeći mu pri tom i to malo zuba što je imao i onda ispalio metak, napravivši mu rupu na potiljku. Srušio se bez ikakvog glasa, dok je prljavu blatnjavu vodu brzo ispunjavala krv iz njegove glave.

— Kako je ovo moguće? Kako ste došli ovamo? Ovo se ne dešava! Ovo se ne dešava, ovo se jebeno ne dešava! — uporno je ponavljao.

... U činu šoka i histerije nisam razmišljao, već sam uporno ponavljao da je to samo priviđenje. Oni su tamo u zatvoru koji je već sigurno srušen sve do poslednjeg paklenog nivoa kompleksa. Ne mogu biti ovde, jednostavno ne mogu biti ovde, jer je to bilo neizvodljivo. Hteo sam da to bude neizvodljivo, hteo sam da bude priviđenje, želeo sam žarko da bude priviđenje i da nestane kao kratkotrajno oživljavanje loših sećanja, zalutala slika koja se kao mrlja na filmskom platnu samo greškom našla pred mojim očima, ali starac koji je odatle ustao bio je tu i nažalost nije nestajao. Ova „greška" pred mojim očima bila je nepopravljiva. Bio je sveprisutan i prilično mrtav i stvaran, ležeći tu pred mojim nogama s metkom u glavi.

Nije prošlo mnogo otkako je ovo učinio, a presekao ga je vrisak. Dolazio je iz pravca garaže. Pojurivši ka ogradi u nameri da pređe preko nje, video je da se iza njegovih leđa iz pravca ulice u koloni guraju ka njemu troje-četvoro obolelih, tužno zapomažući. Prostor je bio suviše tesan da bi stajali jedan pored drugog, već su se nagurali jedan iza drugog, pokušavajući da dohvate dželata. S druge strane drvena ograda je pukla i pala, i izletela su još dvojica obolelih, kidajući ukrasno zelenilo oko ograde i probijajući se u tesnac. Našao se u sendviču. Nije oklevao. Uzeo je vazduh. Onog trenutka kad ga je izdahnuo, iz pištolja su izletela četiri hica i naslagala u tesnom prostoru svu četvoricu koji su nespretno popadali. Nije imao vremena da beži, ubio je i ostalu dvojicu iza njega, a potom saplićući se o leševe i preskačući njihova sasušena tela, izlazio na ulicu.

Trenutak nakon što je ućutkano pucnjem, niz šljapkanja i nespretnih koraka čulo se iza kuće, a uskoro su se na svetlosti preplitale senke i zaranjale jedna u drugu. Malo vremena je prošlo kada se iza tog ugla pojavila kolona ljudi u odrpanim odelima, koja se teturala, a iz očiju svih isijavala je ta zlokobna boja, na koju dželat nikako nije mogao da se navikne. Izlazili su iza ćoškova drugih kuća, izvlačili se između prostiranog veša, iz dvorišta slabašnih baraka, preskačući loše napravljene ograde i tarabe, lomili prozore i izlazili, izvlačeći se kao pacovi iz rupčaga. U nesređenim kolonama dobivši otvorenu pozivnicu kada je auto uleteo u prodavnicu i aktivirao alarm kretali su se iziritirani zvukom, okupljajući se u sve većem broju i zavijajući u gotovo potpunoj pomračini. Nedaleko od Eduardove kuće goreo je automobil prevrnut na krov a iz njega zapaljeni puzili su oboleli ignorišući potpuno vatru na sebi. Iz ulice iz koje je došao nailazili su oboleli i okupljali se. Jedan po jedan, dva po dva, tri po tri pravili su grupice sa skoro svih strana gmižući kao pijavice iz svake moguće rupe, iza svakog ugla i na dželatovo zaprepašćenje izlazili su iz kuća, kao da su čekali kada će on proći.

... U jednom trenutku nepromenjeno crnilo mraka počeli su ispunjavati rojevi zelenkastih tačkica. Dobro poznata stravična zapomaganja, vapaji i krici bezumno obolelih, ovog puta žitelja grada Lusina, okinuli su početak još jednog haosa. Ovaj je međutim, obećavao da bude još veći. Vrisak iz garaže nije bio samo odjek koji me za trenutak prepao i naterao da uđem makar pregrizao ogradu, već je bio uvod u neki novi početak, početak u gradu terora...

— Jebeni alarm... — procedio je iznervirano.

Oko prljavih četvrti počele su se formirati nesređene grupice, koje su trapavo posrćući u mraku i po blatnjavim neurednim stazama sve više ubrzavale svoje nezgrapne korake, pružajući ruke ka žrtvi koja je stajala na uglu jedne od kuća pored Eduardovog poseda. Nije bio siguran koliko dobro vide ali spazili su ga sa pristojne udaljenosti i počeli polako zatvarati krug oko kuće. Dželat se okrenuo ka ulici iz koje je došao. Tamo je i dalje polako, ali sigurno svojim tokom išlo okupljanje obolelih.

— Kako su došli ovde? Otkud oni ovde? — poluglasno i gotovo zamišljeno je mrmljao dželat, zverajući naokolo i potpuno nesvestan da ga u nepristupačnoj i tesnoj četvrti opkoljavaju oboleli. Užasavajuća simfonija alarma iz prodavnice i jauka obolelih bila je i dalje prisutna, a unakažena i krvava lica izbuljenih bolesnih očiju sve bliža. Iako je i dalje bio u fazi vaganja, dželat je ipak rešio da sebi olakša koliko može i dalje ne shvatajući otkud opet situacija s obolelima koji su apsolutno po pokretima oponašali one u zatvoru. Ali neka, nema veze, biće vremena i za razmišljanje.

Tada se između alarma i jezive pesme bolesnih umešao još jedan zvuk koji je grunuo silovito. Policijski auto je eksplodirao nakon čega je pištanje iz prodavnice uskoro zamrlo. Ostala je jedino ogromna žalopojka obolelih.

Odloživši pištolj za pojas skočio je na ogradu i okretno se počeo verati uz nju. Kad su prve ruke zgrabile i počele da drmusaju žicu, dželat je već preskočio i bio s unutrašnje strane, spretno se dočekavši na noge. Iza ugla kuće koja se nalazila preko puta garaže pojavila se bucmasta, poprilično krupna žena širokih kukova sa maramom oko glave i teturala se ka dželatu, dok joj je dugačak sloj krvave pene visio s usta. Iza uglova garaža pojavili su se još dvojica mladih momaka, klinaca koji su prilično smotanim i traljavim koracima vukli svoja obolela tela ka njemu. Dželat nije oklevao ni jedan trenutak. Gospođu s maramom je neutralisao odmah jednim hicem u čelo. Potom se okrenuo dvojici obolelih klinaca. Neočekivano je bio nateran da promeni odluku. Začuo je režanje iza leđa. Odmah se okrenuo i ugledao jednog izranjavanog psa kako kidiše na njega, dok mu se bolesno zelenilo caklilo u očima poput smaragda. Poludela životinja je već bila u naletu, ali Volkot je uspeo da ispali tri hica pre no što će ga ščepati. Jedan od njih pogodio je pseto u desnu prednju šapu, drugi pravo u vrat, a treći u gornju vilicu. Kratko je zacvileo i hici su ga s uspravnog položaja, baš u trenutku kad se spremao da skoči, odbacili nazad. Nije više ustao, već je samo pustio baricu krvi.

Okrenuvši se ponovo ka obolelim momcima video je da su bili nadomak njega i već pohlepno pružali ruke. Izmakao se korak-dva i prvog zgrabio ispod brade zaustavivši ga u mestu jedino je mogao da mlatara rukama i mumla neartikulisano bezumno buljeći, a drugi je naleteo licem na cev pištolja. Hitac ga je momentalno spustio na zemlju a potom ovom drugom obolelom kog je držao hladnokrvno je prislonio cev na slepoočnicu i ubio ga. Pucnji su još samo više dražili masu oko ograde, koja se sve više talasala i uvijala pod pritiskom. Okupljena rulja sve agresivnije je režala i dodatno ranjavala ruke, pokušavajući da pocepa žicu kao da je od hartije. Tamo ono malo mestašce koje dželat nije zapazio, a koje jeste zapazio neko pre njega, ono malo mesto za koje je on bio prevelik, a neko dovoljno sitan da se provuče, sada je postalo rupčaga. Od pritiska brojnih obolelih tela, čija su se leđa ranjavala i krvarila u nameri da se silom provuku kroz nju, sada je postala dovoljno široka. Oboleli su nedaleko od kapije puzili i provlačili se kroz tu rupu u ogradi. Presavili su ogradu od natezanja sirovom silom pritiskajući je i ne osećajući bol, dok su drali kožu s leđa i gurali se kroz nju, grebući po zemlji prljavim noktima i halapljivo želeći unutra. Nadirali su s te strane, s ulica, kod dela ograde koja je gledala na siromašnu četvrt najmanje tridesetak njih silom je guralo i pritiskalo žicu, pokušavajući kroz nju da prođu i zavijajući mračnu i jezivu notu smrti, divljački su udarali po njoj iznervirani preprekom. Neki od njih nespretno su pokušavali i da se popnu preko. Dželat se razvrtao. Bilo ih je sa svih strana, ali je video i još neke ljude koji su očajnički pokušavali da pobegnu. Mnogima od njih nije bilo spasa, ali neki su se provukli, bežeći s torbama, ili s čim god su se našli, neki od njih samo goloruki u odeći u kojoj su se zatekli spasavajući živu glavu.

Slika koju je dželat video s prednje strane garaže bila je užasna.

***

Videvši trag krvi, Mišel nije u tom trenutku bila u stanju da trezveno razmišlja. Osetila je kako joj je odjednom zastala knedla u grlu i prebledela je u licu momentalno. Međutim, ni posle prvog šoka nije se stigla pribrati, a već sledećeg trenutka zatekla je Eduarda iza drugog u nizu razmontiranog starijeg vozila. Klečao je na kolenima, dok ga je otvorena hauba zaklanjala i nešto pridržavao rukama. Nečije noge i radne pantalone na njima virile su pored njegovog boka, ali nije videla sve od mehaničarevih leđa. Nije jednu jedinu reč stigla da prozbori, jedan glas da ispusti, a mehaničar kovrdžave kose se okrenuo i pogledao je. Ne, nije ni on ništa rekao. Samo ju je pogledao preko ramena, dok su mu zenice potpuno promenile boju u toksično-providno braon, a beonjače bile ispunjene nekim bledim zelenilom. Nekoliko ogrebotina bilo je na njegovom licu, dok su mu usta bila sva krvava kao i njegova radna bluza, niz koju se krv slivala. U rukama je držao nešto što je ličilo na iznutrice čoveka, a tek kada se okrenuo ispred njega ležao je njegov pomoćnik, smotani pomoćnik s pegama na licu u jezeru krvi koja se razlila po podu. Bio je mrtav i stomaka divljački rastrgnutog, u kome se svaki organ, počev od creva do pocepane kese želuca, mogao videti. Tada je Mišel zavrištala na sav glas, videvši taj prizor, a njen vrisak tukao je po zidovima kao pisak harpije. Nije mogla ništa drugo ni da kaže. Talas terora koji je odjeknuo u njenoj glavi jače i snažnije nego bilo čija smrt, nego bilo koja tragedija, nego bilo koji nesrećan slučaj, silovito je udarao po njenim slepoočnicama natežući žile gotovo do tačke pucanja. Eduardo je ustao i nije ništa rekao. Nerazumljivo je mumlao i pružio ruku kao da traži oslonac, pa pošao ka Mišel. Bila je toliko prestravljena da nije ni znala s koje strane je došla, izgubivši u jednom trenutku sav razum i orijentaciju koliko je bila izbezumljena. Pomerila se par koraka unazad, ali Eduardo se našao između nje i izlaznih vrata na koja je ušla.

— Ne prilazi! — piskavim glasom je povikala Mišel, ali Eduardo je delovao kao potpuno gluv. Reči su se o njega odbijale kao kamenčići o čeličnu konstrukciju. Samo je tromo hodao ka njoj, konstantno pružajući ruke kao da želi da je zagrli. Međutim, s neobjašnjivo užasnim, izranjavanim i odvratnim, krvavim licem taj „zagrljaj" svideo bi se samo jednoj osobi — njemu.

Odjednom, kao da se na trenutak osvestila, Mišel se trgla i brzo potrčala ka drugom kraju radionice. Imala je sreće. Mehaničar je imao još jedan izlaz, tamo na kraju u izdvojenoj prostoriji oblepljenoj posterima golih prsatih plavuša, u kojoj su kuvali kafu, slušali radio, pisali račune i ubijali vreme, kada ne bi imali posla. Samo jedan drveni sto nalazio se tamo, zastareo, pocrneo i naduven od višegodišnjeg izrabljivanja i korišćenja pretrpan sitnim inventarom, olovkama, beležnicama, papirima, kepo knjigama, a na njemu stajao je neki stari tranzistor. Brzo je dotrčala do vrata koja su do polovine bila pokrivena staklom izbledelim od prašine, ali istog trenutka kada se uhvatila za kvaku na staklo su udarile zapenjene i zakrvavljene čeljusti psa koji je agresivno režao, lajao i grebao šapama po drvenoj površini vrata. Krckanje i odvajanje sitnih daščica, koje je kidao kandžama s površine ulaznih vrata bili su jasni pokazatalji da će je pokidati u trenutku, ako uleti unutra. Mišel je brzo odustala od ideje da beži na zadnji izlaz. Ionako se plašila agresivnih pasa u normalnom izdanju. Ovaj ispred vrata imao je bolest u očima i penu na ustima kao da je pobesneo, ali to neobjašnjivo zelenilo bilo je paradoks čitavog problema u kom se iznenada našla. Neočekivano je začula nekoliko pucnja od spolja i delovalo je kao da je besnoj životinji to odvuklo pažnju. Pobesneli pas naglo je izgubio interesovanje za Mišel i odjurio nekud. Izlaz iz kancelarije bio je zaključan. Nije bila dovoljno snažna da razbije vrata. Ubrzano disanje i očaj počeli su da je obuzimaju. Eduardo je ulazio.

Bio je na vratima i kidisao ka Mišel. Zapljuskivanje postera golih prsatih plavuša njenom krvlju kada je raspori bila je kao scena stare škole u klasičnim hororima, ali sada je delovala stvarnije i realnije nego ikada. Udario je u ulazna vrata male prostorije, mrmljajući i režeći. Našla se u škripcu, u maloj tesnoj prostoriji s podivljalim mehaničarem na samim ulaznim vratima. Shvativši da je već očaj uzeo maha, kao i strah za sopstveni život, Mišel je na trenutak zaboravila na sve brige koje ima i sve je bilo koncentrisano na taj jedan trenutak, taj jedan događaj, koji se ispostavio krucijalnim za njen život. To su bili nasrtaj mehaničara krvavim ustima na nju.

Pored zida stajala je otvorena kaseta s alatom. Svega tri koraka delilo je nakaznog mehaničara od fatalnog ugriza, ali devojka trenutno na smrt prestravljena skočila je i gurnula ruku unutra. Grabila je i ne gledajući u tranutku očaja prvo što joj je došlo pod prste. Napipala je „trideset dvojku", najveći mogući viljuškasti ključ. Baš kada je mehaničar otvorio usta i bio u kidišućem naletu, Mišel je zatvorila oči i naslepo zamahnula. Jedino što je čula je tup udarac i zvuk laganog krckanja. Kada ih je ponovo otvorila, Eduardo se teturao unazad s raskrvavljenim obrazom na kom je pukla jagodična kost. Ohrabrena sopstvenom snalažljivošću, iz sve snage je odgurnula masivnog mehaničara, koji je ionako zateturan izgubio ravnotežu i pao kroz otvorena vrata. Spretno je preskočila preko njega. Mahao je rukama, pokušavajući da je zgrabi za nogu, ali Mišel je već bežala ka izlazu. Iznenada je naglo počela da usporava, jer se novi jauk začuo ispred nje. Izašao je Eduardov pomoćnik, isti onaj koji je do malopre rasporen ležao u lokvi krvi. Vukao se neobjašnjivo, s tom ogromnom rupom u stomaku, pružajući ruke ka Mišel, dok mu je ostatak onoga što je imao u organizmu ispadao usput kroz rupu u stomaku. S istim simptomima i ponašanjem kao Eduardo kretao se ka devojci.

— Moj Bože, ovi ljudi nisu normalni. Šta se ovo događa? — promucala je Mišel, gledajući u nakazu koja je samo širom otvarala usta, ispuštajući neki krkljav, ali jeziv glas.

Pre nego što je uspeo da je ščepa, imala je dovoljno prostora i zaobišla oko njega. Trčeći očajnički ka izlazu, začula je ponovo pucnje napolju, kao da se dešavaju ispred samih vrata. Ipak je to bila samo sekundarna pojava u njenim ušima. Ono glavno bilo je zgrabiti prokletu bravu, pobeći što dalje i prijaviti policiji ovaj bizaran slučaj pokušaja ubistva, ili možda silovanja, ili oba na kraju krajeva. Nekoliko pucnjeva odjekivalo je s izvesnim pauzama, ali jasno ih je čula. Ne obazirući se previše na to samo je trčala. Želela je da što pre napusti garažu u kojoj su je jurila dva pomahnitala mehaničara. Brzo je stigla do vrata. Otvorila ih je.

Tada je usledila još veća bura. Još jedan grom iz vedra neba. S pištoljem u ruci ispred nje nije stajao niko drugi do onaj pred čijom se slikom sledila u časopisu „SCH— the world we live in". Isti onaj za kog je molila Boga da ga nikad više ne vidi. Isti onaj koji je zamalo nije ubio ispred benzinske pumpe kako ga ne bi odala vrištanjem. Isti onaj za kog se najiskrenije nadala da je neće naći i da neće pokušati da je traži onog momenta kad ode daleko od njega. Sada je stajao ispred nje s uperenim pištoljem, sa druge strane smrtonosnog sendviča, dok su dvojica agresivnih mehaničara bili s jedne strane i bilo je potpuno neobjašnjivo kako i otkud. Nije čak mogla ni razmisliti, jer je konfuzija bubnjala u njenoj glavi ogromnom brzinom. Nije čak mogla ni da progovori, da se pokrene, niti da vrišti. Jezik kao da joj se zapleo, počela je da muca i skamenila se kao da ju je pogledala legendarna meduza. Njene noge bili su hidraulični nosači ukopani u zemlju. Nije mogla nijednu reč od straha da izgovori, samo je odmahivala rukama, kao da ga moli da ne puca u nju. Samo milimetri jake volje i snage delili su je od toga da se od preteranog šoka ne onesvesti. Dve ogromne poplave terora pretile su da se snažno sudare u epicentru, a epicentar je bio njena svest.

... Nisam imao vremena ni da budem iznenađen, niti da razmišljam da li se uplašila više od mene, ili od onih koji su joj bili za petama. Adrenalin je tukao nemilosrdno...

Bez ijedne reči dželat je zgrabio za rame prestravljenu Mišel i odgurnuo je u stranu lagano kao plišanu lutku. Potom je načinio jedan korak unutra, nanišanio i ispalio hitac, zatim i drugi posle sekund-dva. Začula su se dva tupa udarca o pod. Eduardo i njegov pomoćnik ležali su sada spokojnije i samo se povremeno trzali kao upecane ribe na izdisaju sa po jednom rupom u glavi.

— Ti?! Ali kako... Kako si me našao? Šta se ovo događa? — jedva je izgovorila Mišel, pridižući se s poda.

— Bolje razmišljaj kako bi završila da te nisam našao — odvratio je dželat, odlažući prazan pištolj za pojasom. — Hajde, nemam vremena za priču, napolju je ludnica.

Bila je zatečena u situaciji gde ne može da bira. Nije bilo vremena sada za razmišljanje. Daleko je bio od najpoželjnijeg spasioca ali nije mogla da bira i pošla je za Volkotom, iako ju je podsvest i dalje opominjala na onu sliku iz časopisa. U čitavom haotičnom razmišljanju više nije mogla ni razaznati ko je ko. Ali slika koja je bila pred njenim očima izgledala je mnogo strašnije od one u magazinu. Ta slika ponovo je proletela pred njenim očima, dok je protrčavala pored mrtvog Eduarda, koji je buljio u plafon s rupom u čelu. Jauci, koji su se čuli izvan, zvučali su jezivije nego dželatov hladan glas. Zelenkaste bolesne zenice izgledale su mnogo užasavajuće nego dželatov hladni i gotovo bezizrazni pogled. Volkot je išao upravo ka prostoriji u kojoj se Mišel maločas jedva odbranila ključem, prostoriji koja je bila baš pored velikih garažnih vrata.

— Nemoj tamo, na vratima je pas. Besan pas.

— Mrtav je — poluglasno i odsečno je odgovorio dželat. — Ubio sam ga u dvorištu.

Otvorili su zadnja vrata, koja su vodila iza kuće. Tamo je Eduardo imao još jednu kapiju kojom se ulazilo s druge strane ulice i prema kojoj su bila okrenuta druga garažna vrata, kako bi vozila i sa jedne i sa druge strane garaže mogla ulaziti naizmenično. Prva garažna vrata su se nalazila na suprotnoj strani, s koje je Mišel došla. Ograda je bila načinjena od ne preterano jake pletene žice. Njih je sa druge strane raspadajuće ograde bilo desetak. Dugogodišnje neodržavanje i Eduardova neodgovornost zapretilo je da sada uzme danak nekim drugim osobama, jer je žica delovala daleko od čvrste i pouzdane. Ionako propala na više mesta, ograda je sada potpuno popustila pred gomilom obolelih, koji su hrlili unutra i preskakali poleglu žicu. Uz jak tresak o pločnik pala je i kapija odmah pored prvog gvozdenog stuba, a kroz tumbas prašine pokuljali su pobesneli građani, halapljivo grabeći ka unutrašnjem delu garaže.

— Nazad! — zarežao je iznervirano dželat, spazivši veliku grupu koja se približavala. Zatvorio je vrata i zgrabio sto s jedne strane. — Pomozi mi da blokiramo vrata!

Zarotirali su sto prosuvši sav sitan inventar i okrenuli ga naopako. Bio je previše nezgrapan i glomazan da bi se mogao pravilno iskoristiti, ali je zato imao jake i čvrste noge. Iako prestravljena, Mišel je osećala da nema vajde od bespomoćnog stajanja i vrištanja. Nije osećala, već je potpuno shvatila da nešto mnogo nije u redu i da životi njih dvoje vise o koncu. Pritrčala je i pomogla mu da postave sto bočno pod kosinom i zagrade vrata.

— Idemo na drugi izlaz — rekao je dželat. — Ovo ih neće mnogo zadržati.

Potrčali su brzo do drugog izlaza, to jest onog prednjeg, s kog je došla Mišel. Ograda, odnosno čitav metar pletene žice, sada je ležala na podu i dvorište je bilo napakovano nakaznim i obolelim građanima Lusina, koji su histerično tumarali i režali unaokolo. Čim su videli dve žrtve na vratima, odmah su počeli da reže i sjativši se kao lešinari pohrlili su unutra.

— Sranje! Nazad! — dreknuo je Volkot. Zatvorio je vrata pre nego što je bilo ko prišao. Podupirući ih ramenom, nogom je namakao sigurnosnu rezu, koja je ulazila dole u žleb, a zatim odmah potrčao do najbližeg ugla.

— Ko su oni?! Šta je, do đavola, s njima?! — zaprepašćeno je pitala Mišel.

— Sad preživljavamo! Kasnije pričaj! — povikao je dželat dok je naprežući se zgrabio i zarotirao bure puno ulja, koje je Eduardo držao u svojoj radionici. Dokotrljao ga je i oslonio o vrata. Sve je po garaži zvonilo od vibracije koju su udarci o vrata proizvodili. Pogledao je ka vratima, zadnjem izlazu s kog je došao. S te strane nije još bilo udaranja, ali je bio svestan da je pitanje minuta kada će i na njih navaliti.

... Bilo ih je mnogo. Ne mogu da odredim tačan broj, ali su se sakupili za manje od pet minuta. Opkolili su nas brzo, dok je kao po običaju municije uvek bilo premalo za sve ružne njuške koje izađu iz mraka. Jedino što sam pokušavao je da kupim još malo peska za naš zajednički peščani sat života, iz kog je on nemilosrdno curio...

— Moj auto! Možemo mojim autom! Rekao je da ga je popravio! — povikala je Mišel, pokazujući prema ševroletu i povlačeći dželata za rukav. Nije se prepirao oko tog predloga. Svako rešenje je u ovom momentu bilo prihvatljivo. Brzo su seli u auto i vezali pojaseve. Mišel je pokušala da ga upali, ali nije bilo teoretske šanse da se to desi. Nije čak bilo ni kontakta. Ničega.

Dželat je stisnuo zube.

— Otvori haubu — zbacio je pojas i izašao. Poslušala ga je.

Dželat nije bio mehaničar po zanimanju, ali čim je došao s prednje strane vozila i bacio jedan pogled mogao je da zaključi da taj auto neće ići nikud. Žice haotično upletene i umršene, motor je unutra nedostajao, dok je čitava unutrašnjost bila umazana uljem i prljavštinom crnila.

Iako je taj jebeni ševrolet trenutno bio leš u svakom smislu reči, ipak nije ostao bez svoje uloge u čitavoj ovoj priči. U bilo kom slučaju devojka koja se nalazila pored mene bila je baš malerozna. Sredstvo za beg iz paklene situacije bilo je tako blizu, a opet tako daleko. Znao sam šta sledi nadalje, svaki minut od ovog trenutka činiće beg kolima nemogućim, jer će obolele nemani preplaviti ulice. Jedino nisam nikako mogao da shvatim kako su se u ovolikom broju odjednom pojavili u gradu...

— Gospode Bože — promrmljala je Mišel, videvši rupčagu u kolima gde je trebalo da bude motor. — Gad! Meni je javio da je sredio jebeni auto — procedila je i besno zalupila haubu.

— Nije stigao očigledno. Motor je van auta — odvratio je dželat, ne obazirući se na njen usiljeni temperament.

Njegov pogled je hiperaktivno leteo i kružio po garaži, dok se vremenski tesnac u krvavom grotlu sve više sužavao. Pored razmontiranih vozila bila je puna razne starudije i alata razbacanog naokolo. Poneka plinska boca je stajala u uglovima. Dvoja izvarena kolica na kojima se vozio alat i neki teži deo automobila, raznobojni kablovi razvučeni okolo, aparat za varenje i to je bilo to otprilike. S prednje strane garaže odakle je Mišel ušla čuli su zapomaganja i silovite udare i pucanje stakla. Potom je odjeknula eksplozija s ulice. Dželat je počeo tumarati po radionici, pokušavajući da pronađe neko rešenje, dok su po celoj prostoriji kao na razglasu odzvanjali stravični jauci i zapomaganje spolja, pomešani preko svake granice razaznavanja. Počeo je već da gubi nadu, ali je slučajno pogledao naviše.

... Rupa u plafonu koja je vodila verovatno u potkrovlje delovala mi je kao jedino rešenje. Međutim, baš kao za inat u tim momentima situacija se pogoršavala. Čulo se lomljenje i pucanje drveta. Ušli su unutra...

— Džefersone! Probili su vrata — povikala je Mišel, pokazujući mu ka kancelariji, na čijim vratima su se oboleli zaglavili i počeli da lome ostatak slabih drvenih vratnica i gurali masivni drveni sto, kojim su na brzinu i nespretno blokirali prilaz. Odmah je zaboravila sve: i ko je Džeferson Volkot, i zašto su se razdvojili. Čim su prva dva obolela ušla, Mišel je uplašeno pritrčala do Volkota, bez ideje šta da radi i kako da se izvuče iz neugodne situacije i sakrila se iza njega. Nije joj se nimalo sviđala ideja da bude daleko od njega, dok podivljali stanovnici učmalog gradića provaljuju unutra. Njena svest je za manje od pet minuta bila potpuno promenjena i u toj promeni zaboravila je i kuću, i porodicu, i auto, i školu, i drugove, samo strah od smrti je bio prisutan, kao najsnažnija emocija. Nije više nikakvu sumnju imala — ovi ljudi žele da ih ubiju. Na sporednim vratima počelo je udaranje i tresak.

— Tamo je jedini izlaz — pokazao je dželat naviše.

— Jesi li lud? Ne možemo da dohvatimo! Gde ćemo?!

Nakratko je zaćutao. Nije razumela znaju li uopšte da otvaraju vrata, ili na njih bezumno nasrću pokušavajući da prođu, ali su vrata kancelarije počela da pucaju, iako ih čak nisu ni blokirali.

— Džefersone gde?! — zavrištala je, osećajući da joj dah nestaje od preteranog pulsa koji je tukao i od kog je mislila da će se ugušiti. Očaj ju je obuzimao i umalo ju je naterao da beži sama. Jedino činjenica da taj čovek kraj nje, koji uprkos nadirućim obolelima i dalje stoji, ju je zadržala u mestu.

Pojurio je nazad. Bez jasne predstave šta ima na umu, Mišel je krenula za njim. Stigao je opet do njenog ševroleta.

— Uđi unutra i upravljaj, iskoristićemo auto — rekao je dželat vrativiši oružje za pojas. Shvatila je odmah šta je hteo i ušla, brzo spustivši ručnu.

Onoliko koliko je mogao Volkot se rukama oslonio na gepek i odgurnuo auto, upirući iz sve snage. Išao je sporo, ali dželat nije posustajao. Osećao je bolove i u ramenima i u zglobovima, ali gurao je auto potiskujući bol. Levo između kombija i pokretnog stola s alatom Mišel je skrenula. Odmah su morali da stanu. Baš na skretanju, dok je auto stajao bočno, izašla su dvojica unakaženih mladića iz kancelarije, čija tela su bila puna rana. Nasrtali su. Mišel se okrenula i bilo ju je strah da izađe. Dželat je izbegavao njihove nalete. U trenutku kada Volkot spretno zavlači ruku ispod donje vilice i jedan trzaj od kog se začulo krckanje vrata, Mišel se zgrozila i okrenula pogled u stranu. Nakon toga čula je lupanje i dobovanje po gepeku, potom nekoliko jakih udara po njemu i ono što je videla na bočnom ogledalu je kako drugi opušteno klizi niz karoseriju razbijene glave, dok krvav trag ostaje na autu. Tada je dželat nastavio da gura kola.

— Još samo malo! — hrabrila ga je Mišel, dok se auto opet pokrenuo. Prednja vrata osigurana rezom i poduprta buretom punim ulja imala su dovoljnu čvrstinu i jačinu da izdrže nalet obolelih. Ali zadnja vrata bila su samo tanak sloj lima i gvozdeni ram koji je koristio najobičniju bravu kao prepreku obolelima i to nije više bilo dovoljno da ih zaustavi. Slabašna zarđala vrata su ubrzo popustila. Desetine raskrvavljenih i unakaženih lica s onim bolesnim zelenilom u očima popadalo je unutra od siline. Ostatak je navalio ka njima. Ništa ih više nije sprečavalo da krenu i divljački, životinjski raskomadaju čoveka koji je okrenut leđima gurao uništen auto. Poslednji metri bili su i presudni. Baš kada je auto stao ispod rupe, stigli su i prvi oboleli kraćim putem, jer su nadirali i iz kancelarije. Bilo ih je petoro. Dvojica su skočili na haubu, jedan je počeo udarati u staklo s vozačeve strane, a dvojica su zaobišla vozilo i zgrabila dželata. Volkot je istrgao jednu ruku gotovo istog momenta i izmigoljio se i drugom, koji je pokušao da ga dohvati za kragnu. Odvojio se od automobila kako ga ne bi prikleštili uz njega. Hladnokrvno i smireno je u tom okretu munjevito izvukao nož i ubodima u vratove ih pobio, izbegavajući njihove ugrize.

Dok je grupa sa zadnjeg ulaza polako napredovala, gramzivo pružajući ruke ka autu dva razularena monstruma s penom na ustima gazila su i udarala golim pesnicama vetrobran i tako ranjavajući ruke pokušavali da ga razbiju. Mišel je preplašena i bleda u licu pokušavala da se izmigolji i pobegne ka suvozačevoj strani, ali staklo na vozačevim vratima puklo je u paramparčad, kada ga je oboleli monstrum u vidu žene s razbarušenom kosom razbio. Mišel je zavrištala. Osetila je da je drži rukama za prsluk i zlokobno reži dahćući joj za vratom. Nije se mogla otrgnuti od stiska pomahnitale žene, koja je na ranjenim i unakaženim ustima pokazivala zube, niti je imala mesta da skine prsluk i izvuče se. Vetrobran je bio pred pucanjem, potpuno rascvetan, kako su monstrumi pomahnitalo tukli po njemu i samo činjenica da je to kvalitetno staklo koje je izdržalo, spasila ju je sigurne i prilično užasne smrti. Mišel se bacakala nogama kao plen uhvaćen u mreži, pri tom je zakačila i pretinac sa suvozačeve strane i oborila sav sadržaj u njemu: neku malu beležnicu, olovku, mapu, sok u malom tetrapaku koji je i zaboravila da popije u čitavoj psihološko-krvavoj konfuziji. Monstruozna žena malo se mučila da je privuče dovoljno blizu do usta kako bi joj zadala konačni ugriz, ili da je izvuče iz kola. Očajna devojka pod rukom je dograbila nešto oštro. Ne obazirući se uopšte na činjenicu da je to komad stakla ne duži od kažiprsta i da je posekla ruku i ne osećajući bol Mišel je stegla zube i vrišteći zarila komad stakla u lice oboleloj ženi. Stisak je odmah popustio. Okrenula se leđima upirući u vrata suvozačeve strane i sledila se gledajući zlokobno i stravično lice poludele žene, iz čijeg je oka virio komad stakla, ali je unakažena gospođa ponovo pokušavala da uđe u auto. Počela je nogama da je šutira u glavu. Nasumično se sve desilo i sasvim slučajno. Žena je gotovo ušla, ali Mišel je imala malo sreće. Jedan od udaraca nogom pogodio je onaj komad stakla u njenom oku i zario ga još dublje u lobanju. Monstruozna žena je samo oklembesila telo do polovine uvučeno u vozilo.

Istog trenutka ponovo ju je trgao tresak o vetrobran. Samo jedno jezivo lice zveralo je izbliza, dok je oboleli čovek ležao opružen na staklu koje je sve više ispunjavala krv, a njegovo lice gledano kroz rascvetani napukli vetrobran bilo je razvučeno kao da je od žvakaće gume i izgledalo još morbidnije nego što zaista jeste. Mišel zadubljena u grozomoran mrtvi pogled monstruma, koji je zlokobno zevao kroz komad stakla, preplašena, izgubljena u prostoru je ponovo vrisnula, kada su se vrata otvorila, a nepoznata ruka je zgrabila za rame.

— Skoro su stigli, izlazi odatle! — prenuo ju je dželatov oštri i prodorni glas. Tek tada slika strahotnog događaja u kom su se ljudi ponašali kao da su izgubili razum i ljudskost i postali životinje se vratila. I u njoj bio je dželat, najbolje među najgorim rešenjima u trenutnoj situaciji.

Svega desetak metara delilo je dve gomile mrtvih koji su se kretali iz pravca zadnjeg ulaza garaže i kancelarije da se dočepaju auta. Od njihovih lica koja su zevala i hipnotisanih tupih bolesnih pogleda s bolesnim zelenilom vrata se više nisu mogla ni videti. Mišel nije čekala da je Volkot izvuče, već se brzo pribrala i izašla. Dželat je zbacio leš s vetrobrana, potom skočio na haubu, a zatim na krov ševroleta. Mišel mu se pridružila.

— I dalje ne možemo da dohvatimo. Nemamo visinu — prokomentarisala je gledajući ka rupi.

— Merdevine su sigurno napolju, a tamo ne možemo — progunđao je dželat. Distanca između monstruma i auta bila je skraćena na svega nekoliko metara.

— Pomoći ću ti do gore — odlučio je Volkot. Mišel se okrenula ka njemu. Pogled joj je bio prilično nesiguran i neodlučan.

Sve opklade pale su na taj jedan skok, a sudeći da me je već jednom ostavila na cedilu nisam bio siguran da li radim pravu stvar tako što čitav ishod ovog problema poveravam njoj. Ipak, izbora nisam imao, jer nisam imao teoretske šanse da se probijem kroz masu koja je punila garažu...

— Ne znam... — nesigurno se razvrtala.

— Imaš li ti bolje rešenje? — pitao je Volkot, videvši nesigurnost u njenim očima.

... Ne, ne, to neće tako ići. Iako je vreme relativno samo za osobu koja dešavanje posmatra sa strane, kako se jedan genijalan mozak izrazio svojevremeno, događaji u fatalnim sekundama prolazili su kao sati i u njima se nazirao surovi kraj za nas dvoje, a moje misli su iznenada odlutale nazad u onu kobnu noć... Zašto? Jer kao po dobrom starom deža vi osećaju, ova slika je bila nekada već viđena. Ne u Lusinu, ne u bilo kakvom gradu, već u zabiti punoj hodajućih mrtvaca i monstruoznih formi, koja se zvala „Don Hoze" zatvor, gde sam isto pitanje koje sam postavio Mišel postavio i nekom drugom, nekad. I sada, kada su nas fatalne sekunde delile od brutalnog masakra i činjenice da budemo pojedeni živi, ja sam bio tamo, pitajući se je li ovo neka psihološka igra i koliko je ovo stvarno kao što izgleda; potpuno isto pitanje u sličnoj situaciji, daj Bože, govorio sam da sam samo drogiran i poludeo i da se čitav pakao odigrao samo u mojoj pomućenoj svesti, izmučenoj teškim uspomenama i da ću se napokon probuditi, samo ustati u onom usranom sobičku bunovan od pića ili droge ili oba, gde će neki stražar s pivskim stomakom da me pozove i kaže kom sledećem zatvoreniku trebam presuditi. Tako nešto skoro da je bilo prihvatljivo. Ali ne, verovatno nisam u uvrnutoj halucinaciji, nema Boga, a i da ga ima verovatno se spremao da nam kaže laku noć. I eto mene ponovo u škripcu za koji sam ja i jedino ja krivac —

opkoljen hordom mrtvih u turobnom razmišljanju o tom jebenom pitanju, koje sam postavio Majklu i koje postavljam takođe i Mišel. Majlkl je bio mrtav. A Mišel? Hoće li i ona završiti na isti način i da li im tim pitanjem pečatiram sudbinu? Indirektno im nagoveštavam da će umreti samo zato što nemaju rešenje? Jer zapadaju u takav očaj da više nisu u stanju razmišljati i prepuštaju se na milost onima koje su u normalnim okolnostima osudili unapred i distancirali se od njih kao od kuge.

Teorija je bilo mnogo, isto koliko i zombija u toj garaži, koji su u poslednjem fatalnom trenutku pokrili i poslednji metar daljine između nas i automobila. Opkolili su nas, pružali ruke ka nama, ali straha nije bilo...

— Izgleda da nemam izbora — zaključila je Mišel gledajući u masu obolelih koji su se tiskali oko auta. Nije dželat mogao potpuno da oceni koliko im je trebalo do gore, ali kockao se i svojim i njenim životom.

— Moraš da se držiš čvrsto, šta god da radiš, kad se uhvatiš za ivicu ne puštaj se — neobično hladnim tonom ju je upozorio dželat, ukrštajući prste obe šake i praveći joj oslonac za stopalo.

— Nadam se — zabrinuto je promucala Mišel.

— Pogledaj me.

Njene uplašene oči su poslušale.

— Ne razmišljaj. Ne razmišljaj ni o čemu. Samo uradi to! — povisio je ton dželat i postavio spojene šake.

Jedan od njih pažljivo je prebacio nogu preko haube i počeo da se penje na prednji deo auta... Sve je zavisilo samo od jednog poteza, od jednog skoka...

Koliko god je mogao snažno, dželat je bacio Mišel naviše, kada se stopalom oslonila na njegove šake. Samo malo mu je trebalo da izgubi ravnotežu i skotrlja se pravo na nadiruću masu. Mišel je zgrabila ivicu tavana kao očajnički davljenik koji grabi kamen na obali, ali kako je površina bila ravna skliznula je nazad. Prestravljeno vrisnuvši, ipak se na pola puta zaustavila. Gospođa Rejnolds možda nije bila potpuno u pravu kada je svojevremeno jednog kišnog popodneva rekla za svoju kćer da je prati nesreća u životu, kada joj je esej koji je pisala nekoliko sati ispao iz fascikle i pljusnuo u baruštinu. Sada, kada je u bukvalnom smislu visila zajedno sa svojim životom u vazduhu na korak od zagrljaja smrti, sreća joj se malo, samo malčice osmehnula. Sudbonosno ili ne, bilo je to prvi put. Držala se jedino zahvaljujući rukavu bluze jer je zapeo i zakačio se o šiljat vrh čelične žice, koja je virila iz betonske površine. Samo santimetar-dva je trebalo da u momentu proklizavanja zakači i ruku i gadno se poseče na oštrom završetku. Samo na momenat je pogledala dole i pretrnula, videvši odozgo parove i parove zelenih zenica kako zevaju u nju i bolesnih lica širom razjapljenih, iskeženih usta i širom raširenih ruku, kako samo mašu njima, jedva čekaju da i famozni komad tkanine popusti i obrok im „padne s neba", kog će u krvavom činu raskomadati brže nego lavovi antilopu.

Oprezni monstrum koji se popeo na haubu sada je grabio ka vetrobranu. Volkot ga je primetio na vreme i pomerio se malo dalje, čekajući da čudovište stupi na krov. Monstruozni čovek puzio je lagano, u nemogućnosti da se pravilno popne, ali to je bio njegov kraj puta kada je osetio hladno sečivo u gornjem delu glave. Probio mu je lobanju silovitim ubodom, a zatim ga nogom odbacio s auta. Iako spori i tromi, monstrumi su puzili i grabili jedni preko drugih i koristili brojna gusto napakovana tela kao neku vrstu mosta, pokušavajući da se dočepaju čoveka na krovu automobila. Prostor se sužavao dok je dželat s krvavim nožem čekao ko će sledeći pokušati da se popne, osvrćući se na sve strane.

Pogledao je gore. Mišel se još uvek mučila pokušavajući da se popne.

Svesna da i najmanji pokret nateže tkaninu koja bi mogla da se pocepa svake sekunde, Mišel je pokušala da se umiri i da se koncentriše uprkos neugodnoj situaciji. Trebalo je samo da načini jedan pokret, jedan pokret koji je kao kockanje. Ako uspe da uhvati rukom taj komad žice, imaće čvrst oslonac, ako ne, onda pada pravo dole na pobesnele građane. Bilo je kao crveno i crno na ruletu. To je bila igra koju je Mišel igrala trenutno, samo ili-ili bez prava na grešku.

Sakupila je hrabrost. Sva ona nesigurnost, sav onaj bol i ranjivost prikriveni temperamentom i prekom naravi, onaj nedostatak samopouzdanja koji je imala, sve to sada moralo je biti potisnuto u njenoj glavi, dok je stajala doslovce na rubu „ponora". Potisnuvši strah, sakupila je hrabrosti kakve nije imala za ceo život. Izvila se i pošla rukom naviše. Tkanina se rašila i počela da puca do kraja, ali njena ruka čvrsto je obuhvatila gvozdeni komad žice koji je dovoljno čvrsto stajao u betonu. Na nesreću, bila je to ona izranjavana ruka koju je povredila kada je dohvatila staklo.

Peklo je đavolski, dok je ranjeni dlan čvrsto držao grubu i na pojedinim krajevima oštru površinu žice. Ugrizla je usne, dok su joj suze tekle niz obraze. Nije želela ni po koju cenu da pusti, jer strah od podivljalih monstruma bio je jači nego bolovi na dlanu. Jedino bi joj mogli odseći šaku u tom trenutku da bi je odvojili od žice. Bila je stabilna i dovoljno čvrsta da njeno telo pokrene naviše i osloni se i drugom rukom. Zgrabila je ivicu betonske površine i fanatično grebala naviše, brekćući i polako se odvajajući od pobesnele rulje grabeći na tavan. Čim se dokopala malo čvršćeg oslonca, prebacila je i nogu preko ivice. Bila je napokon gore. Spasila se za dlaku da ne postane žrtva podivljalih monstruma. Samo jezivi jauci su treštali u njenoj glavi, dok je ležeći na betonskoj površini, hvatala dah i pokušavala da smiri prestrašeno srce koje je ludački udaralo od straha.

Udaranje o automobil ju je nateralo da se ponovo pridigne.

Monstruozni stariji čovek sede brade i unakaženog lica skotrljao se s čeone strane automobila, s rupom u glavi. Sa zadnje strane auta skotrljao se jedan od obolelih. Sve življi i pokretljiviji monstrumi grabili su do auta, penjući se i pokušavajući da uhvate Volkota za noge. Garaža je plivala u valovima obolelih tela, koja su se klatila i teturala i sva se grupisala oko metalik ševroleta. Skakali su po automobilu, penjali se sve odlučnije i agresivnije, koristeći obolele koji su stajali kao oslonac. Sečivo noža probilo je lobanju obolele devojke pravo kroz čelo. Isto sečivo noža prerezalo je vrat obolelom muškarcu, koji samo što se popeo na automobil. Isto onako kako su se popela, tela su se vraćala potpuno mrtva padajući u obolelu gomilu, dok je dželat kao jedini stub otpora mahao sečivom i odbijao ih. Bio je na ivici da uzme i pištolj i pruži poslednji otpor. Preko krova sa čeone strane vukla su se čak trojica obolelih. Neumorno je ubadao i šutirao ih nazad. Grabili su i sa bočnih strana, dok se od razularene mase čitav auto klatio levo-desno. Već je teže održavao ravnotežu, a pretili su i da prevrnu automobil od preterane siline.

... Mišel je odozgo videla samo dželatovu prosedu kosu i metalik sivu površinu auta na kojoj je stajao, a oko nje beskrajno jezero obolelih koji su nasrtali na automobil i pokušavali da se popnu gore. Srčano se borio odbijajući ih, sekući ih nožem, troje pobesnelih ljudi grabilo je preko haube, gužvajući lim od prevelike težine. Sva trojica izbliza su bili pobijeni i popadali po haubi, unakazivši savršeno ofarbanu površinu krvlju. S bočnih strana dolazilo je još monstruma koje je dželat munjevitim okretima ubadao nožem. Šutirao je nogom one koji su bili suviše nisko, a samo mala silina bila je dovoljna da ih zbaci s auta. Gotovo je na trenutak stajala opčinjena tim užasnim, ali gracioznim epskim momentom u kome je krv pljuštala na sve strane, dok jednog čoveka, samo jednog čoveka opkoljava zaražena rulja, a on ih bez ikakvog straha ubija, odbacuje i kolje, ne dozvoljavajući im da mu priđu. Nije mnogo verovala filmovima u kojima se slične situacije prikazuju, mnogo često i preuveličavaju, ali ono što je bilo pred njenim očima bilo je nestvarno, fantazija, ono što nikada nije verovala da će doživeti doživela je u učmaloj provinciji, u kojoj je u negativnom smislu sve iznenada oživelo i pretvorilo se u užasan ples smrti i života, ostavljajući po strani sve ostale stvari. Pred nju je stavljen izbor: nastaviti sama, ili pokušati nešto da učini za nepoznatog čoveka, koji je obeležen kao monstruozni ubica, a koji se ipak tamo dole očajnički bori sa nadirućom masom obolelih od nečega što oduzima svaku trunku ljudskosti i razuma, pretvarajući čoveka u pobesnelu krvožednu životinju. Svaki gnusni rez kojim je džalet sekao vratove obolelih budio je po jednu varnicu sumnje, sudeći s kojom lakoćom ubija ljude da mu možda neće biti teško i nju da sredi jednom prilikom. Ali sumnjala je, sumnjala je da će sama moći sve da izvuče na sopstvenim leđima; na kraju krajeva da nije bilo „monstruoznog ubice" možda ne bi sada bilo ni nje. S druge strane, s izvesnom lakoćom ubija sve pred sobom, čime možda potvrđuje priču iz časopisa. Dok se odvijao krvavi ples dole u garaži, u njenoj glavi odvijala se borba između podeljene svesti: kako postupiti? Ženska prestravljena strana govorila je: „Ostavi ga. Neće još dugo moći da se bori. Ubio je onu devojku, a tebe kao spašava. Možda te čuva za kasnije. Hoćeš li rizikovati?". Ipak, ona ljudska strana govorila je: „Da te nije našao, ubili bi te u garaži. Ostaće ti ovo na savesti ako sada odeš".

Nije volela grižu savesti. Već ju je jednom užasno opekla i od nje se nije ni potpuno oporavila.

— Ne — odlučila je. — Ne više, ne ponovo — nikad više neće doneti pogrešnu odluku, zbog koje će biti depresivna, očajna i prolivati suze. Ne više.

Ustala je i pogledala okolo. Naterala je sebe da bude snalažljiva bez ičije pomoći. Bio je potpuni mrak. Nije mogla ništa razaznati, gotovo ništa osim jedne drvene površine, koja je podsećala na sto.

Počela je opipavati rukama, trpeći slojeve paučine, koji su joj milovali preznojeno lice i imala sreće da odmah desno na zidu napipa prekidač. Ali u trenutku kada je htela da upali svetlost, njene oči mahinalno su uhvatile par crvenih tačkica, koje su caklile iz mraka. I nesvesno je sledećeg trenutka njen kažiprst legao na prekidač otkrivajući ono što se iza crvenih tačkica krilo. Ispod stola koji je bio pokriven nekim tankim i prljavim čaršavom ispuzilo je malo četvoronožno dlakavo stvorenje i zasiktalo na devojku. Prestrašeno vrisnuvši zateturala se unazad i zamalo nije pala nazad kroz otvor. Srećom, preskočila je rupu. Uspravljajući se na zadnje noge bio je to pacov velik otprilike koliko i domaća mačka. Međutim, njegove oči pocrvenele su nekom jarkom bojom, a niz zube mu se slivala pena i dlaka mu je bila ogoljena na više mesta na kojima su ostajale ranice. Ovaj pacov nije bio jedan od onih koji se sklanja u prvu rupu kada ugleda većeg od sebe. Ovaj pacov nasrtao je na čoveka.

— Ne opet — promucala je Mišel. Imala je strah i od malih miševa, a kamoli od pacova. Međutim, oko nje je vrtlog šoka. To je ona jedina činjenica. Vremena za fobije nije bilo. Sikćući i krešteći pacov se ponovo spustio na sve četiri i počeo lagano da obilazi oko rupe. Devojka je pobegla u ugao tavana. Monstruozna pacovčina nije odustajala, već je išla lagano ka svojoj žrtvi. Trčeći ka uglu Mišel se usput okliznula. Zamalo nije pala na lice, zadržavši se na šakama u trenutku. Prvo što je napipala pod rukom bio je komad cigle koji je bez razmišljanja bacila. Od pacova na tom mestu ostala je samo krvava fleka. Ustala je odmah i počela da tumara po tavanu tražeći rešenje.

... Prednji deo ševroleta bio je skroz ulubljen. Oboleli i izranjavani građani gotovo su ga zgužvali od sopstvene težine. Na krovu automobila „Don Hozeov" dželat je pružao poslednji otpor. Posekao je dvojicu nožem i odgurnuo ih dole na nadiruću gomilu. Ipak, jedan za drugim penjali su se na lim haube koja je sada polegla i bila nešto više od jednog stepenika. Volkot je bio umoran. Dosta obolelih palo je, ili je bilo ubijeno, ali osećao je da ne može dalje. Osećao je da je ovde možda kraj, ali s izvesnim olakšanjem barem napušta garažu kao i ovaj svet, znajući da će neko možda za promenu živeti posle nekog njegovog postupka. I baš u tom razmišljanju nešto ga je udarilo po leđima.

— Penji se brzo! — piskala je Mišel odozgo.

Ispred očiju dželata lelujao je debeli pleteni kabl s utičnicom. Virio je iz rupe na tavanu. Bez ikakvog razmišljanja veteran ga je zgrabio i počeo da se penje. Malu olakšicu predstavljalo je to što je površina kabla bila hrapava, a dželatovi ogrubeli dlanovi bili su znojavi od napetosti. Ali namotavao je gajtan oko svojih šaka prilikom penjanja i polako se odvajao naviše, osetivši da uprkos težini improvizovano uže ne popušta i čvrsto je privezano. Samo nekoliko sekundi nakon što je krenuo, osetio je povlačenje za nogavicu. Nije paničio, već je rutinski otresao jednog od obolelih, dajući sebi silovit momenat uspona. Samo još dva ili tri povlačenja i namotavanja. Dželat je imao snažne ruke. Penjanje mu nije predstavljalo nikakav problem. Posle trećeg namotaja snažno je rukom zgrabio ivicu plafona. Njegovi prsti zarili su se u beton kao planinarske kuke, a zatim se izvukao naviše, oslanjajući se krupnim rukama o ivice.

— Mogu li, molim te, ovo da zatvorim? Muka mi je od njih — promucala je Mišel.

— Navići ćeš se — odvratio je dželat, otresajući prašinu sa sebe.

— Svejedno, zatvoriću, ne mogu da ih gledam — rekla je Mišel. Izvukla je kabl nazad, a zatim nogom zalupila vrata prekrivajući pogled na reku unakaženih lica s bolesnim beonjačama. Iako prestravljena, bila je u neku ruku ponosna na sebe, jer se snašla kako je znala u kritičnoj situaciji, a razlog broj dva je što je, možda, ona ljudska strana pobedila u njoj i s izvesnom rezervom odlučila da poveruje čoveku s kojim trenutno deli tavan spasenja od obolelih nakaza. Uspela je da se snađe, prvo tako što je ubila montruoznog pacova koji je hteo da joj oglođe nogu, a verovatno i ostatak tela, a onda je pronašla ispod stola kotur starog produžnog kabla od dvadeset pet metara, punog prašine, odsekla nožićem jedan kraj i obmotala i privezala oko noge stola koji je, srećom, bio učvršćen zavrtnjima u pod, a drugi kraj, onaj s utičnicom, pružila dželatu i time kompenzovala neočekivani dug prema njemu.

Pažljivije je razgledala tavan i raširila ruke ka dželatu koji je šetao od ugla do ugla proveravajući detaljno.

— Ovo je bilo blizu. Ostaćemo ovde po svoj prilici?

— Tako izgleda.

— Koliko dugo?

— Zavisi — odsutno je odgovorio dželat, pregledajući po policama i starudiji natrpanoj na tavanu.

— Od čega?

— Od toga koliko možeš da izdržiš bez hrane i vode. Ovde nema ničega — sumorno je zaključio dželat, bacivši jednu staru kutiju. — Pre ili kasnije moraćemo da se sklonimo odavde.

— Baš divno — progunđala je. — Umalo da nas srede ovi ludaci samo da bismo čekali da pomremo gladni. Šta se ovo kog đavola dešava? Šta je s ljudima? — pitala je Mišel.

— Poludeli su od neke bolesti — odgovorio je dželat, izbegavajući pogled i brišući prašinu i paučinu sa sebe.

— Ne shvatam kakva je to bolest. Ponašaju se kao kanibali, mesožderi, zombiji.

— Ne shvatam ni ja — tiho je odgovorio.

Usledila je kratka tišina koju je još jedino ometala buka obolelih koji se još nisu stišali u garaži i buka s ulice. Mišel je ponovo progovorila.

— Imala sam problem s kolima, znaš. Nisam mogla dalje. Prokleti krš odlučio je da rikne baš u ovom gradu.

— Znam — ravnodušno je odvratio džlat gledajući napred. Mišel se malo brecnula i začuđeno ga pogledala.

— Otkud znaš?

— Video sam još na pumpi.

— To si video i nisi mi rekao?! — povisila je glas, ali veteran nije reagovao.

— Pokušao sam, ali nisi dozvolila. Pobegla si posle onoga i ostavila me.

— O Bože, koliko puta tako ishitreno reagujem — uzdahnula je Mišel. — Slušaj, ne želim da zvučim kao nezahvalna kučka ali nisi imao nikakav razlog da me tražiš. Zašto si se vratio?

— Video sam šta rade ljudima — odgovorio je džlat, nateravši je na razmišljanje.

— Hej, hej! Prestani sa zagonetkama, molim te! Ne mogu... ne mogu još da se priberem! — povikala je već obuzeta nervozom. — Neko treba ovo da reši, ubili smo dole ljude! Shvataš li?!

— Idući put kad budeš imala briljantnu ideju, podeli je sa mnom, ili zaćuti! — džlat je povisio glas koji je zvučao zastrašujuće. Ubilački sjaj sevnuo je iz namrštenog pogleda na trenutak. Mišel se uplašila i povik kao da ju je podsetio s kim deli tavan. Veteran nije dalje reagovao. Nastavio je mirnijim tonom shvativši da svađom neće postići ništa.

— Ne pomaže ovo nimalo. Prošao sam i ja loše u ovom gradu. Video sam koliko je ludila tu. Mehaničar te je pozvao da pokupiš svoj auto i kad si stigla šta si zatekla? Zamisli šta bi ti se desilo da je više njih bilo unutra. Da ti nije niko priskočio u pomoć... — ovo poslednje izgovorio je gotovo šapatom i namerno nije dovršio misao ostavivši joj da sama zamisli kako bi izgledalo. Okrenuo se. Pošao je ka prednjem delu tavana, koji je bio šupalj i delovao je kao ogromni trougao formiran od dve stranice krova i poda. Izvukao je iz zadnjeg džepa kutiju cigareta i pripalio, naslonivši se na drvenu gredu.

... Iako sam imao pravo da budem ljut na nju u svakom pogledu, zbog onog ostavljanja ipak nisam mogao da je krivim. Na kraju krajeva, postupio bih možda isto da saznam kako se kraj mene vozi monstruozni ubica. Veća nervoza hvatala me od onoga što sam maločas doživeo, a to je da se priča bez sumnje ponovila i samo se preselila na drugu lokaciju. Oboleli su ponovo tu u mnogo većem broju jer je zaraza uspela da stigne i do ovog grada. Moj lični izbor je bila posebna briga. Jesam li napravio grešku što sam ostao? Sve više sam osećao da će mi se to osvetiti, jer Mišel nije bila isto što i Majkl. Bila je impulsivna, ishitrena i lako je gubila živce; tipičan tinejdžerski mentalitet. Ali nisam mogao da biram ko će mi se naći na novom krvavom putu. Hteo to da priznam ili ne, krvavi put se otvarao. Izbor je bio na meni hoću li ga preći.

Tamo napred sa visoke tavanice video se centar Lusina. Požari su kuljali sa više strana, vozila su kružila kao u mravinjaku, a ulicama grada hodali su mrtvi. Ponovljalo se ono što sam samo mislio da sam ostavio iza sebe...

Mišel se oglasila.

— Izvini. Izvini što sam... što sam povikala. Razumi me bila sam uplašena tada, mislila sam da si mi sabotirao auto, ali shvatam da nisi. I sada sam isto... previše uplašena i često vičem kad sam uplašena — rekla je pomalo se saplićući o sopstvene reči. — Nije trebalo tako da reagujem i hvala ti što si se vratio.

— U redu je — odmahnuo je Volkot dosta mirnije nakon što je povukao dim. — Svi smo uplašeni ove situacije. Ugasi svetlo i dođi da vidiš šta nas čeka — Volkot ju je pozvao rukom. Svetla je posle jednog „klik" nestalo. Prišla je pored njega. Potom je ćutke pokazao prstom dole prema kapiji.

— Bože... — šapatom je izustila.

Prostranim dvorištem ispod šetali su nakazni ljudi ponašajući se dezorijentisano i posrtali, vukli se ispuštajući neartikulisane jecaje.

Nisu primećivali devojku i dželata od mraka, ali bili su tu odmah ispod tavanice, oko ulaznih vrata kuće, na ulici, spremni da kidišu na njih dvoje čim bi se spustili dole. Mišel je nakratko otvorila vrata u podu i privirila. Šetali su dezorijentisano po garaži, svako sa svojim tupim bezizraznim, bolesnim pogledom i uopšte nisu ni gledali gore prema njima kao da su zaboravili na njih. Nemiri su bili i na mnogim mestima širom grada. Bilo je ljudi koji su zakasnili da se izvuku iz Lusina, ili su rešili da izađu među poslednjima. Na pojedinim mestima nešto dalje od garaže do njih dvoje još se moglo čuti ljudskog vriska i jaukanja. Nedaleko je automobil udario u uličnu rasvetu. Kombi je sleteo u nečije dvorište i udario u zid, dok su oboleli to sve posmatrali i kidisali. Sudari automobila na raskrsnicama, u želji da se što pre izađe iz grada. Na pojedinim mestima bilo je pomešano zdravih civila i obolelih građana, negde još dalje pištale su sirene i alarmi.

Slušajući bolesnu agoniju njegovih dojučerašnjih komšija i sugrađana kako divljaju na ulici, jedan Meksikanac još uvek živ stajao je ispred ulaznih vrata zabarikadiranih nameštajem, držeći lovačku pušku u ruci. Njegova porodica — žena i tri deteta sklupčani i preplašeni su sedeli u kuhinji. Pred vratima i na prozorima udarali su im sugrađani Lusina — podivljali od neke bolesti. Njega — bezimenog Meksikanca koji će biti samo cifra i ništa više hvatao je očaj. Oboleli su bili uporni i njegova vrata zajedno sa slabom preprekom su se raspala a prozori popucali. Jezivo lice sa zelenim beonjačama razbilo je glavom prozor i navalilo unutra. Čovek je stegao lice u grču i pucao. Međutim, tu je bio njihov kraj.

Mišel i Volkot začuli su tri gromoglasna pucnja zaredom. Dželat je prepoznao zvuke sačmare i dolazili su iz susedne kuće nešto dalje od njih preko puta. Videli su kako prozori sevaju od odbleska a oboleli provaljuju kroz vrata.

— Svi pucaju na njih — šapatom je konstatovala Mišel. — Iskreno se nadam da će doći neko po nas, neka pomoć, policija, ima li ova rupa policiju uopšte? — pitala se zamišljeno i prestrašeno gledajući kako se grad raspada. Imali su otvoren pogled ka užem centru. Mišel je prišavši pored dželata bila nesigurna da će neko pokušati da ih izvuče. I da želi trebaće mu velika sila jer oko dvorišta bilo je dosta obolelih koji su se bez trunke razuma agresivno ponašali. Sve više joj je izgledalo da je kontrola izgubljena, ili je bila na putu da bude izgubljena u čitavom Lusinu.

— Pogledaj tamo. Šta se događa? — polušapatom je upitala gledajući plamene jezike, koji su palacali iznad zgrada, tumbase dima nakon što je odjeknulo par eksplozija i haotičnu jurnjavu sitnih tačkica koje su bili građani, ili delimično građani.

— Vidim. Haos je tamo. Biće bolje da ostanemo prikriveni — tihim i prilično dubokim glasom je rekao Volkot. Povukao je dim i u tom trenutku pri svetlosti cigarete koju je dovršavao otkrilo se samo malo njegovo izbrazdano i terorom sažvakano lice, na kome su počivale gvozdene oči. — Nema potrebe da ih dodatno uznemiravamo, nadam se da će se razići posle nekog vremena — nagađao je dželat, tobože ne znajući već viđenu situaciju.

— Ne znam jesu li ovo i dalje ljudi ili ne — uzdahnula je Mišel. — Ako ovo ludilo može da se izleči, onda smo ubili ljude.

— Nevini ljudi nemaju želju da pojedu druge ljude, ma koliko da su ludi ili bolesni — odmahnuo je dželat, dok je ponovo spokojno izdahnuo oblačić dima.

— Istina. Ne mogu nikog da pozovem odavde, ni policiju, ni porodicu, prijatelje, nikog — požalila se pipajući po praznim džepovima prsluka. — Telefon mi je sigurno ispao u čitavoj onoj gužvi. Moj otac će probati da me zove. A ako se ne javim, počeće da brine. Možda će i poslati nekog po mene.

Egzekutor se okrenuo. Blesnula je ponovo svetlost iz drvceta šibice, nakratko mu u tračku plamena osvetljavajući potpuno hladnokrvno, naizgled mirno lice, čije grube crte su odavale utisak kao da je klesano od kamena, lice hladnokrvno do tačke uznemirenosti.

— Bojim se da ćeš morati ovog puta da se boriš za život — mirno je konstatovao, dok je palio novu cigaretu. — Nema nikoga ko će moći da te izvuče spolja. Da mogu, savetovao bih tvom ocu da ne šalje nikog u ovaj grad. Bolje da ga odmah upuca, nego da ga šalje ovde.

— Pobiće nas oni dole, zar ne? — mirno je ovog puta uzvratila pitanjem gledajući ga u oči.

— Verovatno.

— Ali ti nećeš dozvoliti da se to desi?

Dželat je zaćutao i skrenuo pogled. Nije mu se dopalo pitanje.

... Ako bismo govorili o šansama, Mišel je imala bolje šanse da ostane živa nego što ih je imao Majkl. Ovaj prvi šok podnela je mnogo bolje nego on. Jedino je postojala jedna neugodna situacija. Naši oboleli gonioci nisu se ponašali isto. U kompleksu bi brzo izgubili interesovanje kada bi im žrtva umakla. Ovi ovde nisu se hteli skloniti. Kao da su znali da smo tamo i da ćemo kad-tad probati da napustimo tavan a moraćemo. Trenutno ta opcija nije bila realna ali jednom ćemo morati da ga napustimo. Nismo imali mogućnost da predugo ostanemo zarobljeni tamo.

— Pokušaću — odgovorio je kratko ne sasvim siguran u ono što govori.

— Okej. Imaš li nekakav plan šta bi trebalo da radimo?

— Pada mrak uskoro. Trebalo bi da što pre ugrabimo pogodan trenutak i izvučemo se odavde. Da pronađemo sigurnije sklonište koje ima zalihe. Makar da do jutra izdržimo. Posle bežimo iz grada.

— Uh, valjda to zvuči kao dobar plan samo... — uzdahnula je pomalo uplašeno činjenicom da je veteran nagoveštavao ponovni izlazak na ulicu. — Ne sviđa mi se da se vraćamo na ulicu.

— Ne sviđa se ni meni, ali mrak će ih zavarati, uspećemo da im umaknemo. Jutro ne možemo ovde da dočekamo. Bićemo umorni, gladni, takvi nećemo moći da se krećemo ni da se odbranimo.

— OK, shvatam. Gde onda da se sklonimo? Imaš li ideju?

Dželat je odmahnuo.

— Malo sam proveo u gradu, postoji jedno mesto, ali nije više bezbedno — podsetio se još jedan trenutak na Gomezov bar u koji se neće skloniti makar bio bezbedan kao nuklearno sklonište.

— Imam predlog. Odsela sam u hostelu jednom. Hostel „Vilja”. Možda je deset-petnaest minuta odavde pešice.

— Ima sprat?

— Mhm — klimnula je.

— Onda bi mogla biti bezbedna. Vredi pokušati svakako, jer ovde ne možemo dugo sedeti. Trebamo sačuvati snagu i svežinu kada dođe do borbe — konstatovao je dželat.

— Kada dođe... znači doći će ponovo do nje.

— Žao mi je, Mišel — tiho je odgovorio dželat, gledajući napred u gomilu obolelih. — Hoće.

***

Stanica policije u Lusinu bila je skromnog i zastarelog izgleda. Otpali malter i delovi građe sa zidova, kao i izbledele boje na njima bila je mučna i turobna slika zgrade koja je izgledala kao oronuli penzioner u poodmaklim godinama. Relativno malo policajaca je u njoj radilo. Svega pedesetak uniformisanih ljudi, tzv. federalesa radilo je u smenama u stanici pograničnog gradića. U poslednjih nekoliko godina nisu imali preteranih trzavica. Nisu ih imali pre svega jer je sve išlo kao podmazano. Ukoliko se pod trzavicama ne smatra maltretiranje lokalaca, pokoja tuča u jednom od desetak lokalnih kantina[3], neka sitnija i (zanemarljiva) krađa, ili problem sa kriminalcima i ilegalnim emigrantima, onda ih zaista nisu imali. Oni su radili svoj posao, okretali glavu od čega je trebalo i kada je trebalo, praveći se da ne vide i ne primećuju „uobičajene aktivnosti" centara moći. Zapravo, postojao je jedan centar moći u gradu. Zbog njega su imali stabilne poslove i pokoji bonus u kovertama koji im je išao „ispod radara" uz opasku da se ne moraju maltretirati previše na poslu. Taj „bonus" koji su dobijali obezbedio im je kuće, stanove, stabilan život za porodice, sopstvene automobile i pokoje putovanje, ako im se posreći. Sve što je trebalo da rade je da ne maltretiraju Gomeza, ne bacaju sumnju na njega, ne diraju njegove kurvice, ne ometaju njegove ljude i puste da njegovo „belo zlato" neumitno teče ka Sjedinjenim Državama. To je bilo sve.

Taj kakav-takav red održavao se dok nije pao centar moći. U brutalnoj noći u klubu „Astek" na neobjašnjiv način je to učinio samo jedan čovek. Barem ako je verovati jednom svedočenju, pao je moćni i nedodirljivi Gomez od ruke samo jednog čoveka. Njegov pad propratio je čitav pokolj u kome su pobijeni neki Gomezovi ljudi i pored njih osobe identifikovane kao italijanski državljani i bili su označeni kao članovi tamošnjeg ogranka njujorškog podzemlja, članovi porodice Konstanco. Svi su oni bili tu, na okupu. Svi uredno složeni u jednoj žutoj fascikli s nekoliko izveštaja sa lica mesta.

Aleks je srknuo gutljaj sveže kafe. Listao je fotografije. Sve sam užas do užasa.

Nije stigao sve detaljno da pregleda, kada je došao na mesto zločina. Dosta vremena izgubio je u organizaciji i putovanju. Stigao je helikopterom pravo iz Montereja. Rečeno mu je da je hitno. Obavešten je da se veliki obračun dešava u klubu „Astek" i da odjekuju pucnji. Sumnjivo mu je bilo što policija nije odmah pristigla već su krenuli kad su čuli da tim istražitelja stiže u Lusin. Bio je pred klubom, napet od adrenalina očekujući filmski obračun s policijom. Međutim, kada su ušli, sve je već bilo gotovo i lokalne policijske snage obezbedile su mesto i vršile uviđaj. Pregledao je dobar deo prostorija, ali savetovali su mu da se iz bezbednosnih razloga skloni u stanicu, iz koje će koordinirati istragu i usmeravati tim istražitelja koji su stigli s njim.

Kancelarija nije bila velika. Jedan radni sto za kojim je sedeo izgledao je kao da je već ispratio par decenija svog veka i bio je pun brazgotina i ogrebotina po nekada fino izlakiranoj površini. Iza njega nalazila se tabla sa rasporedom patrola i topografski plan Lusina. Zidovi kancelarije nisu bili bogzna kako sređeni, a čak je i bela boja počela poprimati neko sivilo, a šarenilo od paučine u uglovima i mrlje od komaraca odavno su bili prisutni. Daščani pod krckao je svaki put kada bi se neko kretao njime.

Ta kancelarija bila je dodeljena šefu stanice Loniju Regalosu koji je bio najstariji od svih lokalnih „prašinara" i bio zadužen za raspored patrola ali sada, u vanrednom stanju njegova kancelarija, „prašinari" kao i sam Loni, stavljeni su na raspolaganje Aleksu. Loni nikada nije voleo mešanje sa strane. Imao je on svoj stari razrađeni šablon, po kome je i njemu i njegovim kolegama bilo ugodno i pri tom nisu radili previše i imali problema sa krupnim ribama. Sada je taj šablon pukao kao prepumpan balon i pri tom došao je neko sa strane da njuška po njegovim papirima i istragama. Nije mu se to svidelo nimalo, jer je postojala mogućnost da mu oštroumni detektiv iskopa neku brljotinu.

Prošao je Aleks one prve slike sa ubijenim Italijanom identifikovanim kao Đuzepe Konstanco. Ležao je na leđima u lokvi krvi, slikan iz nekoliko uglova sa širokim rezom ispod brade. U WC-u dvojica muškaraca srednjih godina su takođe bili usmrćeni, jedan umotan rolnama toalet papira, neobjašnjivo položen uz WC šolju, a drugi je sudeći po masnicama na vratu zadavljen kaišem koji je pronađen u blizini. U sobi na krevetu izmasakrirane dve devojke, delimično razgolićene, pored njih dva čoveka u košuljama, takođe nastradali od uboda i metaka.

— Cccc — cvokotao je Aleks, nastavljajući dalje. Tada je stiglo na red i desetak slika iz bilijarske sale i hodnika pre nje. U hodniku pre bilijarske sale ležao je Italijan po imenu Antonio Sulo — zadavljen do smrti. Dva muškarca identifikovana kao Felipe Sančez i Alsino Manolo, ubijeni rezom ispod brade i ubodima u stomak i pored ključne kosti, potom devojka Belinda Kolieros, usmrćena direktnim ubodom u srce. Ta fotografija slikana je više puta. Nije to na prvi pogled bila kolateralna šteta. Ubodi i rezovi s obzirom da su gađali najvitalnije organe su bili jasna namera i ciljana ubistva. Potom ona od koje je načinio kiseli izraz lica, video je na licu mesta taj prizor, zamalo nije povratio od njega, a i na slici nije izgledala nimalo naivno. Bilo mu je žao prizora dečaka po imenu Pablo Alvares. Pronađen je na stubu zakucan slično Isusu, kao od majke rođen, osakaćen, lica izgorenog nečim i još nekoliko rana, od čega god da je umro, detektiv je osetio da je jadnik umirao u mukama. Sećao se da je morao da viče na prisutne kako bi ga što pre skinuli sa stuba na kom je bio razapet i pokrili telo. Par policajaca pustilo je suze zbog toga. Bio je siroče. Nije imao nikog svog koga bi mogli da pozovu da preuzme telo. Kao da nije ni postojao. Glava čoveka identifikovanog kao Bruno Aurelio Gomez, izdrobljena i razmrskana do neprepoznavanja, identifikovali su ga na osnovu ličnih dokumenata. Imao je Aleks jak želudac, ali je uprkos tome brzo prešao preko nje i još nekoliko njenih verzija slikanih iz raznih perspektiva.

Pogledao je slike prostorije koja se nalazila ispod bilijarske sale i koja je, kako je čuo, žargonski nazvana „prostorija za kuliranje", a u kojoj se nalazilo nekoliko mekih fotelja i kabina pregrađenih zavesom. Tih slika je takođe bilo dosta. Video je pobijene ljude, pomešane Meksikance i Italijane, koji su tu prema priči čekali i opuštali se s devojkama i drogom, dok ih Gomez ne pozove na razgovor. Među njima video je sliku čoveka koji je izgledao pozamašno kao da ima blizu dve stotine kilograma, zlatnu narukvicu, sat i skup sako. Njegove fotografije bile su posebno označene crvenim markerom i rečeno mu je da na njih obrati pažnju, jer je tu uslikano telo čoveka po imenu Franko-Ćufta Konstanco. On je bio jedan od velikih zverki i upozoren je da prati situaciju, jer bi njegovo ubistvo lako moglo okinuti rat između meksičkog kartela i italijanskog ogranka iz Amerike. Aleks je bio upozoren da je ulog ogroman i da je u igri bio velik ulog, pre masovnog ubistva. Na tom mestu stradale su veoma važne figure podzemlja. Aleks je pažljivo posmatrao fotografije. Gospodin Frenki-Ćufta bio je likvidiran samo jednim hicem pravo u glavu, iz reklo bi se neposredne blizine. Aleks se zamišljeno češao po kratko ošišanoj kosi. Kako je čuo, matori Konstanco imao je čudnih afiniteta, ne samo prema mladom mesu, već i prema nečemu novom, a šturo su ga informisali da se vrtelo nešto novo na polju opojnih droga. Nešto novo i neviđeno, što bi preraslo u nov posao koji bi bio meksičko-italijanska sprega. Aleks se smračio još više, dok je izdisao oblak dima iz dopola ispušene cigarete. Njegovi prsti su klizili po gotovo ćelavoj glavi, niz koju je teklo malo znoja. Situacija ga je zabrinjavala kako se dalje razvijala. Porodica Konstanco imala je jak uticaj, prema onome što je čuo, a ovde je ostavila dosta članova počev od najstarijeg, što će definitivno izazvati veliki bes kod Italijana, kad se sazna šta je učinjeno. Znao je kako su porodično povezani i šta za njih znači pucati na porodicu. Rat dvaju kartela bio je praktično iza ćoška.

Uzeo je još jedan gutljaj kafe i nastavio dalje.

Stigao je do najgoreg dela. Fotografije načinjene u nekoj sali na čijem se severnom delu nalazio drveni podijum s ogromnim zvučnicima, neka miks-mašina kod levog zida, kao i neke čudne demonske slike naslikane vešto po zidovima. Vidljive su bile jedino pri crvenom svetlu, koje je bleštalo iz reflektora tako da je cela prostorija bila ispunjena crvenilom kao u paklu. Te slike fotografisane su posebno. A ono glavno bilo je u samoj prostoriji. Gomila mrtvih i ubijenih pod čudnim okolnostima, scena postavljena kao za okultni ritual, delovi raskomadanih tela, posude s krvlju, tri mrtva — pozornici kažu Gomezovi pajtosi najverovatnije pobijeni, posečeni na smrt. Sve je to zbunjivalo Aleksa i zgražavalo ga — slučaj koji se tako snažno nametao i tako rastao kao lava u ogromnoj vulkanskoj kupi, koja se spremala da eruptira dosada neviđenom snagom. Opšta konfuzija je tu bila. Delovalo mu je na prvu kao da su se međusobno poubijali.

Na kraju, u prostoriji s bilijarskim stolovima poslednja, ali ujedno i najvažnija figura cele zbunjujuće priče. Glavom i bradom ležao je glavešina Gomez u svečanom odelu, crnim naočarima izvrnutim preko lica i nekim čudnovatim smehom na licu. Najviše fotografija bilo je Gomezovih. Čovek identifikovan ujedno i kao rak-rana ovog grada, po imenu Gomez Aurelio Mendes ležao je nasred bilijarske prostorije blizu tela svog brata s trinaest hitaca u telu. Prema preliminarnoj „odokativnoj" proceni veštaka većina hitaca bila je ispaljena iz neposredne blizine. Nije mu bilo jasno, ako je neko želeo da ga likvidira — zašto na takav način? Prošao je čitav dan i još koji sat intenzivne pretrage, a klupko konfuzije i zapetljanosti samo je neprekidno raslo, a snalazeći se u njemu jedino je mogao da zaključi da se niko neće pošteno naspavati tokom istrage koja je obećavala da postane predmet interesovanja i šire javnosti. Bacio je fotografije na sto, zajedno sa fasciklom.

Protrljao je slepoočnice i oči. Mašio je pogledom na omanje ogledalo na zidu. Bile su vidljive posledice nebrijanja i nespavanja. Nije stigao ni da se obrije, ni da ruča, a spavao je svega nekoliko sati otkako je stigao u Lusin već osećajući umor koji je pokušavao da zavara ispijanjem velikih količina kafe. Pogledao je kroz prozorče, razmaknuvši malo roletne. Stanica je sada ličila na nekakvu uskovitlanu feštu, koju je iznenada zahvatilo nevreme. Ljudi lete po kancelarijama kao uznemirene ose, telefoni zvrje na sve strane, novinari već dosađuju, a Lusin ne spava mirnim snom. Uzdahnuo je i namakao ponovo roletne.

Bio je budan skoro trideset šest sati. Prošetao je po kancelariji, pokušavajući da haotičnu slagalicu dovede makar do početka sklapanja. Pred tom slagalicom osećao se kao retardirano dete, koje je pri tom daltonista i nema pojma koji oblik se u koju rupu uklapa. Bacio je pogled kroz prozor. Ulica je bila pusta. Nije ni očekivao nekog na njoj. Policijski čas je bio uveden čim je kontrola bila uspostavljena, kako u gradu ne bi izbila anarhija, pljačka i opšta panika. Očekivao je sporadične sukobe bandi zbog ovoga, ali na iznenađenje, nije ih bilo. Mnogo više ga je brinula prateća situacija posle zločina u „Astek" klubu, kada je bacio pogled na desnu stranu stola, zatrpanu prijavama o nekoj čudnoj bolesti i agresiji građana. Bilo ih je toliko da više nisu mogle stati u fioci pa je šef počeo da ih slaže na jednoj strani stola. Saznao je tokom dana da ono što nazivaju valerom, eksperimentalnom Gomezovom drogom, izaziva agresiju kod građana i prva od teorija je da bi slučajevi agresije i ujedanja građana, kako je stajalo u većini prijava, moglo biti baš zbog toga. Ali sve je još bilo u domenu teorija.

Aleks je naredio da se svi izlazi iz grada blokiraju. Da se prečešljaju sva mesta gde se ljudi okupljaju. Periferija grada u kojoj ima dosta zavojitih puteva, prečica, napuštenih i propalih kuća i divljih naselja da se intenzivno pretražuje i to uz pomoć pasa koji su bili poslati u svrhu istrage. S obzirom da oskudne policijske snage ne mogu da postignu i pokriju sve zadatke, zatražio je da se iz susednih mesta uključi još policijskih snaga kako bi se klimavo stanje održalo. Aleks je prihvatio „vruću stolicu", jer nije se upuštao u nimalo naivnu situaciju. Među mnogobrojnim ubijenima nalazile su se zverke. One u podzemlju znače mnogo više od običnih dilerčića koje su izrešetali u klasičnim narko-obračunima.

Za sada to je najrealnija verzija koja mu se motala po glavi. U rivalskom obračunu Meksikanaca izginulo je toliko ljudi ili je koordinirana likvidacija Meksikanaca i Italijana na jednom mestu imala za cilj da zapali podzemlje. Zašto, kako, ko koga i zbog čega, to je ono što je imao nameru da raščivija i rasplete, ali tu je jedna teorija koja je stigla do njegovih ušiju. Da je tu postajala i treća strana, koja se sastojala od samo jednog čoveka! Jednog čoveka koji je sve to uradio! Ali to je samo bio povod da se na trenutak nasmeje, čudeći se dokle su urbane legende i izmišljotine spremne da idu.

Dok je pogledom leteo po opusteloj ulici, kojoj je još samo ulično svetlo i pokoji šuškavac od starih kesa pravio društvo, prenuo ga je telefon. U dva koraka je skočio je do stola.

— Da?

— Aleks, Esteban ovde, nalazim se kod sirotišta „Florensija”.

— Pričaj...

— Uspostavljamo kontrolu za sada. Nije lako.

— Jesi li nešto saznao tamo?

— Jok, niko ništa ne zna. Ima ih tridesetak i niko ništa nije video, prave se ludi neće da sarađuju, neki i prave probleme.

— Štite se međusobno, sigurno nešto znaju.

— Aleks, prave nam probleme, pružaju otpor, situacija je na ivici sukoba.

— Pohapsi sve koji prave probleme, to su divljaci, razumeju samo reč sile. Tako su ovde navikli.

— Da ih pošaljem kod tebe na ispitivanje?

— Ni slučajno! — dreknuo je Aleks. — Već sam dovoljno zatrpan papirologijom, fotografijama, izveštajima, koordinisanjem, podelio sam Lusin u zone i satima buljim u mapu, sad mi samo još treba kilometarska kolona ćopavih, kljakavih i polupismenih, od kojih sigurno neću ni reč da izvučem i samo ću gubiti živce na njihovu kuknjavu i prenemaganje. Ionako sam ih već dovoljno izgubio.

— I šta ja da radim s njima?

— Šta god znaš, samo ne pomišljaj uopšte da ih šalješ ovamo. Svako ko pokuša da se obračunava s policijom biće likvidiran na licu mesta. Izdaj takvo naređenje.

— Ima još nešto...

— Kaži.

— Ovde je izvesna Santa, Gomezova sestra, ona je nekakav finansijer ovog sirotišta i svađa se sa mnom skoro čitav sat oko metoda istrage.

— A ti si nemoćan da se odupreš jednoj ženi, a dovukao si ljude naoružane do zuba? — ironično je odvratio Aleks, iskoristivši zastoj da povuče jedan dubok dim.

— Mogla bi da pokvari istragu. Uticajna je, preti nekim vezama koje će potegnuti protiv nas.

— U tom slučaju podseti je ko nosi značku i čija je ona sestra, a i stavi joj do znanja da će se naći iza rešetaka još i pre nego što se telo njenog ludog brata o'ladi ovde.

Usledio je kratak zastoj.

— Slušaj — spustio je malo glas Aleks. — Znam da si pod pritiskom, ali ovo je ozbiljna stvar i ne mogu da budem na pet mesta istovremeno. Učini šta možeš tamo, ispitaj ih brzo i kratko. Pretraži sve, znači inč po inč ako treba. Ništa ne ostavljaj. I ako saznaš nešto, odmah me pozovi.

— U redu...

Aleks je spustio slušalicu i ugasio pikavac koji je već prilično posiveo od pepela nakupljenog na njegovom vrhu. Začulo se kucanje. Škripnula su vrata i unutra je privirila proćelava glava Lonija Regalosa.

— Aleks?

— Da?

— Tu u pritvoru leži ona ženska što smo je priveli u baru. Rekao si da ćeš da je ispitaš.

Aleks se pljesnuo dlanom po čelu i opsovao.

— Jebem ti, ja sam potpuno zaboravio na nju. Daj, dovedi je.

Loni je klimnuo glavom i zatvorio vrata.

***

— Ovuda — pokazao je Loni, otvorivši vrata svoje kancelarije koju je sada privremeno morao da ustupi Aleksu. Nesigurno, kao da hoda bosa po komadima stakla, Leandra je ušla unutra. Tamo je preko puta ispred mape išarane crvenim krugovima i raznim iksićima u fotelji sedeo Aleks, vrteći upaljač među prstima. Kada je ušla, diskretno joj je pokazao rukom ka praznoj stolici ispred stola. Sela je. Loni je zatvorio vrata za sobom i vukući svoje previše popunjeno telo stao pored Aleksa, naslonivši se na zid. Pažljivo i oštrim pogledom odmeravao ju je, dok je otvarao paklu s cigaretama. Treću po redu otkako je stigao u grad. Ponudio je devojku. Nije odbila. Dugim crvenim noktima izvukla je jednu i pripalila.

— Dakle ti si... Leandra Salazar, iz Lusina, stara dvadeset jednu godinu, zaposlena kao plesačica u Gomezovom klubu „Astek", je l' tako? — pitao je, bacivši nakratko pogled na jedan papir.

— Da.

— Nadam se da ćeš moći da pomogneš u ovoj zapetljanoj istrazi — počeo je Aleks, izdišući dim kroz iskrivljena usta. — Znači za Gomeza radiš, to jest radila si, koliko dugo?

— Pet godina.

— Koliko si ga dobro lično poznavala?

Leandra je odmahivala.

— Ne preterano dobro, nije često dolazio ovde. Njegov brat Bruno i njegovi ljudi su vodili računa, a on je povremeno dolazio ovde da se opusti i da sklopi neki posao.

— A opuštao se uz satanističke sado-mazo rituale? — sumnjičavo je upitao Aleks, izdišući novi dim.

Leandra je zbunjeno pogledala u Lonija i slegla ramenima. Aleks je zgnječio opušak u pepeljari posle samo nekoliko dimova i zavukao ruku u fioku.

— Taj naivni pogled ne prolazi kod mene, chicita[4] — rekao je i izvukao tri knjige bacivši ih na sto pred Leandru. Jedna od knjiga bila je bela, duga crna i treća crvena, a sve tri imale su pentagrame na koricama.

— Da li ti je ovo poznato?

Neko vreme Leandra je gledala u njih, pa posle ponovo u Lonija. On je takođe slegnuo ramenima, ali joj je uputio jedan namršten pogled.

Aleks je uhvatio njen pogled upućen šefu stanice. Okrenuo se ka njemu.

— Loni, donesi mi još malo kafe za jedno desetak minuta dok ispitam osobu — tiho mu je naredio i pružio mu šolju. Bilo je to zapravo šifrovano upozorenje tipa: „Ako nešto s ovom mutiš, najebao si". Loni je shvatio poruku sasvim jasno.

— Dakle? Ja čekam — Aleks se okrenuo kada je Loni izašao. — Ako se poznaješ sa šefom stanice, trebalo je da se dogovorite šta ćeš da mi pričaš i koliko ćeš da me lažeš.

— Ne, ne znam ništa o tome — rekla je Leandra.

— Dobro — izvadio je još jednu knjigu i stavio je na sto. — A o ovome? Pronađena je u tvojoj sobi.

Knjiga je imala braon korice i razjapljeno lice đavola s rogovima.

— Ne znam ništa ni o tome — odmahnula je.

— Verovatno ne znaš ni čime se bavio tvoj pokojni poslodavac, je l' da? — pitao je Aleks nekim prijatnim, ali istovremeno i ironičnim glasom.

Leandra je ćutala.

Iznervirano je uzdahnuo. Ponovo je počeo da vadi cigaretu i da je pali.

— Slušaj, devojko, pred tobom ne postoji način, nego postoje načini kako ćeš da nastradaš, razumeš li? Nemam prostora da se nerviram, jer sam budan još od ranog jutra tako da moram odmah otvoren da budem. Prvo, mogu da te zatvorim zbog bavljenja prostitucijom, za šta već imam dokaze. Drugo, mogu da pustim informaciju s tvojom fotografijom u medijima da si svedok. U sukobu Italijana i Meksikanaca ti kao svedok nećeš poživeti ni dva dana, razumeš li? Treće, imaj u vidu da sada ja vodim čitavu stvar i da neće moći da te pokrivaju ljudi s kojima imaš neki dil u ovoj stanici. Ali ako kažeš sve što znaš, mogli bismo da se dogovorimo i da te ništa od toga ne ugrozi.

Leandra ga je pogledala.

— Ja ionako nemam ništa s tim — okretala je glavu.

— Ali ako se ne varam, imaš mlađu sestru.

— Je l' to neka pretnja?! — dreknula je Leandra i skočila.

— Spusti glas kad razgovaraš sa mnom i sedi — prilično mirno je naredio detektiv.

Nastao je kratak tajac u kome je devojka oklevala, ali je imala želju da mu iskopa oči. Koliko god se svađala s Barbarom i često je tukla, dovoljan je bio jedan trenutak da shvati koliko je voli.

— Sedi! Poslednja opomena — oštre i pri tom umorne oči su ošinule po njoj, praćene Aleksovim glasom. Nije bio veliki ili krupan da bi izgledom zastrašivao, ali njegov glas zvučao je kao upozorenje pred eksploziju.

Leandra je sela. Nije želela da kuša neznanca iz Montereja, ne znajući još uvek njegove krajnje granice. Loniju je mogla da kaže i da se jebe, i da ga popuši, i da se tera, i da prođe najviše sa šamarom ili ćuškom, a Aleks je delovao kao da nema toleranciju za kurvinsko-policijske šeme.

— Policija ne preti preko porodice, ali oni da. Naročito Italijani. Preko sestre nateraće te da kažeš ono što oni žele, ili da ne kažeš ništa, tako da mogu da vas pobiju obe. Zato ako želiš neku zaštitu od nas, sarađuj. Ili si prepuštena na milost i nemilost na ulici — još jedan oblak dima izašao je iz nozdrva omalenog policajca. — Dakle, gde smo ono stali, kod knjiga, je l' da? — nastavio je u normalnom tonu. — Želim da čujem šta znaš o tome.

Leandra je počela, odlučivši da sarađuje, misleći pre svega na Barbaru i želeći da je zaštiti.

— Gomez je isprva pokazivao da je gospodin čovek. Da je džentlmen i ljubazan. Ali kasnije je postao prilično uvrnut. Prilično bolestan. Zarađivale smo pristojno kod njega, ali terao nas je da ga zadovoljavamo na neobičan način. Terao nas je da mu recitujemo neke strane iz ovih knjiga, neke molitve, ili nešto, ne znam ni na kom jeziku je to bilo. Tako se jedino mogao uzbuditi. Obično smo bile po dve-tri. Doveo bi i svog brata, nekog rođaka i onda svi uz te molitve i to... Često se to završavalo: svi mi nadrogirani kako orgijamo.

— Dobro — prekinuo ju je Aleks. — Dakle, na kraju uvek grupnjak uz satanske rituale?

Posramljena do dna duše Leandra je potvrdila, klimnuvši glavom. Gledala je u pod. Ne zbog najstarijeg zanata, nego kakvom se poniženju izlagala. I gutala je sve to zbog Barbare.

— Narko-bos i satanista, lepa kombinacija — mrmljao je Aleks, tamaneći lagano i tu cigaretu i već pripremajući sledeću. — Reci mi onda šta se tačno desilo te večeri kad su stradali svi. Je li to neko satansko ludilo, ili klasičan obračun?

— Ono što sam načula je da treba da stignu gosti iz Italije, da sklopi posao s njima. To je jedino, jer nikom nije govorio detalje. Pripremio je sve: piće, jelo, prostorije, devojkama je naredio da se lepo obuku, posebno nam naglasio da s gostima budemo ljubazne i ispunjavamo svaku njihovu želju. Kada su stigli, preselili su se u donji deo bara kako bi razgovarali, a mene su potom odveli u sobu, kako bih obradila jednog od gostiju.

— A kakav je to posao bio u pitanju? Droga?

— Gomez mi je... On je imao velike želje sa mnom. Bila sam mu ljubimica... I jednom posle... ovaj... seksa, rekao je, to jest otvorio se malo, jer je bio drogiran. Rekao je da je nabavio odnekud neku eksperimentalnu drogu, ili šta već i rekao mi da planira da je lansira na tržište, kako bi oborio svu konkurenciju. Italijane će pobiti kad se dovoljno napiju pića punog te hemije, ubiće i svog šefa, ja nisam ni mislila da bi Gomez mogao imati nekog šefa. A najstarijeg gosta će iskoristiti kako bi među porodicama izazvao sukob. Tako nešto... Moraš da mi veruješ, ne sećam se ni svih detalja, nisam ga ozbiljno shvatila, mislila sam da se samo šali, jer je bio pijan i drogiran i ne zna uvek šta priča.

— I to je bilo ove večeri? To ugovaranje posla, pa potom podmukla likvidacija, kad se svi uroljaju?

— Da. Gomez je poludeo kasnije. Juče je jednog svog čoveka polomio palicom i razbio mu glavu samo iz hira i kažu da se smejao. Tek tada sam shvatila da bi mogao to da učini. Osećala sam da će biti gužve i da treba da se sklonim. Rekao mi je da ne pijem ništa iz donjeg bara, jer su neka pića zatrovana hemijom. Videla sam u garderobi kako se Gomezove siledžije pripremaju. Pripremali su mačete i mazali se bojama. Izgovarali su neke molitve u tišini. Mislim da su probali svi tu valeru, kako je zovu. Posle se jednog dela ne sećam, neko me je drogirao.

— I to je bio uzrok? Zbog toga su se pobili međusobno, jer je izazvala ludilo?

— Iskreno, ja sam zaspala zbog droge, dok su razgovarali još uvek. Italijan me je naterao da vučem crte. Mada, izvukla sam se i uzela sam manju dozu. Probudili su me potom neki pucnji. Otrčala sam do podijuma za igranje i tu zatekla masakr.

— Da? To me zanima — rekao je Aleks, zainteresovan što konačno čuje nešto konkretno.

— Na podijumu su se nalazili...

Aleks ju je prekinuo i iz fascikle izvadio sliku podijuma na kom leže Gomezovi ljudi.

— Je li ovo taj podijum?

— Da.

— Dobro, i šta se tu desilo? — pitao je. — Između koga je usledio sukob?

— Gomez je potpuno odlepio. Uzeo je i on tu svoju drogu i potpuno bio van sebe. Pripremao se za neko žrtvovanje...

— Dobro i ko je ovo učinio Italijani ili Gomezovi ljudi? — pitao je konačno Aleks pokazujući na fotografiju podijuma gde se jasno vide trojica mrtvih posečeni mačetom. Detektiv se usput i unervnozio grizući filter cigarete kao da će je pregristi nadvoje.

Leandra je odmahnula.

— Ovo sve je uradio jedan čovek, on ih je pobio.

Aleks je lupio šakom o sto. Toliko je jako odjeknuo njegov dlan o drvenu površinu da su i čaše i papiri poskočili.

— Dosta više o „jedan čovek" priči! — dreknuo je. — Ovde govorimo o trideset jednom mrtvom, ako sam dobro izbrojao. Znaš li ti šta znači zločin gde je ubijena trideset jedna osoba i nemoj da mi prodaješ tu priču o jednom čoveku! Jedan čovek ne može da pobije čitav lokal u kome je najmanje trećina ili polovina ljudi bila naoružana. Mnogo gledaš filmove, devojko! To ovde ne prolazi!

Leandra se malo uplašila Aleksovog prodornog glasa. Par policajaca osvrnulo se ka vratima kancelarije, čuvši otuda dernjavu detektiva a Leandra se skupila na stolici osećajući sve veću nelagodnost.

— Videla sam to... Videla sam svojim očima kako ih ubija. Sakrila sam se u sporednom hodniku, nije me primetio — isprekidanim glasom je govorila, s malo bojažljivosti. — Ubio je tri čoveka na podijumu, sukobili su se noževima i mačetama a Gomez je gledao i smejao se, njih trojica su ga napadali i nisu mogli da ga ubiju, pobio ih je svu trojicu. Onda su on i Gomez prešli na pištolje, pobegla sam nazad da me ne ubiju, uplašila sam se i kada sam se sakrila u mraku u bilijarskoj sali, videla sam kako Gomeza ubija taj čovek. Pucao je u njega neprestano. Pucao je dok nije ispraznio pištolj. Posle me je pronašao, mislila sam da će pucati i u mene, bio je lud.

— A kako je izgledao super ludi ubica kog si izmaštala? Kažeš da si bila drogirana pre toga, je l' da? Hajde reci mi onda kako izgleda.

— Visok oko sto devedeset, možda i viši, ima kratku kosu, retku, pomalo osedeo, oko četrdeset, možda, imao je sveže posekotine po licu, nosio je stare farmerice, tamniju jaknu, majicu.

Aleks je otvorio beležnicu i prelistao je.

— Ne postoji čovek s takvim opisom. Pričaj mi još o njemu. Otkud on tu i zašto bi ih sam pobio tek onako?

— Rekli su da su doveli Pabla i nekog njegovog pajtosa na prevaspitavanje. Prevaspitavanje voli da radi Gomezov brat, posle njegovih batina ljudima su ostajale posledice. Govorili su da su on i Pablo zasrali nešto, ali nisam znala detalje. Pablo je bio Gomezov dilerčić, nisam ga poznavala dobro.

Aleks je iz fascikle izvukao fotografiju. Sporo i pomalo bezobrazno ju je gurnuo do Leandre.

— To je on?

Leandra je složila mučan izraz i pokrila lice rukama.

— Gospode Bože, šta su mu učinili? On je samo bio klinac!

— Tvoj poslodavac ima prilično uvrnute metode za kažnjavanje neposlušnih dilerčića — ironično je dodao Aleks. — Nego vratimo se priči. Kažeš da su on i taj njegov pajtos dovedeni zajedno.

— Da, tako je, ali kunem se ne znam detalje. Gomez bi me prebio, ako bih uopšte i blizu prišla da saznam. Video si šta je s Pablom učinio. Kasnije su došli gosti i zaboravila sam na njih.

Aleks je ustao i pogledao na prozor.

— U redu, da vidim jesam li shvatio. Neki nasumični lik s posekotinama po licu je pomagao ovom Pablu, posle toga ga je Gomez uhvatio, prebio, Pabla je ubio, ovaj drugi se oslobodio i napravio masakr? Zašto bi tebe poštedeo?

— Pokazala sam mu izlaz. Rekao mi je samo da zatvorim oči i okrenem se. Mislila sam da će me ubiti posle toga, ali jednostavno se izgubio, nedugo zatim ušla je policija — govorila je Leandra, dok joj je pogled nemirno lutao.

Šef stanice je stigao s šoljom vrele kafe. Aleks ju je uzeo.

— Reci nekom da odveze gospođicu Salazar kući. Od ovog momenta stavljam je u kućni pritvor. Dok je na snazi istraga, smatraće se kao potencijalni svedok. Proverićemo sve što si rekla. Ako lažeš, a mislim da lažeš, predlažem ti da nabaviš dobrog advokata — zaključio je Aleks, streljajući je beskomrpomisnim pogledom, a potom dao znak rukom da može da ide.

— Idemo — naredio je Loni, pokazujući joj rukom ka vratima. Ustala je i bez reči izašla. Bila je srećna što se bar privremeno spasila policijske torture i nije želela više ništa da kaže kako joj trenutni položaj ne bi bio još više otežan.

* * *

Aleks je bio posebno iznerviran kada se priča ponovila. Čvrsto je odbacio tu verziju o jednom čoveku koji je napravio sve to, smatrajući je za takozvanu „crvenu maramicu". Njome mu mašu ispred lica kao priglupom biku i dok on nasrće na nju rogovima, dešavaju se spletke tamo gde ne gleda i peru se ruke od umešanosti. Ova verzija priče bila je klasično skretanje istrage s puta i ništa drugo. Znao je Aleks za te metode, ali ih nije olako uzimao u obzir bez činjenica i materijalnih dokaza.

Ipak, da bi nastavio mukotrpnu istragu zbog koje neće imati sna u skorije vreme, uzeo je dve tablete protiv glavobolje. Istraga je postajala velika glavobolja, velika, mučna glavobolja, u kojoj je imao brdo nerazjašnjenih stvari. Sedeo je možda desetak-petnaestak minuta otkako je Leandra napustila njegovu kancelariju, razmišljajući. Žmureći je sastavljao te delove slagalice, čak koji minut i zadremao u tom razmišljanju.

Kucanje na vratima ga je prekinulo u preturanju po slagalici zločina i nateralo ga da poskoči iz fotelje. Loni je opet proturio svoju oznojenu ćelu.

— Šta se dešava? — pitao je Aleks, ali pre nego što je čuo ono što mu Loni govori, načuljio je uho i uhvatio glas oštrog, frenetičnog piskanja i vriske iza šefovih leđa.

— Ko to tamo zapomaže? — pitao je, ne čuvši šta mu Loni govori.

— Zbog toga te i zovem, čoveče. Potencijalni svedok, neko dete koje govori da je jure ubice. Pola bunca, pola govori razumno.

— A da li mu ekserima izvlačite iskaz, pa toliko vrišti? — ironično je progunđao Aleks i ustao zakopčavajući dugme na košulji.

— Mislim da bi trebalo da vidiš o čemu se radi — predložio je šef stanice.

Obojica su izašli u veliku prostoriju, u radnu prostoriju zapravo u kojoj je trenutno zbog vanredne situacije bilo sastavljeno nekoliko radnih stolova u centralnom delu. Bilo je prisutno samo dvojica istražitelja i broj pozornika bio je sveden na minimum, jer je većina bila na terenu. Tamo na kraju kod izlaznih vrata otimala se devojčica i vikala oštrim piskutavim glasom. Za pocepan rukav, očigledno previše dug za njenu ruku, držao ju je policajac.

— Ostavi me! Ne vraćam se napolje — pištala je devojčica.

— Šta se dešava? — upitao je Aleks, koji je u međuvremenu prišao. Loni je odmah stajao iza njega.

Nešto mlađi i krupniji pozornik, na čijem prednjem džepu uniforme je pisalo *Gustavo* okrenuo se poručniku.

— Pravi probleme. Priča da je videla nekakve manijake.

— Koga? — Aleks se namrštio.

— Ne znam, govori nepovezano, ništa je ne rezumem.

— Gustavo, ti nikad ništa i ne razumeš, osim batinanja, to ti je specijalnost — promrmljao je Loni ironično. — Odvedi je u sobu za saslušanje, ja ću doći kasnije — dodao je poručnik.

Gustavo je klimnuo glavom i odvukao dete tamo gde mu je naređeno. Aleks se okrenuo centralnom delu prostorije.

— Šta je?! Šta blenete?! Natrag na posao imamo uzbunu najvišeg stepena! — povikao je na ostatak osoblja, koje je za trenutak zastalo.

Loni je uzeo plastičnu čašu i bokal s kafom koji su se nalazili odmah pored automata za sokove i grickalice.

— Možeš li ovo sam? — pitao ga je šef stanice, dok je sipao vrelu kafu, koja je spontano klokotala u šolji.

— Mislim da imam dovoljno akademskog znanja da izađem na kraj s balavicom. Nisam kupio jebenu značku, znaš? — ponovo je u ironičnom stilu gunđao Aleks. — Zašto pitaš?

— Pa ako ti ne trebam ovde popio bih kafu i obišao ponovo mesto zločina. Porazgovarao bih malo s lokalcima, možda nešto znaju. Meni će više verovati, jer sam ovde već dva'es pet godina.

— Uradi tako i javi mi ako nešto saznaš — složio se Aleks. Šef stanice je klimnuo glavom. Skinuo je službenu jaknu s čiviluka u uglu, obukao se i krenuo ka vratima pijući kafu usput. Pored njih je protrčao pozornik koji je neprekidno kašljao, delujući kao da ima gadnu prehladu i odjurio u toalet. Pobegao im je iz vidokruga. Bili su previše zauzeti razgovorom.

***

— Kako se zoveš, mala? — pitao je Aleks čim je stupio u prostoriju, držeći šolju s kafom.

— Barbara — kratko je odgovorila.

— Barbara, ja sam poručnik Aleks Santos — uzeo je stolicu i seo. — Zamoliću te samo da budeš kratka, jer imam puno posla. Dakle, o kakvim to ubicama govoriš?

— U parku, u starom napuštenom parku nedaleko od sirotišta.

— Šta si tamo tražila? — poručnik je srknuo gutljaj, gledajući je preko ivice šolje.

— Žurila sam kući. Čula sam za policijski čas.

— Pre toga gde si bila i šta si radila? — poručnik je bio sumnjičav, videvši njeno izgrebano lice, raščupanu dugu kosu i stare pantalone uprljane od blata.

— Bila sam... Ovaj, sa društvom. Kada smo videli da pada mrak, razišli smo se — izbegavala je njegov pogled, koji je ličio na živi skener koji je „češlja” u potrazi za lažima. Jeziva slika iz sirotišta odbijala je da pobegne pred njenim očima.

— To je baš lepo i odgovorno od vas — rekao je Aleks. — Dakle, čim si čula za policijski čas vraćala si se kući. Preko starog parka si, pretpostavljam, hvatala prečicu i tamo naišla na ubice.

Potvrdila je.

— Kako su izgledali? Koga su ubili? Kažeš da je bilo više njih?

— Bolesno — kratko je odgovorila. — Kao da su od nečeg bolesni. Ubili su čoveka i on je... — potom se nesigurno zaustavila. Ubili su čoveka a on je ustao i pojurio za njom? Odjednom kao da nije razmišljala o tome kako će to objašnjenje njima zvučati, dok je jurila ka stanici, odjednom kao da je postala nesigurna u ono što će reći, neće joj verovati. Ta misao joj se tek sada upalila u glavi.

— Nastavi, nastavi, slušam te ja — ohrabrivao ju je poručnik, gledajući je poluironičnim pogledom.

— Ne znam kako ovo da kažem. Imali su zelenkaste oči, rane po licu, ubili su čoveka i neku kravu i proždirali ih, napali su i mene kad su me primetili. Pobegla sam i došla da prijavim. Molim vas, učinite nešto.

Aleks se nasmejao i pogledao na stranu. Iako je mogla da očekuje takvu reakciju, Barbara se malo iznervirala.

— Ali govorim vam istinu! Ne lažem!

— Naravno da govoriš. Malo mi je i ovog problema, imam jeb... Imam prokleti genocid u gradu, a sad treba da jurim fantomske ubice iz budalaste dečje mašte.

— Ali...

— Dosta je bilo! — Aleks je podigao glas. Odmah je ućutala kada su se njene oči susrele s njegovim. — Nemam vremena za ovo. Poslaću nekog da te vrati kući. Pošto si samo dete, neću te zatvoriti zbog ove neslane šale. Smatraj se srećnom zbog toga.

Potom je ustao i izašao.

— Ovaj grad je uvrnutiji nego što sam mislio — progunđao je sebi u bradu. Zatvorio je Barbaru u sobu, ne želeći da rizikuje da mu pobegne. Možda je nešto kriva, možda nije, vremena za razmišljanje o tome nije imao, već je samo okrenuo ključ i ostavio ju je tamo da sedi iza brave, dok ne pozove nekog pozornika da je odveze kući. Iako je bio dosta strog i po prirodi „težak", Aleks je imao razumevanja za decu, bez obzira što je i prema njima bio jednako oštar kao i sa odraslima. Siromašni život je i njega naterao na to, a istovremeno sadašnja situacija ga je naterala da se na trenutak seti i svoje ćerke, koju je s majkom ostavio više stotina milja odavde. S tom slikom i mislima vratio se u radnu prostoriju. Ta pomisao bila je dovoljna da mu začas odvuče pažnju.

Jedan pozornik oko stolova trčao je ka njemu. Aleks ga je odmah primetio.

— Poručniče, telefon — povikao je i Aleks je odmah potrčao ka svojoj kancelariji. Udario je vrata rukama, zaboravivši da ih zatvori. Slušalica je stajala položena kraj aparata.

— Da?

S druge strane samo šuštanje, povika i nešto što liči na jauke u pozadini.

— Halo! — povikao je glasnije.

— Aleks — glas se na jedvite jade čuo. — Garsija ovde — ponovo je usledilo šuštanje i nije čuo ostatak.

— Ne čujem te, Garsija, moraš glasnije! Šta se tamo dešava, kakva je to galama?! Ko to tamo zapomaže?! — Aleks je osetio da je počeo da se preznojava odjednom. Čuo je i lomljavu stakla i nešto što mu je ličilo na pucnje, čuo je i viku, kreštanje koje je zvučala jezivo, pucnje takođe. Nešto u pozadini je ličilo na jaukanje, bariton glasova koji zavijaju.

— Ovi nisu mrtvi u Gomezovom baru... Ustali... Napadaju nas... Ludnica... Aleks, pošalji... AAAAAAAAAAAAAAAAAAAAAAAAAAAAAH! — veza se prekinula i samo se čulo piskutanje sa druge strane telefona.

— Garsija?! Garsija odgovori! Garsija! Mierda de... — besno je Aleks zalupio slušalicu. Čuo je lomljavu i tresak preko svog prozora. Dotrčao je i instinktivno izvukao pištolj, uspaničen Garsijinim krikom. Na ulici je bilo malo svetla. Video je grupu ljudi, koji su se teturali pločnikom. Prolazili su kraj oborene kante za smeće. Dvojica su se vukli i puzili pločnikom.

— Proklete pijandure, policijski čas je a oni divljaju. Pohapsiću ih kunem se — cvokotao je poručnik ali je brzo izgubio interesovanje za tu situaciju još uvek pod adrenalinom zbog Garsije.

Zgrabio je sako sa čiviluka i usput ga oblačeći pojurio iz kancelarije. Odmah, čim se našao u radnoj prostoriji, počeo je da viče.

— Trebaju mi ljudi. Nešto se dešava kod Gomezovog bara, čuo sam pucnje i Garsija je u problemu!

— Već smo razvučeni maksimalno. Vidi koliko nas je ostalo.

— Hovi i Marti, vas dvojica uzmite auto i proverite šta se događa. Pozovite odmah pojačanje, ako je situacija vruća. Ne rizikujte.

— Šefe, a ti? Treba li ti prevoz? — javio se pozornik Marti.

— Uzeću auto ispred stanice! Idite! Stići ću vas! — u trku im je dobacio i izjurio iz radne prostorije. Spuštao se širokim stepenicama ka holu, praćen glasnim kuckanjem njegovih cipela o betonsku površinu. S desne strane zida za prijemom je sedeo stariji pozornik. Nedaleko od stepenica, šef stanice Loni razgovarao je s jednim mlađim pozornikom.

— Loni! — dreknuo je Aleks histerično, trčeći ka njemu.

On se okrenuo.

— Nisi još otišao? Dobro je! Ključevi tvog auta!

Loni se zbunio. Bio je usred priče s pozornikom ali je razumeo da detektiv traži ključeve i izvukao ih iz džepa.

— Baš sam krenuo. Evo ključeva, u čemu je problem?

— Problem kod Gomezovog bara. Neko je napao ponovo! Čuju se pucnji tamo!

— Zar usred istrage? — povikao je zaprepašćeno šef.

— Veza s Garsijom je pukla ne znam ni da li je živ uopšte. Idemo brzo tamo!

Loni se složio i pošao za poručnikom, ali prešli su samo nekoliko metara, a potom zastali. Ulazna vrata stanice su se lagano i uz škripu otvorila. Samo jedna prilika, i to pokrivena mrakom, stajala je na njima. Nije ulazila, niti se pomerala, niti bilo šta govorila. Samo je stajala tu na vratima i pomalo se ljuljuškala, kao da nije sigurna u stabilnost sopstvenih nogu. Za trenutak su se zaustavili.

— Ko je bre ovaj tip? — začuđeno je promrmljao Aleks.

Loni je slegnuo ramenima. Videli su da je u pitanju muška prilika, koja je stajala nesigurno i pomalo pognuto, klatila se kao da je pijana. Ipak, bez oklevanja, Loni je krenuo napred i povikao mašući mu rukom da se pomeri.

— Muevete, estas interferiendo![5]

Šef Loni užurbano mašući rukom nije očekivao ništa. Zahvaljujući Aleksovom alarmantnom, uspaničenom tonu, kojim mu je objasnio šta se desilo, šef Loni nije bio tu. Bio je u mislima „tamo", na mestu zločina i razmišljao o tome šta će zateći kad tamo stignu. I ubrzo je bio lišen tog bremena razmišljanja.

Čim se Loni našao na par koraka od čupavog i obradatelog lokalca s raspasanom košuljom i starim prljavim pantalonama, ovaj je odmah podigao glavu. Šef se skamenio u mestu. Gledalo ga je bolesno i unakaženo lice sredovečnog muškarca, na kome su iznenada sevnule zelenkaste beonjače. Uz ogavan krik i bez ikakvog razumnog objašnjenja „pijani" lokalac s neobjašnjivim zelenilom na beonjačama trgao se odjednom i skočio na šefa stanice. Iznenađeni Loni platio je ceh za svoju lenjost, godine i pozamašni stomak. Unezvereni i unakaženi čovek zgrabio ga je za košulju i zubima počeo da mu kida lice i vrat, dok je Loni jaukao i otimao se, bacakajući se nogama kao kornjača prevrnuta na leđa. Aleks se za trenutak sledio. Samo za trenutak. Mladi pozornik s kojim je šef maločas pričao izvukao je pištolj i uperio ga u pomahnitalu zver od čoveka. Bio je šokiran i prebledeo. Ruka mu se tresla od prizora i nije imao čistu metu.

Barijeru sleđenog šoka prvi je probio Aleks. Pritrčao je i snažno ojačanom cipelom šutnuo napadača preko lica. Pao je zakotrljavši se i razmazavši krv po podu. Krvavih usta tromo se pridigao, a njegove zelenkaste oči buljile su tupo i izbezumljeno u poručnika kao dva oka poremećene osobe. Udarac je bio toliko jak da bi polomio vilicu, ili onesvestio čoveka. Ali on se ravnodušno pridigao i krenuo ka detektivu.

Mladi pozornik skupio je hrabrost čim je video čistu metu. Bez upozorenja je ispalio dva hica. Zrna su probila stomak i plućno krilo i izašla na leđima. Međutim, čovek se samo trznuo kao da su dva metka bile dve ćuške pendrekom i nastavio da se kreće ka njima.

Aleks je iskolačio oči.

— Nemoguće — prošaputao je detektiv videvši ovo.

Čovek unakaženog lica i sa nesvakidašnjom tolerancijom na metke prošao je pored Lonijevog unakaženog tela i kretao se ka poručniku. Aleks nije više oklevao. Čim je pala prva žrtva i to policajac u samoj stanici nije imao više šta da čeka. Monstrum je skoro dograbio sleđenog pozornika, kome se prst ukočio na okidaču videvši da ga dve evidentno fatalne rane nisu oborile. Izvadio je pištolj iz opasača i ispalio mu hitac u čelo. Monstrum se odmah prosuo po podu. Krv se veoma brzo razlivala oko njega, praveći jezerce. Nije uspeo da dobro čuje u trenutnoj situaciji. Šok je bio preveliki u datom trenutku i sprečio ga je da čuje koliko živo postaje na ulicama. Mladi policajac bio je bled.

***

Toalet u stanici je bio zauzet duže vreme i jedan od pozornika videvši da se njegov kolega Del Rivas zadržao previše unutra pokucao je i upitao da li je dobro. Umesto odgovora, Del je izleteo i nasrnuo na njega, pozelenelih očiju od bolesti.

***

— Vrati se nazad, prenesi svima da budu spremni za borbu! — naredio je prebledelom mlađem pozorniku toliko glasno da je čitav hodnik zvonio. Pozornik je odjurio uz stepenice. Tada je Aleks bacio pogled na šefa stanice. Loni je bio mrtav. Nije se pomerao. Pogled prazan i bez trunke života mu je bio fiksiran za plafon, a usta poluotvorena. Njegov obraz bio je odgrizen, a deo vrata pokidan zubima i otvoren. Iskrvario je za možda samo minut. Zapazio je da mu ključevi vise za pojasom. Otkačio ih je sa željom da što brže dođe do automobila. Iz stražare je stariji pozornik već istrčao, a iz same unutrašnjosti stanice začuli su se pucnji.

— Okupite preostale pozornike! Stanica je napadnuta! — povikao je na izlazu. Pozornik je klimnuo glavom i potrčao uz stepenice.

Aleks je izašao ispred stanice, ali nije stigao do patrolnih kola. Zatekao ga je haos po ulicama, koji je mnogo ličio na žestoke ulične nemire. Isti oni, kao i prvi posetilac stanice, kretali su se u grupama od po desetak i više, pomešani s prestravljenim ljudima, koji su bežali naokolo. Poručnik se osvrnuo trudeći se da održi prisebnost, spazio je da sa leve i desne strane od ulaza stanice naviru dve velike grupe ljudi sa pozelenim očima. Pred njima građani sa normalnim očima vrištali su i bežali iz kuća, u najnormalnijem paničnom strahu za život, neki skakali preko prozora, preko ograda, a neki od njih trčali su ulicama, pokušavajući da se spasu. Automobili su leteli u haotičnim i neorganizovanim smerovima, koje je čuo iz susednih ulica, automobil je iza krivine nedaleko od njega izleteo i krivudao haotično, grunuo u grupu ljudi gde su bili i bolesni i normalni građani pokupio i razbacao sve i zakucao se u zid zgrade, alarmi su pištali na kolima, sirene su trubile. Iako je bio uveden policijski čas, na ulicama je bilo življe nego ikad. Aleks nije imao snage da reaguje. Ostao je zaleđen i skamenjen po prvi put u životu posmatrajući prizor ispred stanice. Ovakvo bezumno i divlje ponašanje nigde nije video i mislio je da ima čeličnu psihu da sve izdrži. Pogrešio je. Poneki pucanj bi odjeknuo i probio se kroz zid vrištanja, jaukanja i bolesnog zapomaganja, a iz pojedinih delova grada dizali su se stubovi gustog dima. Ono što je bilo upečatljivo bile su pomešane skupine uplašenih građana i onih sa bolesnim zelenilom u očima. Nije stigao da razmišlja, niti da se čudi kako se situacija okrenula za manje od jednog sata. Pomahnitala devojčica visila je na leđima žene koja je vrištala i otimala se. Uskoro je pala na nekoliko metara od detektiva i samo se batrgala, tresući nogama, dok ju je devojčica ujedala iza leđa. Video je izbliza to. Komade mesa i kože sa već mrtve žene skidala je zubima. Sekund kasnije njen pogled se ustremio ka Aleksu dok joj je komad krvavog mesa i dalje visio u ustima. Oklevao je, iako mu je oružje bilo u rukama, jer mu je u misli došla njegova devojčica. Ruka mu je posle toliko vremena na trenutak zadrhtala, a odjednom se sve utišalo osim njegovog snažnog pulsa i režanja devojčice bolesnog izgleda, niz čija se usta cedila krv i pena. Kao čudovišni pauk jurnula je četvoronoške na njega, ali se detektiv na vreme otrgao od očinskog instinkta, koraknuo unazad i ubio je hicem u glavu na licu mesta. Tada je ostao ukopan neko vreme.

„Ubio sam dete", bila je misao koja je vrištala u njegovoj glavi, nadglašavajući sve ostale glasove i misli.

Gledao je ljude koji beže, ostajući izložen tako da ga može zgrabiti ko god je hteo. Njegov prazan pogled registrovao je ženu koju je devojčica maločas grizla kako otvara oči u kojima sija zelena bolest i ustaje. Uspeo je da se pribere i pokuša da uđe nazad u stanicu ali čim je krenuo gotovo se sudario na ulaznim vratima sa šefom stanice Lonijem koji je s pokidanim licem i vratom kidisao na njega uz jezivo odvratno režanje. Samo detektivova prisebnost da ga u trenutku zgrabi za košulju spasila ga je smrti. Nije mu bilo jasno kako je šef ponovo ustao ali je video bezumlje u njegovim očima i agresiju nenormalnu za ljudsko biće. Uzalud povici njegovi šefu stanice da prestane. Uzalud krici i pokušaji da ga urazumi. Nije bilo ni traga od toga. Iako niži rastom detektiv je snažno odgurnuo Lonijevu masivnu telesinu i bez oklevanja mu pucao u glavu dok je ustajao upokojivši ga po drugi put — ovog puta zauvek.

U holu nije bilo nikog osim Lonija i prvog bolesnog posetioca koji su ležali mrtvi a nije bio siguran u to treba li otići nazad i pregrupisati policajce ili ići kod Garsije i otkriti šta se dešava. Serija pucnjeva prenula ga je dok je stajao ispred otvorenih ulaznih vrata. Dok se okrenuo dva policajca usklađenim hicima iz pištolja izrešetali su ženu čiju je smrt od devojčice maločas gledao. Njene oči su pozelenele i ona takođe bila je bezumni agresivac koji želi da ujeda. Pala je na kolenima pred njim pogođena sa osam hitaca i dalje pružala ruke ka njemu...

— Poručniče jeste li dobro? — doviknuo mu je jedan od njih. Aleks je bez razmišljanja ispalio ženi hitac u čelo.

— Dobro sam.

Prišli su do njega i sami gledajući užas na ulicama a niz stepenice trčalo je četvorica pozornika s krvavim uniformama iscepanim rukavima i pantalonama svi užasnuti i okupili se oko poručnika.

— Poručniče! Rivas je poludeo počeo je da ujeda kolege! Haos je gore — proderali su se uglas svi čim su došli do njega pokazujući na gornji sprat. Većina haosa na ulici ih je ignorisala ali posle pucnjeva i dernjave trojica-četvorica obolelih okrenuli su se i krenuli na njih. Bez ikakvog upozorenja niti su čekali da im poručnik kaže raspalili su po njima iz pištolja i pobili ih pre nego što su prišli ali su potrošili dosta metaka.

Aleks se okrenuo. Uprkos tome što predstavljaju vlast policajci su bili bledi u licu. Parovi uplašenih očiju gledali su u njega u nadi da će pronaći rešenje. Ulice su gorele u užasu, a uši treperile od vrištanja i jaukanja, gde je sve više bolesnih preovladalo i izlazilo. Mrtvi su ležali po ulicama. U bizarnom dešavanju neki od njih, uprkos smrtonosnim ujedima, počeli su da ustaju. Iza ugla na najbližoj raskrsnici pojavila se veća grupa ljudi i svi su bili bolesni.

— Bežite! Spasavajte sebe i porodice, stanica je izgubljena! — povikao je poručnik. — Uzmite automobile i bežite!

Poslušali su, barem većina njih i krenuli ka parkiranim patrolnim kolima.

Poručnik je dotrčao i seo u policijski automobil parkiran preko puta stanice pored jednog kioska. Gledao je nemoćno preko prednjeg stakla dva policajca kako naknadno istrčavaju iz stanice nasumično pucaju na nakaze, neki od njih padaju, ali efekat je nedelotvoran. Pucaju nasumično, a bolesni pokazuju otpornost na metke i nadiru dalje. Nije bilo dovoljno ono što su očajnički pokušavali. Nakaze ih obaraju i ujedaju. Neki od njih ulaze u stanicu u koloni, kroz širom otvorena vrata. Gledajući ih malo pažljivije, proradilo mu je sećanje. Upravo sada dosetio se razgovora s privedenom devojčicom i da mu je pričala o njima, kako ih je opisala, baš liče na one koji su sada pred stanicom.

„Privedena devojčica!"

Ova misao vrisnula je u njegovoj glavi.

Setio se da ju je ostavio tamo zaključanu i trebalo je da pozove nekog da je odveze kući. Potpuno je zaboravio na to, slušajući Garsijin uznemireni glas, a ona je i dalje tamo, dok poremećeni građani nadiru u stanicu. Stisnuo je usne. Stegao je volan, pomislio je u trenucima koji su u njegovoj glavi leteli brzinom svetlosti na svoju devojčicu i kako bi mu bilo da ju je neko zaključao u sobi protiv njene volje i prepustio je na milost ovakvim, ovakvim pojavama! Pomisao ga je pekla kao kiselina, naročito što je to bila njegova krivica, njegova nepažnja i dete na koje je zaboravio, kada mu je Garsija javio šta se desilo. Ponovo je bacio pogled na ulaz u stanicu. Kroz širom otvorena vrata veća grupa ljudi nadirala je unutra. Prošao je talas normalnih građana koji su ili pobegli ili su mrtvi ležali po ulicama. Prolazio je sada samo veliki broj obolelih a on ih iz auta posmatrao. Video je sopstvenim očima kako „tolerišu" metke. Video je takođe svojim očima koliko žestoko grizu, kao da su kanibali. Dok tupaci unutra shvate šta im je ušlo u stanicu, ko zna šta će od te stanice ostati i šta će ostati od Barbare, kad provale vrata i uđu unutra.

Odužilo se nekoliko trenutaka u kojima su se nizala unakažena i pobesnela lica, košulje i bluze natopljene krvlju, pocepani delovi odeće i taj bezumni pogled bolesnih u kom se samo mogla videti slika ludila. Pomisao šta bi mogli da urade bespomoćnoj devojčici kad provale u sobu za saslušavanje ostavljala je gorak ukus u duši i veoma bolnu grižu savesti. Ti trenuci učinili su svoje.

Detektiv je doneo odluku. Ključ je ostao u kontakt bravici, a plavi privezak na njemu usamljeno se ljuljao.

Aleks nije imao šanse da uđe na ulazna vrata. U dugoj koloni nakaze sa zelenkastim očima nadirale su ka njima kao poplava. Okrenuo se ka zapadnoj strani, tamo je bila zarđala kapija službenog parkinga i stajala je otvorena. Pojurio je tamo, dok je još bilo prorеđeno od nakaza. Svega nekolicina ga je spazila i krenula ka njemu, videvši ga kako trči ka bočnoj strani zgrade, gde je bilo parkirano nekoliko dotrajalih službenih vozila. Krajnji prozor na bočnoj strani imao je nešto svetlosti. Po njegovom sećanju, to bi trebalo biti dispečerska kancelarija, ali od zida do prozora kancelarije delila ga je izvesna visina. Razmišljao je kako da stigne tamo. Negde pri polovini zida nalazio se prelaz uzidan pod niskim uglom, a još tri-četiri metra naviše nalazio se prozor. Bio bi to prilično rizičan poduhvat, ali vremenski tesnac je bio sve manji, a sekunde su nemilosrdno izmicale u kritičnim trenucima. Grupa ljudi koja se teturala na ulici spazila ga je kako ulazi na parking. Krenuli su u tom pravcu i počeli da nasrću na odškrinutu žičanu kapiju parkinga, dižući jezivu žalopojku i zavijanje u kome se nijedna razumna reč nije mogla čuti. Aleks nije imao previše izbora. Nakaza je u početku bilo malo, kada su grunuli kroz kapiju, ali posle prvog talasa počelo ih je nailaziti još, formirajući grupu, kao da ih je neko pozvao unutra ili im je treštanje privuklo pažnju. Izišli su iza automobila i kroz već pokidanu žičanu ogradu, koja ih je ograđivala od okolnih poseda, počeli su da gmižu iz mraka i nasrću pružajući ruke. Teturali su se ka poručniku, otvarali usta, jaukali, i mumlali. Uznemirujuće crte isušenih lica bi se povremeno ukazale, kada bi osvetljenje prešlo preko njega.

Videvši pre nekoliko minuta na primeru šefa stanice šta ga čeka kad pomahnitala rulja stigne do njega, nije više nimalo oklevao. Bio je svestan da se upleo u nevolju kada je prihvatio slučaj masakra u Gomezovom baru, ali nevolja je rasla u neverovatnim razmerama, ogromnom brzinom sve više napuštajući granice razumnog. Svestan je da je zakomplikovao situaciju, ali ono što njegova svest još uvek nije usvojila kao činjenicu je u koliko se velikoj opasnosti našao. Opet nije odustajao od namere da učini ono što je hteo. Razmišljao je da puca, ali neće imati dovoljno metaka za sve. Nadirali su sa svih strana izlazeći i oko automobila i iz drugih delova parkinga.

Poručnik je uzeo zalet i skočio na parkirani policijski kombi s rešetkama na zadnjim vratima. Vozilo je bilo parkirano skoro do samog zida, tako da je u startu ukrao malo visine. Pogledao je na prelaz. Nezgodno uzidan deo na otprilike polovini zida, širok jedva koliko i dužina njegovog stopala, pod niskim skoro tupim uglom, predstavljaće mu jedini oslonac, dok ne stigne do prozora. Na zidu se naviše ocrtavala cigla, kao i znaci propadanja. To je bila jedina stvar koja ga je ohrabrila. Stanica je propadala spolja i bila izrešeteana rupama i znakovima raspadanja. Neravni zidovi bi mogli biti jedino što bi stajalo između njega i neugodnog pada, jer ako promaši čvrst oslonac ili rukama ili nogama, momentalno će kao na toboganu skliznuti dole.

Duboko je udahnuo i uzeo zalet s krova kombija. Skočio je i zario prste u procepe između cigli. Maltene je osetio igle u jagodicama prstiju. Osetio je kao da će ih ostaviti na tom zidu. Kompletno opterećenje ležalo je na njima. Nogama se držao jako neugodno samo prstima a cipele njegove stajale su uglavljene na tankoj liniji sastava zida i dozidanog prelaza. Imao je osećaj kao da stoji na ivici žileta. Teškom mukom se osvrnuo preko ramena. Dole su se oko kombija tiskali i okupljali pomahnitali građani Lusina. Pružali su ruke gore ka njemu, jaučući i krešteći, gledajući ga onim izbuljenim bolesnim pogledima. Polako i nesigurno, Aleks je pružio levu ruku koliko god je mogao. Napipao je naprslinu između cigli. U nju je zaglavio prste, a potom, oslanjajući se većinom na levu ruku, pomerio levu nogu, pa potom desnu. Tako se kretao korak po korak. Pomerao se sporo, jedva pogađajući mesto na kom bi se mogao održati. Prošao je kombi. Sada nije bilo krova vozila na koji bi mogao da sleti. Nije mogao da poveruje koliko je situacija odjednom postala kritična toliko da mu je život visio. Osećaj da svaki čas može unatraške pasti na okupljenu gomilu bio je užasavajuć i terao ga da se udavi od sopstvenog podivljalog pulsa.

Građani sa zelenkastim očima pratili su ga i pružali ruke naviše. Sa svakim njegovim pokretom kretali su se i oni, zevajući i posrćući okolo i ispuštajući jezive krike usmereni samo na njega i njegovo kretanje. Nije ih bilo više od dvadeset, dok je na ulicama vladao haos, rasulo i krvoproliće velikih razmera. Aleks je osećao bolove na prstima. Počeli su da pulsiraju i u šakama, kao da ih grize čeljust životinje. Držao je bukvalno celo telo vrhovima prstiju i vrhovima cipela. Noge su počele da mu drhte, naročito listovi, koji su se razvlačili kao parče gume koje vuku dva psa svako na svoju stranu. Osećao je potrebu da stane celim stopalom. Opasno iskošeni prelaz bi učinio da lagano sklizne dole. Svakim korakom bilo mu je sve teže. Plašio se grčeva. Noge su mu bile u neprirodnom i krajnje neprijatnom položaju koji bi mogao izazvati grčenje mišića, a mišići su se toliko bunili da je grč bio blizu. Ako se to desi, gotovo je. Skliznuće mu noga dole, a grupa podivljalih kanibalistički raspoloženih građana strpljivo ga čeka. Imao je sreće što su đonovi njegovih cipela bili čvrsti, a cigla bi se runila svaki put kada bi jače udario o zid. Kretao se tako ulevo korak po korak, držeći se vrhovima prstiju i vrhovima cipela za zid.

U talasima bolova, stiskajući zube, nekako se dovukao do kraja zida. Na čelu, leđima i ispod pazuha je već bio mokar od znoja. Uspeo je da uhvati oluk koji ništa bolje ni očuvanije nije izgledao od same stanice. Čvrsto ga je obgrlio rukama i koristeći se nogama počeo da se vere nekoliko metara naviše, iako je već u rukama i nogama osećao užasan bol od hodanja „po ivici žileta". Lim je od korozije i zastarelosti počeo da škripi, a potom i da puca, odvajajući se od zida. Aleks nije gubio prisebnost, iako mu je desna noga zalepršala u vazduhu, promašivši zid. Ostao mu je još samo jedan metar da dohvati ivicu prozora. Samo mu je trebao oslonac. Svaka deseta cigla u zidu bila je otprilike zdrava, dok je većina pomodrela, ispucala i srunjena od decenija starosti. Poručnik je ponovo izvio svoje telo i špicem cipele snažno šutnuo zid. Nekoliko parčeta cigle je otpalo. Oluk je opasno škripao i cvileo, upozoravajući da će se uskoro pocepati. Aleks je imao sreće što je jednom davno kupio kvalitetne cipele s jakim đonovima, iako mu je žena pomalo zvocala što se razbacuje novcem. Sada su mu barem isti ti đonovi koristili za nešto konkretno i spašavali mu život. Ponovo se izvio i iz sve snage šutnuo isto mesto, grčevito se držeći rukama za oluk. Bez problema se runila cigla, a njeni komadi i crvena prašina padali su na okupljenu rulju, koja je fanatično mahala rukama i urlala, kao da navija da poručnik padne. Ukoliko se to desi, pada tačno na njih. Efekat bi bio isti kao da pada na metalne bodlje. Ponovo je učinio isti postupak, pokušavajući da napravi dovoljnu rupu između cigala kako bi ugurao makar jedno stopalo unutra. Leva noga mu se nesigurno oslanjala na glavu velikog zavrtnja, kojima je polovina oluka na brzinu zakrpljena sa drugom, jer se nije dalo novca za kupovinu novog. Ljuljao se i celom težinom vršio pritisak na slabašni lim. Začulo se pucanje i cepanje. Jedna strana oluka već se odvojila i sada se Aleks samo nekom blesavom srećom držao na svega nekoliko santimetara spojenog lima. Još jedno izvijanje sigurno će ga pocepati. To nikako nije hteo, a ruke su mu drhtale od neugodnog položaja i sada je počeo da oseća grčeve. Nije napravio bogzna kakav oslonac, ali to je jedino na šta je mogao sada računati, ili pad na razjarenu građansku masu. Kipio je u sebi. Kako će pljuštati tužbe, zatvorske kazne, masovna hapšenja a i velike batine za ovaj bezumni vandalizam i napad na policiju. Ovog puta neće štedeti nikog. Samo za početak da se dokopa čvrstog tla pod nogama.

Izvio se po poslednji put i zabio cipelu iz sve snage u rupu koju je napravio. Oluk je pukao i komad od oko jednog metra zarotirao se u vazduhu, a zatim zveknuo o glavu jednog od razjarenih građana. Čvrsto je priljubio i lice i grudi uz zid, držeći se jedino prstima i samo jednom nogom, dok mu je leva visila u vazduhu. U kakvom se neobičnom položaju nalazio u normalnim okolnostima bi verovatno bio predmet ismevanja, jer je imao pozu Isusa koji je zakucan na krst, samo okrenut leđima, a ne licem dok mu jedna noga stoji na zidu a druga preko ivice visi. Osećao je vlagu i hladnoću cigli na sopstvenom licu, koliko je bio snažno priljubljen uz njih. Toliko čvrsto nije držao ni ženu kada je bio najviše zaljubljen u nju. Oprezno je podigao glavu naviše. Prozor je bio tačno iznad njega, ali Aleks je bio previše nizak da bi rukom dohvatio ivicu. A nalazio se u škakljivoj situaciji, u kojoj mu je kretanje bilo ekstremno ograničeno. Dole na ulici desetine građana se teturalo u grupama, kao na protestnoj šetnji nakaza, ali brojne zelenkaste zenice, krvava usta, pocepana odeća i unakažena tela činila su taj skup morbidno zastrašujućim. Delovalo je kao da pomalo gube interesovanje za njega ali nikakva to uteha nije bila. Ovog puta s obzirom da se još više uzverao uz oluk dovoljan će biti pad koji će ga ubiti na mestu verovatno. Poručnik je mogao da zahvali dobroj formi i kondiciji, ali trebalo je sad samo učiniti još jedan napor. Još samo malo da se domogne ivice, a bolovi u rukama stiskali su poput čeljusti aligatora, istežući mu mišiće do granice pucanja. Iskoristio je slobodnu levu nogu. Savio ju je oprezno u kolenu i špicem cipele opipavao i pronašao malu rupu između propalih cigala, koja bi trebalo poslužiti kao dovoljan oslonac za prozor. Oslonio se i levom nogom i snažno se odgurnuo.

Međutim, cigla je pukla prerano i cipela mu je proklizala.

— Maldición! — povikao je besno, ali podigao se za nekih tridesetak santimetara naviše i pružio ruku u deliću sekunde. Bilo je za dlaku. Odrao je malo kolena, dok je skliznuo niz zid, ali srećom samo kratko. Na jedvite jade dohvatio je prozor, dok su samo kamenčići polomljene cigle padali na pomahnitale građane, koji su unezvereno balavili i rondali, posrćući i šetkajući oko zida. Držao je celo telo samo na prstima jedne ruke. Krupne graške znoja cedile su mu se niz čelo, vazduh je grabio dubokim udisajima, dok je na ruci osećao takvu agoniju kao da mu mišić neko seče nožem.

Zagrizao je usnu do mere do koje će je progristi i raskrvariti je. Uz paklenu dernjavu pokušao je da se podigne naviše. Grebao je nogama i udarao špicevima o zid, ne bi li pomogao malo sam sebi i skinuo pritisak s ruke. Našao je oslonac, jer je osećao da su sekunde u pitanju koliko će još moći da se drži. Načinio je još jedan napor, režeći i grizući usnu, koju je pomalo izranjavao sopstvenim zubima. Iako je držao poluotvorene oči, pred njima su šetale šarene trake, dok ga je obuzimao onaj čudni osećaj da će mu se ruka prepoloviti i jedan deo nje ostati da visi na prozoru kancelarije. Taj osećaj bio je zapravo i taj poslednji napor.

Podigao je oblačić prašine od siline kojom mu je dlan udario o istureni drveni okvir prozora. Onda se polako potpomažući se i nogama podizao, dok nije kolenom dotakao prozorsko okno. Čitav ram zajedno sa staklom doslovno je izleteo iz šarki koliko ga je silovito šutnuo. Bilo je i očaja i besa u tom razvaljivanju, jer je bio iziritiran šta je sve morao da uradi da bi se ponovo vratio u stanicu.

Upao je u dispečersku kancelariju. Nije zatekao ništa neobično unutra. Široki plakar stajao je desno od njega, levo stolica na točkićima i radio-prijemnik sa slušalicama, brojnim gajtanima, telefonskim aparatom, nekim papirima i izveštajima i šoljom još uvek tople kafe.

Dispečerska prostorija je imala dva izlaza — jedan je vodio ka njegovoj kancelariji, a drugi ka sobi za ispitivanje. I dalje s licem u grču, protrljao je malo ruke i zglobove koji su pretrnuli od bolova. Jagodice prstiju, sada kada ih je video, bile su isečene i krvarile su.

Shvatio je da su mu od sakoa ostale samo prnje, a ostatak je ostavio na zidu, verući se uz oluk. Pantalone i košulja su mu takođe pocrvenele od cigle. Skinuo je ostatak poderotina od sakoa i bacio ga, a potom je počeo i kravatu da skida. Previše ga je gušila. Tada se kroz odškrinuta izlazna vrata iz pravca sobe za ispitivanje pojavila žena sa širokom raščupanom kosom. Kartica s njenim imenom bila je umrljana krvlju. Siva uniforma otkopčana za dva dugmeta bila joj je skroz okrvavljena, a na golim rukama ocrtavale su joj se ogrebotine i ujedi. Neko uvrnuto i za poručnika neobjašnjeno zelenilo presijavalo joj se u beonjačama. Odmah, čim ga je spazila, kidisala je na Aleksa, vrišteći i pružajući ruke. Poručnik se vešto pomerio u stranu, a potom je kravatom zgrabio oko vrata i zategao. Nije uopšte razmišljao o tome da li koristi prekomernu silu, da li će je ugušiti ili ne, jer je, iako pojma nije imao šta je u pitanju, osećao da nešto s ovim ljudima zaista nije u redu i da su i pravila i zakon otišli do đavola za samo nekoliko minuta. Otimala se bez obzira na stisak, a poručnik je povukao u stranu, koristeći kravatu bukvalno kao laso i udario joj silovito glavu o orman. Pala je momentalno, dok je od siline udarca na površini ostala krvava fleka. Nije shvatao da je žena već odavno završila svoj život i da tuče samo gomilu mesa i kostiju. Kost lobanje je pukla na licu mesta. Ne gubeći vreme, Aleks je odmah pojurio ka južnoj strani na kojoj se nalazila soba za ispitivanje.

***

Minuti su u zatvorenom prostoru prolazili mučno i zastrašujuće sporo. Barbara se osećala kao da je zaključana u samici. Iako je više puta bila na korak od zatvorskih ćelija i izolovanih soba zbog nekoliko krađa, nikada nije iskusila hladnoću i jezu tih prostorija do ovog trenutka. Omaleni poručnik oštrog ispitivačkog pogleda ostavio ju je tu i zaključao vrata. Vreme je klizilo, a njega i dalje nije bilo. Čekala je i počela nervozno da se šetka između ciglenih zidova. Soba je imala samo jedan sto i dve stolice, imala je dvoja vrata u prostoriji koja su bila zaključana. Prolazilo je vreme. Nije imala predstavu koliko, ali znala je da je već neprihvatljivo mnogo otkako ju je zaključao unutra. Počela je pomalo da je hvata panika.

Slušala je priče šta sve provincijska policija radi onima koje privede, daleko od očiju i interesovanja glavnog grada. Maltretiraju ih psihički i fizički. Tuku ih preko vreća s peskom, tuku ih „žutim stranicama" da ne bi ostali tragovi zlostavljanja, tuku ih vezane, tuku ih cokulama, skidaju ih do gole kože, ponižavaju, poneke i tajno, diskretno likvidiraju. Tuku ih svim i svačim, nekada sasvim otvoreno. Policija je to. Može im se, jer su oni zakon. Još gore se osećala zato što je devojčica i to u godinama pogodnim da je neko „rascveta", povredi tamo gde će je mnogo boleti. Razne misli motale su joj se po glavi u prostoriji u kojoj je vreme bilo paralisano neizvesnošću, a mračne misli puštene su bile kao zveri s lanca. Nije poznavala zakon previše dobro, ali je imala osećaj da je protivzakonito ovo što su joj uradili.

Tada su do njenih ušiju doprli povici i vrištanje. Lupanje vratima. Sve to maltene se desilo iz čista mira, dok je razmišljala zašto je drže pod ključem. Odmah potom usledio je pucanj. Vika i dreka više glasova pomešanih između sebe a potom još pucnjeva. Čitava serija. Začulo se vrištanje i jaukanje, lomljenje stakla i izvrtanje stolova ili stolica. Nije razumela kako je takav metež eskalirao ali je osetila da joj jeza klizi po koži. Kanonada ljudskih krika i povika je odzvanjala sve su pratili pojedinačni pucnji a onda je grunulo nešto žestoko. Nešto kao pumparica. Sve se pojačavalo u rasponu od nekoliko minuta. Sve to čulo se s druge strane zida. Pomalo prigušeno je dolazio zvuk, jer je zid donekle amortizovao buku, ali svejedno, bila je to buka koja ju je naterala da ustane i uznemiri se.

Nervozno je šetala po prostoriji, kao zbunjeni miš zatvoren u kavezu. Pucnji su se ređali, povici čak i fragmenti nekih reči koje su nadglašavali jauci, žalosna mumlanja i zapomaganja. Pomešalo se do te mere da se nije moglo razaznati ko govori, ko viče, a ko zapomaže. Prevrtale su se vitrine, stolovi, dešavala se lomljava stvari po kancelarijama. Drvo i staklo su pucali i izgledalo je kao da se čitav deo krova srušio i pao na onu veliku prostoriju iz koje ju je Aleks pokupio. Prišla je vratima i počela da udara i doziva. Niko je nije čuo. Samo krici su treštali s druge strane zida i dopirali do prostorije koja nije imala nikakvu izolaciju. Zvuci u dečjem prestrašenom umu izvajani u slici deluju kao da stanicom tutnji odred mašina-ubica, ili se nešto još strašnije od toga dešava. Udarala je i dozivala, ali uzalud. Očaj joj je podmuklo šaputao da je neće s one strane niko čuti.

Bila je previše sitna, mršava i daleko od snažne. Nije imala šanse protiv tih vrata, a osećala je da treba pobeći odatle i da se nešto veoma loše dešava. Nije ništa videla, ali njen užasom šokirani um mogao je samo da mašta šta se zbiva tamo s druge strane. Puca se usred policijske stanice! Policajci jauču, dok sve pršti i trešti kao u ratnoj zoni. Vrištanje je prodiralo tako snažno, kao da između prostorija stoje kartonske stranice, a ne debeli zidovi. Ono što joj je nateralo dodatnu jezu je što su pucnji sve više jenjavali, povremeno bi se oglasio još poneki koji je izgledao kao izdisaj trenutne situacije, ali jauci i neko groteskno uvrnuto mumlanje nije prestajalo. Cela ta gužva možda je po gruboj proceni trajala desetak minuta a možda je više, možda i manje. Ipak je vreme bilo sve samo ne relativno, a merio ga je užas koji je rastao u Barbari.

Odvažila se i bacila pogled kroz ključaonicu. Malo parče hodnika se videlo tamo s druge strane i čuli su se tromi i rastegnuti koraci. Neko se sapleo i posrnuo, dobujući po podu. Konkretno se nije ništa posebno moglo videti kroz ključanicu, sem dela popločanog poda. Srce joj je prilupalo još jače. Malu rupu prekrile su prvo neke prljave pantalone, a potom i ruka, klatila se levo-desno i bila je izranjavana i krvava. Rukav na njoj bio je takođe natopljen crvenom tečnošću. Kao da je osoba kidala tom rukom bodljikavu žicu. Jedan sekund delio ju je od vriska, uzdah prestravljenosti ali u poslednjem trenutku pokrila je usta rukama i umesto toga odskočila je unazad, proklizala i nogom udarila u vrata, izgubila ravnotežu i pala na zadnjicu.

Užasnuto se odvukla na kraj prostorije u ugao i sklupčala se, držeći ruke uz bradu, dok su joj niz obraze tekle suze. Samo je čekala šta će se desiti kad uđu na vrata, zaboravljajući na vreme koje je provela unutra i na sve ostalo. Njena kompletna slika zgrčila se u tim momentima kada je stanicu zahvatilo nešto neobično. Opet joj se vrzmala po glavi ona slika unakaženih ljudi iz napuštenog parka. Da li je moguće da su je pratili do stanice? Da li su toliko ludi da ne prezaju ni od policije i upadaju u stanicu? Još užasnije pitanje: jesu li uspeli da pobiju policajce i sada je traže?

Odgovor je dobila veoma brzo. Usledila su dobovanja na vratima. Ubrzo su prerasla u podivljalo udaranje pesnicama, praćeno pobesnelim režanjem verovatno od nenamernog udarca u vrata. Tada je Barbara zavrištala. Oživljen je užas, koji joj je nagoveštavao šta će biti kad brava popusti i naterao ju je da bespomoćno vrišti, jer nije bilo izlaza. Vrata su podrhtavala. Kada uđu unutra, neće moći ništa da uradi, sitna je i malena i nema ništa kod sebe da se odbrani. Te neumitne sekunde, neopisivo preduge da bi bile sekunde, bile su nepojmljiva klaustrofobična agonija, u kojoj ju je čekala smrt. Osećajući da je u neizbežnoj klopci, unezvereno se razvrtala levo-desno, u očajničkom pokušaju da ne podlegne panici. Sa četrnaest godina ostati pribran u takvoj situaciji nije bilo nimalo lako. Divljačko pesničenje na vratima nije jenjavalo, prerastalo je u bubnjanje, u snažne udare kao da neko ramenom ili nogom pokušava da ih izvali, sve to propraćeno bezumnim režanjem. Želeli su da prodru unutra, makar pregrizli bravu.

Uhvatila je pogledom mali ventilacioni otvor na zidu. Skočila je i odmah počela da gura sto prema zidu. Prašina i komadići građe padali su po podu od siline pritiska na vrata. Nije se obazirala na to, svesna da je vreme nemilosrdno u ovakvoj situaciji.

Pokušala je. Njeni tanki prstići bili su previše slabi za otvor na zidu. Rešetka je bila učvršćena zavrtnjima. Jedina prepreka u vidu vrata između devojčice i „onih s druge strane" svakog trenutka je ukazivala da će popustiti. Tada su odjeknuli pucnji. Udaranje je odmah prestalo.

Barbara je zastala.

— Barbara?! Jesi li unutra?! Jesi li dobro?! — začuo se povik s druge strane.

— Jesam. Ovde sam! — prepoznala je glas poručnika i skočila sa stola.

Brava je škljocnula jednom, a posle toga čulo se samo krckanje.

— Do đavola! — gunđao je Aleks. — Barbara, brava je oštećena, ne mogu da otključam, skloni se od vrata.

Poslušala je i udaljila se.

Istog trena pukla je brava, a prvo što je sevnulo unutra bio je đon crne i sada već isprljane cipele. Potom se pojavio Aleks. Preko svega do sada, dodatno se uznemirila videvši detektiva samo u košulji i pantalonama uprljanim od krvi i sa tragovima crnila i ciglene prašine, razmazane po licu od znoja.

— Brzo, moramo da idemo odavde — rekao je Aleks i zgrabio je za ruku i rame, držeći je blizu sebe. Pod rukom je osetio da prestravljeno drhti.

— Šta se ovo desilo?

— Ne mogu da objašnjavam sad. Pogrešio sam. Trebalo je da ti poverujem što si rekla.

Od prevelikog straha nije ni svarila njegove reči.

Pred vratima je videla dvojicu uniformisanih ljudi s rupama u potiljku kako leže potrbuške jedan kraj drugog. Policajci su pokušali da provale unutra? Nelogično, potpuno nelogično, kao da nemaju ključeve od svih prostorija? Nije znala šta je više plaši: iznenadni haos nasilja u stanici, uniformisani policajci-manijaci koji su probali da provale unutra, ili poludeli detektiv koji je upravo pobio svoje kolege. Ali pored prevelike zbrke u mislima, ogromnog straha i nemogućnosti da više shvati ko je ko, ipak je shvatila da joj Aleks pomaže i da bi on mogao biti pozitivac u čitavom haosu.

Nije imala vremena da stoji i razmišlja o tome zašto i kako i šta se odjednom desilo. Aleks ju je vukao snažno za sobom. Osećala je kao da će joj ruku iščupati iz ramena ukoliko samo malo uspori. Nisu se vratili u dispečersku sobu, kroz čiji prozor je Aleks teškom mukom ušao. Skrenuli su desno, trčeći ka vratima radne prostorije. Kada su ih otvorili, usledio je pravi šok.

Poplava pomahnitalih građana iz hola je navaljivala u radnu sobu. Obolelih je bilo i unutra. Poslednja dvojica policajaca padali su pod naletom njihovih kolega, koji su na njih nasrtali i ujedali ih. Vrata su se uvijala pod pritiskom gomile obolelih, a stolovi su bili ispreturani i gomila papira bila je razbacana po podu. Došao je previše kasno. Sve ono poslednje od živih i razumnih u stanici padalo je pod naletom nepoznate bolesti.

— To su oni! — pisnula je Barbara momentalno. — Oni su me jurili u parku!

Njen izuzetno visoki i piskavi glas prošištao je kroz prostoriju i ubadao Aleksove bubne opne kao gomila iglica za šivenje, nateravši pri tom nekoliko pobesnelih da skrenu pogled. Pobesneli i obradateli građanin imao je stravičan izraz lica i prozirno zelenkaste zenice, išarane tankim bledunjavim linijicama. Taj prazni pogled lagano je okrenuo ka pisku koji je uprkos galami i jaukanju dopro do njega i privukao mu pažnju.

Tamo kraj vrata stajali su čovek i devojčica. Čim su se njihove bolesne oči susrele s očima dvoje preživelih, odmah su se okrenuli ka njima. Ostatak čitave radne sobe pokrio je nered, pobacani papiri po podu, stolovi polomljeni i prevrnuti i policajci koji su ležali mrtvi, neki potpuno unakaženi, dok su pojedine pomahnitali građani proždirali. Kod nekih od „čudaka" Aleks je spazio i policijske uniforme. Oboleli su i pozornici i pretvorili se u hodajuće bezumne nakaze.

„Kanibalizam."

To je bila jedina reč koja je prošla kroz Aleksovu glavu. Ali u tolikoj meri? I kako, do đavola? Mogao je kriviti sam sebe zašto nije isprva poverovao šta mu je Barbara htela reći. I sada mrtvi policajci možda ne bi bili mrtvi, ali kako je pritisak bio ogroman da se što pre razreši situacija s Gomezom, nije mislio ni na šta drugo. Sada je bilo kasno za kajanje.

Obradateli građanin ispustio je glasno režanje. Niz njegova usta krenula je krv. Čim je uputio prve korake, ostali su okrenuli u tom pravcu i krenuli za njim. Čuli su taj frenetični pisak, koji je u njihovim ušima odjeknuo kao pištaljka za mamljenje divljači.

Najmanje deset ih je bilo na samim vratima, koja nevešto blokirana nisu garantovala da će previše izdržati. Detektiv je leteo brzo pogledom po čitavoj sobi. Negde oko stolova još pet-šest njih posrtali su i hodali nezgrapno. Ionako dotrajala, vrata na njegovoj kancelariji u produžetku radne prostorije su pukla. Odatle je nadiralo još dvoje civila okrvavljenih, unakaženih i kao i ostali mumlajući su pružali ruke ka njima. Samo su halapljivo grabili rukama i nespretno se kretali. Poplava tela pokrila je celu prostoriju i osim njih, ništa se nije moglo ni videti.

— Drži se uz mene — rekao je Aleks. Bez razmišljanja je poslušala i držala se kao lepkom prilepljena za detektiva. Izlaz nije bio daleko, ali je bio blokiran. Računao je da će uz malo sreće napustiti zgradu, ali nešto dužim putem, jer je hol koji je vodio direktno do ulaznih vrata bio preplavljen ovim „ludacima" koji nadiru u radnu prostoriju. Znao je to, gledajući ih iz automobila kako ulaze na spoljna vrata, dok je istovremeno sam sebe preslišavao lekciju iz savesti. Na svu sreću, uradio je domaći zadatak, ili je barem pokušavao da ga uradi.

Pucao je usput i precizno uklonio trojicu, pogodivši svakog od njih u glavu. Nije više mario za propise i ubija li nedužne građane. Ovo su sve potencijalne ubice zelenih očiju, s jasnom namerom da ga zubima rastrgnu. Nema više kalkulacija. Pokušao je da otvori vrata, ali naišao je na otpor s druge strane. Nečim su bila blokirana. Trzao je snažnije i drmusao, ali nešto s one strane nije dozvoljavalo da se otvore. Agresivni građani krvavih i izranjavanih lica približavali su se i sa jedne i sa druge strane. Ako ostane da se bori, znao je da neće imati dovoljno metaka da ih ukloni sve. Pogled na rasporene policajce, koji su završili kao stoka u klanici, naterao je da očaj proradi u njemu.

Strah i adrenalin osetili su se u naletima, dok je ramenom udarao vrata. Polomio je polovinu, koju su držale šarke u zidu, jer je drugu polovinu kod brave držala stolica kojom je neko pokušao da blokira prolaz s druge strane. Provukao se unutra, šutirajući ostatke i lomeći vrata doslovno na daščice, a potom provukao Barbaru.

Dočekao ih je nešto uži hodnik, koji se pružao kao vodoravno okrenuto slovo „z". Barbara nije poznavala raspored prostorija, a Aleks je, iako nov za ovaj grad, pokazivao pribranost i snalažljivost, trudeći se da joj sačuva život. Pokušao je da prođe kroz kancelariju za evidenciju, ali i ona je bila blokirana, zaključana tačnije. Pored prozora pokrivenog mrežastom rešetkom samo kroz šalter je virilo izbuljeno lice starog policajca po imenu Fabin. Krv se slivala niz njegove obraze, dok je sedeo opružen na stolici, a iza njega na zidu crvenila se krvava fleka.

Trčao je dalje, ne želeći ni da razmišlja o tome zašto se zaključao unutra i pucao sebi u usta. Jaukajuće ludilo u talasu „pobesnelih" iza leđa primoralo ga je da trči kroz hodnik, uopšte se ne osvrćući za sobom. Barbara je trčala za njim u stopu.

Hodnik u obliku „z" nije ih poštedeo mučnih slika, dok su prolazili kroz njega. Jedan pozornik u polusedećem položaju držao je pištolj u ruci i imao je rupu u slepoočnici. Dvojica, jedan nedaleko od drugog, s vidljivim znacima otoka i modrog po rukama i obrazima, s tragovima povraćanja i trovanja ležali su mrtvi otvorenih očiju u ulozi nemih svedoka ludila koje je preko noći zahvatilo grad. Aleks a naročito Barbara su oprezno gledali da zaobiđu ta tela ne bi li ih zakačili nogama ili još gore se sapleli o njih. Bilo je prostorija usput od kojih su mnoge bile otvorene, a mnoge vodile povezanim hodnicima u druge delove stanice. Žena iz jedne od kancelarija čudnovato ih je posmatrala izbuljenim tupim pogledom, iz kog je bujala nepoznata zelena bolest. Njena košulja i usta bili su krvavi, a njen kolega s kojim je Aleks razgovarao normalno pre dva sata sedeo je na stolici, pokidanog grkljana. Ignorisali su je, iako je krenula za njima.

Uskočili su u jednu od većih prostorija, koja je bila ispunjena limenim ormanima, u kojima su bili povešani panciri, nešto ličnog policijskog naoružanja, tačnije pištolji bez municije i nekoliko pumparica. Tragovi pustošenja ionako oskudnog policijskog inventara bili su vidljivi, verovatno zbog vanredne situacije oko Gomezovog bara, a sada i zbog talasa pobesnelih, nasilnih građana, protiv kojih je, izgleda, samo vatrena sila pomagala i Aleks je pretpostavio u poslednjem izdisaju stanice da je ovde grabio od oružja ko je šta stigao. Izvukao je pumparicu i kutijicu patrona. Zgrabio je i pancir, iako je video da za sada samo ujedaju i nisu na prvi pogled sposobni da rukuju bilo kakvim oružjem, ali nije ništa prepuštao slučaju. Biće pljačke, biće pucnjave, biće nasilja sada i od strane ljudi. Biće svega. Svaka zaštita će koristiti. Potera pobesnelih nemilosrdno je napredovala, a senke koje su plesale po zidovima hodnika ukazivale su na to da su blizu.

— Idemo odavde što pre — rekao je, dok je navlačio prsluk i zakopčavao ga preko košulje. — Samo se drži blizu mene. Ovo više nisu ljudi. Uzećemo auto i idemo iz grada. Ne plaši se. Zaštitiću te.

Klimnula je pomalo ohrabrena ovim rečima, a iz njenih krupnih očiju strah je malo popustio. Uhvatio je sebe kako olako kaže da to više nisu ljudi, iako nije bio siguran potpuno u to. Koliko god neetički i neprofesionalno zvučalo s njegove strane, on trenutno više nije bio detektiv Aleks Santos koji je na zadatku da istraži pucnjavu i masakr u Gomezovom baru. On je sada samo čovek koji se bori za život u eksploziji bezumlja i nasilja uzrokovanog nekom bolešću zelenih beonjača.

Naišli su na raskrsnicu baš na polovini „z" hodnika, a putokazi su im pokazivali da jedan krak vodi ka kancelarijama i drugim delovima stanice, a drugi ka parkingu. Obolelih je bilo oko kancelarija.

Šetali su trapavim hodom, ne znajući ni kuda idu i ispuštajući neartikulisane krike, od kojih se i detektiv pomalo sledio. Aleks je povikao Barbari da ostane iza njega. Morali su da prođu kroz opasnost ispred. Skrenuo je levo na toj raskrsnici. Četiri gromovita pucnja iz pumparice, praćeni uvežbanim repetiranjem, naterali su obolele da lete unazad. Jedan od njih pao je bez ruke i prosutog stomaka od pucnja. Uspeo je da raščisti hodnik, dok se četiri tela pozornika s kojima je do maločas pio kafu i delio probleme ovog grada trzalo i na izdisaju krkljajući vuklo po hodniku, napunjeno i raskomadano sačmom. Barbara je zatvarala uši svaki put kada bi oružje odjeknulo. U hodnicima su ti pucnji odjekivali kao od zidova nekog ogromnog zvona. Bila je to otvorena pozivnica za obolele koji su nakratko usporili za njima.

Detektiv se okrenuo. Jaukanje za njima nije popuštalo i prve ruke dalje iza njih počele su da vire iza ugla.

— Približavaju se! Moramo da požurimo! — rekao je Aleks.

Protrčavši pored pobijenih pozornika, dokopali su se kraja hodnika.

Na njegovom kraju stepenice su se pružale naniže, a slabo osvetljenje dopiralo je s druge strane. Čim su krenuli da silaze, poplava poludelih gonioca nagrnula je kroz vrata koja su samo nekoliko sekundi pre toga ostavili za sobom. Barbara je samo na trenutak bacila pogled preko ramena. Krvava usta, pocepana odela i izbuljeni pogledi. Umalo nije izgubila ravnotežu i pala. Ali pokušavala je da održi korak, koliko je mogla.

Aleks je znao gde će ih stepenice odvesti. Vodile su pravo na parking, a vrata koja su ih čekala na kraju stepenica bila su otvorena. S druge stane praštali su pucnji pomešani sa vriscima i jaucima.

Vozila skoro i da nije bilo. Veći broj patrolnih kola je mogao stati na policijski parking, a bilo je tu i par civilnih. Centralni deo parkinga, koji je ujedno vodio i van stanice bio je prošaran telima.

Ležala su nepomično, pomešani policajci i civili sa vidljivim dubokim ranama od ujeda koje su bile fatalne. Još par policajaca video je Aleks kako očajnički pružaju otpor, stojeći jedni blizu drugih i pucajući na obolele koji su s ulice ulazili kroz širom otvorena vrata parkinga. Oko velikih potpornih stubova napadači su se teturali. Nasrtali su divlje na preostale raštrkane policajce, koji su preplašeni očajnički pucali po njima, ali su meci samo udarali po njihovim telima, od kojih su se trzali. Poneko od zaraženih podlegao bi i pao. Ali bilo je to nedovoljno.

Jedan od pozornika pucao je iz sačmare. Obarao je napadače i bukvalno im raznosio delove tela.

— U glavu! Pucajte u glavu!

Iako se Aleks na sav glas drao nije mogao nadglasati toliko jauka i pucnja tako da se prodor obolelih nesmetano nastavio.

Delovalo je da viče kroz neprobojni zid pucnjeva, krika i mrtvačke žalopojke, ali ga pozornik nije čuo. Ispucao je poslednje patrone. Pokušao je da praznim oružjem odgura napadače, ali nije uspeo. Njegov doskorašnji kolega, koji je oboleo, ujeo ga je za rame, kidajući kroz košulju komad mesa. Krv je liptala iz njega. Aleks nije mogao ništa da učini. Policajca ispred njih već su obarali, prišavši do njega i kidali ga zubima kao raspomamljene zveri. Detektiv je pucao u obližnje bolesne policajce, koji su se njemu približavali, spuštajući svako ograničenje sile i bacajući sve zakonske regulative u vodu. Instinkt mu je svesno govorio da se cela situacija potpuno otrgla kontroli i da liči na svojevrsni i jedinstveni građanski rat.

Vrata su odjeknula snažno o zid iza njihovih leđa. Potera je bila neumoljiva. Kolona koja ih je pratila iz stanice stigla je na parking. Nalazili su se u sendviču.

— Ovuda! — povikao je Aleks. Zaobišao je grupu koja je proždirala mrtvog policajca i bežali su oboje od onih iza kojih su provalili vrata i bespoštedno grabili trapavim koracima, derući se i mumlajući na sav glas. Uhvatio je desnu stranu, trčeći pored parkiranih vozila. Pucnje je čuo i u tom pravcu, ali nije mogao videti zbog nedostatka osvetljenja. Samo je video krupniju senku čoveka. Ukazao se na malo svetlosti visoki policajac koji im je bio okrenut leđima i pucao je na nešto veću grupu, pokušavajući da ih raščisti s jednog od automobila.

— Gustavo! — prepoznao ga je Aleks. Bio je to pozornik koji je priveo Barbaru. Prepoznala ga je odmah. Nekom pukom srećom još uvek je bio živ. Okrenuo se čuvši Aleksov glas.

— Ovuda! Brzo! — povikao je i mahnuo im, nastavivši da puca po obolelima.

Aleks se brzo priključio. Zajedničkim hicima jedan od monstruoznih građana zagrlio je haubu i razmazao sopstvenu krv po njoj. Oko vrata i sa zadnjeg dela patrolnog vozila popadali su svi koji su se našli i detektiv je punio sačmaru novim patronima.

— Moramo brzo da izađemo — zazveckao je ključevima Gustavo i krenuo.

— A šta je sa… — prekinuo se Aleks usred rečenice, tražeći pogledom trećeg policajca, koji je bio negde preko puta. I upravo ga ugledao kako ga pomahnitali lokalci obaraju na haubu vozila i počinju da ga grizu.

— Šta?! — okrenuo se Gustavo.

— Ništa — Aleks je odmahnuo. — Vozi!

Svi su užurbano zauzeli mesta, snažno zalupivši vratima. Gustavo je seo za volan i startovao motor. Aleks je bio na suvozačevom sedištu, a Barbara iza.

Čim je auto krenuo, skupina koja ih je pratila do parkinga već je dobovala po karoseriji, ali Gustavo ih je zbacio s auta dok ga je okretao. Nekoliko je i zdrobio usput pod točkovima, a neke je autom razbacao i izudarao na svom putu. Ulaz ka garažama i policijskom parkingu imao je blagi uspon na kom je uhvatio zalet, probio sigurnosnu barikadu kraj čuvarske kabine i izbio pravo na ulicu. Pobesnela masa neko vreme ih je pratila i ubrzo izgubila interesovanje.

***

— Dios mio[6] — tiho je prošaputao Gustavo. Ulica Lusina izgledala je kao da se zbio oružani sukob na njoj. Neke stare zgrade, višespratnice su gorele. Vatra je kuljala kroz polomljene prozore. Neki automobili ostavljeni su bili nasred ulice s otvorenim vratima. U nekim delovima ulica pomešani građani. Oni koji deluju normalni brane se pištoljima i priručnim oružjima od onih bolesnih. Gustavo ne staje. Sama pomisao da zastane iako mu to dužnost nalaže mu ledi krv u žilama. Ne dobija naređenja od detektiva da stane. I on prećutno ovo odobrava. Krv i tela ležali su po asfaltu kao da je u toku građanski rat i prizor jednog od upravo završenih sukoba. Gustavo je vozio spori slalom, zaobilazeći ostavljena vozila i mrtve, trudeći se da ne prelazi točkovima preko njih. Neki građani leže izujedani još u kolima. Neki pored njih. Pojedina vozila bila su zakucana u zidove, izloge, jedna u druga, zgužvanih hauba i polomljenih stakala, u nekim ulicama video je čak i lančane sudare i zapaljena vozila a poneka od njih stajala su nasred ulice otvorenih vrata kao da su ih građani u strahu ostavljali i bežali glavom bez obzira. Možda u zgradama ima još građana kojima treba pomoć. Ni Gustavo ni detektiv Aleks ne pomišljaju da to učine. Gusti i crni oblaci dima kuljali su iz mnogih delova grada, dok je nebom drobio tup i turobni zvuk helikoptera, koji je šarao reflektorom po ulici, a tela dojučerašnjih građana Lusina bila su rasuta naokolo. Na pločnicima je bilo mnoštvo tragova nasilja, mnogo mrtvih je ležalo sa raznim fatalnim ranama po telima, a u samom centru nije bilo nikakvog reda. Sve se neverovatnom brzinom raspadalo, dok je bolesna anarhija obarala deo po deo grada. Iz susednih sokaka i napuštenih dvorišta virili su oboleli, gledajući kako auto prolazi ulicom, za koju su detektivu objasnili da je glavna i da se u tim delovima nalaze sve glavne administracije grada. Zlokobno zelenilo bolesnih građana sijalo je u mraku i pratilo njihov auto. Ponašanje tih ljudi bilo je bezumno i jezivo, gore od svega što je video do sada.

Gustavo je bacio pogled na ogledalo. Video je pozadi Barbarino oznojeno, prljavo, uplašeno lice, zarumenele obraščiće i njene krupne oči, koje su nemirno poigravale i hvatale te krvave ulične detalje.

Aleks je bio zakleti realista. Živeo je rutinski svoj život, živeo ga zapravo sto deset odsto u realnosti, svoj posao radio najbolje što je mogao i zanimalo ga je trenutno stanje, činjenice i pre svega dokazi, jer se suština njegovog posla i sastojala od dokaza. Izmišljenim događajima, fantastikom, fikcijom, rekla-kazala stvarima, teorijama zavere i vanzemaljcima nije se bavio, niti se na to obazirao. Međutim, jednog dana nije bilo tako. Jednog dana je doživeo banalnu stvar, koju je kasnije zaboravio, ili je barem mislio da je zaboravio, ali ta stvar bila je sada tako živopisna, kao da se desila juče, a ne pre nekoliko godina i izgledalo je kao da ga podsvest opominje na nešto što je olako zanemario.

Bilo je kasno i prohladno veče, puno mirisa vlage od nedavne kiše, kada je uparkirao auto u garažu, vraćajući se nešto ranije s posla, kako bi stigao na večeru s ženom i ćerkicom po imenu Marsela. Primetio je da su vrata otključana i ušao. Javio se i skinuo cipele u hodniku, a odmah iz sobe njegova ćerkica Marsela izašla je pružajući ruke i teturajući se ka njemu otvorenih usta. Promumlala je samo jednu reč i to na šaljiv način, jer nije pravilno izgovarala „r".

— Bvaiiiins[7].

S obzirom da je bila suviše mala, ščepala ga je samo za nogavicu i počela da grize i reži. Aleks je podigao jednu obrvu, stojeći zbunjeno ispred svog deteta. Potom mu je zaigrao mali smešak i uzeo ju je u ruke, dok se ona kikotala i ponavljala tu reč, pokušavajući da ga ugrize za glavu. Ušao je u dnevnu sobu zajedno s njom, smejući se ovoj čudnoj šali i na televizoru ugledao neki crno-beli film na kom se prikazivala scena groblja i mrtvaca kako izlaze iz grobova i mumlaju reč „brains". Potom je doviknuo svojoj ženi u kuhinji zašto Marseli dozvoljava da gleda ovakvo smeće i ugasio TV. Pet minuta kasnije to je zaboravio.

Mislio je da je zaboravio sve te za njega nebitne stvari u životu, ali taj neobični i tada bi se reklo nevažan događaj kada je dete smislilo šalu i želelo da ga nasmeje, bio je sada svežiji nego ikad u njegovoj glavi, dok se vozio haotičnim ulicama poludelog grada Lusina. Sećao se i tih crno-belih mrtvaca kako se šetaju u filmu i njegovu ćerkicu kako ih šaljivo oponaša i to ga je uznemirilo još više. Okrenuo se i pogledao preko stakla.

Kod prevrnutog kombija čovek i žena krvavih usta i pocepane odeće, izranjavanih tela i pozelenelih beonjača sapliću se i pružaju ruke ka njihovom vozilu, dok prolazi. Isto tako, ruke su pružali i oni mrtvaci u crno-belom smeću od filma, kako ga je nazvao tada pre tri godine. Isto se sada i pomahnitali građani ponašaju tako, samo što ne govore ništa, već mumlaju i reže i ujedaju žive sugrađane. Lampica mu se naprasno upalila, dok se prisećao te večeri i na trenutak je napustio svoju realnu zonu i malo se zamislio. Osećaj onog ledenog užasa ga je obuzimao, dok je kroz prozor gledao grozne prizore. Usledio je još gori sekundarni šok, od koga mu je bilo teško da se pribere. Sada je stigao nalet pravog straha, kada se adrenalin umirio, dok je njegova realna zona sve više bledela, a hteo to ili ne morao pri-hvatiti činjenicu koja je glasila: „Smeće sa crno-belog filma stvarno je, živo, realno, opipljivo i nadasve užasnije nego na ekranu". Kako god bilo, Aleks se morao pomiriti s nečim. Reci slobodno, Alekse Santos, to su živi mrtvaci, zombiji i oni postoje! Oni hodaju, žive, nisu samo filmski statisti u kostimima zombija već su ovde bolesni i izvan svakog ljudskog razuma divljaju, ujedaju, i masakriraju žive. To je govorila njegova svest, pokušavajući da ga natera da prizna sebi tu neospornu činjenicu. Nenormalno, ali istinito. Osećao je da pomalo drhti od svega toga. Osećao se kao nestašni dečačić, koji se prvi put suočio s nekim životnim udarcem, osećao da ga je teror iznutra nagrizao, iako se tokom karijere nagledao mnogo mučnih scena, ali slike mrtvih lica koja hodaju i ledeno zavijaju nisu mu mogla sići s očiju i njihovi sumanuti nerazumni jauci nisu izlazili iz glave. Tada je samo pomislio da ako se on kao odrastao čovek oseća ovako, kako je onda devojčici na zadnjem sedištu, koju je verovatno spasao sigurne smrti.

— Jesi li dobro? — isturio je pogled preko sedišta.

Barbara je samo klimnula glavom. Njene krupne oči bile su prepune straha.

— Još jedna blokada — javio se Gustavo. Želeo je da skrene levo i samo zastao nakratko, pa ponovo produžio. Sudar četiri-pet automobila koji su se zgužvali i u kom je izdominirao kamionet je formirao blokadu. Pokušaj obilaženja oko toga bi bio suicidan, jer po ulicama je bilo obolelih i nije mu padalo na pamet da se zaustavlja.

— Možeš li da pronađeš najbliži put odavde? — pitao je Aleks.

— Trudim se, šefe, ali pogledaj — pokazivao je ponovo na još jednu blokadu, moglo bi se reći živu blokadu, načinjenu od obolelih tela. Tiskali su se dezorijentisano u jednoj gomili i zverali nekud.

— Kao da ne znaju šta rade — promrmljao je vozač, usporivši malo pri tom.

— Ludnica je upravo dobila još jednu dimenziju — dodao je Aleks.

— Ja sam prve video na ulici kad sam izašao. Počeli su da izlaze iz kuća, da ujedaju jedni druge. Očajanje me je nagnalo da pucam jer sam video da se ubijaju. Dogodilo se tek tako. Za nekoľko minuta čitav haos. Jedva sam se vratio nazad u stanicu i zatekao još gore. Kao da ih je đavo zaposeo.

— Ma kakav đavo — odmahnuo je Aleks. —Vidiš da su oboleli od nečega. I to se proširilo na čitav grad veoma brzo. Nije mi jasno kako odjednom. Video sam da je prenosiva, ali odmah i u tolikom broju? To ne shvatam.

— Ja još manje — odgovorio je Gustavo. — Ali vidiš li da su pobili sve u stanici? Nerazumni su i nasilni, ne reaguju ni na šta, niti pričaju. Samo ispuštaju ove nerazumljive krike. Trebalo bi da ih tretiramo samo za odstrel, drugo ne vredi.

— Tako ćemo ih i tretirati — odsečno i hladnokrvno je odlučio detektiv.

— Nego, ko zna je li još neko uspeo. Ja nijednog od naših nisam video. Šta ćemo sad? Jesmo li ostali samo nas dvojica?

— Pa prvo bi trebalo da se sklonimo van grada, jer ovde je katastrofa. Nemamo dovoljno metaka ni sebe da zaštitimo, a kamoli eventualne preživele, ili ovo dete ovde. Moramo potražiti bezbedno mesto negde van Lusina i obavezno naći nešto za komunikaciju. Ako na vreme pošaljemo poziv za pomoć i obaveštenje da je neka smrtonosna epidemija, imamo šanse da se izvučemo. Policija s ovim ne može izaći na kraj.

— Naći ćemo i ljude tamo, sigurno — nagovestio je Gustavo i videvši da je ulica čistija, ubrzao je u želji da što brže ode sa najugroženijih ulica.

— Na koje ljude misliš? — pitao je detektiv.

— Preživele. Poznajem dobro ovaj kraj. Izvan Lusina postoji nekoliko manjih zajednica. Tamo ljudi žive odvojeno od grada, možda njih nije zahvatilo. Neke kuće imaju telefon, sigurno. Šansa postoji da ako je nešto odavde i preživelo, da se razbežalo u tom pravcu. Možemo pokušati odatle da s nekim stupimo u kontakt.

— Male su šanse — rekao je Aleks, dok je njihov automobil išao blagom uzbrdicom i ulazio u krivinu. — Naša radio-veza otišla je do đavola zajedno sa stanicom. Naši voki-tokiji su beskorisni. Ali vredi probati.

— Dios mio! — kriknuo je Gustavo, a i Aleks je istog trenutka pogled usmerio napred i sledio se. Ubrzao je, videvši da je put nešto čistiji. Dao je jači gas evidentno željan da što pre napusti sablasne ulice pune bolesnih. Napravio je grešku. Pred krivinom mu se noga praktično odsekla i zaboravila da nagazi kočnicu umesto toga se ukopavši na papučicu gasa. Odmah iza ugla pred njima se otkrila velika masa obolelih.

***

... Ako je logično objašnjenje postojalo o zarazi u onoj korpi ispod planine, mogao sam i donekle da je shvatim. Eksperimenti, desilo se nešto pogrešno, kontrola je izgubljena, zaraza se širi i leševi šetaju. Ali usred grada i to preko noći? Možda sam i previše glup da shvatim širu sliku svega, međutim, nikakva sumnja nije postojala, to su bila ona ista čudovišta protiv kojih sam se borio i jedva preživeo. Kako su objašnjavali, zaraza je išla od čoveka do čoveka, a ovde je planulo iznenada i to je ono što nisam shvatio. Imao sam s tog tavana dobar pogled na ulice. Ljudi su bežali po susednim ulicama, njihovi vrisci bili su tu da potvrde njihove pokušaje da spasu ono malo bede što zovu život. Još jednom sam možda doneo pogrešnu odluku kad sam rešio da se vratim po Mišel, ali dok sam u mislima na moralnoj vagi merio težinu mog pokušaja iskupljenja, iznenada je u ovoj pokeraškoj igri zaraze i preživljavanja iskočio neočekivani džoker i to ne iz mog rukava.

— Okej, moram nešto da te pitam — Mišel nije mogla da se uzdrži od nestrpljenja, živčano šetkajući tamo-amo, dok je dželat sedeo nepomično i predstavljao samo mirnu senku koja se stopila s mrakom. — Verovatno ti nije stalo da previše pričaš o tome. Verovatno nije ni trenutak. Bio si... Ovaj... Osuđen...

— Ne okolišaj, pitaj — tiho se oglasio dželat.

— U vezi s tom devojkom, jesi li učinio to zaista? Izvini što ti prizivam loše uspomene.

— Ne znam šta da kažem o tome. Plašiš se? — lukavo je Volkot odgovorio pitanjem.

— Iskreno da — pokazala je na obolele. — Sa njima dole, ili s ubicom ovde zatvorena na tavanu, iskreno i jesam uplašena. Šta mogu? Izvini iskrena sam. Devojka od devetnaest, koja ne može adekvatno ni da se odbrani, ako se ti posvađaš sa svojim mozgom.

Konstatacija koja je bila na mestu i koja je imala čudan deža vi efekat. Slične reči izgovorio je onaj jadni dečak Majkl kada je ostao zatvoren sa mnom u garažama. Zaista sam bio kao kuga koju bi svi najradije da izbegnu i ne vole da budu zatvoreni sa mnom, a i ko ih može kriviti za to?

— Nemaš mnogo izbora, tačno. Ali živa si, zar ne?

— Da, istina je. Ne znam da kojim slučajem... — Mišel je umalo izustila svoju prošlost, priču o tome kako je umalo stradala od momka, da bi se isti zbog nje ubio, ostavljajući joj grižu savesti. Ipak se u pola misli prekinula i zaćutala.

— Da sam to hteo zašto sam te onda pustio prvi put da odeš?

— Ne znam. Ni ja ne znam zašto sam te lako prihvatila u pustari. I još ti prepustila da voziš. Bio si mi sumnjiv ali valjda sam bila preumorna da razmišljam. I ona maska, još uvek ne mogu da je zaboravim.

— Stvarno je bila odvratna — ironično se složio dželat. — Ne uklapaš se nikako u sredinu ovde. Ovo je pacovsko leglo, a ti devojka iz Sjedinjenih Država u kolima ovde? Sama? Usred Meksika? Možda sam ja glup, ali ni to se ne uklapa.

— O uklapa se i te kako — s tužnim uzdahom je rekla Mišel. — Znaš, uklapa se zato što je moja majka oduvek bila u pravu.

— Ne razumem.

— Zato što mi je govorila da sam najveći maler kog ona zna. I u pravu je. Jesam. Najveći.

Nije odgovorio na ovo. Ona je, ipak, nastavila dalje videvši da mu ne smeta njena priča.

— Bilo nas je ovde šestoro. Bili smo na odmoru u prestonici kod mojih rođaka. Trebali smo još par mesta da obiđemo, rođake jedne drugarice i još par prijatelja iz škole. Povela sam tri druga i dve drugarice sa sobom. I kao što sam ti rekla, otac mi je iznenada usred odmora javio da mi se majka razbolela, a da on mora pod hitno na poslovni put. A kod kuće imam i mlađeg brata, koji je premali da bi se brinuo o sebi. I ja, naravno, kao budala nisam dozvolila da zbog mene neko prekida odmor. Jedino je moj stric s mojim drugom krenuo da me isprati do granice, kako bi mu bila mirna savest i da zna da me je poslao kući živu i zdravu. I kada smo došli skoro do početka pustare, odakle je išla prečica, njima je gorivo bilo pri kraju kao za inat, a u čitavoj žurbi nisu primetili. I naravno, ja ponovo kao budala ih pošaljem nazad obojicu i kažem im da ću sama nastaviti kroz tu vukojebinu. I da ne bi brinuli, obećam im da ću im se javiti čim dođem do onog hotela koji je, naravno, bio zatvoren. I onda sam našla tebe pre hotela.

— Kladim se da si se kasnije pokajala što nisi dala malo jači gas — podrugljivo je dodao dželat.

— Ej, nije ti vreme za ironiju sada. Ali u pravu si, iznerviralo me što si sakrio da si u bekstvu. I uplašila sam se od tebe. Ispada da sam vozila ubicu u bekstvu, ispada da sam ti saučesnik. I ahm... Ovaj moj malerozni niz se nije zaustavio tu, jer sam, verovatno dok sam izbegavala da te ne ubijem, negde oštetila rezervoar s uljem i kasnije mi je motor otišao usred ovog naselja. Pa sam nekoj budali morala da ostavljam kola na popravku i da se molim da ih neće negde prodati i ostala sam sama, onda se desilo ovo... I uhhh... Bože, šta je mene snašlo — oborila je lice u dlanove.

— Pakao od odmora, je l'? — izdahnuo je Volkot jedan nikotinski oblak, dok mu je u glasu i dalje bilo smirene ironije, koja nije prestajala. Zvučalo je kao da joj se podsmeva.

— Ne znam. Pretvorio se stvarno u pakao. I niko još uvek ne zna gde sam, jer u ovo vreme bih morala da budem odavno već s one strane.

— Učinila si dobro delo — zaključio je dželat, a Mišel se zbunila i ostala zatečena odgovorom.

— Kako to misliš?

— Tako što svom društvu nisi dozvolila da pođe s tobom. Spasila si pet života. Da vas je ovo ovde zateklo, misliš da bi svo šestoro imali sreće kao ti? Da li bi bila spremna da ih nosiš na savesti, da ih gledaš kako ginu, na onakav način?

Mrak je bio dovoljno gust da pokrije ono što se dogodilo. Na pomen reči savest, Mišel je zaćutala i rastužila se. Njena savest već je bila opterećena jednim samoubistvom s ispisanim njenim imenom preko celog slučaja, ali dželatove odsečne i bolno realne reči bile su s druge strane sasvim na mestu i jedna prava uteha u času agonije u kome se našla. Zaista, ne bi podnela da joj poludeli građani ovog grada zubima pokidaju drugove i drugarice. To bi je sahranilo.

— U pravu si — tiho je odgovorila, osećajući da u njoj polako raste samopouzdanje i osećaj odbojnosti polako prelazi u osećaj poštovanja prema ratnom veteranu. Počela se pomalo oslobođati pokušavajući da uveri sebe da ipak može verovati ovom čoveku koliko god zastrašujuće izgledao u njenim očima. Uskočiti u grotlo obolelih nakaza tek tako zahteva ili veliki razlog, ili čin ludosti, ali pogledavši celokupan događaj unazad, znala je da bez toga ne bi uspela.

— Mislim da bi bilo još gore da su krenuli sa mnom. Loše... loše bi se završilo — započela je Mišel s previše nesigurnim tonom u glasu da to iznese do kraja. Nije ni želela da priča o tome, jer pomisao šta bi se desilo s njenim prijateljima u ovakvoj situaciji joj je zatvorila usta.

— Probudio sam se kraj nje — izustio je dželat.

— Molim? — zbunjeno je upitala.

— Odgovor na malopređašnje pitanje. Želela si da znaš šta sam učinio s devojkom. Probudio sam se kraj nje i već je bila mrtva. Tako da nisam siguran jesam li ili nisam to učinio. Voleo bih da mislim da nisam. Nikakav razlog nisam imao.

— Jesi li je voleo? — odlučila je Mišel da ode korak dalje.

— Ne znam. Ali prijalo mi je njeno društvo iako je znala da bude gadna. Imala je neki svoj čudan način da me oraspoloži. Kasno sam saznao da me je samo iskorišćavala. Za njih, za javnost sam kriv. Osudili su me unapred, nazivali me silovateljem, psihopatom, sve sam sadizme naučio u ratu po njima. Pričali su svašta kao da znaju šta je rat i kao da su svi bili i doživeli to. Ko zna koliko je opasnih ljudi naljutila, bilo ko je mogao da je ubije. Ne volim da pominjem Džejni, ionako se trudim da je zaboravim. Jesam li kriv za tebe to sama prosudi...

Mišel je odmahnula.

— Izvini. Izvini. Neću je pominjati nikad više — nije mogla da sakrije da ju je mirna i naizgled iskrena dželatova ispovest dirnula na neki način je terajući da se ponovo oseća loše zbog ishitrene reakcije i osude.

— Da znaš, ja te ne osuđujem, samo...

Njene reči odjednom je prekinulo režanje motora. Neki policijski auto agresivno je izleteo iza krivine sa prilično neprilagođenom brzinom. Izgubio je pravac. Silovito je uleteo u gomilu obolelih, udarajući ih i bacajući ih okolo skrećući zbog prevelike brzine van ulice.

***

Odmah nakon Gustavovog krika, oteo se oštar pisak i Barbari. Videvši kako vozilo nadire u gomilu obolelih, koji pružaju ruke ka automobilu i njihova bolesna lica se keze u staklo, prekrila je oči rukama. Osetila je da se vozilo opasno ljulja.

***

— Šta radi onaj idiot dole? — promrmrljao je dželat, ispljunuvši opušak cigarete. Usudila se i ona da priđe kraj njega i odmah zaboravila šta je pitala maločas.

Neke od obolelih automobil je pobacao i pogazio, nekontrolisano krivudajući. Vozač nije prikočio već je u pokušaju da ih izbegne izgubio kontrolu nad vozilom. Dželat je primetio da je u krivinu uleteo pod velikom brzinom a i da je pokušao da se vrati ne bi mogao jer previše obolelih već je bilo oko i iza auta. Bio je iznenađen brzinom kojom su opkolili auto. Cvilile su kočnice od pokušaja da obuzda vozilo. Međutim, ono je skrenulo u pogrešnom smeru, pod brzinom je proklizalo, probilo bedno sklepanu ogradu od istrulelih dasaka i čeono je udario u zid kuće nedaleko od mehaničarske radionice. Praktično je ostalo zgužvano od strašnog udara.

— Bože — prestrašeno je promucala Mišel. — Sad su u nevolji.

---

1 Reci mu šta se desilo (španski)

2 Beži odavde! Ubiće te! (španski)

3 Taverna ili kafana u Meksiku

4 Malena (španski)

5 Skloni se, smetaš (španski)

6 Gospode Bože (španski)

7 Mozgovi (engleski), samo nepravilno izgovoreno (prim. aut)

POGLED IZVAN OVOSTRANOG

U eri savremenih spisateljskih poduhvata i izleta u sveru fantastike, literatura trpi brojne preobražaje kako bi bila konkurentna drugim umetnostima, najpre filmu, šireći svoje delovanje i van čisto larpurlartističkih shvatanja. Kao nov autorski glas savremene književnosti javlja se Đorđe Miletić, koji *Paklenom ćelijom 1* probija granice ustaljene fantastike, a već se *Paklenom ćelijom 2* potvrđuje kao izgrađen pisac, koji je zacrtao svoj stvaralački put orijentacijom samo na jedan žanr, koji želi potpuno usavršiti.

Paklena ćelija 2 nastavlja umetničku konstrukciju prvog romana, ali je svakako zasebna celina, koja s jedne strane implicira povezanost s prethodnim štivom, a s druge ostavlja mogućnost da se plovi izolovano fabularnim dispozicijama samo ovog romana. Kompozicijski gledano, paralelni tokovi radnje utvrđuju se kao kompletna događajna slika, koja i u smislu preteksta varira uslovljena receptivnim kanalima iskustvenog čitanja. Avanture dželata „Don Hozeovog” zatvora se nastavljaju, volšebno se ukrštajući sa sudbinama novih likova, koji anticipiraju konkretne delove radnje. Epizodičnost koju zahteva zaplet ne širi se linearno, tako da nema praznih mesta i nepopunjenih kompozicijskih razgranavanja. Iako je strukturno složen, roman *Paklena ćelija 2* u konstrukciji bitno odstupa od prvog romana, pa ako je čitalac posmatra kao zasebnu celinu, pruža mu se užitak da prati pravi triler, gotovo po istom konstrukcionom šablonu po kome su rađeni i neki akcioni filmovi.

Negde na razmeđi fantastike, horora, akcije i trilera, Miletićev roman ostavlja mogućnost da se o njemu razmišlja i kao o psihološkom, s obzirom na bogatu psihologizaciju likova. Posebno su autentični ženski likovi, od kojih se izdvajaju Mišel i Barbara. Ono što ih spaja jeste mladost i neiskustvo, jednak odnos prema događajima u koje su bačene bez svoje volje, oštrina i odlučnost, strah i povremena nepromišljenost, ali i bogata, kako socijalna tako i psihološka karakterizacija, kojom ih autor uobličava kao nosioce bočnih kompozicijskih tokova i motivacioni okidač za događaje na glavnoj liniji radnje. One nisu samo pomagači, već i one koje svojom jakom voljom uslovljavaju razvoj događaja, ma koliko na prvi pogled izgledale samo bačene u sudbinski vrtlog dešavanja. Iako su ophrvane nesrećnom prošlošću, zbog koje im situacije u koje upadaju dolaze kao kazna i uz grižu savesti kao čistilište, one ostaju moralno neuprljane, pa kao takve privlače saosećanje i katarzična osećanja čitalaca.

Glavni junak Volkot, sada delimično preimenovan, ostaje veran psihološkom profilu koji je izgrađen u prvoj *Paklenoj ćeliji*. Da bi se napravio prelaz između događaja u prvom i ovom drugom delu, pisac retrospektivno objašnjava neke bitne tačke koje su i uticale na karakter veterana, koji balansira na liniji pozitivca i negativca. Čitalac se može zgražavati nad njegovom surovošću, nemoralnošću, okrutnošću, ali će ga uvek sagledavati kao pravednog, kao čoveka gotovo epski hiperbolisane psihičke i fizičke snage i nikada on neće biti samo ubica bez predumišljaja, koji svoje žrtve niže u bahatosti sopstvenog ludila, ili ludila sredine koja provocira njegovu tamnu stranu. Čak i ta tamna strana u Miletićevoj spisateljskoj viziji zahteva osvetljenje, jer zločin se potvrđuje tek u sagledavanju svih njegovih kako materijalnih, tako i psiholoških dokaza. To bipolarno izgrađivanje lika dozvoljava pomeranje perspektive koja će imati bitan uticaj na asocijativni sklop događajne kauzalnosti.

Posebno neobično je organizovana narativnost u romanu. Promena lica pripovedača nije nova tehnika i Miletić se samo pridržava već oprobane i uspele kombinacije. Kada su u pitanju dinamički motivi, aktivnost likova, intenziviranje radnje, pripovedanje je prepušteno sveznajućem naratoru, uz obilne dijaloge, pa čak i na nekoliko mesta poliloge. S druge strane, psihološko preispitivanje junaka uobličeno je kao ich-forma pripovedanja, lična ispovest, tok misli, ili unutrašnji monolog, a ponekad dolazi i do kombinacije različitih tipova govora u delu. Volkot zadržava svoj misaoni tok grafički izdvojen od pripovedne opšte strukture romana, jer sama priča ne trpi retardaciju, a ta skoro dnevnička ispovest glavnog junaka najjače boji verodostojnost događaja koji su osnov radnje.

Čitalac se može zapitati koliko je stvarnosti, a koliko fikcije u romanu Đorđa Miletića. Odgovor na ovo pitanje nije jednostavno dati. Miletić se majstorski poigrava receptivnom pažnjom, mešajući realnost sa nadrealnošću, ali stvarnost biva skladno preobražena u fantastiku, jer horor mora imati jaku motivaciju da bi se razumeo kao postojeći agens književnog dela. Ako se prethodni roman mogao uporediti sa video-igrom u kojoj je radnja konstruisana tako da izgleda kao da junak prelazi različite nivoe do cilja, što bi bilo konačni spas i oslobođenje, sada se može reći da *Paklena ćelija 2* nalikuje dobro organizovanom filmu, koji prati kriminalne radnje na različitim nivoima, gde je horor logična posledica uništenja vrednosti koje su se našle u kandžama zla koje ne popušta, već samo menja pojavne oblike.

Priča o svetu koji sam sebe izjeda, srljajući u propast, priča je o pošastima savremenog sveta koji nije svestan stranputice na kojoj se našao u sopstvenom degradiranju do konačnog uništenja. Svet narkomanije, kriminala, ubistava, satanizma, sektašenja, vojnih i državnih zavera samo je konkretizovana metafora Pandorine kutije koja biva otvorena do izobraženja ljudske vrste, koja se davi u svojoj krvi i kada proguta svoju krv biva zombirana da u naletu tzv. bolesti zelenih beonjača kida i ruši sve pred sobom do ponora u kome stradaju ideali. Zato za *Paklenu ćeliju 2* možemo reći da je veliki znak pitanja i upozorenje pred naletima poroka, ako se recepcija usmeri ka simboličkom kodu tumačenja.

Jezik romana usklađen je s hronotipom i socio-psihološkim aspektima likova. U pokušaju da autentično dočara geografski prostor u kome se dešava radnja romana, Miletić će uvesti i fraze iz drugih jezika, prateći skladnost zvukovnog i značenjskog korpusa datog u romanu. Ta jezička parabola rešava se kroz intuitivna doživljavanja nadolazećih reči u likovima, ali i onih utajenih od strane pripovedača, čija će priča zatvarati samu sebe, ali i dopuštati da se otvori u nizu naizgled slučajnih replika.

Naturalističke slike oživljavaju romanesknu priču i iako mogu delovati prejako u svojoj surovosti, a ta plastika koja ophrva atmosferu klanja, ubijanja u narkotičkom zanosu postaje dobra podloga za misaone preokupacije autora, oživljene i prebačene na misaonu zapitanost čitalaca. Slikovitost je obogaćena dinamikom u smenjivanju ambijentalnih podloga za užasavajuće zločine, definisane kao granično područje kada ljudski um sudi koliko je čovek čovek, a koliko kanibal u svom nastojanju da stigne do nestvarnih sfera bogatstva i moći u kojima je čovečanstvo pokoreno ludilom stvorenim u sopstvenoj kuhinji monstruoznog preobražaja.

Kako konačno definisati *Paklenu ćeliju 2*, osim kao roman koji uz sitne stilske nedoslednosti otvara široke puteve mašti, gotovo idealno stvarajući fiktivnu stvarnost, koja je jedino moguća s one strane poimanja života kao konkretnog obitavanja od rođenja do smrti? Ovaj roman iskorak je u shvatanje pukog fizičkog postojanja kao jedine zlosti, ali i jedine mogućnosti da se dela i deluje. Ako smo dovoljno hrabri, dopustićemo sebi pogled izvan ovostranog i sa zadovoljstvom iščekivati *Paklenu ćeliju 3*, u kojoj će Miletićevo umeće izgradnje nove horor fantastične vizije imati novu boju, ali vrednost *Paklene ćelije 1* i *Paklene ćelije 2*, koje se čitaju u jednom dahu.

Aleksandra Stojaković
diplomirani filolog za književnost i srpski jezik

Đorđe Miletić rođen je 16. novembra 1985. godine u Aleksincu, na jugu Srbije. Srednju mašinsku završio je u svom rodnom gradu ali je ubrzo posle škole interesovanje pokazao za pisanje. *Paklena ćelija* prvi je njegov roman iz oblasti horora/fantastike. Više od dvadeset godina to su mu omiljeni žanrovi. Uticaj žanrova bio je sa raznih strana.

Autor je horor romana *Paklena ćelija — Noćne more*, *Paklena ćelija 2 — Grad terora* knjiga 1 i knjiga 2. Takođe je učestvovao i u stvaranju zbirki priča pod nazivom *Nijanse zla* i *Nijanse vremena*. Pored romana piše i kratke priče iz horor žanra kao i iz nekoliko drugih žanrova. Trenutno živi, radi i stvara u Aleksincu.

SADRŽAJ

Đorđe Miletić
PAKLENA ĆELIJA 2
Grad terora I

Drugo izdanje
London, 2024

Izdavač
Globland Books
27 Old Gloucester Street
London, WC1N 3AX
United Kingdom
www.globlandbooks.com
info@globlandbooks.com